지켜야 하는 아이

지켜야 하는 아이

지은이 줄리 리 | 옮긴이 배경린 | 그린이 김호랑

아울북

한국 독자를 위한 편지

줄리 리 드림

저는 잊는 것이 두렵습니다. 너무 두려워서 밤잠을 설치기도 합니다. 잊을까 두려운 것들은, 아주 구체적이고 사소한, 이를테면 어린 시절 친구의 이름 같은 것에서부터 좀 더 포괄적인 것, 즉 미래 세대가 역사의 발자취를 잊는 것까지 다양하죠. 누군가는 그리 큰 문제가 아니라 여길 수도 있습니다. 하지만 인간이란 기억하는 존재, 즉 '무엇을 기억하는가'가 개인의 정체성을 만들어 나간다는 점을 고려하면 기억이란 실로 매우 중요합니다.

그렇다면 저는 무엇을 기억할까요. 어머니 침실 바닥에 배를 깔고 누워 이면지에 그림을 그리며, 어머니가 들려주시는 북한에 살던 시절 이야기와 전쟁 이야기에 귀를 기울이던 순간을 기억합니다. 그 순간부터 저는 《지켜야 하는 아이》(원제: Brother's Keeper)를 쓰기 시작했던 것 같습니다. 비록 그때 저는 열한 살에 불과했고 글로 옮겨 적은 건 아무것도 없었지만, 마음속 깊은 곳에 이야기를 고이 간직해 두었죠.

그 이야기를 수십 년 동안 간직만 하다가 깨닫게 되었습니다. 이야기는 희미해진다는 사실을. "엄마, 북한을 탈출했을 때 몇 살이었다고요? 어떤 길로 피란 왔다고 했죠? 한겨울 내내 걸으면서 어떻게 살아남을 수 있었다고 했었죠?" 실망스럽게도, 나는 서서히 잊고 있었습니다. '잊힌 전쟁 (Forgotten War)'이 이름 그대로

잊히도록 방치했던 거죠.

어머니가 여든 살 생일을 맞이한 이후 '잊는 것'이 점점 더 두려워지기 시작했습니다. 6.25전쟁을 겪은 세대들은 이미 인생의 황혼기에 들어섰습니다. 한국계 미국인 친구는 어머니가 돌아가시기 전에 어머니 인생에 대해 더 많이 여쭈어보지 못한 것을 너무나 후회한다고 했죠. 이제 어머니가 전쟁 중에 겪었던 일이나 미국에 건너오시기 전 한국에서의 삶은 아주 작은 조각으로만 남았다고.

그때 깨달았습니다. 6.25전쟁에 대한 기억이 미국인들뿐만 아니라, 한국인인 우리 가족들의 기억 속에서조차 사라지고 있다는 사실을. 그래서 글을 쓰기 시작했습니다.

현지인이나 재외동포를 가리지 않고, 한국인 대부분은 가족 안에 《지켜야 하는 아이》와 비슷한 이야기를 간직하고 있습니다. 내 친구가 어머니에게서 조금씩 이야기를 전해 들었던 것처럼, 윗세대들의 이야기는 입을 타고 다음 세대로 전해지죠. 그리고 그 과정에서 이야기는 조금씩 사라집니다. 전문가들은 뭔가를 잊지 않기 위한 가장 좋은 방법은 글로 남겨 기억에 의미를 부여하는 것이라 합니다. 이 책은 바로 그러한 노력의 산물입니다. 글로 적고 의미를 부여하는 과정. 부디 우리가 누구인지, 어디서 왔는지, 영원히 잊지 않기를.

일러두기

1. 맞춤법과 띄어쓰기는 국립국어원의 한글 맞춤법과 외래어 표기법을 따랐습니다.

2. 본문의 문장 부호는 단행본은 《 》로 정기간행물, 영화, 기사, 노래는 〈 〉로 표기했습니다.

3. 본문에 사용된 사투리는 평안도 사투리로 원서에는 표현되어 있지 않으나 현장감을 살리기 위해 한국어판의 편집 과정에서 가독성을 기준으로 일부 반영했습니다.

4. 본문에 나오는 표현 '오마니', '아바지'의 경우 원서에 'ohmani', 'abahji'로 표기되어 있으며 '어머니에게 들은 이야기'라는 맥락을 고려하여 발음 그대로 표기했습니다.

5. 본문의 실제 신문 기사는 한국어판에만 삽입되었습니다. 모든 기사는 국사편찬위원회에서 구축한 '한국사데이터베이스'(http://db.history.go.kr)의 《자료 대한민국사》에서 발췌했으며 가독성을 위해 단어나 표현을 일부 수정하였습니다.

차례

1장
—
고
향

우리는 강으로 흘러드는 개울을 지나고 들판과 풀밭 사이를 헤치며
우리 집 초가지붕이 눈에 들어올 때까지 걸었다.
산맥을 따라 폭포처럼 흘러내리는 매서운 겨울바람을 막기 위해
사각형으로 지어 올린 집은 수도인 평양에서 북쪽으로
이백 리가량 떨어진 시골 마을 구석에 단단히 자리 잡고 있었다.

1

북한

1950년
6월 25일

강에 들어가고 싶지 않았지만 어쩔 수 없었다. 동생이 물살에 떠내려가고 있었다.

"영수야!" 나는 날카로운 조가비로 뒤덮인 돌투성이 강바닥을 발가락에 힘을 주어 움켜잡아 가며, 허리까지 잠기는 물속을 첨벙첨벙 헤쳐 나갔다. 물살이 내 주위를 소용돌이치며 흘렀다. 남동생의 손을 꼭 움켜쥐고서 강둑까지 끌고 왔다.

"누나, 미안." 영수가 말했다. "그물 던지느라 몸을 너무 많이 숙였다." 고기를 잡는 와중에 균형을 잃고 넘어져 강물에 배치기를 한 게 이번이 처음이 아니었다. 영수는 쫄딱 젖은 소년단복을 입고 벌벌 떨었다.

"내가 너무 깊은 데까지 가지 말랬잖니. 가만있어 보라우." 나는 동생의 윗옷 자락을 비틀어 물을 짜내고 목에 두른 빨간 스카프를 매만져 주고 나서야 한 걸음 물러나 눈살을 찌푸렸다. 오마니가 뭐라 하실 꼬? 벌써부터 오마니 회초리가 내 종아리에 찰싸닥대는 기분이 들었다. "하필이면 소년단 모임 직전에 이거이 무슨 일이래? 스카프 젖은 것 좀 보게. 쫄딱 젖어서 꼭 검은색 같지 않니!"

"걱정 말라우. 그냥 스카프인 걸 뭐." 동생이 발끝을 내려다보며 중얼거렸다.

나는 영수를 빤히 쳐다보았다. 공산주의 소년단복에서 가장 중요한 게 빨간 스카프라는 사실은 동네 개들도 다 알았다. 빨간색은 신성한 색이었다. 우리의 새로운 조국 조선민주주의인민공화국 국기에 새겨진 별도 붉게 펄럭였다. 오마니들은 늘 조심스러운 손길로 아이들의 목에 빨간 스카프를 꼭꼭 여며 줬다. 마을 사람들이 주로 입는 새하얀 옷 팔뚝에 둘린 빨간 견장은 꼭 핏자국처럼 눈에 띄었다.

영수가 머리를 푹 숙였다. "거의 다 잡았는걸, 누나. 그물 사이로 빠져나가 버렸어."

"네, 네." 나는 빈정거리며 답했다. "맨날 잡을 뻔했대. 말만 말고 좀 잡아 오지 그러니?" 말을 끝맺기 무섭게 후회가 날카롭게 마음을 후볐다. 비록 매일 빈손으로 집에 오지만 동생이 매번 얼마나 최선을 다하는지 잘 알았다.

"내일은 꼭 잡아다 줄게. 원하는 기 있네? 송어? 연어? 메기?" 영수는 비쩍 마른 가슴을 꼭 다 자란 어른처럼 의기양양하게 펴고 한쪽 팔을 강을 향해 쭉 뻗어 보였다. "말만 하라우, 내 다 잡아 주가서."

내가 미처 오마니처럼 엄한 눈길로 째려보기도 전에 영수는 검붉은 자두 껍질이 낀 이를 드러내 보이며 활짝 웃었다. 한숨이 푹 나왔다. 이게 아마 오마니의 화를 금방 누그러뜨리는 동생만의 비법이 아닐까 생각했다.

언덕 위에 자리한 학교에서 종이 울렸다. 선생인 조 동무가 팔뚝에 붉은 견장을 단단히 두른 채 문간에 버티고 서서 교실 문 닫을 채비를 하고 있었다. 비탈을 걸어 올라가자니, 영수네 삼 학년 동급생 농땡이들이 부랴부랴 우리를 지나쳐 뛰어 올라갔다.

"물고기를 잡고 싶거든 물고기보다 똑똑해야지!" 빨간 스카프를 비뚤어진 곳 하나 없이 완벽하게 묶은 녀석 하나가 우리를 향해 외쳤다.

영수가 소매를 걷어붙였다. "내가 그래도 너보단 더 똑똑하지! 우리 누나는 이 마을서 가장 똑똑하고! 누나, 그렇지 않네?"

나는 끙 소리를 냈다. 왜 여기서 나를 끌어들인담.

"니 누이가 그렇게 똑똑할 리가 없지! 이제 학교도 안 가잖니?" 그 녀석이 언덕 위에서 낄낄거리며 되받아쳤다.

나는 저절로 어깨가 움츠러드는 걸 느꼈다. 그 녀석 말이 맞았다. 두 달 전, 내가 열세 살이 되자마자 오마니는 나를 더 이상 학교에 못 가도록 하고 집에서 동생들이나 돌보라 했다.

나는 물에 흠뻑 젖어 칠칠찮은 꼬락서니를 한 영수를 한껏 노려보았다. 자기가 얼마나 큰 복을 누리는지 이 녀석은 알기나 할까?

"이러다 늦겠다." 더 이상 동생을 볼 수가 없었다. "빨리 가라우."

나는 영수 등을 떠밀었다. 오마니는 조선소년단 모임을 한 번 빠지는 것만으로도 영수의 이름이, 아니 우리 가족 전체의 이름이 당의 감시자 명단에 오를 수 있다고 말했다.

그렇게 되면 끔찍한 일이 일어날 거라고.

"우리 사회주의 낙원에서 노동하기 딱 좋은 날씨 아니오!" 주변으로 모여드는 학생들을 향해 조 동무가 외쳤다. "계속 총알이랑 무기 만드는 데 필요한 쇳덩이 모으는 걸 잊지 말라우. 잊었다간 동무들 부모들이 벌금을 물 것이니. 동무들의 노동이 우리 아바지 조국을 강하게 만들 것이오!"

영수는 언덕을 달려 올라가는 빨간색 물결에 합류했고 곧 오두막으로 만든 학교 건물 안으로 사라졌다. 그 모습을 바라보자니 상실감으로 속이 짜르르 아려 왔다.

그리웠다. 부모님을 따라 성인 당원 모임에 참여하면서 더 이상 가지 못하게 된 소년단 모임이 아니라. 새로 부임한 선생 조 동무가 부모님이 집에서 흘리는 반공산주의 발언을 신고한 학생들에게 주는 사탕이 아니라, 가족보다도 당에 더 충성하는, 그래서 더 이상 친구라고 믿을 수 없는 급우들이 아니라….

공부가 너무나 그리웠다. 수학, 지리학, 과학. 집안일을 빼먹을 수 있을 때면 나는 학교 창문 옆 버드나무 뒤에 숨어서 수업 내용을 훔쳐 들었다.

하지만 오늘은 집안일을 피할 수 없었다. 빨래 바구니를 집어 들고 머리 위에 조심히 이었다. 나를 다시 강가로 이끄는 빨랫방망이질 소리를 따라 마치 상여꾼처럼 터벅터벅 걸었다.

강 아래 자락 둔덕에 빨래 더미가 한가득이었다. 모래톱 끝자락에 비죽이 튀어나온 평평한 돌바닥 위에 마을 아주머니들이 옹기종기 쭈그려 앉아 있었다. 마치 맷돌을 돌리듯 움직이는 어깨들이 두툼한 빨랫비누를 바지에 문지르고 아이들 궁둥이를 때릴 때처럼 평평한 빨랫방망이로 옷감을 철썩철썩 내리쳤다. 주변에 남자 어른들이 없다 보니 아주머니들은 윗옷 자락을 훌렁 걷어 올려 젖은 얼굴을 닦아 가며 남편이나 시어머니 흉을 봤다. 나는 급히 눈길을 돌렸다.

"야, 소라야! 뭐가 기리 부끄러우냐?" 이씨 아주머니가 햇볕 아래에서 벌겋게 달아오른 뺨을 하곤 물었다.

나는 꾹 다문 입꼬리를 끌어 올려 웃어 보인 뒤 적당한 자리를 찾아 빨래 바구니를 내려놓았다. 내 황갈색 치마는 영수를 물에서 끌어내느라 푹 젖어 있었다.

"네 오매는 어째 아주마이가 할 일을 에미나이●한테 시킨다니?" 농사꾼 아저씨네 댁이 외쳤다.

"야 말고 보낼 게 누가 있갓니? 아들을 보내니? 허고, 소라도 이만하면 다 컸지?" 이씨 아주머니가 말했다. "보라우. 이제 가슴에 몽우리도 지는구먼." 아주머니가 내 갈빗대를 푹 찌르는 바람에 나는 마치 휙 당겨진 꼭두각시 인형처럼 펄쩍 뛰었다.

아주머니들이 한꺼번에 웃음을 터뜨렸다. 얼굴이 불타는 듯 시뻘게지는 걸 느끼며, 나는 등을 한껏 웅크려 가슴을 숨겼다. 짚으로 만든 빨래 바구니가 정강이께에 묵직하게 기대 왔다. 나는 마치 누군가 내

● **에미나이** '계집아이'의 함경도 방언.

려와 나를 구원해 주기라도 할 듯 언덕 위 학교 건물을 올려다보았다. 하지만 그런 일이 일어날 리 없었다. 그리고 빨랫감이 스스로 빨아질 리도 없었다.

나는 지수의 천 기저귀와 영수의 진흙투성이 단복 바지 등, 동생들의 더러워진 옷가지를 꺼내 들고 얕은 여울에 웅크려 앉아 빨랫방망이 장단에 합류했다. 아직 채 덜 여문 손마디를 비눗물에 풍덩 담가 희뿌연 물속으로 숨겨 버렸다.

저 언덕배기에서 웬 할머니가 힐레벌떡 뛰어 내려오더니 첨벙대며 물가를 달려 우리 쪽으로 다가왔다. 나는 물결이 내 손등에 닿으며 잔잔하게 부서지는 것을 내려다봤다. 처음에는 아주머니들이 할머니 주변으로 하나둘 모여들어 수군거리기 시작하는 것을 알아차리지 못했다. 하지만 점차 목소리가 커지는 것을 느끼고 위를 올려다보았다. 쩍 벌어진 입과 잔뜩 찌푸린 눈썹. 무언가가 잘못 돌아가고 있었다.

아주머니들은 잰 손길로 채 마무리하지 못한 빨랫감을 바구니에 주섬주섬 주워 담았다. 나도 부랴부랴 영수의 단복 바지를 헹구었다. 빨리 가 봐야 했다. 맨 마지막으로 이렇게 급하게 소문이 퍼졌을 때는 지주의 아들이 얼굴을 강에 처박고 온몸이 피순대처럼 퉁퉁 부풀어 오른 채 강물에 떠내려왔었다. 빨래 바구니를 머리에 들쳐 이고 길을 따라 짚으로 지붕을 엮은 집들을 빠르게 지나쳐 마을 중앙 공터로 향했다. 어찌나 빨리 걸었는지 숨이 턱에 닿을 만큼 차올랐다.

"누나!"

부르는 소리에 뒤를 돌자 영수가 강둑을 따라 달려오는 게 보였다.

영수는 나한테 부딪히기 직전에야 가까스로 멈추어 섰다.

"왜 여기 있니? 쫓겨났니? 스카프 젖은 것 때문에? 우리 명단에 오르는 기야?" 나는 당황해서 언성을 높였다.

"아니, 좋은 일이야!" 마치 강물 표면처럼 일렁이는 눈동자를 하고서 영수는 노래 부르듯 말을 쏟아 냈다. "이제 학교 안 가도 돼!"

배알이 뒤틀리는 느낌이었다. "뭐라고? 그거이 웬 말이래?"

"조 동무가 학급 전체에다 말했다. '작금의 상황으로 인해 다시 안내할 때까지 수업은 모두 중단하는 바이다.'라고." 영수가 조 동무의 말을 똑같이 되풀이하며 말했다. "또 '오늘은 역사에 길이 남을 날이 될 것이다.'라고도 했드랫어." 영수는 한껏 신이 나서 펄쩍펄쩍 뛰며 소리를 질러 댔다. "학교 안 간다! 학교 안 가!"

나는 손바닥이 차갑게 식으며 축축해지는 걸 느꼈다.

"집에 가야갓어." 나는 겨우 말을 꺼냈다. "얼른."

우리는 강으로 흘러드는 개울을 지나고 들판과 풀밭 사이를 헤치며 우리 집 초가지붕이 눈에 들어올 때까지 걸었다. 산맥을 따라 폭포처럼 흘러내리는 매서운 겨울바람을 막기 위해 사각형으로 지어 올린 집은 수도인 평양에서 북쪽으로 이백 리(약 79킬로미터)가량 떨어진 시골마을 구석에 단단히 자리 잡고 있었다. 골짜기에 자리한 다른 집들과 똑같이 생겼지만, 닳아서 둥글둥글해진 이엉 처마가 마치 버섯 머리처럼 둥글게 건물을 감싸 안은 우리 집을 늘 단박에 알아볼 수 있었다. 집 주변으로 옥수수밭과 수수밭이 더운 여름 바람에 물결쳤다.

우리는 서둘러 안으로 들어갔다. 방송 진행자의 목소리와 지지직거리는 소음이 우리를 맞이했다. 나는 빨래 바구니를 내려놓고 실내화를 발에 꿰었다.

아바지가 아무런 움직임도 없이 라디오 쪽으로 몸을 기울인 채 돌처럼 앉아 계셨다. 아바지 이마에는 굵은 주름이 졌다. 이토록 심각해 보이는 모습은 처음이었다. 아바지 곁의 깨끗한 천 더미 위에 앉아 있던 세 살배기 지수가 고개를 빠끔 들어 나를 쳐다보더니 하품을 하곤 다시 자기가 좋아하는 놀이인 '제 발에 신긴 양말 벗어 던지기 놀이'에 빠져들었다.

영수와 나는 아바지 옆 빈자리에 앉았다. 숨을 고르고 라디오에 귀를 기울였지만 잡음이 심해 진행자의 목소리를 알아듣기가 힘들었다. 깊은 생각에 빠진 듯한 아바지의 표정을 읽는 데 실패한 나는 영수를 향해 어깨를 으쓱해 보였다.

한순간, 주파수가 또렷이 잡혔다. 마치 수수께끼를 풀었을 때처럼 영수의 눈이 기쁨으로 물들었다.

"이것이가 조 동무가 말했던 거라우. 학교 안 가도 되는 이유!" 영수가 라디오를 가리키며 외쳤다. "전쟁 말야, 전쟁! 오늘 시작했대. 전쟁이 났어!"

괴뢰군 전면 남침 기도
어제 오전 5시부터 전선에서 괴뢰군이 남침을 시작했다. 개성, 장단, 강릉, 동두천, 의정부, 춘천 등에 있는 국군은 맹렬히 저항하고 있다.
_〈경향신문〉, 1950년 6월 26일, 한국사데이터베이스

2

"아들, 전쟁은 즐거워할 일이 아니다." 아바지가 말했다. 아바지는 짚으로 만든 방석 위에 자세를 고쳐 앉으며 무릎을 문질렀다.

영수는 손등으로 얼굴을 훔치며 얼굴에서 미소를 거두었다. 얼굴이 시뻘게지더니 이내 눈길을 바닥으로 떨구었다.

"전쟁이요?" 나는 눈이 화등잔처럼 커져 되물었다. 이건 내가 전혀 예상하지 못한 일이었다. "누구랑 싸운대요?"

아바지는 모서리가 떨어져 나간 밥상을 물끄러미 응시하며 말했다.

"남조선."

방은 후덥지근했지만 나는 오싹한 기분에 짧은 저고리를 바짝 추슬렀다. 조 동무가 오기 전 우리를 가르쳤던 전 선생님이 일전에 영화 〈제2차세계대전 뉴우스〉를 교실에서 상영해 준 적이 있었다. 거기서 군인이 총을 들고 언덕을 뛰어오르는 모습과 비행기가 머리 위에서 폭격을 퍼붓는 모습, 커다란 버섯 모양 구름이 이는 폭탄을 봤다. 그중 가장 끔찍했던 건 누더기를 걸치고 정처 없이 배회하며 텅 빈 표정으로 나를 쳐다보던 아이들과 여자들의 모습이었다.

"아바지, 전쟁이 어디서 났습네까?" 내가 물었다. 긴장감에 눈가가 마치 나비 날개처럼 파르르 떨려서 손으로 지그시 눌러야 했다.

아바지는 고개를 절레절레 흔들며 한숨을 길게 내쉬었다. "서울 근방이란다."

서울. 남조선의 수도.

영수가 핼끔 내 표정을 살폈다. 나는 도대체 어떻게 반응해야 할지 몰라 머릿속이 새하얘졌다. 북조선이 남조선과 싸운다. 남조선이 패배하면, 모든 조선이 북조선처럼 공산당이 되는 것일까? 우리끼리 싸우는 와중에 불쑥 다른 나라가 끼어들어 우리를 둘 다 정복해 버리면 어쩌지?

예전에도 우리는 침략당한 적이 있었다. 공산당이 서기 전에는 일본이 조선을 지배했다. 어려서 기억은 많이 나지 않지만 일본 천황이 한글을 금지하고, 우리 땅을 모조리 빼앗고, 일본 이름을 쓰게 만들었다. 아바지는 '상민'이 아니라 요스케, 오마니는 '유리'가 아닌 치에코라고 불렸다. 또 조선인은 선천적으로 일본보다 열등한 인종이라고 배웠다. 일본 군인 놈들이 고등 보통학교에서 언니들을 여럿 납치해 가기도 해서 온 마을이 너 나 할 것 없이 슬퍼했다. 그중에는 강 건너에 살던 일본인 가족도 포함되어 있었다. 아바지는 이를 두고 모든 일본 사람이 나쁜 건 아니라는 증거라 했다.

전쟁 후에는 소련과 미국이 조선을 반씩 도맡아 해방시켰고 일본인들은 일본으로 돌아갔다. 하지만 우리 조국은 공산당과 민주당으로 두 동강이 나 버렸다.

라디오에서 또다시 말소리가 흘러나왔다.

"6월 25일, 남조선 괴뢰 정권이 삼십팔도선을 침범하여 우리 북조선에 대한 기습 공격을 감행하였으므로 이에 전쟁을 선포하는 바이다."

"하나 조선의 동무들은 두려워할 필요가 없다. 우리 용맹한 북조선 군대가 개성을 점령하였고, 곧 서울로 진격하여 미국 제국주의자들로부터 남조선을 해방시킬 것이다. 우리의 위대한 지도자 김일성 장군의 신출귀몰한 전략으로 공산당이 조선을 통일할 것이다!"

아바지는 바짝 얼어붙은 우리 얼굴을 보곤 허리를 곧추세우며 큼큼 헛기침을 했다. "얘들아, 걱정 말라우. 전쟁이 여기까지 당도할 리 없다. 서울은 여기서 팔백 리도 더 떨어져 있지 않니." 아바지는 내 머리를 쓱쓱 쓰다듬고 영수의 볼을 살짝 꼬집었다. 하지만 우리는 여전히 목각 인형처럼 뻣뻣하게 굳어 있었다.

아바지는 껄껄 웃더니 라디오를 껐다. "거참, 어디, 더 들려줄 하라바이 미국 이야기가 있나 한번 볼까?"

눈이 반달 모양으로 접히는 아바지 특유의 미소가 돌아온 걸 보고 속으로 안도의 한숨을 내쉬었다. 아바지 말씀이 백번 옳았다. 전쟁이 이 조그만 북녘 마을까지 올 리 없었다. 영수도 두려움이 가신 얼굴로 바싹 다가앉았다.

"아, 생각났다." 아바지가 말했다. 아바지는 상황을 즐기듯 잠깐 뜸을 들였다. "니들 하라바이가 하와이 사탕수수 농장에서 일하실 적에, 미국 대통령이 미국 국민들한테 '내 집집이 솥에는 닭 요리가 그득하고 차고에는 자동차가 한 대씩 있도록 만들어 주갓어.'라고 약속하는 걸 듣지 않았갓니. 상상이 되니?"

"아바지, 차고가 뭡네까?" 영수가 물었다.

"차를 두는 집이다." 아바지가 답했다.

"차한테 집이 다 뭐래요!" 영수가 몸을 훌렁 뒤로 젖혀 눕더니 깔깔대며 웃었다.

차고. 그게 무언지 상상도 할 수 없었다. 우리 할아버지가 마을을 벗어난 곳에서 살았던 적이 있다는 것도 믿기 힘들었다. 특히 요즘처럼 옆 마을에 가는 것도 통행증이 필요한 때에는 더 그랬다. 어디든 가려면 먼저 마을 회관에 가서 누가, 언제, 어디를, 왜, 얼마 동안 가는지 자세히 적어 내야 했다. 그리고 돌아온 뒤 보고하지 않으면 비밀경찰이 와서 노동 수용소로 끌고 갔다. 거기 끌려간 사람들은 모질게 일하다 죽는다고 했다.

"하라바이는 왜 미국에 계속 계시질 않구요?" 내가 뚱한 목소리로 물었다.

"왜 그런지 너도 알지 않니, 소라야." 아바지가 말했다. "하라바이는 맏이 아니었니. 돈을 벌면 조선에 돌아와서 가족들을 돌봐야 하지 않갓어?"

그래, 맏딸인 내가 학교도 그만두고, 아바지, 오마니가 농장 일 가는 동안 영수와 지수를 돌보아야 하는 것처럼.

지수가 태어나기 전에는 이렇지 않았다. 그때만 해도 나는 학교에 다니며 공부도 맘껏 하고, 친구들이랑 놀러 다닐 수도 있었다. 하지만 지금은 집에 들어앉아서 동생들이나 돌봐야 하는 신세였다. 적어도 할아버지는 떠날 수 있기라도 했지.

나는 휙 고개를 돌려 지수를 찾았다. "너 그 양말 좀 내버려 두지 않니? 이제 곧 밥 먹을 시간이다."

"시러!" 지수가 양말들을 주워 담고는 도망쳤다.

나는 장롱 근처에서 지수를 붙잡아 안아 들고 밥상 쪽으로 돌아왔다. 지수는 발버둥을 치고 뻗대다가 그만 내 턱을 세게 쳤다. 순간 손을 놓치는 바람에 지수가 바닥에 크게 엉덩방아를 찧고 말았다.

지수가 울음을 터뜨리는 찰나, 오마니가 부엌에서 밥과 각종 장아찌를 담은 쟁반을 들고 들어왔다. 오마니가 나를 엄한 눈으로 쳐다보았다. "야, 소라야. 아기 조심히 돌보라지 않았니."

"사고였시요." 내가 지수에게서 눈을 떼지 않고 말했다.

오마니가 지수를 안아 들고는 갓난아기 다루듯 얼렀다. 지수가 나를 향해 혀를 쏙 내밀어 보였다. "오마니, 지수가 어찌 아직도 아기래요?" 내가 불퉁하게 말했다. "이제 세 살이잖아요. 얼마 안 있으면 학교도 가는데, 그러면 저도 굳이 집에 붙어서 지수를 돌보지 않아도 되지 않갓시요?"

오마니는 마치 세상에서 가장 멍청한 소리를 다 듣는다는 듯 웃음을 터뜨렸다. "무슨 말이래? 세 살이면 아즉 아기지!"

지수는 울음을 그치고 아바지 무릎 위로 기어 올라갔다. 오마니는 김치 한 귀퉁이를 잘게 찢어 지수 입에 넣어 주었다. 지수는 통통한 허벅다리를 아바지 무릎 밖으로 쭈욱 내민 채, 마치 왕좌에 앉은 어린 임금처럼 거만하게 몸을 늘어뜨렸다. 고 보들보들한 다리통을 콱 꼬집어 버리고 싶었다.

밥을 다 먹은 뒤 오마니는 허리를 펴고 나를 돌아보았다. "소라야, 부엌일 좀 도우라. 쌀 씻고 녹두전을 부치라우. 저녁에 김씨 아자씨네가 오기로 했다."

부엌으로 호출당하는 건 내가 질색하는 일이었다. 아바지가 나한테 눈살을 찌푸리는 걸 보니 내가 또 심통 난 표정을 드러낸 게 분명했다.

우울한 마음으로 오마니를 따라 방을 지나쳐 조그마한 부엌으로 내려섰다. 앞뜰의 우물에서 길어 온 물 양동이가 흙바닥에 큰 것부터 작은 것까지 줄 맞춰 놓여 있었다. 오마니는 벌써 문을 등지고 부뚜막 앞에 서 있었다. 그릇에 담긴 고기를 치대는 오른쪽 어깨가 위아래로 움직였다. 둥글게 틀어 올려 쪽을 찐 오마니 머리칼이 꼭 흑요석처럼 까맣게 반들거렸다. 오마니 머리를 만지고 싶어서 손을 뻗었다가 주저하며 이내 손을 내려 버렸다.

전쟁에 대해 묻고 싶었지만 차마 엄두가 나질 않았다.

"자, 어서 쌀부터 씻으라우." 오마니가 발갛게 불타는 아궁이 쪽으로 몸을 기울이며 벽에 걸어 두었던 표주박을 끄집어 내렸다.

나는 오마니에게서 표주박을 받아 들고 쌀 두 그릇을 퍼 담아 진줏

빛 쌀알을 씻기 시작했다. 내 긴 머리칼이 얼굴 앞으로 흘러내렸다.

오마니는 마치 고약한 냄새라도 맡은 듯한 표정으로 나를 쳐다보았다. "쯧쯧, 밥에 머리칼 들어가지 않게 뒤로 묶으라우."

"알갓시요, 오마니." 나는 머리를 땋아 내렸다.

오마니의 눈길이 나한테 한참 머물렀다. 그리고 오마니는 마치 자신의 불행한 팔자를 펼 방법은 다 텄다는 듯이 푸념했다. "어째 딸은 이리 시커멓고 아들내미들만 내 고운 피부를 뺐을까?"

나는 까무잡잡한 내 두 손을 내려다보았다. "아들이 부자처럼 허여멀겋다. 딸은 상놈처럼 까무잡잡하다." 어릴 때부터 줄곧 들어 온 말이었다.

오마니는 내게 녹두 반죽을 건넸다. 부뚜막 위에 기름이 지글지글 끓는 솥뚜껑이 놓여 있었다. "자, 해 봐라. 반죽 마무리하고, 전도 부쳐 보래. 이제 그 나이면 이 정도는 할 줄 알아야 않갓니?"

나는 콧잔등에 맺힌 땀을 훔쳤다. 녹두와 물, 채소도 좀 넣고, 그리고 간장도 좀 넣어야 했던 것 같다. 그런데 전 부칠 때는 소금이랑 후추도 필요하지 않았나? 나는 반죽을 휘저은 다음 솥뚜껑 위에 동그란 모양으로 붓고, 찬장에 놓인 도자기 그릇에서 소금을 한 움큼 쥐어 들었다.

"야! 대체 소금을 얼마나 넣으려고? 한 꼬집이라우, 한 꼬집!" 오마니가 소리쳤다.

하지만 이미 너무 늦어 버렸다. 내 텅 빈 손이 솥뚜껑 위에서 얼어붙었다. 숨 쉬는 것도 잊어버렸다. 절절 끓는 반죽 위로 소금이 녹아

들고 있었다.

"아이고! 대체 음식하는 법은 언제쯤 배울래? 이래서는 나이가 차도 어째 시집이나 보내갓니?" 오마니가 한숨을 푹 내쉬며 눈살을 찌푸렸다.

"학교에서 꺼내 온 게 천만다행이지. 책만 너무 오래 파서 어디 쓸데가 없다. 할 줄 아는 게 하나두 없어." 오마니가 나를 옆으로 밀쳐 내고 뒷수습을 했다.

나는 고개를 번쩍 쳐들었다. "시집이라니요?"

"뭘 그리 놀라니? 네 부산 외숙모도 열일곱에 시집왔다! 걱정 말라우. 너는 아즉 몇 년 더 있어야 하니까. 이제 과일이나 좀 깎으라. 내하는 것 먼저 보고." 오마니는 물 흐르듯 손쉽게 사과 껍질을 깎고는 심지를 발라내고 동그란 과육을 고른 모양으로 조각내었다.

나는 사과와 과도를 집어 들었다. 머릿속에는 근심이 뭉글뭉글 차올랐다. 이제 사 년만 있으면 열일곱이 된다. 시집갈 날이, 내가 생각했던 것보다도 너무 금방이었다.

학교도 못 가게 하더니, 이젠 시집을 보낸단다.

부엌이 반쪽으로 줄어드는 듯한 기분이었다. 손이 따끔거리고 저려 와서 칼을 쥐고 있기도 힘들었다. 무언가 날카로운 것이 나를 푹푹 찔러 댔다.

"야! 지금 뭐 하는 기래?" 오마니가 목소리를 높였다.

아래를 내려다보았다. 손가락을 타고 피가 흘렀다. 두툼한 사과 껍질이 부뚜막 위에 이리저리 흩어진 꼴이, 끊긴 곳 하나 없이 소라 껍

데기 속처럼 곱게 소용돌이치는 오마니의 사과 껍질과 대비를 이루었
다. 오마니가 깎은 사과는 흠잡을 데 없이 완벽한 모습으로 손님상에
올릴 접시 위에 놓여 있었다. 나는 그 옆에다 내가 깎은 사과를 놓았
다. 울퉁불퉁하고 두껍게 깎여 나가다 못해 살구만큼 작아진 사과가
보였다.

3

김씨 아저씨네는 이른 저녁에 도착했다.

"아, 어서 오시요!" 아버지가 허리를 숙여 인사하며 손님들을 맞이했다.

"아니, 가장 막역한 동무를 맞는 데 이리 정 없기요?" 아저씨가 말했다. 그러고는 두 팔을 활짝 벌려 아바지를 끌어안았다. 아바지는 웃음을 터뜨리며 김씨 아저씨 등을 툭툭 두드렸다. 오마니도 부엌에서 부랴부랴 나와서 아주머니를 안았다. 오마니와 아주머니는 마치 다른 사람들이 듣는 걸 원치 않는다는 듯 속닥속닥 인사를 나누었다.

명기 오빠와 유미가 아저씨, 아주머니를 뒤따라 집 안으로 들어왔다. 유미는 허리를 숙여 깍듯이 인사하고 동생들에게도 인사를 했지만 나는 못 본 체했다. 어딘가 평소와 달라 보여서 내 곁을 쌩하니 지나는 꼴을 빤히 쳐다보았다. 아, 앞머리를 망쳤군! 아주 뎅겅 잘렸네!

나는 웃음이 터져 나오는 걸 애써 숨겼다.

유미가 나를 노려보더니 콧방귀를 뀌었다. "얘, 그저께 버드나무 아래에 숨어서 수업 훔쳐 듣지 않았니?"

나는 숨이 턱 막혔다.

버드나무 가지 아래 몸을 숨긴 내 모습을 본 사람이 아무도 없다고 생각했다. 다른 친구들도 나를 보고 있었던 걸까? 무어라 말을 하고 싶었지만 목이 꽉 잠겨 아무 말도 할 수 없었다.

"흐음…." 유미가 씩 웃으며 말했다. "넌 줄 알았다. 그 수세미 같은 머리를 못 알아볼 리 없지."

손톱이 손바닥을 파고들었다. 그 비단 같은 머릿결을 홀랑 태워 버리기라도 할 듯 이글거리는 눈빛으로 유미를 쏘아보았다. '하나님, 용서해 주시어요. 그치만 요 에미나이가 콱 죽어 버리면 좋갓시요. 야는 어찌 지 오라바이랑 저렇게나 다를 수 있대요?'

명기 오빠는 약간 건들거리는 걸음걸이로 방을 가로지른 다음 책가방을 바닥에 내려놓았다. 오빠는 어딜 가나 꼭 책을 챙겼다. 오마니는 명기 오빠가 클수록 더 멋있어진다고 말했는데 나도 그렇다고 느꼈다. 하지만 내가 어딜 가나 오빠가 있는지 두리번거리게 만드는 게 가무잡잡하지만 티 하나 없는 살결인지, 아니면 오빠가 늘 들고 다니는 책가방 때문인지는 알 수 없었다.

더 어릴 적엔 줄곧 같이 잠자리도 잡으러 다녔지만 오빠가 열다섯 살이 되고 고등학교로 진학하면서부터 오빠는 내게 거의 말을 걸지 않았다. 이제 우리 둘 사이는 서먹하다 못해 둘 사이에 보이지 않는 거대한 벽이 자리 잡고 있는 듯했다.

"명기 '오빠', 오늘은 무슨 책을 읽고 있시요?" 나는 깍듯하게 물어보았다.

오빠가 가방을 뒤집어 내용물을 쏟아 냈다. 책들이 바닥을 굴렀다. 나는 입을 떡 벌렸다. 어쩜 이리도 책이 많을까! 작은 것과 큰 것, 얇은 것부터 두꺼운 것까지, 몇 날 며칠을 족히 읽을 만한 양이었다. 입이 저절로 귀에 걸리는 바람에 어른들이 항상 가르친 대로 손으로 얌전히 이를 가렸다. 빨간 표지의 작은 책 하나를 잡아 책장을 촤르르 넘기며, 내 마음을 편안하게 만들어 주는 잉크 냄새와 눅눅한 종이 냄새를 한껏 들이켰다.

명기 오빠가 내 손에 들린 책을 획 낚아챘다. 허락도 없이 남의 책을 집어 든 게 버릇없어 보인 걸까? 꼭 꽃다발 냄새를 맡듯 책 냄새를 들이마시는 게 얼마나 이상하게 보였을까? "미안합네다. 그러려던 게 아니…."

말을 끝맺기도 전에 명기 오빠가 책에다 대고 손가락질을 하며 말했다. "이것은 공산주의에 대한 책이다. 여기 있는 건 다 마찬가지래. 기억 안 나니? 새 교장이 수업 과정도 다 바꾸고 다른 책은 죄다 금지했다." 오빠가 한숨을 푹 내쉬더니 책들을 다시 가방 안으로 던져 넣었다. 무신경한 손길이 꼭 죽은 조개를 골라 바다로 도로 던지는 것 같았다. "미안하다." 오빠가 말했다. "그저 매일 저만 옳다 주장하는 것들을 읽는 게 넌더리 나서 그랬다. 맑시즘, 변증법, 혁명 이론*. 모든 것은 전체를 위해 존재한다. 그런 얘기나 늘 되풀이하는 헛소리들

뿐이라우."

깜빡 잊고 있었다. 그 빨간 책을 그저 감미로운 종이 냄새를 풍기는 여러 책들 중 하나라고만 생각해 버렸다. 부끄러움에 얼굴이 달아올랐다. 명기 오빠네 가족은 이 마을 전체에서 우리처럼 당에 반대하는 유일한 이웃, 그래서 우리 가족이 믿을 수 있는 유일한 존재였다. 어쩜 이리 바보 같을 수가.

쌀밥과 콩나물국, 김치, 녹두전이 밥상에 가지런히 놓였다. 아버지 오른편으로 아저씨와 아주머니가 차례로 앉고, 오마니는 아버지 왼편에 앉았다. 아이들은 각자 눈치껏 끼어 앉았다. 나는 영수 옆에 앉았다. 내 맞은편에 유미가 앉는 것을 보고 다리가 닿기 싫어 무릎을 가슴팍으로 바짝 당겨 몸을 웅크리는데 명기 오빠가 불쑥 내 옆에 와서 앉았다. 오빠의 무릎이 내 다리에 닿았다. 오빠랑 이렇게 붙어 앉는 건 처음이었다. 오빠 무릎에 놓인 점잖고 단정한 손을 물끄러미 바라보았다. 오빠가 나를 힐끔 쳐다볼 때에야 비로소 나는 오빠를 너무 빤히 쳐다보고 있었다는 사실을 깨달았다. 볼이 화끈거렸다.

오마니가 부랴부랴 일어나서 뒷문을 닫았다. 그리고 아버지는 고개를 숙이고는 식전 기도를 올렸다. 다들 말없이 식사를 시작했다. 아저씨는 국그릇을 손에 들고 입천장이 델 만큼 뜨거운 국물을 후룩후룩 들이켰다. 국그릇에서 살짝 떨어진 입술 사이로 김이 모락모락 올

● **맑시즘, 변증법, 혁명 이론** 마르크스주의와 이에 기반이 되는 핵심 논리를 말한다. 마르크스는 노동자 계급이 계급 투쟁을 통해 혁명을 일으킴으로써 이상 사회를 건설할 수 있다고 주장했다.

라왔다. 아바지는 국물을 한 입 들이켤 때마다 만족스러운 듯 탄성을 흘렸다. 밥상을 사이에 두고 국물을 꿀꺽이는 소리, 코 훌쩍거리는 소리, 작게 트림하는 소리가 장단처럼 어우러졌다. 나는 내 국그릇에 남은 국물과 고기를 깨끗하게 비워 냈다.

"와, 우리 아들 잘 먹는 것 좀 보라우. 이 집 음식 솜씨가 입에 맞나 보다." 아저씨가 말했다. 마치 밥을 먹는 것만으로도 엄청나게 대단한 일을 해냈다는 듯이 아저씨는 명기 오빠의 어깨를 자랑스레 두드렸다.

오마니는 그런 칭찬을 받아들이기가 민망하다는 듯 얼굴을 찡그렸다. "아이고, 이런 아들을 두셨으니 두 분은 참 복두 많으시지요. 부모님을 얼마나 잘 받들갓시요."

아주머니가 미소 띤 얼굴로 입 안에 든 걸 서둘러 삼키며 손사래를 쳤다. "두 분은 아들이 둘이나 있지 않습네까. 복도 두 배로 더 많이 받으셨네. 오래오래 대 끊길 걱정도 없구요."

어른들은 웃음을 터뜨리며 서로 덕담을 나누기 바빴다. 하지만 어른들이 킥킥거릴 때마다 나는 꼭 얼음송곳에 찔리는 것 같은 기분이 들어 불편한 마음을 누그러뜨리고자 고개를 돌렸다.

아저씨가 실처럼 삐져나온 콩나물 뿌리를 입 안으로 쭉 빨아들이곤 손으로 입가를 훔쳤다. "소라야, 저녁 식사 준비 너도 거들었니?"

내가 고개를 끄덕였다.

아주머니가 밥상 너머로 나에게 한쪽 눈을 찡긋했다. "제 오마니를 빼닮아서 솜씨가 좋누만. 우리 유미보담 훨씬 낫다. 얼마나 든든한 딸이고."

"아유, 아직 한참은 멀었시요." 오마니가 들뜬 듯 상기된 얼굴로 말했다. "에미나이가 어찌나 집안일 돌보기를 싫어하는지 서툴러 빠졌시요. 이래선 나이가 차도 시집도 못 보낼 기요."

서툴러 빠진 에미나이. 그게 바로 나였다.

아주머니가 오마니를 꾸짖었다. "그런 말 마시라우. 소라는 번듯한 양반집 인물 좋은 도령한테 시집갈 기요. 내 장담합네다."

오마니가 입을 가리며 호호 웃었다. 그 소리가 귀에 퍽 거슬렸다.

밥상 주변을 돌아봤다. 건너편에서 유미가 히죽거리며 앉아 있는데 차마 눈을 마주칠 수가 없었다. 대신 딴생각을 하기로 했다. 내가 우리 학년을 최우등으로 졸업하는 즐거운 상상을.

졸업식 날, 교장 선생님이 나를 호명하고 나는 교단 위로 올라가 상장을 받는다. 오마니와 아바지는 기쁨의 눈물을 흘린다. 유미를 비롯한 급우들이 부러운 눈길로 나를 바라본다.

" … 아니라요, 우리 딸이지만 음식 솜씨는 참 형편없시다." 아바지 목소리에 나는 고개를 획 쳐들었다. "오늘도 녹두전에다 소금을 어찌나 들이부었던지 짠 냄새가 바다 저리 가라잖소."

모든 사람들이 웃음을 터뜨렸다.

나는 아바지를 쳐다봤다. 평소 아바지는 늘 내 음식이 맛있다 했다. 물론 어른들이 겸양을 떠느라 사람들 앞에선 늘 자기 자식들 흉을 보기 마련이라는 사실을 알았다. 하지만 그런데도 꼭 아바지한테 배신당한 기분이 들었다.

내 흉이 계속되자 유미는 기가 살았다. 새까만 눈동자가 꼭 보석처럼 반짝거렸다. 나를 빤히 쳐다보면서 녹두전을 한 입 베어 물더니 얼굴을 한껏 찡그리고 과장되게 물을 마시며 한쪽 손으로는 부채질을 해 댔다. 나는 턱 끝이 벌벌 떨리기 시작하는 걸 느꼈다. 오마니가 손을 뻗어 유미의 머리칼을 쓰다듬으며 "아유, 고와라." 하는 순간 결국 피가 나도록 볼 안쪽 살을 씹어 버렸다.

명기 오빠가 나를 힐끔 돌아보는 바람에 눈이 마주쳤다. "이제 말씀드려야 하지 않갓시요?" 오빠가 한창 웃고 있는 사람들 사이로 불쑥 끼어들었다.

"거 왜 그리 서두른다니?" 아저씨가 오빠를 꾸짖었다. "내 아직 밥숟갈 놓지도 않았다."

"너무 늦기 전에 빨리 말씀드려야 하지 않을까 싶었습네다."

나는 고마운 마음에 오빠에게 살포시 웃어 보였지만 오빠는 다시 내 쪽을 돌아보지 않았다.

"그래, 그래. 네 말이 맞다." 아저씨가 손목시계로 시간을 확인하고는 별안간 심각한 표정을 지었다. 아저씨 셔츠 겨드랑이 부분이 땀으로 젖어 있었다. 아저씨는 큼큼 목을 가다듬더니 우리 오마니, 아바지 쪽으로 돌아앉았다. "우리는 탈출할 겁네다. 박씨네도 같이 갑시다."

4

오마니, 아바지는 어두워진 낯빛으로 침묵했다. 아바지는 아저씨에게서 시선을 돌렸다. 오마니는 이미 가지런히 놓여 있는 밥그릇과 젓가락을 괜스레 만지작거렸다.

탈출. 그 단어가 나한테 으르렁대는 것 같아 몸을 움츠렸다. 경비대가 삼팔선을 넘으려는 사람들은 누구 할 것 없이 사살한다는 사실을 우리 모두가 잘 알고 있었다.

하지만 묘한 기분이 들어 두 손을 비볐다. 만약 남녘으로 도망할 수 있다면 더 이상 당원 모임에 억지로 참석하지 않아도 되고, 공산주의 노동자 낙원에서 사는 게 얼마나 복된 일인지에 대한 지긋지긋한 일장 연설을 듣지 않아도 됐다. 이웃들에게 배신자라고 고발당할 두려움도 없고, 체포될 염려 없이 교회도 다닐 수 있었다. 어머니 소련과 사악한 미국에 대해서만 늘어놓은 책이 아니라 내가 읽고 싶은 책을 마음껏 읽을 수도 있을 테지. 하굣길에 비밀경찰에게 쥐도 새도 모르게 잡혀가 우리 부모님의 사상에 대해 취조당할지도 모른다는 걱정도 할 필요가 없었다.

물론 남쪽으로 간다면 우리 가족은 가진 모든 땅을 잃을 것이다. 하지만 부모님 둘 다 꼼짝없이 농장 일에 묶여 있는 대신, 아바지는 가게에서 일을 하거나 장사를 시작할 수도 있을 것이다. 그러면 오마니는 다시 동생들을 돌볼 여유가 생기고 내가 다시 학교에 다니는 걸 허락할지도 모른다. 비록 오마니가 썩 내켜 하지는 않겠지만. 물론 학교를 가고 못 가는 문제가 꼭 공산당이나 전쟁, 비밀경찰과 큰 연관은 없었지만 그래도 상상의 나래가 뻗어 나가는 걸 멈출 수 없었다. 몸이 자유로워지면 무엇을 하든 지금보다 할 수 있는 게 많지 않을까?

심장이 쿵쿵 뛰기 시작했다. 마치 낭떠러지 앞에 서서 아래를 내려다볼 때처럼 까마득한 바닥이 나를 잡아당기는 듯한 기분이었다.

한참 뒤 드디어 아바지가 긴 침묵을 깨고 말했다. "너무 위험하지 않갓소? 군인들이 삼팔선을 따라서 쫙 깔렸지 않소. 잡히기라도 하면 몽땅 죽습네다."

아저씨가 허리를 바로 세우고 흥분한 표정으로 말했다. "맞소. 그래도 전쟁이 터져서 우리 같은 도망자들까지 신경 쓸 겨를이 없을 기요. 이거이 우리한테 남은 마지막 기회요. 앞으로 어떤 일이 생길지 어찌 알갓소?"

속이 울렁거렸다.

"어디 정착할 곳은 있소?" 아바지가 물었다.

"부산이요." 아저씨가 말했다. "다들 남쪽 해안으로 갑네다."

아바지가 천천히 고개를 끄덕였다. "강홍철이라고, 우리 처냄*이 부산에 있소. 주소를 가져가시라요. 8818번지….

"우리는 같이 못 갑네다. 너무 위험합네다." 오마니가 아바지를 이글거리는 눈빛으로 쏘아보며 끼어들었다. 오마니 이마에 땀이 송골송골 맺혀 있었다. "매정하게 들리더라도 섭섭해 마오. 하지만 우리한테 이 말씀은 안 하셨어야 했시요. 우리까지 위험에 끌어들인 게 아닙네까? 댁들이 도망하고 나면 경찰이 누굴 족치갓시요? 우리 부부 아니요. 두 분이랑 친우라는 이유만으로 우리도 배신자가 되지 않갓시요? 혹여나 우리가 이 일을 알면서도 덮은 게 들통나면 우리 가족은 꼼짝없이 수용소 신세라요! 더 심한 일을 당할 수도 있습네다!" 오마니가 벌떡 일어나서 창밖을 확인했다.

아저씨는 미간을 찌푸리며 고개를 떨어뜨렸다.

방 안에 묘한 긴장감이 차올랐다. 내가 갓난아기였던 시절부터 아저씨와 아주머니를 알고 지냈으니 그분들은 나에게 가족이나 다름이 없었다. 오마니, 아바지가 두 분과 이렇게 언성을 높이는 걸 본 적도 처음이었다.

무슨 이유에서인지 문득 울고 싶어졌다.

남자 어른들이 보리차를 앞에 두고 낮고 심각한 목소리로 무언가 이야기하는 동안 오마니와 아주머니, 나, 유미는 상을 치웠다. 명기

● **처냄** 처남의 황해도 방언. 부인의 남동생을 이른다.

오빠는 돌처럼 딱딱하게 굳은 얼굴로 대화에 겉도는 듯 앉아 있었다. 아버지가 아저씨한테 외삼촌네 집 가는 길을 알려 주는 걸 어깨너머로 들었다. "부산역에서 몇 리 안 떨어져 있시다. 국제시장 남쪽이오. 집 가까운 곳에서 노점상으로 어물전도 하구 있소." 라디오가 또다시 지지직거리더니 진행자의 높고 딱딱 끊어지는 목소리가 방 안을 전쟁 이야기로 가득 채웠다.

다소 불안한 기색의 영수가 방바닥에 팽이를 치며 자꾸 나보고도 와서 한번 보라고 외쳤다. 유미와 지수는 영수 옆에 붙어 앉아 팽이 치는 걸 구경했으나 나는 그다지 볼 마음이 들지 않았다. 아무리 잘 돌려 봤자 결국엔 중심을 잃고 멈추어 설 게 뻔하니까.

"삼춘! 삼춘! 한 번만 더 돌려 주시라요!" 내가 손을 위로 뻗으며 말했다. 그러면 삼촌은 나를 잡고 나무 팽이처럼 핑그르르 돌려 줬다. 나를 붙든 팔이 마치 떡갈나무처럼 단단했다.

"누가 네 삼촌이니? 촌수가 그리 먼데 남이나 다름없지!" 오마니가 새되게 말했다. "제발. 내 이리 빌잖니." 오마니가 방 한가운데 선 삼촌에게 애원하듯 말했다. "얼른 가라우. 우리 가족이 조금이라도 걱정되면 제발 좀 떠나 달라우!"

오마니 말에 삼촌은 풀이 죽은 듯 말했다. "누나, 미안하다. 내 정녕 갈 곳이 없다. 내일 바로 떠나갔어. 약속한다. 봐, 내가 선물도 챙겨 왔잖니." 삼촌은 가방 안에서 싱싱한 오이 한 보따리를 꺼냈다.

"아이고, 참!" 오마니는 짧게 탄성을 지르며 삼촌 손에서 보따리를 낚아챘다. 그러고는 머리를 절레절레 흔들며 머리칼을 잡아당겼다. "그럼 내일 아침까지만 있으라. 동트기 전에 떠나고. 아이고, 니가 단단히 미쳤지. 월남하는 사람들을 돕는다니. 위에서 너 하는 일 알면 꼼짝없이 죽는다! 니도 잘 알지 않니?" 그러고 나서 오마니는 빨래 바구니를 집어 들고 집 밖으로 쌩하니 나가 버렸다.

그렇게 우리 둘만 남았다.

"소라야, 참 빨리도 자라는구나. 이제 몇 살이니? 일곱 여덟?"

"아홉이요!" 내가 활짝 웃으며 답했다.

삼촌이 껄껄 웃었다. "와, 이제 다 컸구나. 내 소라 줄려구 땅콩도 좀 챙겨 왔다. 알맹이는 먹고 꼬투리는 귀걸이로 쓸 수 있단다. 보갓니?" 삼촌이 자기 귓불에 땅콩 꼬투리를 끼워 달았다.

나는 깔깔 웃으며 삼촌 손에 들린 땅콩 보따리를 잡아챘다.

내가 땅콩을 먹는 동안 삼촌은 세숫대야 앞 벽에 걸린 작은 거울을 들여다보며 면도를 했다. 오후 햇살 아래, 삼촌 눈 밑에서 턱까지 짙은 그늘이 진 게 보였다. 그럼에도 검은 머리칼에 포마드를 잔뜩 발라 뒤로 넘긴 삼촌은 참으로 근사해 보였다. "면도 구경하는 게 재밌니?" 삼촌이 웃으며 말했다. "가서 땅콩 귀걸이나 한번 만들어 보라우."

나는 바닥에 앉아 꼬투리를 깠다. 막 한쪽 귓불에 꼬투리를 걸려는 찰나, 밖이 소란스러워졌다. 주먹이 문을 쾅쾅 두드렸다. 나는 그 소리에 놀라 펄쩍 뛰었다.

경찰 두 명이 삼촌에게 총구를 겨눈 채 집 안으로 불쑥 들이닥쳤다.

"우리가 왜 왔는지 알갓지?" 둘 중 한 명이 소리쳤다. 그의 어깨에 달린 군인 견장이 내 쪽을 향해 번뜩였다.

나는 땅콩 보따리를 움켜쥔 채 삼촌을 바라봤다.

"알고 있소." 삼촌이 태연하게 답했다. 삼촌은 이를 굳게 다물고 면도를 계속했다. 면도날이 지날 때마다 하얀 거품이 가지런한 모양으로 닦여 나갔다.

"서두르라우!" 경찰이 세숫대야를 냅다 공중으로 던졌다. 거품 가득한 물이 벽을 때렸다.

하지만 삼촌은 아랑곳 않고 입을 꽉 다문 턱선을 따라 면도날을 조심스럽게 훑었다. 그리고 수건으로 얼굴을 꼼꼼하게 닦고 문밖으로 걸어 나갔다. 경찰의 총구가 삼촌의 등을 찌르고 있었다.

나는 땅콩 보따리를 꽉 쥔 채 오줌으로 흥건하게 젖은 바닥에 앉아 있었다.

그게 내가 그 '아자씨'를 본 마지막이었다. 삼촌이 아닌, 그냥 모르는 아자씨를.

그릇이 챙강거리는 소리가 들렸다. 소리가 나는 쪽을 향해 고개를 돌렸다.

아바지가 아저씨한테 부산 사는 오마니 남동생 이야기를 하는 동안, 오마니는 이글거리는 눈을 하고선 빈 접시를 던지듯 쟁반에 담았다. 오마니가 무슨 생각을 하는지 알 것 같았다. '그냥 모르는 아자씨'를 끌고 갔던 경찰들은 오마니의 다른 가족들도 처형했다. 단지 배신자로 의심되는 자와 한 핏줄이라는 이유만으로. 우리 가족은 성이 달라 화를 피해 갈 수 있었다. 또한 오마니가 삼촌이 집에 몰래 숨어든 것이라고 거짓말한 것도 도움이 되었다.

나는 눈에 띄지 않게 조용히 문밖으로 나갔다. 하늘이 어둑어둑해져 있었다. 싸리나무 울타리에 기대앉아 수수밭을 멍하니 바라보았다. 선선해진 바람이 나를 감싸 안았다.

"우리랑 같이 가자." 어둠 속에서 낮은 목소리가 들렸다.

나는 움찔했다. 어느새 명기 오빠가 곁에 다가와 있었다. 금속 테 안경이 오빠의 훤칠한 콧대 위에 그린 듯이 앉아 있었다. 오빠가 왜 여기에 있지? 가까이서 보니 오빠 옆얼굴에 난 작은 반점이 눈에 들어왔다. 갈색 반점이 꼭 달콤한 초콜릿이 묻은 듯 보여서 톡 건드려 보고 싶었지만 그 마음을 내리눌렀다.

"나는 이해가 안 간다." 오빠가 말했다. "너는 항상 미국 살았던 하라바이 얘기를 하지 않았니? 너도 언젠가 거기 가 보고 싶은 게 아니래? 미국만이 아니라 세계 어디든? 여기 있으면 어떻게 그렇게 살 수 있갓어? 통행증 없이는 이웃 마을도 못 가지 않네. 남조선에서는 사람들 누구나 원하는 곳이 어디든 마음 놓구 다닐 수 있다."

'원하는 곳이 어디든 마음 놓구 다닐 수 있다.'

명기 오빠 말을 가만히 따라 해 보았다. 나도 원하는 곳은 어디든 다닐 수 있게 될까?

하지만 긴장감으로 딱딱하게 굳은, 오마니의 겁에 질린 얼굴이 불쑥 머릿속에 떠올랐다. 언제 어디서 삼팔선 수비대의 총구를 맞닥뜨리게 될지 모르는 상황에서 밤마다 숲속을 기어 다니는 모습을 상상해 봤다. "너무 위험하지 않습네까?" 내가 불쑥 말했다. "만약 잡히기라두 하면 군인들이 우리를 싹 다 죽일 겁네다. 우리 삼춘한테 그런 것처럼요."

명기 오빠가 검지로 안경을 밀어 올리며 나를 똑바로 쳐다봤다. "내가 그걸 모르갓니? 그치만 무사히 남으로 건너간 사람들도 있다. 두렵다고 포기하면 안 된다."

"암만 그래두 말이 쉽지요." 나는 생각할 겨를도 없이 답했다.

명기 오빠는 고개를 떨구고 마치 나에게 실망했다는 듯 길게 한숨을 내쉬었다.

"니 부모님은 나한테도 부모님이나 마찬가지래. 그리고 니는… 내 누이나 다름없다." 오빠가 일어섰다. "니 가족들도 꼭 한 번 더 생각해 보면 좋갓어."

그리고 오빠는 나를 위해 문을 열어 둔 채 집 안으로 들어갔다.

5

1950년
6월 28일

머칠이 지났다. 그리고 우리 가족은 아무 일도 없었던 것처럼 지냈다. 그 누구도 아저씨가 했던 제안을 언급하지 않았지만 그 이야기는 계속 공기 중에 머물렀다.

오마니는 우리가 아저씨네 가족을 만나지도, 심지어 그 이름들을 입 밖에 내지도 못하게 했다. 하지만 아직 아저씨 가족이 떠나지 않았단 걸 알았다. 명기 오빠가 계속 나를 위해 학교 창문 옆 버드나무 아래에 책을 한 권씩 놓아두었으니까. 더 이상 그곳에 책이 없다면 오빠네가 떠났다는 걸 알게 되겠지.

어느 여름날 아침, 천둥 번개가 몰아쳤다. 모두가 집 안에 머물렀다. 오마니는 뾰족한 바늘이 그득한 반짇고리 쪽을 기웃거리는 지수를 계속 쫓으며 영수 바지에 난 구멍을 기우고 있었다.

영수가 밥상 건너편에 와 앉으며 윷판을 펼쳤다. "누나, 나랑 윷놀이할까?"

"나중에." 언제 오빠네가 떠날지 모르는 상황인데, 어떻게 한가롭게 윷놀이나 할 생각을 할 수 있지?

영수가 한숨을 쉬더니 말했다. "이거, 내 교과서 누나 가져. 누나가 좋아하는 거라우. 지도가 잔뜩 그려진 역사책 말이야." 영수가 밥상 위로 교과서 한 권을 슬쩍 밀어 놓으며 말했다. 안심시키듯 고개를 끄덕이며 말하는 품새가 꼭 소심한 어린아이 앞에 음식이 가득한 접시를 놓아 주는 어른 같았다.

혹시 자기가 잠들고 나면 내가 밤마다 그 책을 꺼내 보는 걸 알고 있었던 걸까?

"아냐, 넣어 둬. 필요 없다." 나는 책을 다시 영수 쪽으로 밀어 냈지만 눈으로는 그 고운 파란색 표지를 힐끔 훔쳐보았다.

영수가 어깨를 으쓱하더니 책을 다시 가방에 집어넣었다. 나를 무안하게 만들려고 한 게 아니란 걸 잘 알았다. 영수는 나이에 비해 속이 아주 깊은 아이니까. 하지만 이미 나는 영수의 밥을 차리고, 나는 가고 싶어도 못 가는 학교에 매일 영수를 바래다주며 살고 있었다. 이것만으로도 충분히 자존심이 상하는 일인데, 어떻게 영수가 선심 쓰듯 베푸는 것까지 받아들일 수 있을까?

"누나, 우리 이담에 꼭 같이 미국에 가 보자. 같이 항해를 떠나는 거래. 나를 선원으로 쓰라우." 영수가 웃는 낯으로 끈질기게 말했다.

나는 굳은 표정으로 영수를 가만히 쏘아보았다. 쟤는 어떻게 이런 말조차 참 쉽게 내뱉을 수 있는지. 미국. 나한테는 생각조차 할 수 없는 꿈이라 감히 입 밖에 낼 수도 없었다. 너무 멀어서 상상하기조차 힘들었다. "영수야, 너야 언젠가는 갈 수 있겠지. 나는 아니다. 너도 잘 알지 않니." 나는 드디어 참한 초승달 모양으로 깎을 수 있게 된 사과 한 조각을 영수에게 건네며 말했다.

아바지가 장작을 한 아름 들고 들어와 부엌으로 내려가는 턱 옆에 내려놓았다. 나는 사과를 마저 깎아 접시에 놓았고 가족들은 모두 하던 일을 멈추고 밥상 주변으로 모여 앉았다. 아바지는 사과 한 조각을 통째로 입에 집어넣었고 지수는 양손에 한 조각씩 움켜쥐었다.

"훨씬 낫구나. 저번보단 잘 깎았다." 오마니가 사과를 아삭아삭 씹으며 말했다.

딱히 칭찬도 아니었지만 나는 목마른 사람이 물을 찾듯 그 말을 달갑게 받아들였다. 마침내 나도 사과를 한 입 베어 물었다. 시큼한 과즙에 입술이 절로 오그라들었다. 입맛이 없었다.

라디오에서 목소리가 흘러나왔다. "단 사흘 만에 우리 용감무쌍한 군대가 남조선의 수도 서울을 점령하였다! 남조선 형제들도 곧 아바지 조국의 품에 무릎 꿇을 것이다!"

아바지가 라디오를 껐다. 사과를 씹던 것도 멈추었다.

정적이 차올랐다. "아바지, 이거이 무슨 말입네까? 북조선이 이기는 기라요?"

아바지가 뒷덜미를 벅벅 문지르며 말했다. "모른다."

"왜 다들 죽을상이래?" 오마니가 물었다. "우리는 암것두 변하는 것 없다. 이제까지도 조용히 머리 숙이고 잘 살아남지 않았니!"

아버지가 왈칵 얼굴을 붉히며 오마니를 돌아봤다. "무슨 천치 같은 소리래? 싹 다 변하는 기요!" 아버지가 그렇게 화내는 모습은 처음이었다. "조선 반도 전체가 공산당한테 떨어지는 거라우! 자유로운 선거두, 바깥세상이랑 통하는 것두, 속에 든 얘기 자유롭게 하는 것두 다 끝이란 말이다! 계속 이렇게 살고 싶소? 시도 때도 없는 당원 모임에, 이웃들을 두려워하면서? 꼭꼭 숨어서 기도하면서? 임자 부모님 모신 평양 선산에 다녀오는 것두 일일이 보고하고 허락 받아 가면서?"

오마니가 침묵했다.

나는 옷자락을 점점 더 세게 비틀었다. "명기 오라바이네는 어찌 되었시요?" 내가 물었다. 이름을 듣기가 무섭게 오마니가 펄쩍 뛰었다. "어찌 되긴? 이제 전쟁도 다 끝이니 삼팔선을 넘을 일두 없갔지. 안 그렇니?" 나는 명기 오빠와 유미가 시커먼 연기를 뚫고 걸어가는 모습을 상상했다. 불안감에 심장이 터질 듯 뛰었다.

아버지가 차를 한 입 마시고 말했다. "당장 떠나지 않을까 싶다. 그리고 부산으로 갈 거라우." 아버지는 오마니를 향해 몸을 틀었다. "부산은 조선 젤 남단이구 방어선도 잘 갖춰져 있으니 북조선군이 넘보지 못할 기요. 부산까지 들이닥치기 전에 미군한테 저지당할 거라우. 혹 그렇지 못하더라도 항구가 있으니 여차하면 조선을 탈출할 기회도 더 많지 않갔소. 우리도 김씨네랑 같이 떠나서 부산에 정착하는 게 어떻소. 처남네도 거기 있으니 여차하면 같이 지낼 수도 있구."

나는 아버지를 빤히 쳐다보았다. 마음이 바뀌신 건가? 속에서 무언가 꿈틀거리는 기분이 들었다.

오마니가 세차게 고개를 저었다. "아뇨, 너무 위험합네다! 애를 셋이나 데리구 걸어서 남조선 끝자락까지 갈 수 있갓시요? 그만한 여정을 감당할 노잣돈도 없구요! 게다가 북조선이 이기면 그땐 무슨 소용이래요? 가족들 목숨을 다 내걸고, 집도 절도 다 내건 게 무슨 소용이란 말입네다!" 오마니가 코를 훌쩍이며 치맛자락으로 눈물을 훔쳤다.

"하지만 아무 자유도 없이 사는 게 무슨 의미가 있갓소? 어찌 이리 꽉 막혔는지, 벽창호가 따로 없다!" 아바지가 역정을 냈다.

"그러는 당신은 어찌 그리 팔랑귀요! 우리는 떠나지 않기로 다 얘기 끝내지 않았습네까!"

'대체 우리 가족은 어찌해야 할까?' 생각했다. 이곳을 떠난다고 생각하니 심장이 쿵쿵 뛰었다. 하지만 그게 신이 나서인지 두려워서인지는 알 수가 없었다. 나는 아바지 소맷자락을 가만히 잡아당겼다. "아바지, 남조선에서는 모든 사람이 다 자유롭게 사는 거래요? 누구나 원하는 곳이 어디든 맘 놓구 다닐 수 있습네까?"

"그럼, 그럼." 아바지가 답했다. 하지만 딱딱하게 굳은 아바지 얼굴을 보며, 이 문제는 아바지조차도 쉽게 답할 수 없는 일이란 걸 느꼈다. "네 오마니 고집이 아주 황소고집이다." 아바지가 중얼거리고는 주먹으로 밥상을 내리쳤다. 찻잔들이 덜그럭거렸다. 아바지는 자리에서 벌떡 일어나 밖으로 나갔다. 아바지 등 뒤로 문이 쾅 닫혔다.

아바지가 자리를 뜨기 무섭게 오마니는 긴 치맛자락이 바람을 일으킬 만큼 세차게 내 쪽으로 돌아섰다. "넌 무슨, 남조선에만 가면 팔자가 다 고쳐지는 줄 아는 기야?" 오마니가 두려움이 가득한 눈을 하고

서 나에게 짓씹듯 말했다. "거기나 여기나 다 똑같이 사람 사는 곳이라우. 바뀌는 건 아무것두 없어. 거기 가도 니는 여전히 딸이고, 누나다. 여지껏 살던 대로 살아야 한단 말이야. 주어진 순리대로 사는 기는 벗어날 수 없어." 오마니 입술 끝이 한껏 비틀어졌다.

나는 손끝 하나 움직이지 못하고 가만히 앉아 있었다. 관자놀이가 터져 나갈 듯 지끈거렸다. 전 선생님이 보여 주셨던 〈제2차세계대전 뉴우스〉 영화 속 장면이 머릿속에서 깜빡거렸다. 누더기를 걸친 여자들과 어린아이들이 길가에 널브러져 있는 시체들 옆에서 절규하는 모습이. 순간 집을 떠난다는 생각만으로도 두려움이 엄습했다.

오마니는 다시 라디오를 켰고, 진행자의 목소리가 마치 불청객처럼 방 안에 울렸다. 오마니는 내 머리를 라디오 쪽으로 들이밀며 말했다. "잘 들어 보라우! 뭐라는지 안 들리니? 거의 다 이긴 전쟁이라지 않니? 이제 곧 끝날 일에 우리 가족들 목숨을 걸 이유가 없다. 아바지 꼬드기기만 해 봐! 아바지는 그저 헛된 꿈이나 꾸는 사람이다. 정신 차려야 한다, 소라야! 에미나이는 자고로 정신 바짝 차리고 여우같이 영악해야 해! 그리지 않고서 어찌 이 험한 세상에서 살아남을 수 있갔니?"

서울 함락 등 전황에 대한 미 극동사령부의 보고

워싱턴 시각으로 6월 28일 오전 7시에 맥아더 사령부로부터 접수한 정보에 따르면, 김포공항과 서울이 북한군에 의해 함락되었다. 남한군이 항복을 했다는 징후는 없으며, 북한군이 한강 이북을 봉쇄하고 있다는 보고가 있다.

_〈미국 중앙정보국 정보보고서(Daily Report) 1〉, 《한국전쟁 자료총서 16》, 5~6쪽, 한국사데이터베이스

6

1950년
6월 29일

다음 날 아침, 나는 학교 옆 버드나무로 달려갔다. 등이 땀으로 축축하게 젖었다.

오마니 말씀이 맞았다. 탈출하겠다고 목숨을 내거는 게 다 무슨 소용인가? 조선 반도 전체가 공산화가 된다면 도망갈 곳도 없다. 오빠네 가족들이 떠나는 걸 말려야 했다. 아저씨도 우리 아바지처럼 헛된 꿈을 좇고 있었다.

학교 언덕을 달려 오르는 학생이 하나도 없었다. 수업을 알리는 종소리도 울리지 않았다. 교사 앞에 둔 화분들은 벌써 시들시들했다. 눈을 감으면 내가 아직 학교에 다니던 시절의 모습이 생생하게 그려졌다. 여자아이들은 학교 앞마당에서 꽃으로 목걸이를 엮으며 놀고, 영수는 제 친구들과 술래잡기를 하고, 유치부 아이들은 풀밭을 뛰어다니는 모습이.

감았던 눈을 다시 떴다. 생생하던 모습들이 텅 빈 운동장 위로 마치 연기처럼 흩어져 사라졌다.

버드나무는 학교 언덕 맨 꼭대기에 자리하고 있었다. 버드나무의 축 늘어진 가지가 땅을 덮고 주변 모든 것을 가렸다. 나뭇잎, 바위, 책까지 모두 다. 나무 밑동 주변을 뒤졌지만 아무것도 보이지 않았다. 명기 오빠가 짜증을 내며 책가방에 쑤셔 넣었던 그 빨간 책조차도 없었다. 벌써 도망간 건가? 나는 낙엽과 주변 덤불 속도 샅샅이 뒤졌다. 아무것도 없었다.

오빠네 가족들이 떠나 버렸다.

움직임을 멈추고 정적이 잦아들도록 내버려 두었다. 그 어느 때보다도 외로운 기분이 들었다. 산들바람이 내 웃옷 사이로 스며들며 옷자락이 부풀어 올랐다. 마치 내가 속이 텅 빈 나무라도 된 것 같았다.

나는 자리에서 일어나 걷기 시작했다. 하늘과 강이 하나로 뒤섞이는 느낌이었다. 터벅터벅 집으로 돌아오는 내내, 어디부터가 하늘이고 어디까지가 강인지 더 이상 알 수가 없었다.

***

"소문 도는 게 어찌나 빠른지, 꼭 제 꼬리를 쫓는 강아지 같습네다." 내가 막 집으로 들어갔을 때 오마니가 아바지한테 말했다. 오마니는 걸쇠를 당겨 함을 열고 그 안에다 개킨 이불을 채워 넣었다. 마치 폭풍 전야에 요동치는 강물마냥 어두운 얼굴이었다. "김씨네가 수용소로 끌려갔다는 사람도 있구, 어디서 총소리를 들었다는 사람두 있시요."

숨이 턱 막혔다. 마치 차가운 쇳물이 배 속으로 흘러 들어가는 것만 같았다. 몸이 떨려 오기 시작했다.

"그거이가 확실하오?" 아바지가 물었다. "그러니까… 김가네가 떠난 것 말이오." 아바지는 밥상 앞에 앉아 보리차에는 손도 대지 않고 물었다.

"예, 확실합네다!" 오마니가 울기 시작했다. "가장 나쁜 게 뭔지 압네까? 동네 사람들 전부 우리 가족이 무슨 역병이라도 되는 양 다가오지도 않시요!"

그날 이후, 오마니는 우리를 집 밖으로 못 나가게 했다.

우리 가족은 표적이 되었다. 이웃 중 누구 하나라도 수가 틀리면 우리 가족을 꼼짝없이 청진에 있는 노동 수용소로 보내 버릴 수 있었다. 그저 마을 당원 사무실에 가서 거짓부렁만 늘어놓아도 될 일이었다. "박가네가 아바지 조국을 배신했시요. 그 친우 김가네처럼요! 그들이 뭐라고 했냐면…."

당은 그들의 충성심에 보상을 내릴 것이고, 우리 가족은 마치 유령처럼 사라질 터였다.

경찰들이 오마니, 아바지를 심문한 뒤부터 우리 가족은 잘 때도 밥 먹을 때도 늘 다 같이 모여 있었고 집 밖으로는 10분 이상 나가지 않았다. 시간을 때우기 위해 나는 동생들에게 학교놀이를 하자고 제안했다. 둘 다 곧잘 응하긴 했지만 낮 무렵만 되면 병든 병아리처럼 푹 퍼져 방바닥을 뒹굴었다. 지수가 깨끗한 양말 더미 위에서 손가락을 빨며 나른해하면 결국 다들 각자 방구석으로 흩어진 채 학교놀이는 흐지부지되었다.

끝없이 계속되는 여러 놀이는 언제나 싸움질로 끝을 맺었다. 누군가의 손가락질이 다른 사람의 성질을 폭발시켰다. 심지어 아바지마저도 우리에게 조용히 좀 있으라고 언성을 높이기 시작했다. 결국 일주일간의 격리 생활 후 영수가 고기를 잡으러 가겠노라 선언했을 때 오마니는 영수를 말리지 않았다. 그저 최대한 빨리 다녀오라고만 덧붙였다.

나는 영수를 데리고 강으로 갔다.

우리는 잠자코 흙길을 걸어 올라갔다. 바람결에 살랑거리는 나무들과 지저귀는 새의 노랫소리가 마음을 평온하게 했다. 비록 반쯤 닫힌 뒷문 사이로 내비치는 눈동자들과 바람 없이도 흔들리는 창가림막에서 이웃들의 시선이 느껴졌으나 나는 신선한 공기를 만끽하며 고개를 당당하게 쳐들었다. 이웃들을 무시하고, 대신 명기 오빠와 유미가 치졸한 뒷담화나 답답한 제약에서 벗어나 자유롭게 달리는, 아니 나무 위를 자유롭게 훨훨 날아다니는 모습을 상상했다.

"여기가 명당이다, 누나." 영수가 말했다. 영수는 강가의 뻘밭에 쭈그리고 앉아 진흙으로 떡밥을 빚고 땅을 파서 지렁이를 잡았다. 나는 그 모습을 가만히 지켜보았다. 영수의 손바닥 위에서 긴 분홍색 실끈 같은 것들이 꿈틀거렸다.

남자애들 한 무리가 맨발로 강둑의 바위와 마른 가지들 사이로 뛰어다니며 놀고 있었다. 하얀 셔츠는 바지 밖으로 삐져나온 채 잔뜩 구겨졌지만 팔에 찬 붉은 견장은 마치 눈밭 위에 갓 떨어진 핏자국처럼 형형하게 빛났다.

"이거이 누구네!" 희멀건 달덩이 같은 얼굴을 한 녀석이 말했다. 서씨 아저씨네 아들이었다. "배신자다! 조국을 사랑하지 않으면 김가 놈들이랑 같이 총살당했어야지!" 놈이 기다란 나뭇가지를 우리 쪽으로 흔들어 대며 외쳤다. 우리가 움찔거리자 녀석은 웃음을 터뜨렸다.

영수의 손을 잡고 강 상류 쪽으로 걸음을 옮겼지만 녀석들은 우리를 따라왔다.

"이 배신자들이 견장도 안 차고 있네? 경찰한테 신고해야갓어!" 손에 사탕을 쥔 녀석이 말했다. 부모를 고발한 아이들에게 조 동무가 주는 것과 똑같은 사탕이었다.

그 녀석도 누군지 알아볼 수 있었다. 정씨 아저씨네 막내아들인 근수였다. 그 집 부모님은 김일성 장군 초상화를 비뚤게 걸어 놓았다는 이유로 하루 동안 중노동형을 받은 적이 있었다.

녀석들이 우리를 에워쌌다. 수가 너무 많았다. 다섯, 여섯, 아니 모두 일곱 명이었다. 숨이 떨리기 시작했다. 영수를 힐끔 쳐다봤다. 영수는 얼굴이 새하얗게 질려 있었다.

"배신자! 배신자!" 근수와 아이들이 점점 더 가까이 다가오며 외쳐 댔다. "이놈 좀 보라. 옷에 묻은 진흙. 이건 열심히 노동하는 프롤레타리아 옷에 묻는 흙이 아니다. 미국을 사랑하는 자본주의 돼지가 온종일 진흙탕에 뒹굴며 놀아서 묻는 흙이지 않니!" 달덩이처럼 생긴 놈이 마을 집회에 오는 당 지도자들과 똑같은 어조로 말했다. 녀석의 입에서 썩은 김치 같은 냄새가 풀풀 났다. 놈은 영수의 손에서 지렁이 뭉치를 낚아채서는 한 마리를 뽑아 들었다.

"당장 동생한테 돌려주라우." 가슴속에 불길이 이는 것을 느끼며 내가 소리쳤다.

지렁이가 길게 늘어나면서 분홍색 선처럼 평평해지기 시작했다. 늘어나고, 늘어나고, 또 늘어나다가 결국 두 동강이 나 버렸다.

"하지 말라우!" 영수가 외쳤다.

녀석은 나머지 지렁이들을 풀밭에 집어 던졌다. 영수가 몸을 웅크리고 아무 죄도 없는 지렁이들을 주섬주섬 챙겼다.

바로 그때 달덩이 녀석이 영수의 팔을 움켜잡았다.

생각할 겨를도 없이 나는 내 동생의 소매를 그놈 손아귀에서 잡아챘다. "누가 누구보고 더러운 돼지라 하니? 너, 니 몸에 나는 냄새는 맡아 보았니?" 내가 불쑥 내뱉었다.

녀석은 몇 초간 나를 빤히 바라보았다. 마치 나무 위에 홀로 고립된 먹잇감을 바라보는 늑대 같은 눈빛이었다. 곧 녀석은 물러서려는 듯 몇 발자국 걸어가다가 갑자기 몸을 돌려 손에 든 나뭇가지로 내 배를 냅다 찔렀다.

고통에 몸이 저절로 웅크려졌다. 눈물이 차오르는 두 눈을 질끈 감아 버렸다. 얼굴도 잔뜩 일그러졌다.

손으로 배를 더듬었다. 옷 위로 피가 번지는 게 느껴졌다. 내쉬어지지 않는 숨을 억지로 내뱉었다.

웃음소리가 들렸다. 역겨운 웃음소리가 주변을 가득 채웠다. 하지만 바로 그때, 울부짖는 소리가 들렸다. 마치 궁지에 몰린 야생 동물이 내는 것같이 분노로 미쳐 버린 듯한 울음소리였다. 눈을 뜨니 놈들이 달아나고 있었다. 강변의 하얀 자갈들이 마치 화살처럼 공중을 날아다녔다. 영수가 양손 가득 자갈을 움켜쥐고 내 앞에 버티고 서서 미친 듯 악을 쓰고 있었다. 눈물이 영수의 볼을 타고 줄줄 흘렀다.

나는 영수를 진정시키려고 말했다. "영수야, 나 괜찮다!"

하지만 영수는 돌을 던지고 발악하기를 멈추지 않았다.

나는 양손으로 영수의 얼굴을 잡고 눈을 마주했다. "영수야, 누나 봐. 다 끝났다."

영수가 잠잠해졌다. 마치 나를 봐서 놀란 듯 두 눈이 휘둥그레졌다. 그러고는 벌벌 떨며 숨을 들이마셨다.

나는 달덩이 녀석이 도망가는 꼴이라도 볼 수 있을까 싶어 숲 쪽을 돌아다봤다. 내심 그놈이 다시 왔으면 하는 생각도 들었다. 여기, 바로 내 앞에. 감히 아무런 잘못도 저지르지 않은 우리한테 어떻게 배신자란 말을 할 수 있는 걸까? 그놈 면상에다 뱉어 주고 싶은 말을 속으로 되뇌었다. 너는 남을 괴롭힐 줄이나 아는, 공산당의 거짓말에 속아 넘어간 멍청이라고. 너처럼 무식하고 못된 놈들에게서 달아나기로 한 명기 오빠네는 똑똑한 사람들이라고 쏘아붙이고 싶었다.

하지만 그 생각이 들기가 무섭게 그런 말을 내뱉는 것이 얼마나 위험한 일인지 되새겼다. 대신 영수의 손에 남은 마지막 자갈 하나를 빼앗아 들고 놈들이 달아난 쪽을 향해 힘껏 내던진 뒤, 내가 사랑하는 마을의 땅바닥에 침을 퉤 뱉었다.

7

1950년 8월

몇 주가 흘렀다. 마을이 점점 비워지기 시작했다.

골목길 끝자락 벽에 매달아 둔 화분이 고리에서 떨어진 채 몇 날 며칠을 같은 자리에서 대롱거렸다. 전 선생님의 집도 텅 비었다. 바람이 불 때마다 열린 문이 생기 없이 흔들거렸다. 수업 자료와 책들을 몽땅 압수당한 뒤부터 완전히 다른 사람이 된 듯 누구와도 인사를 나누지 않고 지내던 전 선생님이 이제는 완전히 사라져 버린 것이다. 우리 가족과 함께 교회를 다녔던 가족 하나도 한밤중에 감쪽같이 자취를 감추었다. 빈집 창문 너머로 뜯겨 나간 구들장과 산산이 찢긴 성경 책이 보였다. 가족이 기르던 개는 매일같이 처마 밑에 웅크리고 앉아 주인들을 기다렸다.

어느 늦은 오후, 나는 오마니를 도와 빨래를 걷고 있었다. 온 동네가 텅 빈 듯 주변 공기 냄새조차 평소와 다르게 퀴퀴하고 흙내가 물씬

풍겼다. 마치 아주 오랫동안 사람이 살지 않았던 것처럼.

"다 어디로 갔습네까?" 내가 물었다. "적어도 너덧 가족이 그냥⋯ 사라져 버렸시요."

오마니가 코웃음을 쳤다. "고작 그것밖에? 내 보기엔 훨씬 많은데. 그 찐빵처럼 생긴 아들이 있는 서씨네 가족은 어떻구? 그 집도 바로 어제 떠났다." 오마니가 퉁명스럽게 답했다. 오마니는 빨랫줄에 걸린 웃옷과 바지 들을 낚아채 빨래 바구니에 던져 넣었다.

서씨 아저씨네. 그 희멀건 달덩이 같은 놈의 집이었다. 그런 녀석의 가족들마저 사라지다니. "그러니까 다들 명기 오라바이네처럼 도망하는 겁네까?"

"아냐, 다들 잡혀가는 기야." 오마니가 손놀림을 멈추지 않으며 답했다. "명기네처럼." 오마니는 본인이 들은 이야기를 철석같이 믿었다. 오빠네가 체포되었다는 소문 말이다. 하지만 나는 오빠네 가족이 사라진 이유가 탈출에 성공했기 때문이라고 애써 믿어 왔다.

"잡혔다구요?"

"기래, 잡혀갔다!" 오마니가 역정을 내며 고개를 절레절레 흔들었다. "경찰들이 맘에 안 드는 사람들은 죄다 잡아가지 않니. 사라진 사람들이 어디로 갔겠니? 감옥이지! 아니면 더 지독한 곳이거나! 목사님들이 잡혀갔단 건 알구 있었니? 조 목사님 사모님이 말씀하시길, 한밤중에 군인들이 들이닥쳐서 목사님을 잡아갔다구 하더라."

오마니는 더 자세한 이야기는 들려주지 않았다. 하지만 너무나 무미건조한 오마니 목소리에 온몸이 떨리기 시작했다. 조 목사님은 교회가 금지되기 이전 우리 동네 목사님이었다. 이제 더 이상 예배도 안 드리는데 왜 군이 목사님을 잡아간 걸까? 설마 거기서 돌아가신 걸까? 나는 울음을 참느라 입술을 꽉 깨물었다. "왜 목사님들을 잡아간답네까?" 가까스로 질문을 내뱉었다.

"당에 위협이 되니까." 오마니가 꼭 나한테 화가 난 듯한 음성으로 말했다. "목사님들은 종교를 통해 당이 원하지 않는 이야기들을 사람들에게 전하지 않니. 생각은 힘을 갖구 있다. 생각을 가진 사람들을 통제하는 건 쉽지 않아."

"하지만 이제 교회도 없지 않습네까? 예배도 못 드리구요!"

"소라야, 꼭 교회에 가야만 예배를 드릴 수 있는 기 아냐. 공산당은 그걸 잘 알고 있다."

빨강. 공산주의의 색깔. 그것은 마치 불꽃처럼 온 마을을 불살랐다. 빨간색은 마치 사람들의 팔을 쥐어짜듯 팔뚝에 단단히 둘러져 있었다. 빨간색이 집 대문을 두드리는 순간 더 이상 숨을 곳은 없었다. 등줄기를 타고 소름이 끼쳤다. "오마니." 내가 다급한 목소리로 물었다. "우리도 잡혀가면 어째요? 그 전에 도망쳐야 하는 것 아닙네까?"

오마니는 몸짓을 멈추고 그대로 앞을 빤히 응시했다. 오마니 앞에 널린 하얀 이불보가 너울지며 오마니 얼굴을 가렸다.

"천만다행으로 우리는 아무런 힘도 없지 않니. 솔직히 말해서, 우리 가족이야말로 부자들한테서 땅을 뺏어서 가난한 사람들한테 나눠 준 공산당 법 덕을 제일 많이 보지 않았니!" 오마니가 몸을 돌려 나를 똑바로 바라보았다. "그러니까 안 돼. 떠나면 안 된다. 특히 북조선군이 반도를 다 집어삼키는 마당이니 더더욱 안 돼. 정말 헛된 것에 목숨을 거는 기다. 기억해라, 소라야. 절대 아버지 편을 들어선 안 된다."

***

날이 추워질수록 부모님 사이에도 찬바람이 쌩쌩 불었다. 강철 같은 침묵이 집 안을 짓눌렀다. 오마니와 아버지는 거의 눈을 마주치지도 않았다. 두 분이 다시금 말을 섞도록 만든 건 바로 군 징집령이었다.

"군에서 몸 성한 사내는 죄다 군대로 끌고 가려구 온답네다." 어느 날 저녁, 밥은 없이 얇게 채 썰어 끓인 뭇국만 오른 밥상 앞에서 오마니가 입을 열었다. 오마니는 힐끔 아버지를 쳐다보았는데, 마치 아버지 얼굴이 그리웠던 듯 시선이 꽤 오래 머물렀다.

"내가 모를 것 같소?" 아버지가 목을 가다듬고 국을 한 모금 더 마셨다. "잡으러 오면 따라가야지. 하지만 내 그치들을 위해서 싸우지는 않을 거요. 그냥 전쟁터에서 죽겠소."

아버지 말씀에 영수가 울음을 터뜨렸고 지수는 꼭 놀란 강아지처럼 오마니 무릎에 기어올라 몸을 옹송그렸다. 영수의 눈물범벅인 눈이 마치 달래 주기를 바라는 듯 나를 바라보는 게 느껴졌지만 나 역시도 목구멍 위로 치솟는 무언가를 내리누르느라 영수를 쳐다볼 겨를이 없었다.

오마니가 손에 든 젓가락을 '탕!' 하고 상에 내려놓았다. 모두 고개를 들고 오마니를 바라보았다. "그놈들이 당신 잡아가게 하려구 여기 남은 게 아닙네다." 오마니가 떨리는 목소리로 말했다. 오마니 눈가가 벌겋게 물들어 있었다. "땅굴을 팝시다. 거기다 당신을 숨기는 겁니다. 안전하게. 조금만 버티면 되갓지요. 이 전쟁은 틀림없이 몇 주 내로 끝날 겁네다."

그 누구도 입을 열지 않았다.

나는 머릿속으로 오마니의 말씀을 되뇌고 또 되뇌며 여러 상황을 가늠해 보았다. 일전에 한 번, 숨바꼭질을 하다가 커다란 장독에 세 시간 동안 숨었던 적이 있었다. 나를 도저히 찾을 수 없자 영수는 결국 포기한다고 외쳤다. 만일 군인들이 아바지를 찾지 못한다면, 아바지를 군대에 끌고 갈 수도 없을 것이다. 오마니가 말한 계획은 꽤 그럴듯해 보였다.

몇 주 만에 처음으로 아바지가 손을 뻗어 오마니 손을 어루만졌다. 이 작은 몸짓만으로 오마니의 딱딱하게 굳은 어깨가 사르르 풀렸다.

뒤이어 아바지는 나에게 삽과 곡괭이를 가져오라 일렀다. 당장 땅 파기를 시작해야 했다.

***

다음 날 아침, 창밖을 내다보니 부모님이 수수밭 가장자리에 서 있었다. 소나무에 가려 잘 보이지는 않았지만 아바지, 오마니는 땅에 난 커다란 구멍 쪽으로 몸을 기울이고 있었다. 그 옆으로는 갓 파낸 흙이 쌓여 있었다. 나는 부모님을 향해 달려갔다.

"여기가 네 아바지를 숨길 곳이야. 전쟁이 끝날 때까지만, 조금만 버티면 된다. 이 전쟁은 틀림없이 몇 주 내로 끝날 거라우." 오마니가 마치 주문을 외듯 어제 했던 말을 되풀이했다. 그러고는 허리를 바로 세우고 이마에 흐르는 땀을 훔쳤다. 오마니의 저고리 등판과 겨드랑이도 땀에 푹 젖어 있었다. 오마니가 어두운 표정으로 아바지 손에 들린 삽을 받아 들었다. 그리고 아바지가 어두운 땅굴 속으로 미끄러져 들어갔다.

나는 어두운 땅이 아바지를 몽땅 집어삼키는 모습을 두려움에 찬 채 지켜보았다.

그리고 잠깐 뒤, 조심스럽게 한 걸음 다가가 구덩이 안을 들여다보았다. 아바지가 마치 무덤에 누운 것처럼 등을 땅에 대고 누워 있었다. 호흡이 가빠졌다. 〈제2차세계대전 뉴우스〉 영화에서 보았던, 시체를 길가 구덩이에 무심히 던져 넣던 장면이 떠올랐다. '이건 무덤이 아냐. 그저 구덩이일 뿐이야.' 속으로 되뇌었다.

아래쪽에서 아바지가 고개를 끄덕였다. "딱 괜찮은 것 같소."

뒤쪽에서 영수가 달음박질쳐 왔다. "저도 숨어도 되갓시요, 오마니?" 영수는 마치 숨바꼭질이라도 하는 것처럼 신이 나서 물었다.

"바보같이 굴지 말라우. 이건 놀이가 아니다!" 오마니가 말했다.

"그럼 뭡네까?"

오마니가 무릎을 구부리고 영수의 눈을 똑바로 바라보며 손마디가 하얗게 될 때까지 영수의 어깨를 움켜잡았다. 오마니 표정이 너무 침착하고 담담해서 오히려 더 무섭게 느껴졌다. "우리 가족이 함께할 수 있도록 하는 길이다. 우리는 무슨 일이 있어도 아바지를 지켜야 한다. 알갓니?"

잠깐 정적이 흐르고 영수는 마치 곧 전쟁터에 나서는 군인처럼 비장한 얼굴로 고개를 끄덕였다.

 아바지를 지키는 것. 오마니와 내가 한마음 한뜻이 될 수 있는 유일한 일이었다. 나는 아바지의 땅굴 옆에 버티고 섰다. 내 그림자가 거인처럼 길게 늘어졌다.

 "밤낮없이 여기만 계셔야 하는 기래요?" 내가 물었다.

 "최대한 버틸 수 있을 만큼은 쭉 여기 계실 거다." 오마니가 답했다. 오마니가 치마에 묻은 흙을 탁탁 털어 내자 치마가 다시 눈부신 하얀색으로 돌아왔다.

 "진지랑 물은 어찌하구요?" 나는 목소리가 날카로워지는 걸 느끼고 목을 가다듬었다.

 "가끔가다 한 번씩 집에 오실 거다. 그리고 우리도 밤에 먹을거리랑 물을 가져다드리구."

 나는 아바지가 땅굴 밖으로 기어 나오는 모습을 지켜보았다. 먼지 같은 흙이 아바지 몸을 자욱하게 뒤덮고 아바지의 입매와 눈가 주름에 켜켜이 쌓여 있었다. 아바지가 나를 바라보며 싱긋 웃었다. 더 이상 아바지 얼굴을 보기 힘들 거란 사실을 믿을 수 없었다.

8

1950년 8월

다음 날 아침, 오마니가 우리를 수수밭으로 불러냈다. "오늘은 아바지를 숨기는 연습을 할 것이다." 오마니가 선언했다.

영수, 지수 그리고 나는 오마니 옆에 서서 귀 뒤를 긁적이며 옷자락이나 만지작거렸다.

"집중하라우!" 오마니가 엄한 목소리로 외쳤다.

우리는 모두 동작을 멈추었다.

"이리 와서 보라우." 오마니가 우리를 땅굴 쪽으로 이끌었다.

나는 아래를 들여다보았다. 아바지가 벌써 땅굴 속에서 등을 바닥에 대고 누워 있었다. 아바지는 몸을 일으켜 앉으려고 했지만 미끄러지면서 어깨를 벽에 박고 말았다. 영수가 낄낄거리고 지수는 소리를 꽥 질렀다. 하지만 나는 무표정한 얼굴로 이 치욕적인 상황을 이해하고자 안간힘을 썼다. 우리 아바지가 구덩이 속에 계시다니.

오마니는 땅굴 입구를 나무판자로 덮었다. "영수야, 니 할 일은 땅에 난 발자국을 쓸어 없애는 거다." 오마니가 영수에게 빗자루를 던져 주자 영수는 땅굴 주변에 난 사람의 흔적을 쓸어 내기 시작했다. "소라야, 아바지가 간밤에 집에서 주무셨다. 네가 할 일은 얼른 집에 가서 아바지가 다녀간 자리를 치우는 기야. 찻잔, 버선 등등. 자, 가서 헤 보라우."

나는 수수밭을 가로질러 집 안으로 뛰어 들어갔다. 아바지 버선을 우리가 성경 책을 숨겨 놓는 구들장 아래에 던져 넣고 밥상 위에 놓인 찻잔 두 개를 얼른 헹구었다. 아바지 속옷은 궤짝에 쓸어 넣었다. 그렇지만 아바지 겉옷, 면도칼, 그리고 신발은 어찌하지? 어디서 어디까지를 숨겨야 하는 걸까? 혹시 놓친 건 없을까? 에고! 나는 다시 밭으로 뛰어갔다.

오마니가 시간을 재고 있었다. "420초가 걸렸다." 오마니가 내게 말했다. "니가 맡은 일을 하는 데 그리 오래 걸렸단 말이야."

집까지 거리만 해도 족히 70, 80보는 되는 걸 감안하면 그리 나쁘진 않은 것 같은데.

오마니가 다시 우리 모두를 둘러보았다. "더 날쌔게, 더 잘해 내야만 한다."

이후 집에 돌아와서는 표정 갈무리하는 연습을 했다. 입매를 풀고 눈에서 불안감을 비워 내서, 우리 집 대문을 두드리는 어떤 이도 거짓말을 하느라 우리 심장이 터질 듯 뛰는 걸 알아차리지 못하도록. "이건 아바지 숨기는 것만큼이나 중요한 부분이다. 표정에 생각이 드러

나선 안 된다." 오마니가 우리에게 말했다. 하지만 아무리 연습해도 내 표정이 나를 배신할 거라는 걱정이 들었다.

"요렇게 하면 됩네까, 오마니?" 영수가 자기 볼을 손바닥으로 찌부러뜨리고 눈을 사팔로 떴다. 나도 모르게 픽 웃음이 터졌다.

오마니가 손으로 입을 가리며 얼굴을 찌푸렸다. "아니다. 너무 겁먹어 보여도, 너무 과장되게 괜찮아 보여도 아니 된다. 그냥 평상시처럼 보여야 한다. 우리가 아버지를 숨기고 있단 걸 그 누구도 알아선 안 된다. 알갓니?"

영수가 고개를 끄덕였다.

지수가 손뼉을 치며 외쳤다. "아빠! 아빠!" 그러고는 밥상을 탕탕 두들겼다.

"어허, 지수야." 오마니가 손을 허공에 대고 흔들면서 말했다. "아버지를 부르면 아니 된다. 이제 아버지는 여기 안 계신다."

불과 몇 분 전에 땅굴 속에 멀쩡히 누워 있는 아버지를 보았던 지수는 소리를 꽥 지르며 오마니의 말도 안 되는 거짓말에 웃음을 터뜨렸다. "아빠! 아빠!" 그리고 땅굴 쪽을 향해 손짓까지 해 가며 더 크게 외치기 시작했다.

결국 오마니는 머리가 아픈지 이마에 흰 천을 동여매고는 바닥에 깔린 요에 누워 버렸다. "그냥 나가서 놀아라. 연습은 더 있다가 다시 하자." 오마니가 말했다.

그 말씀대로 우리는 몇 번이고 계속해서 연습을 했다. 마침내 2분 안에 아버지를 완벽하게 숨기고 태연한 표정을 짓는 것까지 할 수 있게 되었다. 오마니는 제각각 맡은 일을 착착 해내는 우리 모습에 마치 합주단의 지휘자처럼 양팔을 들어 올리고 서서 환하게 웃었다. "이리 와라, 내 새끼들. 참 장하기두 허지!"

영수와 지수가 힘껏 달려 오마니 품에 부딪히듯 안겼다. 오마니는 동생들을 꼭 안아 주었다.

"소라야, 너두 오지 않구." 오마니가 말했다.

오마니 곁으로 다가갔다. 오마니는 손끝으로 나를 쓰다듬었다.

"오늘 아주 잘하였다. 이제 우리 모두 준비가 된 것 같구나. 우리 가족은 결코 헤어질 일 없을 기다. 모두 안전할 기야." 오마니가 고개를 세차게 끄덕이며 스스로에게 되뇌듯 말했다.

나 역시 오마니 말씀을 믿고 싶었고, 그 말이 사실이 될 수 있다면 어떤 일이라도 할 수 있었다. 만약 누군가 우리 가족을 지키기 위해 내가 메뚜기를 먹어야 한다고 하면 나는 기꺼이 백 마리도 집어삼킬 수 있었다.

＊＊＊

물론 아무것도 보장된 건 없었다. 내가 아무런 준비도 되지 않았다는 사실을 깨닫기까지는 그리 오래 걸리지 않았다. 8월 말 아침, 갑자기 북한군 사무관 두 명이 우리 집 대문을 두들겼다.

"문 열라우! 내 인민군 중위 변태준이다." 남자가 외쳤다.

배 속이 울렁거렸다.

아바지는 땅굴에 숨어 있었고, 오마니와 영수는 장에 간 참이었다.

집에 있는 건 나와 지수, 둘뿐이었다.

방 안을 둘러보았다. 아바지가 간밤에 들러서 면도를 하고 차를 드시고 가지 않았던가? 나는 밥상과 대야 쪽을 획획 둘러보았다. 찻잔이 두 개 있었다. 그리고 아바지의 면도칼이 여전히 젖은 채 고리에 걸려 있었다.

주먹이 대문을 쾅쾅 두드렸다. "문 열라우!"

나는 고리 쪽으로 달려가 면도칼을 내 치마에 문질러 닦았다. 날카로운 칼날이 얇은 천을 뚫고 내 손가락까지 베었다. 핏방울이 하얀 천에 스며들었다.

"어서 열라우!"

내 손이 허둥거렸다. 나는 면도날을 다시 고리에 걸고 문가로 뛰어간 다음 문고리를 돌렸다.

"뭘 한다구 이리 오래 걸렸니? 뭐 숨기는 기 있니?" 각진 얼굴에 날카로운 인상의 중사가 취조하듯 물었다. 그의 뒤로 또 다른 사무관 한 명이 서 있었다. 둘 다 검은색 가죽 군화를 신고 각 잡힌 모자를 쓴 장정이었다.

나는 여전히 고리에 걸린 채 흔들거리는 면도칼을 흘금흘금 곁눈질했다. 바로 그때, '까르륵' 하는 웃음소리가 방을 갈랐다. 깜빡 잊고 있었다.

지수.

지수의 꽉 쥔 주먹에 영수의 국어책에서 찢겨 나간 책장이 구겨진 채 들려 있었다. 책장을 가득 채운 보기 좋은 검은 활자가 우스꽝스럽게 뒤틀려 있었다. "지수야, 안 돼!" 지수를 꾸짖었다. 귀한 교과서를 망가뜨리다니!

지수가 또 다른 장을 찢어 내는 모습을 보자니 내 안의 무언가가 함께 찢겨 나가는 기분이 들었다. 나는 지수 쪽으로 달려갔다. "이리 내!" 뜨끈한 열기가 뒷덜미를 타고 오르는 것을 느끼며 말했다. 하지만 지수는 책을 쥔 손에 더욱 힘을 주며 얼굴을 잔뜩 찡그렸다.

"하, 저, 저 망나니 꼬마 녀석 좀 보라." 허리에 칼을 찬 사무관이 말했다.

"이것마저 망가뜨리려구!" 나는 울먹이며 지수의 손에 들린 책을 잡아당겼다. 그때 축축한 무언가가 내 뺨을 적셨다.

지수가 나에게 침을 뱉기 시작했다.

어안이 벙벙해져서 그만 손힘이 풀려 버렸다. 기회를 놓칠세라 지수는 책을 한 장 더 뜯어내 방 저쪽 구석으로 쪼르르 도망갔다. 그리고 의기양양한 비명을 지르며 손에 들린 책장을 마구 구겼다.

사무관들이 박장대소했다.

책장이 책등에서 반절이나 뜯겨 나가 너덜너덜해진 책이 활짝 펼쳐진 채 바닥에 널브러져 있었다. 화가 나서 말이 마구 쏟아져 나오기 시작했다. "니가 다 망쳤어! 전부 너 때문이야! 너만 아니었음 학교두 계속 다닐 수 있었을 긴데!"

지수가 엉엉 울며 오마니를 찾기 시작했다. "오마! 오마!"

"오마니 여기 지금 아니 계신다! 아직 장에 계신다!" 내가 꽥 소리를 질렀다.

내 말은 지수를 더 큰 소리로 울게 만들 뿐이었다. "아바! 아바!" 지수가 숨이 넘어갈 듯 외쳤다.

나는 숨을 멈추었다.

"난장판은 이제 되었다." 각진 얼굴의 사무관이 더 이상 웃지 않는 얼굴로 말했다. 그의 눈이 가늘어졌다. "아닌 게 아니라 네 아바지 박상민이는 어디 있니? 사지 멀쩡한 남자들은 다 싸우러 가야 한다."

목소리가 나오지 않았다. 몸이 벌벌 떨렸다. 나는 그들의 반질반질한 군화 앞코를 뚫어져라 바라보며 말했다. "우리 아바지, 떠났시요. 딴 아주마이가 좋다고 나갔습네다." 속삭이듯 말하고는 눈물이 왈칵 터져버렸다.

지수가 손에 쥐고 있던 구겨진 책장을 툭 떨어뜨리곤 나를 바라보았다. 그리고 악을 쓰며 울기 시작했다. 어찌나 시끄러운지 사무관들이 귀를 틀어막았다. 그 소리가 너무 날카로워 나도 깜짝 놀랐다. 대체 지수가 어디까지 알아들은 걸까? 지수를 안아 올리고서 괜찮다고, 누나가 거짓말을 한 거라고 말해 주고 싶었다.

"에잇! 되었다, 되었어!" 사무관 한 명이 말했다. "그만 가자. 이 집엔 장정이 없다." 그들은 몸을 돌려 부랴부랴 집을 빠져나갔다.

몇 분 뒤, 오마니와 영수가 눈물을 줄줄 흘리며 집 안으로 뛰어 들어왔다.

"이거이 대체 무슨 일이니? 너는 동생 하나 조용히 못 시키니?" 오마니가 말했다. "이러면서 어딜 떠난다구! 동생을 이렇게 울리는데 우리가 어디 도망할 시도조차 할 수 있갓니? 마을을 떠나기도 전에 잡히겠다!" 그리고 오마니는 뒷말을 중얼거리며 부엌으로 들어갔다. "믿고 맡길 수 있는 게 하나도 없구나."

　여전히 머릿속이 웅웅 울리는 듯해 오마니 말에 뭐라 대꾸할 수가 없었다. 대신, 작은 징처럼 끝없이 울려 대는 오마니의 마지막 말을 마음속 깊숙이 집어삼켰다.

9

1950년 9월

9월이 되자 산이 온통 밝은 주홍색과 빨간색으로 불타올랐다. 내가 앞뜰의 우물에서 물을 길어 올리는 동안 영수와 지수는 낙엽을 가지고 놀았다.

"아바지는 언제쯤 땅굴 밖으로 나오신대? 한참을 계셨잖아." 영수가 잔가지와 나뭇잎으로 작은 마을을 만들며 물었다.

"쉿. 말도 꺼내지 말라우." 우리 가족은 엄청난 죄를 짓고 있었다. 징병을 피하기 위해 아바지를 숨기고 있는 걸 당에 거짓으로 고했으니 들키는 날엔 우리 모두 다 꼼짝없이 죽임을 당할 게 분명했다. "어젯밤에두 잠깐 오셔서 진지도 드시구 운동도 하고 가시지 않았니."

"아냐, 난 자구 있었다! 그건 안 친다!"

영수 말이 맞았다. 아바지는 벌써 몇 주째 땅굴에서 지내다가 어둠을 틈타 몇 분 정도 모습을 드러낼 뿐이었다. 나도 한밤중이나 동이

트기 전 새벽 어스름을 통해 아바지를 스치듯 볼 수밖에 없어서, 내가 아바지를 보는 것인지 아바지의 혼을 보는 것인지 알 수 없을 지경이었다. 아바지가 너무 그리웠다.

"추석은 어쩐대?" 영수가 물었다. "이번 추석은 아니 쇠는 기야?"

나는 달짝지근한 송편, 명기 오빠네와 함께하는 명절 밥상, 그리고 성묘를 떠올렸다. 이제 더 이상 기릴 것이 아무것도 없다는 사실을 알았다. "물론 못 지내지. 머리는 뒀다 뭐 하니? 생각을 좀 하라우. 그리고 추석은 진작에 지났어."

양동이가 가득 찼다. 나는 끙끙거리며 부엌 쪽으로 발걸음을 옮겼다. 물이 사방으로 튀었다.

집으로 가까워지자니 안에서 오마니가 손뼉을 치며 환호성을 지르는 소리가 들렸다. 오마니 친구분이 싱글벙글한 얼굴을 수건으로 가린 채 문을 벌컥 열고 나왔다.

나는 서둘러 안방으로 들어갔다. 오마니가 바닥에 앉아 있었다. 오마니는 다시 크게 손뼉을 치더니 웃는 얼굴로 속삭였다. "아이고, 하나님, 감사합니다. 감사합니다, 하나님."

"무신 일입네까? 오마니랑 같이 성가대 하시던 아주마이가 왜 여기 오신 기야요?" 나는 하마터면 양동이를 떨어뜨릴 뻔했다. 오마니가 이토록 신이 난 모습을 본 게 언제였는지 기억도 나지 않았다. 전쟁이 끝난 걸까? 누가 이겼을까?

"남쪽 소식을 가져왔지 않네. 아이고, 맥아더 장군, 그 양반 참말로 대단하구나!" 오마니 눈이 반짝반짝 빛났다.

"맥아더요? 그거이 누구예요?"

"미국 장군인데, 인천을 기습 공격했다네! 거기서 북한군을 깨부수었다지 않니! 미국이랑 연합군이 서울을 수복했다. 이제 조금만 있음 더 이상 숨어 다니지 않아도 된다!"

"그럼 집을 떠나지 않아도 되어요?" 내가 물었다.

오마니가 내 어깨를 잡았다. "아마 곧 자유도 되찾고 고향에도 계속 머물 수 있을 기야."

심장이 뛰기 시작했다. 이리 좋은 소식이라니! 아버지가 땅굴 밖으로 나오듯, 그간 금지되었던 모든 책이 다시 세상 밖으로 나오게 될 것을 상상하자 웃음이 터졌다. 오마니는 벌떡 일어나 라디오를 틀고 흥겨운 판소리 가락에 맞추어 덩실덩실 춤을 추기 시작했다. 나는 얼떨떨한 기분에 잠시 눈을 동그랗게 뜨고 오마니를 지켜보았다. 하지만 노랫가락에 장구 소리가 더해지면서, 나 역시도 모든 걸 잊고 손뼉을 치며 오마니의 춤사위에 장단을 맞추었다.

멀리서 장구 소리가 울려 퍼졌다. 오마니는 영수를 업고 아버지는 나를 목말 태우고 흙길을 따라 소리가 나는 곳을 향해 내달렸다. 쨍하게 뜬 햇살이 내 목덜미를 뜨끈하게 달구었다.

아버지가 지나가는 마을 사람을 잡아 세웠다. "사실이오? 왜놈들이 항복했다는 게?"

"그렇소! 러시아가 우리를 해방시켰소. 이제 왜놈들은 떠날 준비를 한다지 않소! 더 이상 일본 법을 따르지 않아도 된다 이말이오! 만 삼

십오 년 만에 드디어 해방이요!"

오마니가 울음을 터뜨렸다.

우리가 도착했을 즈음엔 온 동네 사람들이 고등 보통학교 앞에 모여 있었다. 사람들은 일장기를 반으로 찢고 일장기가 걸려 있던 자리에 태극기를 걸어 올렸다. 한 무리의 사람들이 군중 앞으로 나섰다. 푸르른 낭림산과 공단 리본처럼 구릉을 휘감으며 흐르는 강의 풍경이 그들을 포근하게 감쌌다. 좀 더 잘 보기 위해 불룩 솟아오른 나무뿌리를 딛고 섰다. 그들이 〈아리랑〉을 부르기 시작했다.

아바지를 올려다보았다. 아바지는 두 눈을 감고 노래를 읊조리고 있었다. 오마니도 곡조에 따라 입술을 달싹였다. 머지않아 마을 전체가 한목소리로 노래를 부르기 시작했다. 달콤하면서도 힘찬 목소리였다. 오랫동안 억압받으면서도 희망을 잃지 않은 사람들의 노래였다. 그 어떤 상황에서도 결코 희망을 놓지 않았던. 자긍심이 목구멍 가득 차올랐다. 〈아리랑〉 노랫가락에 내 몸이 두둥실 떠오르는 것만 같아 나뭇가지를 꼭 움켜잡았다.

마지막 음이 끝나자 모두 환호성을 질렀다. 그와 동시에 장구 소리가 다시 덩더쿵 울려 퍼졌고 어느 아주머니가 그 장단을 타고 파도처럼 넘실넘실 곡조를 뽑아내기 시작했다. 아바지는 가락에 맞춰 손뼉을 쳤다. 그리고 오마니 손을 잡았다. "같이 춤 한번 춥시다." 아바지가 말했다. 오마니를 바라보는 아바지 눈길이 사르르 녹는 것 같아 나는 부끄러움에 눈을 돌려 버렸다. 오마니가 자욱한 흙먼지 속에서 팽그르르 돌았다. 오마니의 긴 치맛자락이 백합꽃처럼 너울거렸다.

"누나, 우리두!" 영수가 나를 향해 뒤뚱뒤뚱 걸어오며 말했다.

나는 웃음을 터뜨리며 영수의 통통한 손을 쥐었다. 우리는 손을 맞잡은 채 머리를 뒤로 젖히고 뱅뱅 돌았다. 파란 하늘과 푸른 산이 어우러져 회오리쳤다. 어느새 돌기를 멈추고 하염없이 바라볼 만큼 눈부신 빛깔이었다.

10

1950년 10월

첫 번째 폭격은 한밤중에 찾아왔다. 저 멀리서 우르릉대는 소리가 낮게 울려 퍼졌다.

영수가 몸을 바로 세워 앉았다. "방금 뭐였시요?"

오마니가 등유 램프를 켰다. 나는 쭈그려 앉아서 방을 둘러보았다. 커다란 장롱이 나를 내려다보았다. 쇠로 된 경첩이 이빨처럼 번뜩였다. 영수와 지수는 요를 깔고 앉은 채 서로 단단히 부둥켜안았다. 벽에 둘의 머리 그림자가 비쳤다. 차가운 밤공기에 나는 팔을 문질러 몸을 덥혔다.

오마니가 창을 열고서 아바지가 계신 땅굴 쪽을 확인했다. "폭탄이구나야." 오마니가 말했다. "미군들이 북쪽으로 밀고 올라온다지 않니. 이제 평양에 다다랐을 기야."

나는 이불자락을 비틀었다. "우리는 평양에서 수백 리도 더 떨어져 있으니 전쟁에 휩쓸릴 일은 없갓지요, 오마니?" 아바지도 그렇게 말씀하시지 않았나.

"거리는 큰 의미가 없다. 곧 여기까지도 밀고 올 기야. 남조선 군대가 북쪽까지 뚫고 올라가서 전쟁에 이기려면 우리도 참고 견뎌야 하지 않갓니? 세상에 공짜로 얻어지는 건 아무것두 없단다. 자, 이제 어서 다시 자자." 오마니가 등불을 껐다.

하지만 잠이 오지 않았다. 나는 말똥말똥 눈을 뜨고 저 멀리서 새로 울리기 시작한 폭발음에 귀를 기울였다. 땅굴 속에 계신 아바지도 이걸 느끼실까? 홀로 어둠 속에서 무섭지는 않으실까?

이후 몇 주간 폭탄이 터지는 소리는 계속 이어졌다. 그리고 매번 더 가까운 곳에서 들렸다.

***

우리 가족은 방공호에 간 적이 한 번도 없었다. 방공호에는 군인 경찰과 공산당을 열렬히 지지하는 사람들이 득시글했기 때문이다. 대신 우리는 기온이 떨어지고 들판에 아침 서리가 내려앉는 동안 내내 집 안에서 꼭 붙어 있었다. 오마니는 화롯불에 돌멩이를 달군 다음 수건에 싸서 아바지의 땅굴 속에 넣어 주었다. 몸이 떨리는 걸 도저히 막을 수가 없었다. 몸이 떨리는 게 추위 때문인지 공포 때문인지도 알기 어려웠다.

그 사건이 일어난 날, 우리 넷은 둘러앉아 저녁을 먹고 있었다. 그때 '삐익' 하는 소리가 길게 공중을 갈랐다. 날카로운 굉음을 들으며 오마니, 영수, 지수, 그리고 나는 서로를 바라보았다. 이제 우리 모두 꼼짝없이 죽은 목숨이란 생각이 번뜩 들었다.

누가 미처 입을 떼기도 전에 땅과 태양이 충돌했다. 바닥이 흔들렸다. 부엌에선 접시들이 와장창 깨졌다. 초가지붕이 바람에 흩날렸다. 두려움이 심장을 세차게 두들기며 시퍼런 멍을 만들었다.

곧 정적이 찾아왔다.

손가락 사이로, 지수를 온몸으로 덮은 채 바들바들 떨고 있는 영수와 둘을 감싸 안은 오마니의 야윈 팔이 눈에 들어왔다. 그 도저히 견딜 수 없는 정적을 깨고 여러 잔해가 비처럼 지붕 위로 쏟아지며 옥수수알이 튀는 것 같은 소리를 만들었다. 다음 폭격이 언제 다시 시작될지 알 수 없었다.

"다들 괜찮니? 다친 데 없지?" 오마니가 눈을 크게 뜨고 물었다.

나는 고개를 끄덕였지만 떨림이 멈추지 않았다. 어떻게 폭탄이 이리 가까운 데 떨어질 수 있지? 나는 허우적거리며 창가로 다가가 이웃 밭에서 솟아나는 시커먼 연기를 보았다. 간발의 차로 화를 면했다. 하지만 다음번엔?

당장 도망가 몸을 숨기고 싶었지만 갈 곳도 없었다. 지수는 계속 눈을 끔뻑이며 주변을 두리번거렸다. 마치 방금 무슨 일이 일어났는지 이해하지 못하는 듯했다.

"아바지는요?" 영수가 비명을 질렀다. "아빠!"

그 소리에 오마니는 자리에서 벌떡 일어나 문밖으로 내달렸다. 어머니의 쪽 찐 머리가 산발이 되어 흩날렸다. 영수는 부랴부랴 내 곁으로 달려와 나와 함께 어둠 속을 뚫어져라 응시했다. 무성한 소나무 잎 사이로 오마니가 땅굴을 덮은 판자를 미친 듯이 긁어 대는 모습이 보였다. 그리고 얼마 지나지 않아 아바지의 흐릿한 그림자가 땅 위로 기어 올라와 비틀거리며 몸을 바로 세웠다. 아바지와 오마니는 마치 물에 빠진 사람이 지푸라기라도 움켜잡는 것처럼 절박하게 서로를 꼭 부둥켜안았다.

***

매일 밤 나는 폭탄이 우리 머리 위로 떨어지길 기다렸다. 꼭 목에 올가미를 맨 것처럼 걱정을 늘 끌어안고 지냈다.

하지만 그런 일은 일어나지 않았다. 이후 몇 번 더 들판에 폭탄이 떨어지고 나서 폭발음은 멀어지기 시작했고, 마지막에 가서는 천둥처럼 먼 곳에서 우르릉거렸다.

"얘들아! 얘들아!" 어느 날 오마니가 우리를 라디오 쪽으로 불러 모으며 말했다. "하나님이 드디어 우리의 고난과 인내에 보상을 주시었다. 미군이 평양을 점령하구 압록강을 향해서 북진하기 시작하였다지 않네. 곧 공산당이 백기를 들 기야!"

오마니 손에는 전단지 한 장이 들려 있었다. 남조선군 비행기가 공중에 흩뿌리던 것과 같은 전단이었다. 거기에는 '맥아더 장군'이라는 이름이 적힌 백인 남자 사진과 함께 "순순히 항복하는 북조선군은 따로 벌을 내리지 않겠다"라는 글귀가 적혀 있었다.

믿을 수가 없었다. 정말 끝이 다가오고 있었다. 아바지도 머지않아 땅굴 밖으로 나올 수 있다. 북조선도 남조선처럼 자유를 얻게 된다. 이제 가고 싶은 곳은 어디든 마음 놓고 다닐 수 있다. 다시 학교를 다니고 내 이름이 적힌 책을 가지고, 미국으로 가는 상상을 했다.

이후 이 주 동안 딱딱하게 굳어 있던 오마니 어깨가 점점 풀리는 것을 느꼈다. 한번은 우리 초가집이 안도의 한숨을 내쉬는 소리를 들은 것만 같다는 착각마저 들었다.

***

미군이 우리 동네에 입성하던 날, 마을 사람들은 외투를 껴입고 밖으로 몰려나왔다. 축제 행렬을 구경하는 것처럼 직접 그린 태극기를 흔들며 환호성을 질렀다.

"얘들아, 어서 나와 보라우! 미군들이 왔다!" 지수를 안아 올린 오마니가 앞뜰에서 우리를 큰 소리로 불렀다.

영수와 나는 문밖으로 뛰쳐나가 대문을 지나고 들판을 지나 마을길 자락까지 단숨에 내달렸다. 그리고 꼬마들 한 무리와 말끔한 옷을 차려입은 노부부 사이를 비집고 들어갔다. 헐벗은 나뭇가지 사이로 흙길을 따라 우리 쪽으로 다가오는 트럭과 지프차, 군인 행렬이 눈에 들어왔다. 그들 뒤로 펼쳐진 우리 아바지 밭의 익숙한 풍경이 아니었다면 이 광경이 진짜라는 걸 믿지 못했을 것이다.

미국인을 보는 건 난생처음이었다. 큰 키가 우리를 압도했다. 그들은 두껍고 긴 초록색 외투를 입고 있었다. 짙은 색 철모가 머리를 둥글게 감쌌다. 높은 코와 움푹 들어간 눈 때문에 얼굴이 복잡해 보였다. 피부색도 흰색부터 짙은 갈색, 검은색까지 다양했다. 이렇게 제각각인데 겉모습만 보고 누가 미국인인지 어떻게 구별할 수 있는지 궁금했다.

나도 환영 인파에 동참해 박수를 보내기 시작했다. 오마니가 내 옆에서 눈물을 훔쳤다. 병사들은 웃는 얼굴로 손을 흔들면서 우리를 지나쳤다. 그중 몇몇은 고개를 숙여 인사를 하기도 했다. 군인 하나가 입에 담배를 문 채 웃으며 건들거렸다. 나와 눈이 마주친 군인이 한쪽 눈을 찡긋하면서 활짝 웃어 보이는 바람에 내 얼굴이 홍당무처럼 새빨개졌다. 나는 그들의 편안해 보이는 발걸음과 숨기는 것 없이 표정을 드러내는 얼굴에 감탄했다.

"국스●." 그때 얼굴에 주근깨가 가득한 군인 하나가 우리를 노려보며 내뱉었다.

"국스?" 백발의 상관이 화난 듯한 음성으로 되물었다. 그는 입에 물고 있던 시가를 '퉤' 뱉고 발뒤꿈치로 거칠게 비벼 끈 뒤 그 군인을 향해 고함을 지르기 시작했다.

그들이 무슨 말을 하는지 알아들을 수 없었다. 하지만 그 '국-스'라는 단어에 뭔가 문제가 있다는 건 알 수 있었다. 나는 오마니를 향해 몸을 틀었다. "'국스'가 뭡네까?"

오마니는 눈을 가늘게 떴다. 기억을 떠올리려는 건지 지우려는 건

● **국스(Gooks)** 동아시아와 동남아시아 사람들을 낮추어 부르는 인종 차별적 용어이다. 특히 제2차세계대전 이후 한국에 머물렀던 미군들 사이에서 한국인을 낮춰 부르는 단어로 널리 사용되기 시작했다.

지 알 수 없었다.

　대답을 회피하려는 오마니 모습에서 '국스'가 나쁜 말이란 걸 눈치 챘다. 그리고 오마니가 그 말이 무슨 뜻인지 확실히 알고 있다는 것도. 하지만 무시한 채 계속해서 환호성을 지르며 손을 흔들었다. 어쨌거나 그들은 우리를 구하기 위해 여기까지 온 것이고, 그 사실 하나만으로도 우리는 무엇이든 참고 견딜 수 있었다.

　"투시롤●! 투시롤!" 피부색이 짙은 군인 하나가 트럭 위에서 인파를 향해 외쳤다.

　갈색 포장지로 싼 길쭉한 초콜릿 사탕 한 움큼이 우리 머리 위로 쏟아졌다. 동네 아이들이 죄다 소리를 지르며 달콤한 선물을 챙기려고 모여들었다. 영수도 무리에 끼어들었다. 잠깐 모습이 보이지 않았지만 얼마 지나지 않아 의기양양한 표정으로 외투를 벗어 들고는 소매를 단단히 모아 묶어서 가방처럼 만든 영수가 눈에 들어왔다. 거기 끼어들기에 나는 너무 다 큰 애인 것 같아서, 그저 내 발 주변에 떨어진 사탕 몇 개만 주섬주섬 챙겼다.

　영수는 초콜릿이 가득 담긴 외투를 마치 금이 담긴 항아리처럼 애지중지했다. "여기, 누나도 먹으라우." 영수가 입 안 가득 짙은 색 초콜릿 덩어리를 문 채 활짝 웃었다.

　나도 초콜릿 하나를 받아 들고 포장지를 벗겨 입 안에 천천히 밀어넣었다. 씹으니 초콜릿이 엿처럼 이에 쩍쩍 달라붙었다. 부드럽고 달

● **투시롤(Tootsie Roll)** 미국에서 흔하고 저렴한 초콜릿 과자 이름.

짝지근한 초콜릿을 혀로 살살 굴렸다.

여태 남아 있었던 동네 사람들은 하나도 빠짐없이 모습을 드러냈다. 그리고 마침내 그동안 감추어 왔던 진짜 얼굴을 드러내고 마음 놓고 웃으며 이야기를 나누었다. "나는 미국을 좋아했는데, 아니 알았소? 당이 언제 어디서고 엿듣고 있는 걸 아는데 어찌 속에 든 걸 사실대로 터놓겠소? 까딱하면 우리 식구들이 배신자 소리를 들을 수 있지 않갔소? 맘 상했더라도 이해하시라우."

잠자코 주변 소리에 귀를 기울였다. 왁자지껄한 환호성 소리와 머리 위로 쏟아지는 초콜릿 사탕, 아이들이 뛰노는 소리 한가운데에서 내 마음이 바쁘게 돌아갔다. 머리가 하는 생각을 따라잡기가 버거웠다. 전쟁이 완전히 끝난 걸까?

바로 그때, 몇 달 만에 땅굴이 아닌 바깥세상에 몸을 드러내고 선 아바지를 발견했다. 아바지는 어깨에 각이 잡힌 양복 외투를 입고 있었다. 낯빛은 창백하다 못해 새하얗게 보였다. 햇살 아래, 늘 당당해 보이는 아바지의 몸이 마치 껍데기 밖으로 몸을 드러낸 달팽이처럼 테두리를 따라 희미하게 반짝거렸다. 아바지는 나를 발견하시곤 함박웃음과 함께 환호성을 질렀다. 그 얼굴 위로 햇살이 가득 쏟아졌다. 나는 팔을 들어 눈물을 닦았다. 그리고 힘껏 달려가 아바지 손을 꼭 움켜잡았다.

아바지는 마치 내 말을 기다리는 듯 조용히 나를 바라보았지만 내가 아무 말도 없자 싱긋 웃으며 담담히 물었다. "사탕 맛있니?"

나는 고개를 끄덕이며 달콤함이 최대한 오랫동안 입 속을 머물도록 천천히 음미했다.

미군은 북조선과 중국이 맞닿은 압록강 지역으로 출발하기 전 고작 한 시간 남짓을 우리 동네에 머물렀다. 지프차들이 좁은 흙길을 덜컹대며 지나갔다. 얼룩덜룩하게 색을 칠한 지프차 한 대가 경적을 짧게 연달아 울렸다. 우리는 두 손을 하늘 높이 쳐들고 "미국! 미국!" 함성을 외치며 그들의 행운을 빌었다.

나는 자욱한 흙먼지 사이로 눈을 가늘게 떴다. 병사들의 길쭉한 몸통과 앳된 얼굴이 장정이라기엔 소년에 가까웠다. 기껏해야 명기 오빠보다 네댓 살 많아 보였다. 별안간 그들이 너무 낯설지 않게 느껴졌다. 고맙기도 하고 안타까운 마음도 들어 코끝이 찡해졌다. 그들은 한 줄로 늘어선 트럭을 타고 앞으로 나아갔다. 왠지 불안했다. 인민군이 총이라도 쏘면 어쩌지? 공격하면 까딱없이 당할 것 같은데.

그들이 길을 따라 내려가 완전히 자취를 감출 때까지 지켜보며, 나는 저 사람들이 혹여 목숨을 잃게 되지는 않을까 걱정했다.

대한민국 육해공군 총사령부 10월 20일 10시 발표
우리 국군과 유엔군은 도처에서 적의 치열한 저항을 물리치고 오늘 10월 19일 평양을 완전 탈환하였다.
_〈서울신문〉, 1950년 10월 21일, 한국사데이터베이스

11

1950년 11월

몇 주 뒤, 우리 가족은 모든 것을 송두리째 뒤바꿔 놓을 소식을 듣게 되었다. 이런 목소리가 전파를 타고 울려 퍼졌다.

"사악한 미 제국주의자들의 꼭두각시인 남조선 괴뢰 정권의 북침으로 시작된 이번 전쟁은, 곧⋯ 끝날⋯ 것⋯."

나는 아바지를 바라보았다. 아바지는 한숨을 쉬며 머리를 내저었다. 남조선과 미국이 먼저 침공을 했다는 건 이번 전쟁 시작 때부터 그들이 꾸준히 내세우는 거짓말이었다. 그 사실을 알 수 있었던 건 오마니의 성가대 친구였던 아주머니가 암시장에서 구한 라디오 덕분이었다. 그 라디오로는 다른 나라의 방송도 들을 수 있었다. 그리고 모든 나라가 입을 모아 먼저 공격을 시작한 건 북조선이라고 했다. 북조선 정부는 이전부터 거짓말을 곧잘 했다. 사라진 사람들의 거취부터 심지어 종교는 나쁜 거라는 말까지.

"우리 중공 동무들이 용맹한 북조선군에 합류하여 추잡한 미국 개새끼들과 그 연합군을 몽땅 까부수었다. … 조선을 집어삼키려는 코쟁이 미국 괴물 놈들… 오늘을 기하여… 이제 두려움에 꼬리를 말고 삼팔도선 아래로 줄행랑을 치고 있다."

아바지가 라디오를 껐다.

다시 승패가 뒤바뀌었다.

우리의 기쁨은 해방절 때만큼 찰나였다. 러시아군이 우리의 구원자라 여겼던 그 소중한 몇 시간. 하지만 곧 그들은 자신들이 원하는 것을 모조리 빼앗기 시작했다. 특히 남자 어른들의 손목시계를 몽땅 빼앗는 바람에 어떤 러시아 군인은 팔뚝 한쪽당 손목시계를 다섯 개씩 차고 다녔다. 결국 소련도 일본이나 다를 바 없었다.

"그 미군들. 죽었어. 싹 다 죽었다." 아바지가 밥상을 주먹으로 쾅 내리쳤다.

나는 창가에 서서 그들의 얼굴을 기억하고자 애썼다. 입꼬리에 물려 있던 담배. 높은 콧대에 얹혀 있던 검은 알 안경. 볼우물이 움푹 팬 미소. 고작 몇 주 전만 해도 그들은 여기 있었건만 이제는 모두 이 세상 사람이 아니었다. 우리를 보고 '국스'라고 말했던 그 주근깨 가득한 군인마저도. 그리고 그를 혼내던 상관도. 우리에게 트럭 위에서 초콜릿 사탕을 건네주었던 군인도. 믿을 수가 없었다. 너무나도 미안한 마음이 들었다.

"떠나야 한다. 오늘 밤, 해가 저물면. 아무도 우리를 못 볼 기요." 아바지가 말했다. 아바지는 바닥에 앉은 채 무릎을 계속 문질러 댔다. 어찌나 계속 문지르던지 바지에 구멍이 나는 게 아닐까 걱정될 정도였다.

"뭐라구요?" 오마니가 아바지 옆에 털썩 앉으며 소리쳤다. "오늘 밤이요? 당신 미쳤시요? 너무 늦었습네다! 이제 겨울이 다 되지 않았습네까? 우리 모두 얼어 죽을 겁네다!" 오마니 얼굴이 딱딱하게 굳었다.

"미군들이 후퇴하고 있소. 그치들이 떠나구 나면 우린 여기 영원히 갇히는 기요." 아바지 목소리는 평소와 달리 날카로웠다. "이거이 우리가 탈출할 수 있는 마지막 기회요. 미군보다 한발 앞서 떠나야 하오."

"그걸 당신이 어찌 압네까? 미국이 이기고 있지 않았습네까? 잠깐 밀릴 수도 있지요. 우린 안 떠납네다. 미국이 우리를 해방해 줄 기라요!" 오마니는 벌떡 일어나 걸레로 바닥을 훔치기 시작했다.

아바지가 자리에서 일어나 단단한 손으로 오마니 손을 잡아 아바지를 돌아보게 했다. "미군이 이길지 아닐지 알 수 없소. 이 전쟁은 한 치도 예상할 수가 없지 않갓소. 대체 언제까지 이렇게 두려움 속에 살아야 하오? 그놈들이 임자 친정에 어떤 짓을 했는지 다 보지 않았소. 빨갱이들은 도덕심도, 믿음도, 의리도 없소. 오직 당에만 맹목적이요. 더 이상은, 세뇌당한 채 산송장처럼 돌아다니는 치들 속에서 살 수 없소." 아바지가 떨리는 목소리로 말했다.

"그럼 혼자 가시라요!" 오마니가 젖은 걸레로 방바닥을 박박 문지르면서 울음을 터뜨렸다. "피란길이 장난입네까! 삼팔선도 못 넘고 군인들한테 총살당할 기라요! 나는 머리 숙이고 시키는 대로 말 들으며 사는 거 잘할 수 있습네다! 애들이랑 나는 여기 있갓시요!"

발밑이 꺼지는 듯한 기분이 들었다. 오마니의 저 말이 진심일 리 없다. 그저 화가 났을 뿐이다. 곧 저 말은 취소하시겠지.

'오마니, 제발 취소해 주시라요.'

아바지를 쳐다보았다. 내 눈빛이 강렬했던지 아버지는 마치 화살에 맞은 것처럼 어깨를 흠칫했다. 나는 아바지가 무슨 말이라도 하길 기다렸다. 하지만 아바지는 한쪽 팔로 밥상을 짚고 몸을 비스듬히 늘어뜨린 채 아무 말도 없었다.

내 안에서 시곗바늘 소리 같은 게 점점 크게 들려왔다. 우리 삶은 매일매일 더 나빠지기만 했다. 마을에서 보급받는 음식과 생필품 양은 줄어들고, 두려움은 커졌으며, 사라지는 사람은 계속 늘어만 갔다. 여기 계속 머무르면 아바지도 다시 땅굴 속으로 몸을 숨겨야 했다. 하지만 부산에서는 사람들이 원하는 곳을 마음껏 다닐 수 있다. 아마 나조차도 내가 가고 싶은 곳이면 어디든 갈 수 있을지 몰랐다. 숨이 점점 가빠 오고 머리가 핑핑 돌았다.

오늘 밤이 우리 가족에게 남은 마지막 기회일지도 모른다.

"아바지…." 떨리는 목소리를 감추지 못하고 입을 열었다. 오마니, 아바지가 동시에 나를 쳐다보았다. 오마니의 이글거리는 눈길에 얼굴이 타들어 가는 것 같았지만 용기 내 입을 뗐다. "우리도 떠… 떠나야 할 것 같습네다."

오마니는 입술을 앙다물었다. 오마니 눈빛에, 내가 그동안 오마니에게 저지른 모든 잘못에 대한 원망이 오롯이 담겨 있었다.

아바지가 미소 지으며 내 머리를 쓰다듬었다. 그리고 몸을 바로 했다. "소라야, 니가 땅굴에 내내 숨어 있었던 아바지보다도 훨씬 용감하구나."

아바지 말이 사실이 아니라고 말하고 싶었지만 말 대신 고개만 저었다.

아바지가 심호흡을 하고는 말했다. "자, 모두들 어서 짐을 싸라우. 지금 떠난다."

지금 당장? 나는 방을 둘러보며 물건 하나하나에 담긴 추억들을 되새기려 애썼다. 바닥에 놓인 영수의 고기잡이 그물, 우리 등을 따뜻하게 데워 주던 작은 화로, 가짜 자개 장식과 까만 옻칠이 된 우리 가족 밥상, 아바지가 손수 만든 오동나무 장롱, 내 평생을 자란 집을 이렇게 갑자기 떠나야 한다는 사실을 믿을 수가 없었다. 황토벽과 구들장, 초가지붕… 이 모든 게 벌써 내 기억을 떠난 듯 흐릿해졌다.

"정신 차려라, 소라야!" 오마니가 서랍장에서 외투를 꺼내며 화난 목소리로 외쳤다. "니가 부탁한 것 아니네? 서두르지 않고 뭐 하네? 어서 짐 챙기라우!"

오마니는 가족이 떨어지는 걸 절대 원하지 않는다는 사실을 알았다. 그래서 결국 내 의견이 중요했던 거다. 이 대 일. 오마니에겐 더 이상 선택권이 없었다.

하지만 그리 좋은 승리는 아니었다. 오마니는 이제 평생토록 나를 더 못마땅한 눈길로 보시겠지. 차마 오마니 눈을 똑바로 마주할 수가 없었다.

"아바지, 뭘 챙겨야 합네까?" 싸늘한 바람에 창문이 덜컹거렸다.

"소라야, 꼭 필요한 것만 챙기라우. 무거운 건 아니 된다. 따뜻한 옷, 외투 위주로. 어서!" 아바지가 쌀가마를 들고 방을 가로지르며 말했다.

하지만 나는 바닥에서 영수의 역사책을 집어 들고 미친 듯이 책장을 넘겨 내가 좋아하는 장인 세계 지도를 쭉 찢어 냈다. 책 가운데에 마치 이빨 자국처럼 삐죽삐죽한 모양의 상처가 생겼다. 지수가 책을 북북 찢던 모습이 떠오르며, 내가 방금 지수와 똑같은 짓을 했다는 게 믿기지가 않았다. 하지만 책은 너무 무거웠다. 책장 한 장은 아무런 무게도 없으니까 괜찮을 것이다. 나는 지도를 조심스럽게 접어서 외투 주머니 깊은 곳에 밀어 넣었다.

오마니는 영수와 지수 머리 위로 내복과 겉옷을 껴입혔다. 동생들 손에는 회색 털장갑을 씌우고 팔뚝에는 면을 누벼 만든 토시를 욱여넣었다. 오마니가 다 마무리하고 나자 동생들은 방 한가운데에 마치 나무 그루터기처럼 서 있었다. 나도 내가 가진 가장 두꺼운 바지로 갈아입고 누빔 외투를 껴입었다. 아바지는 어깨에 지게를 둘러멨다. 그 위로 쌀과 담요, 작은 항아리가 놓여 있었다. 그리고 아바지는 오마니가 지수를 등에 업고 포대기를 두르는 것을 도왔다. 지수는 둘둘 감아 놓은 담요 때문에 거의 보이지도 않았다. 얼굴만 간신히 밖으로 내놓은 것이 나무 구멍 속에서 고개를 빠끔 내민 아기 올빼미 같았다.

"자, 되었다." 아바지가 말했다. "이제 가자. 어서."

나는 마지막으로 집을 둘러보았다. 마음이 묵직하게 저려 왔다. 우리 집에 다시 돌아올 수 있을까? 바람에 춤추는 수수밭을 다시 볼 수 있을까? 저 위풍당당한 산은? 오후 햇살에 반짝거리는 강물은? 거기까지 생각이 미치자 묵직하던 아픔이 날카로운 칼이 되어 가슴을 푹 찔렀다. 고통에 외투 앞섶을 꼭 움켜쥐었다.

맥아더 장군, 중공군 참전과 관련하여 기자회견

미 제8군 사령부는 4일 공식적으로 2개 사단이 넘는 중공군이 한국 서북 전선에 출현한 것을 확인하였다.

_〈경향신문〉, 1950년 11월 6일, 한국사데이터베이스

2장
—
탈
출

눈으로 덮인 골짜기를 따라 사람들의 행렬이 끝도 없이 이어졌다.
대부분 하얀 옷을 입고 있어서 꼭 유령들의 행렬 같아 보였다.
아바지가 내 머리 위로 몸을 기울였다.
물밀듯 이어지는 피란 행렬을 보며 아바지는 손 빗질을 했다.

12

1950년
11월 26일

아바지가 문을 열었다. 구름이 달을 완전히 가려서 밖은 칠흑같이 어두웠다.

"너무 어둡지 않습네까? 전등이 필요하갓시요." 영수가 아바지 소매를 잡아당기며 말했다. 영수는 어두운 걸 무서워했다.

"아들, 안 된다. 전등 빛 때문에 들킬 수 있잖니. 이제부턴 조용히 하라우."

우리는 아바지를 따라 대문을 나섰다.

"영수 손 꼭 잡구 놓지 말라우." 오마니가 지수를 고쳐 업으며 내 귓가에 속삭였다. "영수는 니가 챙겨야 한다."

나는 고개를 끄덕이고 영수 손을 잡았다.

얼음장 같은 바람이 몰아쳤다. 저 멀리서 울려 퍼지는 폭탄 소리가 우르릉대며 공기를 울렸다. 이제는 부엉이나 귀뚜라미 울음소리처럼 우리에게 너무나 익숙해져 버린 소리였다. 먼 곳에서 들리는 희미한 폭발음은 묘한 안도감마저 느끼게 했다. 전쟁이 이곳이 아닌 더 먼 곳에서 벌어지고 있다는 뜻이니까.

바싹 마른 옥수숫대가 바람에 물결쳤다. 두꺼운 스카프와 모자로 머리를 완전히 가리다 보니 귀가 솜뭉치로 틀어막은 것처럼 멍멍했다. 어둠 속에서 모든 것이 희미하고 알 수 없는 모양으로 보여서 꼭 꿈속에 떨어진 기분이었다. 이 모든 게 진짜 현실일까?

몸을 부르르 떨었다. 어느 누구도 말을 하지 않았다. 지수조차도 숨을 죽였다. 나는 영수 손을 꼭 잡고 아버지 뒤를 바짝 따랐다. 지수를 업은 오마니도 우리 곁에 가까이 붙었다. 한 걸음 내디딜 때마다 아버지는 고개를 돌려 우리가 잘 있는지 확인했다.

몇 시간 동안 우리 가족은 옥수수밭과 수수밭 사이로 난 흙길을 조용히 따라 걸었다. 옥수수 이파리가 바람에 흔들리는 소리가 꼭 우리에게 속삭이는 듯했다. 추위에 고무신이 점점 차갑고 딱딱해지며 내 발뒤꿈치를 쓸기 시작했다. 나는 아픔에 눈을 찡그렸다.

"영수야, 자꾸 그렇게 팔 잡아당기지 마. 너무 무겁다." 내가 영수를 밀어 내며 말했다. 영수는 대답 대신 '힝' 소리를 내며 입을 삐죽거렸다.

아버지가 멈추어 섰다.

나도 숨을 멈췄다.

멀리서 여러 발걸음 소리가 들렸다.

아버지가 손짓으로 옥수수밭을 가리켰다. 나는 부랴부랴 옥수수 사이를 비집고 들어갔다. 발뒤꿈치의 물집이 터지는 게 느껴졌다.

옥수수밭에는 아바지 키보다도 더 큰 옥수수 줄기가 마치 군인들처럼 빼곡히 열 맞춰 서 있었다. 마른 옥수수 잎이 얼굴을 따갑게 쓸어 댔다. 꼭 종이로 만든 칼날같이 날카로웠다. 영수의 손을 부서질 듯 꽉 움켜쥐고 빽빽한 옥수수 사이를 헤치고 들어갔다. 더, 더 깊은 곳으로. 다시 길 쪽으로 잘 나올 수 있을지 염려할 겨를조차 없었다. 옥수수 줄기가 크게 부스럭거리지 않도록 안간힘을 쓸 뿐이었다.

마침내 아바지가 걸음을 멈추었다. 우리는 땅에 최대한 가까이 몸을 낮추고 숨을 죽였다. 톡 쏘는 거름 냄새가 코를 찌르고 목구멍까지 찔러서 기침이 날 것 같았다. 눈을 질끈 감고 필사적으로 기침을 삼켰다. 바싹 마른 옥수수 이파리의 뾰족한 끝이 내 볼을 콕콕 쑤셨다.

지수가 오마니의 등에서 꼼지락거리며 몸을 뒤틀었다. 지수가 칭얼거리는 소리가 마치 비탈을 굴러 내려가는 눈덩이처럼 자꾸만 커지기 시작했다. 몸이 딱딱하게 굳는 게 느껴졌다.

지수가 또, 모든 걸 망쳐 놓으려고 한다.

골목길을 올라갈 때, 지수가 앙앙 우는 소리가 들렸다.

나는 기말시험지를 손에 쥐고 걷는 중이었다. 우리 반 전체에서 만점을 받은 유일한 시험지. 자꾸만 불어오는 바람에 시험지가 구겨지지 않도록 바람결에 맞춰 몸을 요리조리 틀었다. 종이는 틈만 나면 날아가고 싶어 했다.

오마니가 길가로 나와 나를 향해 손을 흔들었다. "소라야, 서둘러 엄마 좀 도우라우. 오늘 해지기 전까지 수수 심는 걸 마쳐야 하지 않니. 나랑 아바지가 일하는 동안 지수 좀 보고 있으라우." 오마니가 나를 집 안으로 떠밀었다.

방바닥에 지수가 앉아 있었다. 지수는 털장갑을 맞지도 않는 발에 신으려 안간힘을 쓰며 징징거렸다.

"오늘부터 이 오마니도 밭일할 수 있도록 니가 동생들을 돌봐야 한다." 오마니가 딱딱한 목소리로 말했다. "학교는 이제 끝이다. 오늘이 마지막이다."

"마지막이라니요?" 머리털이 쭈뼛 서고 입술이 떨렸다.

"소라야, 뭐 그리 유난이니? 이제 집안일 돕는 법을 배워야지. 그거이 너한테도 더 좋지 않갓어. 니 앞날을 위해서도 꼭 필요하다."

누구의 앞날? 내가 원하는 미래는 그게 아닌데. "그치만 저는 커서 작가가 되고 싶습네다."

"뭐? 작가?" 오마니가 어이없다는 듯 웃으며 말했다. "소라야, 니 정신 차려라."

오마니가 부엌으로 걸어 들어갔다. 단지와 솥이 덜그럭거리는 소리가 났다. 도저히 더 생각을 이어 나갈 수가 없었다. "그치만 유미는 계속 학교에 다니지 않습네까?" 내가 뚱하게 내뱉었다.

오마니가 방으로 고개만 쑥 들이밀고서 나를 향해 얼굴을 찡그려 보였다. "유미가 너처럼 돌봐야 할 동생들이 있니? 유미네 오마니가 나처럼 밭에 일 년 내내 묶여 있어? 봄에는 감자 수확하랴, 모내기하랴, 가을에는 수수 심으랴 동동거리면서?" 오마니가 한숨을 푹 내쉬었다. "유미네랑 우리가 아무리 가깝다 하더라도 형편이 다르다, 소라야. 유미네 아바지는 고등 보통학교 교장 선생님이다. 김씨 아자씨는 책이 뭣보다 젤 중요하다구 생각하지만 우리는 그리 뜬구름 잡는 생각만 하며 살 수는 없어."

나는 오마니를 빤히 바라보았다. 너무 담담하고 어쩔 수 없다는 듯한 말 몇 마디만으로 오마니는 내 장래 희망을 송두리째 앗아 가고 말았다.

"지수한테는 맨밥을 먹이면 된다. 나는 해 질 녘이나 되어야 돌아올 테니." 오마니가 부랴부랴 밖으로 나갔다.

지수가 밥상 쪽으로 기어 와서는 뜨거운 보리차가 담긴 주전자를 넘어뜨렸다. 지수는 자지러지게 비명을 지르고 울기 시작했다. 작은 손이 순식간에 시뻘게지고 물집이 부풀어 오르는 게 눈으로 보였다. 지수를 안아 주고 싶었지만 숨 막힐 듯한 느낌에 몸이 움직여지지 않았다.

그냥 그렇게. 내 열세 살 생일날부터, 더 이상 내 삶은 없었다.

젖 먹을 시간이 지난 지수가 오마니 등에 업혀 몸부림치다가 내 어깨를 찰싹 내리쳤다. 지수가 눈을 떴다. 지수는 배고픔이 가득한 눈으로 나를 쳐다보고는 이내 우리 머리 위로 우뚝 솟은 옥수숫대를 올려다 보았다.

"쉿!" 내가 화난 목소리로 말했다. "조용히 하라우!"

지수가 얼굴을 일그러뜨렸다. 내가 너무 잘 아는 표정이었다. 머리를 뒤로 젖히고 방이 떠나가라 울음을 터뜨리기 일보 직전의 얼굴. 새카만 어둠 속에서 아바지가 입술 위로 손가락을 대고 조용히 하라는 신호를 보내는 것이 보였다.

"미안해, 지수야!" 내가 말했다.

하지만 꽉 다문 잇새로 흘러 나간 말은 사과가 아니라 도리어 으름장을 놓는 것처럼 들렸다. 지수는 몸을 움츠리고 서럽게 숨을 내쉬었다. 딱 울음을 터뜨리기 직전 모양새였다.

오마니가 지수를 어르며 아이 달래는 소리를 나지막이 내었다. 그 소리는 주위에서 불어오는 바람 소리에 뒤섞여 흩어졌다.

"거 숨지 말고 나오라!" 어둠 저 너머에서 누군가 외쳤다.

하마터면 펄쩍 뛰며 비명을 지를 뻔했다. 아주 카랑카랑하고 날카로운 목소리였다. 이제까지는 꼭 무서운 꿈속을 걷는 기분이었다면, 그 목소리를 듣는 순간 지금이 목숨을 건 탈출 상황이라는 게 비로소 현실로 다가왔다. 옥수수밭 사이를 뚫고 내 볼을 휩쓸며 지나가는 차가운 공기만큼 생생하게 느껴졌다.

아바지를 바라보았다. 아바지 눈썹이 한껏 일그러져 있었다. 오마니는 나를 새파란 눈길로 쏘아보았다. 얼굴이 홧홧해졌다. 어쩌자고 동생을 그리 몰아붙이네? 오마니의 목소리가 귓가에 울리는 듯했다. 성격 드센 딸은 없느니만 못하다더니.

"안 나오면 쏜다!" 남자가 으름장을 놓았다.

우리는 옥수숫대에 둘러싸인 채 그대로 얼어붙어 버렸다. 지수조차 숨을 죽였다.

"쏘지 마시라요! 나갈 것이니!" 어떤 아주머니가 울부짖듯 외치는 소리가 들렸다.

얼마 떨어지지 않은 곳에서 옥수수 이파리가 버석거렸다. 나이 지긋한 아주머니와 그 남편이 옥수수밭을 헤치고 길로 나가 섰다. "우리 마을 주변에 계속 폭탄이 떨어지고 있습네다." 아주머니가 애원하며 말했다. "다른 수가 없지 않갓시오. 그냥 가만히 있다가 죽으란 말입네까?"

"그 입 닥치라! 어째 조국을 버릴 생각을 할 수 있네? 우리 위대한 지도자 동무가 다들 사악한 미국에 맞서 싸우라 하지 않았소?" 남자의 목소리는 날카롭고 말투는 거칠었다. "그런데 감히 나한테 이딴 식으로 말을 해? 배신자들 같으니! 모두 체포하라우."

더 이상 오가는 대화를 알아들을 수 없었다. 웅웅거리는 소리와 흐느끼는 울음소리, 발걸음 소리가 어지럽게 흐트러진 뒤 이내 사방이 고요해졌다.

우리 가족은 꼼짝하지 않고 기다렸다.

마침내 아버지가 우리에게 수신호를 내렸다. 나는 후들거리는 무릎을 바로 세우고자 안간힘을 썼다. 어찌나 이를 꽉 물고 있었던지 턱이 다 아팠다.

아버지는 우리를 다시 흙길 쪽으로 이끌었다. 마침내 차가운 공기가 우리를 휘감을 때까지 미로 같은 옥수수밭 사이를 뚫고 나아갔다. 옥수수밭 건너편 먼발치에서 작은 손전등 빛이 이리저리 움직이며 서서히 우리 가족에게서 먼 곳으로 떠나갔다. 목이 바짝 말라서 마른침을 삼켰다.

"우리 가족이 안 들킨 게 얼마나 다행이니. 하나님이 도우셨다." 오마니가 떨리는 목소리로 속삭였다.

"그 아자씨, 아주마이는 어찌 되는 겁네까?" 내가 물었다.

아무도 내 질문에 대답하지 않았다.

13

1950년 11월

"저기 집이 하나 있구나." 오마니가 지수를 등에 업고서 몸을 움츠린 채 말했다. 길 저 끝자락을 손가락으로 가리키는 오마니의 얼굴이 부쩍 피곤해 보였다. "좀 쉬어야 하지 않갓시요? 저기서 잠깐 쉬다 갑시다."

아바지가 고개를 끄덕였다.

벌써 몇 시간째 걷는 중이었다. 하늘 자락을 따라 아주 조금씩 동이 터 오는 게 느껴졌다. 다리가 너무 아팠다. 발에 잡힌 물집이 쓰라렸다. 영수는 평소와 다르게 입을 꾹 다물고 내 뒤를 어기적거리며 따라왔다.

"얘들아, 다 왔다. 저기까지만 가면 잘 수 있다." 아바지가 우리를 어르며 말했다. 그리고 지게를 다시 바짝 고쳐 메고서 발걸음을 빨리 했다.

길 저편에 자리한 집이 눈에 들어왔다. 돌로 벽을 올리고 초가지붕을 얹은 집 안마당에는 낙엽이 가득했다. 언뜻 보면 우리 집과 비슷했지만 아바지가 장작을 모아 두거나 우리가 숨바꼭질할 때면 기어 들어가던 마루도, 문 위로 이어지는 따뜻한 나무 대들보도 없었다. 마치 산 한 자락을 깎아 낸 것처럼 차갑고 거친 돌을 쌓아 만든 집이었다. 거기 살았을 옛 주인들이 친절한 사람이었기를 바랐다.

아바지는 꼭 술에 취한 사람처럼 대담하게 마당을 휘젓고 집 안으로 성큼성큼 걸어 들어갔다. 마치 그 집에 평생 살아온 것 같은 몸짓이었다. 너무 지치면 취한 것처럼 대담해질 수도 있는 걸까? 궁금한 마음에 걸음을 멈추고 아바지를 지켜보았다. 하지만 오마니와 영수가 아무렇지도 않게 나를 지나쳐 안으로 따라 들어가기에 나도 부랴부랴 뒤를 따랐다.

"벌써 떠난 지 몇 달은 된 것 같구나." 오마니가 밥상 위에 켜켜이 쌓인 먼지를 손가락으로 훑으며 말했다. 김일성 동무의 초상화가 벽에 비뚜름하게 걸려 있었다. 바로 밑 바닥에 못이 떨어져 있었다. 오마니는 포대기를 풀고 지수를 내렸다. 지수는 방구석에 두껍게 쳐진 거미줄을 손으로 탁탁 내리치더니 밥상 다리 뒤편에 둥지처럼 쌓인 마른 나뭇잎에 발을 구르며 놀았다.

아바지는 '쿵' 소리를 내며 지게를 바닥에 내리고 목덜미를 주물렀다. 그러고는 반쯤 웃고 반쯤 찡그린 얼굴로 팔을 위로 쭉 뻗어 양옆으로 기울이며 몸을 풀었다. 몸을 풀기가 무섭게 아바지는 땔감을 찾아오겠노라며 다시 밖으로 나갔다.

아바지가 나가자마자 오마니가 내 쪽을 획 돌아보았다. "아까 옥수수밭에서 대체 뭐이야? 어쩌자고 지수를 그렇게 울리려고 한 기야? 모두 죽이려고 작정했니?"

나는 그저 발끝만 물끄러미 내려다보았다. 시간을 되돌릴 수만 있다면 얼마나 좋을까? 지수를 다그쳤던 것도, 도망가자고 했던 것도 다 무를 수 있었으면. 오마니 말이 옳았다. 대체 어쩌자고 그런 생각을 했을까?

곁눈질로 지수를 힐끔 바라보았다. 그런데 지수가 내 외투 주머니에서 지도를 끄집어내고 있었다.

"지수야, 안 돼! 그건 내 거라우!" 내가 지수 손에서 지도를 낚아채기 무섭게 지수는 울음을 터뜨렸다. 찡그린 두 눈에서 눈물이 퐁퐁 솟아났다.

짜악!

오마니 손자국이 내 뺨을 새빨갛게 물들였다.

오마니는 마치 자기 새끼를 지키는 들짐승같이 사나운 눈빛으로 나를 바라보았다. 오마니가 맞서 싸우려는 위협이 바로 나라니. 속이 얼어붙는 느낌이었다. 나도 오마니 자식인데.

"어서 자라우. 셋 다. 다시 걸으려면 충분히 쉬어 두어야 한다." 오마니가 말했다. 그리고 허리를 주먹으로 두들기며 마치 온몸 뼈마디에 안 아픈 곳이 없다는 듯 느릿한 걸음으로 부엌으로 향했다.

나는 마루에 주저앉아 거친 손길로 신발을 벗었다. 영수와 지수가 나를 물끄러미 바라보았다.

"누나, 괜찮아?" 영수가 조용히 말했다.

"응. 안 괜찮을 건 또 뭐래?" 하지만 축축한 무언가가 게 내 양 볼을 적시는 게 느껴졌다. 언제부터 울고 있었던 걸까?

"그치만 볼이…." 영수가 내 볼을 가리키며 말을 삼켰다.

밥상에 널브러져 있던 숟가락을 찾아 들고 거기에 얼굴을 비추어 보았다. 볼은 여전히 새빨갰지만 아까처럼 욱신거리지는 않았다.

가슴이 돌을 얹은 것처럼 답답했다. 동생들은 늘 말썽만 일으킨다. 그리고 나는 뭐 하나 제대로 할 줄 모른다. 영수와 지수는 마치 내가 언제 폭발할지 모르는 불량 폭탄이라도 되는 것처럼 살살 눈치를 보았다.

축축한 양말을 벗고 물집이 터져 진물이 잔뜩 흐른 발을 후후 불어가며 말렸다. 우리 가족이 부산에 잘 도착할 때까지, 더 이상 말썽 일으키는 일 없이 내가 맡은 일을 잘 해내야만 한다. 지도를 다시 잘 접어서 외투 주머니 깊숙이 찔러 넣었다. 아직 찢어진 곳 없이 멀쩡했지만, 혹시나 자면서 모서리가 구겨질까 신경이 쓰였다.

아버지가 바깥 냄새를 잔뜩 묻힌 채 돌아와서 아궁이 쪽으로 장작을 날랐다. "왜 아직도 깨어 있니? 어서들 눈 붙이라."

산 너머에서 커다란 폭발음이 들려왔다. 소리가 지난번보다 부쩍 더 가까워져 있었다. 소리에 창문이 드르륵 떨렸다.

영수와 지수는 바닥에 요를 깔고 눕기가 무섭게 잠이 들었다. 지수는 쪽쪽 소리를 내며 제 엄지를 빨았다. 어찌나 힘차게 빠는지 돌덩이에서도 젖을 빨아낼 기세였다.

나는 동생들 옆으로 몸을 뉘었다. 낯선 사람 집에 불쑥 쳐들어와 자리를 잡고 누워 있다는 사실이 너무나 이상했다. 이 모든 게 안개 속에서 일어나는 일처럼 흐릿하고 축축하게 느껴졌다. 그리고 우리 집은 이제 추억 속에서만 존재할 뿐이었다. 집을 떠난 지 한나절도 채되지 않았는데 그 한나절이 평생처럼 길게 느껴졌다.

눈물이 그렁그렁한 눈을 꾹 감았다. 머리가 돌처럼 무거웠다. 얼마 지나지 않아 나도 잠이 들었다. 마치 물고기가 물속을 매끄럽게 헤쳐나가는 것처럼 그렇게 꿈조차 닿지 않을 깊고 깊은 잠 속으로 빠져들었다.

***

몇 시간 뒤, 밥 짓는 냄새가 집 안을 가득 채우며 모두를 깨웠다. 오마니가 고슬고슬한 밥을 굴려 주먹밥을 만들고 있었다.

배 속에서 꼬르륵댔지만 아바지와 동생들이 주먹밥을 하나씩 쥐어들 때까지 묵묵히 기다렸다. 마침내 내 차례. 밥을 한 입 베어 물었다. 음, 부드럽고 따뜻하면서 적당히 짭짤한 맛이 혀끝에 감돌았다. 태어나 먹어 본 음식 중에 가장 맛있게 느껴졌다. 거의 씹지도 않고 허겁지겁 삼키는 바람에 주먹으로 가슴을 콩콩 쳐야 했다. 그냥 주먹밥이이렇게 맛있는 줄 누가 알았을까?

영수는 찢어진 입을 감추지를 못했다. 마치 소풍 온 것처럼 신이 나서 주먹밥을 입 안 가득 넣고 우물거렸다. "부산에 가면 우리 가족들다 같이 살게 커다란 집을 사갓어요." 영수가 느닷없이 말했다.

아바지가 웃음을 터뜨렸다. "정말? 돈은 어찌 내려구?"

"부산은 바다와 닿아 있으니 어부가 되지요. 생선 많이 잡아서 오마니 드시게 매일 저녁 밥상에 올리겠습네다."

이번엔 오마니가 웃음을 터뜨렸다.

"누나, 누나는 어떤 생선이 먹고 싶어?" 영수가 물었다.

나는 대답하지 않았다.

"말해 보라우, 어서." 영수가 마치 나에게 세상을 다 줄 것처럼 양팔을 활짝 벌렸다. "어떤 생선이 먹고 싶어? 말만 하라우, 어떤 것도 다 잡아다 줄 테니."

14

1950년 11월

밤새 펑펑 눈이 내렸다. 아침으로 남은 주먹밥을 먹고 나서 영수는 창문가로 가서 밖을 내다보았다. "와서 좀 봐 봐. 진짜 많아!"

"뭐가, 눈이?" 내가 담요 속에 몸을 파묻은 채 대꾸했다.

"아니, 사람이!"

영수 곁으로 다가가 창문에 얼굴을 바짝 가져다 댔다. 눈으로 덮인 골짜기를 따라 사람들의 행렬이 끝도 없이 이어졌다. 대부분 하얀 옷을 입고 있어서 꼭 유령들의 행렬 같아 보였다.

아버지가 내 머리 위로 몸을 기울였다. 물밀듯 이어지는 피란 행렬을 보며 아버지는 손 빗질을 했다. "다들 남쪽으로 피란하는데 우리만 이렇게 멈춰서 쉬고 있을 수 없다. 어서 가자. 서두르라우."

아버지와 오마니는 눈 깜짝할 사이에 짐을 챙겼다. 나도 아궁이에 넣어 둔 양말을 찾아 신었다. 따끈하게 데워진 양말이 물집으로 따가운 내 발을 풀어 줬다. 푹 자고 따뜻한 음식을 먹은 덕에 아프던 몸이 씻은 듯이 나았다. 아바지가 지게를 메는 동안 오마니는 지수를 등에 업고 포대기로 단단히 감쌌다.

영수는 줄줄 흘러내리는 양말과 바지를 잡고 씨름 중이었다. 옷이 마치 손가락 사이로 빠져나가는 모래처럼 보였다. 영수의 빼빼 마른 어깨와 퉁퉁 부은 눈 밑으로 진 그림자를 보며 문득 이 여정이 영수에게는 너무 버겁지 않을까 걱정이 되었다.

아바지가 문고리를 잡았다. "다들 준비되었니?" 아바지 눈이 나를 향해 있었다.

외투 주머니에 손을 넣었다. 지도는 제자리에 잘 있었다. 접은 모퉁이의 감촉이 손끝에 느껴졌다. 고개를 끄덕였다.

우리는 다 함께 밖으로 발을 내디뎠다. 꼭대기에 눈이 쌓인 산봉우리들이 마치 무수한 단도처럼 하늘을 향해 치솟아 있었다. 차가운 공기가 코끝을 꼬집어 댔고 발밑으로는 눈이 뽀드득거렸다. 골짜기를 통해 질주하는 매서운 바람에 맞서 몸을 잔뜩 움츠렸다.

눈앞에 피란 행렬이 펼쳐졌다. 눈보라 속에서 무표정한 얼굴들이 둥둥 떠다녔다. 흠칫 몸이 떨렸지만 곧 그 침묵에 잠긴 행렬 속으로 발걸음을 옮겼다. 달리 무슨 선택지가 있을까? 따로 다니는 것보다는 다 함께 움직이는 게 훨씬 안전할 테지. 그렇게 우리 가족은 남쪽으로 향하는 기나긴 대열에 합류했다.

"손씨 어르신!" 아바지가 갑자기 외쳤다.

털모자를 쓰고 희끗희끗한 수염이 난 아저씨가 몸을 돌렸다. 짐을 가득 실은 손수레를 밀고 있었다. "박상민이? 박상민이 맞나?"

아바지가 활짝 웃었다. "예, 접네다! 오랜만이라요!"

손씨 할아버지가 인사를 하며 우리 아바지 팔을 덥석 잡았다. "참, 어쩌다 이런 상황에서 다시 만나는 기야." 할아버지가 지게를 가리키며 계속 말했다. "그거이 이리 주라우. 내 수레에다 실어. 그 정도는 가뿐하다."

"아닙네다." 아바지가 고개를 저었다. "제가 들 수 있습네다."

"고집 피우지 말라우."

"그렇다면 제가 수레를 밀겠습네다. 제가 더 젊고 힘도 더 있지 않습네까?"

"거 친구 여전하구먼! 예전에 내가 정 씨를 장로에 추천한 걸 퇴짜놓던 때랑 똑같지 않네! 늘 황소고집이야."

"그래도 옳은 일에만 고집부리지 않갓시요." 아바지가 대꾸했다.

두 분은 껄껄 웃더니 이내 조용해졌다. 누가 교회 장로가 될 것인지를 옥신각신하던 시절이 있었다는 걸 차마 믿을 수 없다는 듯.

영수는 콧물을 흘리며 머리를 푹 숙이고 나를 따라왔다. 어느새 저 발치까지 뒤떨어져 있었다. "누나, 같이 가자."

"영수야, 서두르라우. 빨리 움직여야 해." 내가 말했다.

영수가 나를 따라잡았다. "다 와 가는 기야?"

"어디를?"

"부산."

걸음을 멈추고, 내가 실없는 소리를 할 때마다 오마니가 하는 것과 같은 눈길로 영수를 빤히 바라보았다. "아직 멀었지. 부산은 남조선에서도 가장 남쪽에 있지 않니."

영수는 얼굴을 찡그리면서 목덜미를 주물렀다. "그럼 얼마나 걸리는데?"

나는 한숨을 푹 내쉬고 발걸음을 계속했다. "몇 주, 몇 달도 더 걸릴 수 있다."

"그럼 집에는 언제 다시 돌아갈 수 있나?"

"아마도 전쟁이 끝나고 나면."

"전쟁은 언제 끝나는데?"

"그걸 내가 어찌 아니!" 내가 소리를 빽 질렀다. "숨 아끼고 질문 좀 그만하라우."

영수는 콧물을 닦아 내고 나를 향해 손을 뻗었다. 하지만 나는 난생처음으로 영수의 손을 팩 뿌리쳤다.

행렬을 둘러보니 아이들도 여럿 보였다. 어린애들은 징징거리고 좀 더 큰 아이들은 어두운 낯을 하고 있었다. 대부분이 어머니 옷자락을 꼭 쥐고 있었지만 골난 듯 발을 굴리며 혼자 걸어가는 애들도 여럿 보였다. 그중 몇몇 여자아이들은 내 또래로 보였다.

혹시나 여기서 친구를 사귈 수도 있을까? 하지만 내 바람은 영영 이루어지지 않았다.

15

하늘 저 구석에서부터 작은 점 하나가 우리를 향해 다가왔다.

웅웅거리는 소리가 점점 커지면서 행렬 속 모든 사람들이 걸음을 멈추고 햇살에 눈을 찡그리며 위를 바라보았다. 전투기 한 대가 막 개기 시작한 구름 사이를 뚫고 점점 낮게 날아왔다.

"하얀색 별이다!" 어느 아주머니가 전투기를 가리키며 외쳤다. "미군이야!"

"아니다!" 우리 뒤쪽에서 다른 아저씨가 맞받아쳤다. "붉은 별이지 않니! 공산당이다!"

나도 눈썹 위로 손을 올리고 뚫어져라 바라보았지만 그저 별 모양만 간신히 확인할 수 있었다. 빨간색이다. 아니, 하얀색인가? 빨간색이야. 뾰족하게 펼쳐진 강철 날개 위로 햇살이 번뜩이는 춤을 추며 내 눈을 온통 어지럽혔다.

한순간 모든 사람들이 달리기 시작했다.

우르르 내달리는 발걸음. 높아지는 목소리. 잔뜩 뭉개진 얼굴들이 내 주변을 스쳐 지나갔다. 무리를 이루어 걷던 사람들이 순식간에 뿔뿔이 흩어지며 아수라장이 되었다. 다들 사방으로 흩어졌다. 하얗게 눈이 쌓인 두렁 아래로, 또 바싹 마른 옥수수밭 사이로. 그중에도 대부분은 언덕 위로 향했다. 나는 마치 그 자리에 못 박힌 듯 서 있었다.

"오마니! 아바지! 영수야!" 힘껏 외쳤지만 내 목소리조차 알아듣기 힘들었다.

수많은 얼굴들이 마치 〈뉴우스〉 영화처럼 깜박이며 내 앞을 스쳤다. 등에 아기를 업은 아주머니들, 회색 털장갑을 낀 남자아이들, 어깨에 지게를 둘러멘 아저씨들. 나는 완전히 혼란에 빠져 제자리만 빙빙 돌았다.

"비키라우!" 어떤 아주머니가 나를 퍽 밀치며 외쳤다.

나는 그 자리에 나동그라졌다. 수많은 발이 내 주위를, 나를 밟고 지나갔다. 누군가는 내 머리를 문손잡이처럼 잡아챘다. "놔!" 나는 비명을 지르며 버둥거렸다.

언덕 위로 모여든 사람들이 손을 위로 들어 보였다. "보시오!" 다들 한목소리로 외쳐 댔다. "우리는 군인이 아닙네다!" 사람들은 다 해진 소맷자락을 펄럭이며, 하늘을 향해 아기들을 들어 보이며, 목도리를 풀어 백기처럼 흔들어 보이며 목청을 높였다.

나는 가슴을 움켜쥐었다. 온몸이 심장이 된 것처럼 쿵쿵 뛰었다. 다리가 움직이지 않았다. 언덕을 겨우 바라보았다. 저기로 가야 하나,

아니면 여기 이대로 있어야 하나?

그때, 흩어진 사람들 속에서 영수가 보였다.

"영수야!"

홀로 선 영수는 짐승처럼 울부짖고 있었다. 눈물이 얼굴을 타고 줄줄 흘러내렸다. 영수를 보자니 마치 떨어져 나간 내 심장 한 조각을 바라보는 것처럼 기분이 묘했다.

영수에게로 달려가 손을 꽉 잡았다. 그리고 이리저리 뛰어다니기 시작했다. 지금 뭘 하고 있는 거지? 어디로 가야 하지? 아바지와 오마니, 지수도 틀림없이 주변에 있을 텐데. 하지만 얼어붙은 길 위에는 더 이상 아무도 남아 있지 않았다. 어떻게 이토록 순식간에 모두 사라져 버릴 수가 있지?

머리 위에서 전투기가 으르렁거렸다.

영수와 나는 서로를 바라보았다.

"언덕으로 달리라우!" 내가 말했다. 사람들 대부분이 언덕 꼭대기에 다다라 있었다. 오마니와 아바지도 저기서 우리를 기다리고 계실지 모른다. 우리가 사람들을 따라오기를 바라고 있을 것이다.

우리는 눈 쌓인 두렁을 가로질러 언덕을 향해 뛰기 시작했다. 언덕에 가면 안전할 수 있다.

발이 눈 속에 푹푹 잠겼다. 숨이 턱까지 차올랐다. 발이 도저히 속도를 따라가지 못할 정도였다. 하지만 언덕이 바로 눈앞이었다. 이제 사람들 얼굴을 알아볼 수 있을 만큼 가까워졌다. 아, 손씨 할아버지의 털모자다! 긴 댕기 머리를 한 애도 있다!

"영수야, 더 빨리! 빨리!" 내가 비명처럼 외쳤다.

그리고 그때, 귀가 찢어질 듯 커다란 비행기 소리가 공기를 갈랐다.

나는 영수의 손을 부서질 듯 잡아 쥔 채 우뚝 멈추어 섰다. 우리는 꼼짝없이 멈추어 서서 마치 먹이를 향해 미끄러져 내려가는 매처럼 전투기가 우리를 향해 다가오는 것을 바라보았다. 눈을 찡그리고 별을 뚫어져라 쳐다보았지만 여전히 색깔을 알 수 없었다. 공산당에게 우리는 배신자다. 미국에게 우리는 공산당이다. 숨을 곳은 어디에도 없었다.

전투기 그림자가 우리를 뒤덮는 것을 홀린 듯 바라보았다.

전투기가 언덕 위 사람들을 향하는 모습이 마치 시간이 느려진 것처럼 천천히 보였다. 그들은 우리 곁을 함께 걸었던, 그 숨결로 우리 주변 공기를 데웠던 사람들이었다.

나는 하늘을 향해 두 손을 활짝 쳐들었다. 어떻게든 저 날개 달린 괴물을 쫓아내고 싶었다. 하지만 전투기는 움직임을 멈추지 않았다. 그리고 몸통 아래쪽에서 무언가를 떨어뜨렸다.

천지를 뒤흔드는 폭발이 내 귀를 먹게 만들고 우리를 땅에 내동댕이쳤다.

하얀 섬광이 눈앞을 물들였다.

귀가 먹먹해 아무것도 들을 수 없었다. 나는 혼이 나가 바닥에 누워 있었다. 영수의 입이 움직이고 있었지만 아무것도 들을 수 없었다. 여기는 어디지? 왜 이렇게 피곤하지? 내가 방금 죽은 건가?

파아란 하늘과 바람을 타고 미끄러지듯 날아다니는 새들을 바라보며 조용히 잠들면 얼마나 기분 좋을까? 나는 커다란 비눗방울에 갇힌 채 동동 떠다니고 있었다.

광목*으로 만든 수영복을 입고 물 위에 드러누워 둥둥 떠다녔다. 따사로운 햇살이 얼굴에 쏟아졌다. 수심이 얕아서 강바닥 물풀의 뾰족한 이파리들이 등에 닿는 것이 느껴졌다.

팔을 쭉 뻗고 눈을 감은 채 귀가 수면 아래로 잠기는 걸 내버려 두었다. 세상이 웅웅거리는 느낌이 좋았다. 동생들의 칭얼거리는 소리도, 오마니의 화난 목소리도, 빨랫방망이 소리도 들리지 않았으니까. 물살이 나를 부드럽게 어르는 느낌이 꼭 요람에 누워 있는 것 같았다.

철썩~.

물이 얼굴을 때렸다. 물을 삼키는 바람에 기침하며 몸을 일으켰다.

벌거숭이 지수가 물속을 휘젓고 있었다.

"지수야, 저리 가라우!" 내가 말했다.

하지만 지수는 들은 척도 하지 않았다. 수면을 손바닥으로 내리치며 물장구를 쳤다. 지수의 통통한 뱃살이 아래위로 흔들렸다.

"지수가 누나랑 놀고 싶은가 보구나." 아바지가 모닥불 피울 장작을 쌓아 올리며 말했다.

"그래, 같이 사이좋게 지내지 않으면 소풍도 없다. 바로 돌아간다."

● **광목** 목화에서 뽑은 실로 방직 기계를 이용해 짠 천. 베틀로 짠 전통적인 천보다 너비가 넓으며 가공을 하지 않아 엷은 누런색을 띤다.

오마니가 경고했다.

나는 악어처럼 눈과 코만 수면 위로 살짝 내놓은 채 야트막한 물 위로 몸을 엎드렸다. 지수가 넘어질 듯 말 듯 내 쪽으로 다가오는 것을 잠자코 바라보았다. 지수의 팔이 점점 가까이 다가왔다. 대체 뭘 하려는 거지?

지수가 뒤뚱뒤뚱 다가와서는 조막만 한 손으로 내 얼굴을 감싸 쥐었다. 그러고는 내 뺨이 축축해지도록 뽀뽀를 퍼부어 댔다.

이상하리만치 침착한 기분을 느끼며, 시야 저 너머에서 시커먼 구름이 소리 없이 치솟는 것을 바라보았다. 그리고 피가 얼어붙을 만큼 차가운 비명이 귀를 때리기 시작했다. 처절한 비명과 신음들. 아직 내가 살아 있다는 사실을 일깨우고도 남을 만큼 생생한 소리였다.

비틀거리며 몸을 일으켰다. 시커먼 연기와 불길이 언덕 위에서 넘실거렸다. 얼굴이 델 듯 뜨거운 기운이 훅 끼쳐서 뒷걸음질을 쳤다. 하늘 위로 흔드는 팔도, 희망에 찬 얼굴도 더 이상 보이지 않았다. 그저 커다란 숯덩이들과 매캐한 연기, 이글거리는 불길뿐이었다. 그 많던 사람들이….

설마? 설마?

도저히 믿을 수가 없었다. 우리 오마니, 아바지, 지수가 저 언덕 위에 있었을 리가 없다.

배 속이 뒤틀리는 느낌이었다.

옆에서 무언가 움찔거렸다. 털장갑을 낀 손이 내 손을 파고들었다.

영수가 불길을 멍하니 바라보며 내 곁에 서 있었다. 영수를 힐끔 쳐다보았다가 다시 찬찬히 들여다보았다. 무언가 이전과 달라졌다. 눈물이 말라붙은 영수의 두 눈에 아무런 감정도 담겨 있지 않았다.

문득 나 역시도 같은 기분이 들었다.

텅 비어 버린 느낌.

16

전투기는 처음 나타났을 때처럼 홀연히 사라져 버렸다.

거센 돌풍이 산등성이를 타고 휘몰아쳤다. 이가 딱딱거리며 떨려서 손으로 입가를 움켜잡아야 했다.

휘잉 몰아치는 바람 소리를 뚫고 들리는 건 여자들과 아이들의 울음소리뿐이었다. 숲속에서 기어 나온 아낙네들과 할머니들이 길가에 얼어붙은 듯 서서 가슴을 꽉 움켜쥐었다. 마치 그렇게 하면 산산이 조각난 심장 조각들을 제자리에 붙여 둘 수 있기라도 한 것처럼 절박한 손길이었다. 어린아이들은 바닥에 못 박힌 듯 우두커니 서서 엄마를 불러 댔다.

우리는 언덕배기에 서서 이 모든 것을 지켜보았다. 그 순간이 마치 몇 시간처럼 길게 느껴졌다. 순간 거센 돌풍이 휙 몰아쳤다. 나는 몸을 움츠렸다. 나무 사이로 사람들 모습이 보이기 시작했다. 내가 예상한 것보다는 훨씬 많았다. 사람들이 차츰 길가로 걸어 나오기 시작했다. 그리고 진흙밭이 된 길을 따라 다시 남쪽으로 걸음을 옮겼다.

행렬로 뛰어가 사람들의 팔을 움켜잡고 얼굴을 확인했다. 몇몇은 내 손을 거칠게 뿌리쳤다. 누군가는 측은하다는 눈빛으로 나를 바라보았다. 어떤 사람들은 내가 잡아당겨도 아무런 반응조차 보이지 않았다. 마치 모든 감정이 다 메말라 버린 것처럼.

오마니, 아바지, 지수가 여기에 없다면 언덕 위에 있었다는 뜻이다. 구역질이 나서 길가에 토하고 말았다.

이마에 주름이 자글자글한 할머니가 짐을 머리에 이고 우리 쪽으로 다가왔다. "얘들아, 계속 남쪽으로 가야 한다. 여기 머무르면 아니 된다. 공산당이 바짝 뒤쫓고 있어. 곧 여기까지 다다를 기야." 할머니는 우리를 향해 팔을 뻗었다.

나도 모르게 할머니 손을 내칠 뻔했다. 할머니가 우리를 도우려는 마음은 알았지만 가족들을 찾기 전까지는 떠날 생각이 없었다.

"아닙네다." 영수가 받은기침을 하며 힘겹게 말했다. "우리 부모님이랑 남동생을 찾아야 합네다! 틀림없이 여기 계셔요!" 영수는 얼음이 낀 큰 바위 위로 기어 올라가 지나가는 사람들 얼굴을 확인하기 시작했다.

"얘들아, 가야 한다. 북에 남는 사람은 아무도 없어. 니들 부모님도 사람들을 따라 남쪽으로 가고 계실 거우." 할머니가 어르듯 말했다. "계속 가면 틀림없이 부모님이랑 만날 수 있을…."

할머니가 말을 채 끝맺기도 전에 뒤쪽에서부터 비명 소리가 들리기 시작했다. 잠깐 소리가 나는 쪽을 바라보았다가 고개를 돌리니 그새 할머니는 사라졌다. 나는 영수의 손을 꼭 잡았다.

총성이 울려 퍼졌다. 확성기 소리도 들렸다. "동무들, 아바지 조국으로 돌아오라우! 조국을 버리지 말라우! 남조선은 미국 제국주의자들의 꼭두각시다!"

총알이 주변을 스쳐 지나갔다. 사람들이 픽픽 쓰러졌다. 남은 사람들은 다들 사방으로 흩어지기 시작했다.

달리 선택지가 없었다. 가야만 했다.

영수와 나는 우리 부모님이 계실지도 모르는 행렬에서 떨어져 달아나기 시작했다. 숲을 지나, 얼어붙은 옥수수밭이 펼쳐진 골짜기 사이로. 더 멀리, 더 빠르게. 발걸음마다 마음이 갈팡질팡했지만 발은 거침없이 앞으로 나아갔다. 주변 풍경이 들판에서 언덕으로, 산으로, 그리고 상록수 숲으로 마치 영사기처럼 휙휙 바뀌었다. 우리는 더 이상 아무도 보이지 않을 때까지 뛰고 또 뛰었다.

마침내 멈추어 서서 주변을 돌아보았다.

영수와 나는 몸을 숙이고 터질 듯 숨을 몰아쉬었다. 소나무가 우리집 주변 소나무들보다 훨씬 키가 크고 몸통이 가늘었다. 여기는 어디지? 어떻게 여기까지 왔지? 다들 어디로 간 거지? 해가 뉘엿뉘엿 지고 있었고, 내 몸은 추위에 미친 듯 떨렸다. 이제 부모님을 찾는 건 완전히 불가능했다.

"이제 어떡하지?" 영수가 이를 딱딱 부딪치며 물었다.

나도 모른다고, 나도 너무 무섭다고 솔직히 털어놓고 싶었다. 하지만 도살장에 끌려가는 소처럼 눈을 휘둥그레 뜬 영수 앞에서, 그저 입술을 깨물고 툭 터질 듯한 눈물을 애써 내리누를 수밖에 없었다. 영수에게는 그저 남쪽을 향해 가야 한다고만 말했다.

***

언제쯤 멈추어야 하는지 알려 주는 이 하나 없이, 우리는 어둠 속을 걷고 또 걸었다.

'영수를 강에 데리고 다니던 거랑 별다를 거 없어.'라고 속으로 되뇌었다. 물론 큰 차이가 있었다. 오마니, 아바지, 지수는 어찌 되었을까? 가족들을 향해 잘 가고 있는 게 맞나? 끼니랑 잠자리는 어떻게 해결하지?

심호흡을 했다. 얼어붙은 코털이 버석거리는 게 느껴졌다. 눈 때문에 바지 밑단이 축축하게 젖었다. 밤을 지낼 장소를 찾지 못한다면 우리는 얼어 죽을지도 모른다.

기온이 무섭게 떨어져서 더 이상 발가락에 아무런 감각도 느껴지지 않았다. 하지만 영수와 나는 멍에를 둘러쓴 노새°처럼 처참한 몰골로 터덜터덜 걸어갔다.

영수가 콧물을 줄줄 흘리고 눈이 번들번들한 걸 알아챘다. 어디가 아픈 것이다. 따뜻한 잠자리와 마른 옷이 필요했다. 그리고 밥을 먹여

● **노새** 말과의 포유류. 암말과 수나귀 사이에서 난 잡종으로, 크기는 말보다 약간 작으며, 머리 모양과 귀·꼬리·울음소리는 나귀를 닮았다.

야 했다.

오마니라면, 우리가 헤어졌을 때 다시 집에서 만나기를 기대하시지 않을까?

부산에 도착하면 하고 싶었던 것과 갖고 싶었던 것을 떠올려 보았다. 다시 학교에 가기. 나만의 책 갖기. 하지만 산 너머에서 울려 퍼지는 폭격 소리가 내 상상을 산산조각 냈다. 해가 저물어 폭격이 어디서 일어나는지 가늠하기도 힘이 들었다. 낯선 곳으로 헤쳐 나가는 것보다 되돌아가는 게 더 쉬워 보였다.

"집으로 가자." 내가 말했다.

영수는 빨개진 볼을 하고 새액새액 숨을 내쉬었다. "하지만 아까 그 할마이가 계속 남쪽으로 가라고 하지 않았니? 이제 북쪽에는 아무도 없다구."

"하지만 오마니, 아바지가 집에서 다시 만날 거라고 생각하구 되돌아가서 우리를 기다리고 계실지도 몰라. 집이 아니고선 우리를 다시 찾을 방법이 없지 않갓니? 아직 집에서 그리 멀지 않아. 돌아가자."

바람에 외투 자락이 팔랑거렸다. 영수는 팔을 문질러 몸을 덥힌 뒤 고개를 끄덕였다.

***

우리는 몸을 돌려 북쪽으로 향했다.

몇 시간을 걸어가는 동안 반대쪽에서 걸어오는 일행을 몇 번 마주쳤다. "그 방향이 아니라우! 왜 북쪽으로 가니?" 사람들이 외쳤다.

나는 그 경고를 모두 무시했다. 영수는 집에 가야만 했다. 오마니와 아바지가 살아 계신다면 분명 집에서 우리를 기다리고 있을 것이다.

우리는 걸음을 계속했다. 마주치는 사람 수가 점점 더 줄어들었다. 숲은 어느새 뒤로하고 양옆으로 눈 덮인 들판이 펼쳐졌다. 멀리서 번쩍이는 불길이 들판 끝자락에 놓인 헛간을 비추었다. 나는 몸을 부르르 떨고 영수의 손을 잡아당기며 헛간 쪽으로 걸어갔다. 온몸이 얼어붙어 뻣뻣하게 느껴졌다. 고요함에 숨이 막힐 것만 같았다. 앙상하게 말라비틀어진 나무는 바람에 흔들릴 이파리 하나 남아 있지 않았고 주변에서 새소리조차 들리지 않았다.

"누나, 우리 부산에 도착하면 내가 젤 먼저 하고 싶은 게 뭔지 아나?" 영수가 이를 덜덜 떨면서 말했다.

어쩌면 이런 순간에도 실없는 소리를 할 정신이 있는지, 나는 이맛살을 찌푸리며 영수를 쳐다보았다. 숨에 깃든 온기 한 점이라도 잃기 싫어 입을 꾹 다물고 있었더니 영수는 끝까지 내 대답을 기다렸다. 결국 못 이기는 체 말했다. "나야 모르지."

"가족들한테 내 머리만큼 커다란 찐빵을 나눠 줄 기야."

나는 웃음을 터뜨렸다. 귀중한 온기가 빠져나가며 내 얼굴을 때렸다. "그렇게 큰 찐빵이 있다면 나는 꽁꽁 언 손가락이랑 발가락을 푹 찔러 넣고 녹일 기야."

"나는 따뜻하고 폭신폭신한 베개로 써야갓어."

영수의 놀이에 어울려 주기로 했다. "그렇담 일어나자마자 아침으로 베개를 먹으면 되갓네."

내 말에 영수가 웃음을 빵 터뜨렸다. 나도 빙긋이 따라 웃었다. 어마어마하게 큰 찐빵을 베고 뒹구는 상상을 하자니 몸 안쪽에서부터 따스한 기운이 솟아오르는 것만 같았다.

하지만 영수의 다음 말에 이내 할 말을 잃었다. "지수는 머리카락에 찐빵 피를 잔뜩 묻히겠지."

영수는 오마니, 아바지가 살아 계실 거라고 믿었다. 어디선가 지수가 제 엄지를 쪽쪽 빨고 있을 거라고. 몇 시간 전만 해도 나도 그렇게 생각했다. 그랬기 때문에 발걸음을 북으로 돌린 것이다. 하지만 짙은 어둠 속에 갇히자 서서히 내가 아는 사실만 믿기 시작했다. 살아남은 사람들 속에서 가족들을 찾지 못했다. 즉, 가족들은 언덕 위로 도망갔을 확률이 높았다. 그리고 이 정도로 길을 되돌아가다 보면 진작에 마주쳤을 법도 했다. 영수가 가끔 아기처럼 철없이 굴 때가 있다는 사실을 되새기자 동생을 지켜야 한다는 책임감이 무시무시하게 나를 짓눌렀다.

주위를 둘러보았다. 지평선을 따라 불길이 타올랐다. 옥수수밭 끝자락을 따라 바싹 마른 옥수수 줄기들이 활활 불타고 있었다. 눈 덮인 들판 곳곳에서 앙상한 나무들이 바람에 삐걱대었다. 탈출하기로 결정했을 때, 아바지는 나를 보고 용감하다고 했다. 하지만 떠나자고 말할 때 내 목소리는 사정없이 떨렸더랬다. 그런데도 과연 나를 용감하다고 할 수 있을까?

별안간 낯선 소리들이 들려오기 시작했다. 찰그랑거리는 소리, 눈이 뽀드득거리는 소리, 그리고 바람이 우는 소리. 그냥 동물이 지나가는 것일지도 모른다. 하지만 발걸음 소리도 들렸다. 틀림없었다.

"저 소리 들리니?" 내가 불쑥 물었다. 마른 잎사귀들이 발에 눌리며 바스러지는 소리. 천천히, 조심스럽게 발걸음을 뗄 때나 들릴 법한 소리였다.

영수가 걸음을 멈추었다. "무슨 소리?"

나는 잠자코 귀를 기울였다. 저 멀리서 우르릉거리는 천둥소리만이 들려왔다.

"무슨 소리 말이야?" 영수가 재차 물었다.

"암것도 아냐." 길게 한숨을 내쉬며 영수에게 말했다. "가자."

하지만 그때 확실히 보고 말았다. 나무 뒤로 펄렁이는 외투 자락을.

17

"엄마, 그냥 어린애 둘이라요." 나보다 조금 커 보이는 언니가 덤덤한 목소리로 말했다.

나무 그림자 속에서 모녀가 걸어 나왔다. 둘 다 얼굴이 먼지투성이였다. 어깨 위로 두른 잔뜩 얼룩진 누비 담요와 자그마한 보따리 하나 말고는 가진 짐이 없었다. 전쟁 중이라 치더라도 남들보다 훨씬 가난해 보였다. 무장한 군인이 아니라 평범한 가족이라는 사실에 안도의 한숨이 나왔다.

"둘만 여행 중이니?" 아주머니가 우리에게 물었다. 뒤로 바짝 당겨쪽 찐 머리 때문에 기름이 번들번들하고 호박처럼 둥그런 얼굴이 훤히 드러났다.

"네." 내가 답했다. "하지만 부모님이랑 막냇동생을 찾고 있어요. 가족들을 찾으려고 집으로 되돌아가는 길입네다."

"북으로 간다구? 이제 북쪽엔 아무도 없다."

텅 빈 들판이 내 주변으로 물결쳤다. 어디를 둘러봐도 똑같이 보였다. 방향 감각을 잃어 가고 있었다. "그럼 어디가 남쪽인지 알려 주시겠습네까?"

아주머니가 내 쪽으로 몸을 기울였다. 그리고 내 말은 무시한 채 질문을 던졌다. "부모님이랑 금방 헤어졌니?"

"아니요, 피란 중에 잃어 버렸습네다. 부모님도 우리를 찾고 계실 거라요. 부산으로 가는 길이 어느 쪽인지 알려 주시겠습네까?"

"짐은 없니? 가진 것은 암것도 없어?"

"없시요." 내가 대답했다. "그러지 말고 남쪽이 어딘지 제발 좀 가르쳐 주시라요."

언니는 싸늘한 눈으로 눈 한번 깜빡이지 않고 나를 쳐다보았다. 아주머니는 혀로 쓰읍 이를 쓸었다.

이 외진 장소에서는 아주머니가 내는 소리 말고는 아무 소리도 들리지 않았다. 북쪽으로 돌아가기로 한 결정이 매우 잘못된 것이라는 생각이 퍼뜩 들었다. 이 골짜기 전체에 사람이라곤 저 아주머니와 언니, 그리고 우리가 다였다. 나는 영수를 곁눈질했다. 영수가 불안한 듯 얼굴을 찌푸렸다.

꼭 종이가 타오르면서 점점 검은 재로 변할 때처럼 불편한 감정이 스멀스멀 기어올라 왔다.

"니들, 우리랑 같이 다니는 게 좋겠구나. 애들끼리 다니기엔 너무 위험하다." 아주머니가 마침내 입을 열었다. 그리고 내 팔을 단단히 움켜잡았다.

언니는 영수를 붙들었다. "저 앞에 헛간이 하나 있어. 거기서 하루 묵어가자꾸나."

"일없습네다!" 내가 퉁명스럽게 내뱉었다. 심장이 마구 뛰기 시작했다. "우리는 우리 알아서 가갓시요. 폐 끼치기 싫습네다." 그 헛간이 아니고선 어디서 밤을 지낼지 막막했지만, 그것보다는 이 사람들에게서 벗어나는 게 더 중요했다.

"걱정할 거 없다." 아주머니가 말했다. 눈은 하나도 웃지 않고선 입만 억지로 웃음을 지어 보였다.

두 사람은 우리를 잡아끌다시피 해서 헛간으로 갔다. 헛간 안은 눅눅하고 얼음장 같았다. 오히려 바깥보다도 더 춥게 느껴졌다. 반대편 벽 쪽에는 건초 더미가 서까래에 닿을 만큼 쌓여 있었다. 남아 있는 가축은 없었지만 헛간 가득 말똥 냄새가 진동을 했다.

아주머니는 등유 전등을 켰다. 불빛이 벽에다가 커다란 그림자를 만들었다. 아주머니가 보따리를 내려놓자 그 안에서 작은 닭 한 마리가 머리를 빼꼼 내밀었다.

"이렇게 암것두 안 갖고 있다니 기가 차구나." 아주머니가 나를 위아래로 훑어보며 말했다. "쌀 보따리 하나 없네? 부모님이 니들한테 들라고 시킨 것 없어? 너만큼 다 큰 에미나이한테도? 아주 오냐오냐 키웠나 보다."

나는 분한 마음에 씨근덕거렸다.

언니가 웃음을 터뜨렸다.

"자, 건초 좀 챙기라우." 아주머니가 건초 더미를 나한테 던졌다. "그걸로 잠자리를 보면 되갓네."

건초 더미가 내 배를 때리는 바람에 비틀거리며 뒷걸음질 쳤다. 나는 엉성한 손길로 건초를 한 움큼 뽑아 바닥에 깔았다. 뾰족한 잔가지가 내 손을 긁었지만 그걸 알아챌 새도 없었다. 그 모녀가 작게 속닥거리는 소리를 못 듣는 척하느라 온 신경을 쏟았다.

"에미나이야 언제든 군인들한테 팔아넘기믄 되지." 아주머니가 잇새로 말했다. "어디든 써먹을 데가 없갓니? 저 정도면 다 컸잖아." 그러고서 아주머니는 나를 흘깃 쳐다보았다. "인물도 곱상하고."

"저게?" 언니가 대꾸했다. "그나저나 저 꼬마는 어쩌구?"

"쟤는 너무 덜 자랐다. 팔아먹을 데가 별로 없갓어. 어떻게 할지 아침에 정하자. 일단은 눈 좀 붙여야갓어. 어차피 어디 도망갈 데도 없지 않네." 그리고 두 사람은 반대편 바닥에 쌓인 두툼한 건초 더미에 퍼질러 누웠다.

영수가 무언가 말하려고 입을 달싹였으나 조용히 하라고 팔을 꼬집었다. 목구멍에 울음이 차오르는 걸 애써 내리눌렀다. 그리고 아무렇지 않은 척 말하기 위해 용기를 모조리 끌어모았다. "어제 잘 적에도 이렇게 건초가 그득했으면 좋았지 않갓니!" 애써 해맑게 웃었지만 오히려 긴장한 티가 더 났을까 걱정했다. 억지웃음을 짓는 두 뺨이 파들파들 떨렸다.

아주머니는 잠자리를 정리하느라 정신이 팔린 듯 보였다. 하지만 언니는 나를 돌아보며 히죽 웃었다. 장난기 어린 얼굴이 으스스한 불빛 아래에서 꼭 각시탈처럼 보였다.

아주머니가 등불을 끄기 전 헛간 문 위치를 확인했다. 내가 앉은 자리에서 약 스무 걸음. 그리고 문 걸쇠 모양도 확인했다. 걸쇠를 옆으로 밀고 위로 들어 올리기. 마지막으로 아주머니와 언니가 누운 자리도 기억했다. 아주머니는 내 왼쪽, 언니는 내 오른쪽.

다음 순간, 눈앞의 모든 것이 검게 변했다.

18

1950년 11월

영수는 내 옆에 누워 추위에 몸을 벌벌 떨었다. 나는 아무런 움직임도 없이 가만히 누운 채 주변에서 나는 모든 소리에 귀를 기울였다. 아주머니가 입을 쩝쩝 다셨다. 언니가 몸을 뒤척였다. 마침내 헛간 안이 조용해져서 귀에 들리는 소리라곤 내 심장 소리밖에 남지 않았다.

혹시 속임수는 아닐까? 두 사람이 정말 잠든 게 맞을까?

오마니, 아바지, 지수를 차례로 떠올리며 이제 다시는 가족들을 볼 수 없을지도 모른다고 생각했다. "아바지….." 조용히 속삭여 보았다. 눈물이 순식간에 차올랐다. 아무도 나를 볼 수 없는 암흑 속에서 눈물이 멋대로 흘러내리도록 내버려 두었다.

이른 새벽 어스름 속에서 아바지가 뒤척이는 게 보였다. 다른 가족들은 여전히 꿈나라였다. 아바지가 일어나 앉아 신발을 신었다.

"아바지, 일이 점점 많아집네까?" 엎드린 채 중얼거렸다.

"니들 다 배불리 먹이려면 열심히 일해야 하지 않갓니." 아바지가 말했다.

"하지만 이제 아바지 얼굴 보기가 힘듭네다."

아바지가 창밖을 바라보았다. "와, 눈이 오는구나. 올해 첫눈이다." 아바지가 잠시 멈추었다 다시 말했다. "소라야, 외투 챙겨 입으라우."

나는 다른 가족들을 깨우지 않도록 조심하며 서둘러 일어났다. "왜 그러십네까?"

"부엌으로 가서 오마니 쟁반 하나만 챙겨 오라. 커다란 걸로. 그리고 밖으로 나오라우." 아바지가 밖으로 나갔다.

부엌에 가서 옻칠한 쟁반 하나를 챙겨 들고 옆문을 통해 밖으로 빠져나왔다. 눈이 땅과 길에 소복하게 쌓였다. 아직 해가 뜨려면 한참 먼 것 같았다. 숲속에서 여우들이 뛰어노는 게 보였고 앙상하게 메마른 들판에서는 학들이 고고한 자태로 거닐고 있었다.

"소라야, 여기야!" 아바지가 우리 집과 수수밭 사이의 오르막길 꼭대기에서 나를 불렀다.

아바지를 향해 뛰어갔다.

"여기 쟁반을 두고 그 위에 앉아 보라우. 아빠가 밀어 주갓어." 아바지가 말했다.

나는 쟁반을 언덕 위에 내려놓은 뒤 멈칫했다. "영수도 불러야 하지 않갓어요?" 내가 물었다.

아바지는 턱을 문지르며 말했다. "다음에. 소라 너는 이제 열한 살이니 곧 있으면 아바지가 썰매 밀어 주는 것도 싫어할 때가 오지 않갓니? 이번엔 영수도 이해할 기야." 아바지가 나를 향해 한쪽 눈을 찡긋해 보였다.

나도 씩 웃었다. 아바지와 단둘이라니, 너무 신이 났다. 아바지는 썰매를 밀면서 회전을 걸었다. 덕분에 빙글빙글 돌면서 비탈을 내려왔다. 나는 깔깔 웃으며 언덕 위로 뛰어 올라갔다.

"한 번만 더 해 주세요, 네?"

"안 돼. 하지만 선물이 또 하나 있다. 저기 좀 보라우." 아바지가 지평선을 가리켰다.

분홍색과 주황색 빛줄기가 하늘을 뒤덮었다. 반짝이는 빛 덩어리가 산등성이 너머로 고개를 내밀었다. 숨을 헉하고 들이마셨다. 해가 점점 더 크게, 높게 떠오르며 초가지붕, 곡괭이와 삽, 나무 수레같이 평범하기 그지없는 것들에 빛을 비추었다.

"아바지는 이제 일하러 가야 한다. 가족들이 찾기 전에 얼른 들어가라우." 아바지가 내 머리를 헝클어뜨렸다.

어깨가 순식간에 축 처졌다. 도끼를 짊어지고 소나무 사이로 사라지는 아바지 뒷모습을 지켜보았다. 그렇게 또 하루가 시작되었다.

햇살 한 줄기가 눈꺼풀 위로 쏟아졌다. 헛간 창문 사이로 산등성이를 따라 하늘이 밝아 오는 게 보였다. 새벽이었다. 빛줄기가 퍼지고 있었다.

희끄무레한 어둠 속, 영수가 내 곁에 누워 코를 골고 있었다. 영수의 어깨를 가볍게 두드렸다. 영수가 끙끙거렸다.

"쉿!" 나는 영수를 세게 꼬집었다.

후다닥 일어나는 영수의 입을 손으로 틀어막았다. 영수와 눈을 맞
추고 잠자코 있으니 영수도 얼른 내 말을 알아들었다. 조용히 할 것.
영수와 함께 조심조심 자리에서 일어났다. 귓가에 맥박이 쿵쿵 울려
퍼졌다.

영수의 팔을 꼭 붙들고 문 쪽으로 한 걸음 움직였다. 발아래에서 바
스락거리는 건초 소리가 꼭 깨진 유리를 밟는 것처럼 크게 들렸다.

나는 미동도 하지 않고 숨을 참았다. 방금 그 소리를 저 사람들이
들었으면 어쩌지.

다행히 그들은 계속 곯아떨어져 있었다. 아직 문까지 열아홉 걸음.
그 거리가 마치 영원히 닿을 수 없을 듯 멀게만 느껴졌다.

우리는 언제든지 튀어 오를 준비를 마친 고양이처럼 몸을 낮추고
기어가기 시작했다. 문에 다다를 때까지 최대한 천천히, 조심스럽게
몸을 움직였다. 헛간 문은 소달구지와 말도 거뜬히 통과할 만큼 크고
널찍했다. 걸쇠가 어찌나 차가운지 손가락이 뻣뻣해졌다. 빗장을 조
심스럽게 잡아당겼다.

삐걱 소리가 울려 퍼졌다.

뒤에서 누군가 뒤척거리는 게 느껴졌다. 닭이 몸을 흔들어 댔다. 뒤
를 돌아보자 아주머니가 하품을 하며 바로 눕는 게 보였다. 어? 아직
어두울 텐데 어떻게 아주머니가 보이지? 아! 창문을 획 돌아보았다.
황금빛 햇살이 헛간 안으로 넘실넘실 흘러들고 있었다.

해가 뜬 것이다.

여러 생각으로 머리가 어지러웠다. 아주머니가 한 말이 대체 무슨 뜻이지? 왜 나를 군인들한테 팔아넘긴다는 걸까? 군인들이 왜 나를 산다는 거지? 그 말을 완전히 이해할 수는 없었지만, 왠지 총이나 폭탄보다도 더 무섭게 느껴졌다. 손이 벌벌 떨렸다.

영수가 발을 동동 굴렀다. "누나, 빨리!"

"쉿!"

걸쇠를 흔들었다. 닭이 '꼬꼬댁' 울기 시작했다. 누군가 몸을 뒤척이며 신음을 냈다.

문을 밀어젖히자 차가운 공기가 우리를 덮쳤다. 영수를 밖으로 밀어 내고 영수 뒤를 따라 뛰쳐나왔다.

그리고 곧장 영수 팔을 꼭 쥐고 달리기 시작했다.

눈과 얼음으로 뒤덮인 가시덤불 밭과 울퉁불퉁한 언덕을 정신없이 내달렸다. 서릿발 같은 바람에 얼굴이 에는 듯했지만 해가 중천에 뜰 때까지 달리고 또 달렸다. 얼어붙은 들판에는 오직 우리 둘뿐이었다.

19

하루 종일 달린 끝에 버려진 집 하나를 찾아 밤을 보내기로 했다. 큰방 문 옆으로 실내용 덧신이 가지런히 놓여 있었고, 옷장 속에는 곱게 개킨 빨간 견장이 있었다. 마치 집주인이 언제고 돌아올 것만 같았지만 집은 텅 빈 지 오래였다. 가구들 위로 먼지가 그득했고 이부자리로 쓸 만한 요도 하나 남아 있지 않았다.

"탁자 옮기는 것 좀 도우라우." 내가 한쪽 탁자 다리를 잡고 영수에게 말했다.

"어디로 옮기는 기야?" 영수가 물었다. 영수는 어둑어둑한 방 한가운데 서서 벌벌 떨고 있었다.

"문에다 기대 놓으려고."

"왜?"

"자물쇠가 부서졌으니까. 누가 들어오면 안 되잖니." 창문 너머로 흔들리는 나무 그림자를 흘낏 바라보며 내가 말했다. 나무 그림자에 꼭 팔다리가 달린 것처럼 보였다.

영수는 반대쪽 탁자 다리를 들어 올렸다. 우리는 함께 탁자를 방 반대편으로 옮겼다. "혹시 누가 또 우리를 갈라놓으려고 하면 어떡하지?" 영수가 물었다.

"그럴 일 없다. 누나가 약속할게." 하지만 말을 하면서도 차마 영수 눈을 바라볼 수 없었다.

우리는 앉은뱅이 탁자로 문을 막았다. 그리 효과가 좋을 것 같지는 않지만 이게 어디인가. 그리고 궤짝 안에 있던 등유 전등을 꺼내 불을 붙였다. 성냥을 긋는 내 손이 가늘게 떨렸다. 영수는 여전히 자리에 서서 아무런 말도 하지 않았다.

먹을거리와 마실 물이 필요했다. 너무 배가 고프다 보니 속이 메슥거렸다.

"먹을 게 있는지 보러 부엌에 한번 갔다 올게." 내가 말했다. "전등을 가져가야 할 거 같아. 얼른 돌아오갓어."

"나두 따라갈래!" 영수가 내 옆에 찰싹 달라붙으며 말했다. 부엌까지 몇 걸음이 되지 않아서 전등을 켜면 그 불빛이 안방까지도 충분히 비출 정도였다. 하지만 나는 영수가 따라오게 내버려 뒀다.

흙바닥으로 된 조그마한 부엌에 내려서기가 무섭게 천장에 매달아 둔 냄비와 국자 들에 머리를 박았다. 냄비와 국자가 흔들거리면서 서로 맞부딪쳐 쨍강거리는 소리를 냈다. 손을 들어 올려 흔들리는 물건들을 잡아 멈추었다.

잠깐 멈추어 선 채 놀란 심장을 진정시켰다.

바닥에는 어린아이 둘이 들어가고도 남을 만큼 커다란 항아리 하나가 놓여 있었다. 낑낑거리며 항아리 뚜껑을 들어 올렸다. 뚜껑이 항아리 몸통을 긁는 소리가 꼭 맷돌을 돌릴 때 나는 소리 같았다. 우리는 항아리 속을 들여다보고는 헉하고 숨을 들이켰다.

"김치다!" 영수가 외쳤다.

내 손이 그렇게 빨리 움직일 수 있는지 난생처음 알았다. 나는 찬장에 놓인 쇠 그릇 두 개를 꺼내 들었다. 접시와 숟가락 들이 내 거친 손길에 덜그럭거리며 엎어졌다. 그릇 두 공기 가득 김치와 김치 국물을 퍼내 하나를 영수에게 건넸다. 그리고 그릇에 입을 대고 길쭉한 김치 이파리를 후루룩 들이마셨다. 이번 김장철에 갓 담근 김치였다. 여전히 아삭하면서 잘 익은 맛. 음, 최고야.

"왜 김치를 두고 갔을까?" 영수가 김치를 씹으며 물었다.

"양이 너무 많으니까. 이 많은 걸 어찌 다 이구 지구 갈 수 있갔니?"

나는 좋아하는 배추 잎 몸통 부분을 우걱우걱 씹고 김치 국물을 들이켰다. 잠시나마 내가 누구인지, 여기가 어디인지, 이 어두운 방도, 여자 비명 소리처럼 울어 대는 바깥바람도 몽땅 잊을 수 있었다.

"누나, 우리가 납치당할 뻔했다는 게 믿기나?" 영수가 물었다. 영수는 기침을 하고 다시 김치를 한 입 베어 물었다.

나는 잠깐 먹기를 멈추고 생각에 빠졌다. 도저히 믿을 수가 없었다. "납치라…." 그런 일이 실제로 일어났었다는 사실을 스스로에게 되새기려는 듯 천천히 말해 보았다. "그 사람들한테 납치당할 뻔했지."

"그 사람들이랑 닭한테." 영수가 말을 더했다.

우리는 잠시 서로를 바라보다가 크게 웃음을 터뜨렸다. "그 닭이 여기 있었다믄 간장에 콕 찍어서 맛있게 먹어 치웠을 기야!" 내가 당당하게 말했다.

영수가 그릇에 박고 있던 머리를 쳐들며 말했다. "아, 오마니가 만든 간장 닭조림이 세상에서 젤루 맛있는데."

우리는 웃음을 멈추었다.

"오마니, 아바지랑 지수가 우리를 찾아다니구 있을까, 누나?"

"당연하지. 계속 남쪽으로만 가믄 돼. 그럼 만날 수 있을 기야." 영수가 내 두려움을 알아차리지 못하도록 얼굴을 돌리며 말했다.

"그치만 남쪽이 어느 방향인지 어찌 알구?"

"글쎄…, 북극성처럼 방향을 아는 방법이 있지 않갓니. 그리구 사람들이 피란하는 길을 따라서 가면 될 기야."

영수가 잠깐 멈추고서 내 말을 곱씹었다. "북극성은 대체 어떻게 알아보구?"

"음, 하늘에서 가장 밝은 별이지 않니?"

"내 눈에는 다 엄청 밝아 보이는데." 영수가 제 옷자락에 코를 팽 풀며 말했다.

영수가 제발 입을 좀 다물었으면 싶었다. "어서 자러 가자. 푹 쉬어야 해." 안방으로 다시 올라서며 말했다.

돌바닥에 눕기 무섭게 영수는 곯아떨어졌다. 하지만 나는 짜고 매운 김치 때문에 속이 아파 뒤척였다. 머릿속으로 헛간에서부터 여기에 오기까지의 여정을 되새겨 보았다. 제대로 된 방향으로 온 게 맞을까? 북극성 같은 건 확인할 정신도 없었다. 그리고 북극성 찾는 건 늘 너무 어렵기만 했다. 문득 지도가 내 주머니 안에서 사각거려 꺼내어 보았다. 세계 지도에서 조선 땅은 너무 작아서 엄지손가락만으로도 쉽게 가려졌다. 아프리카에는 어떤 동물들이 살까? 프랑스 사람들은 어떤 음식을 먹을까? 미국 카우보이들은 정말로 털북숭이일까?

  방이 점점 더 추워졌다. 바람이 휘몰아치며 창문을 덜컥거렸다. 물양동이처럼 가볍고 철로 만든 무언가가 굴러다니다 집 벽을 때리는 소리가 들렸다. 나는 눈을 질끈 감고 아침이 오기만을 기다렸다.

20

1950년, 아마도 12월

다음 며칠간 우리는 김장 김치가 가득한 빈집을 여럿 발견했고, 덕분에 계속 김치로만 배를 채웠다. 가끔은 속이 너무 쓰리고 아파 배를 잡고 데굴데굴 구르기도 했지만 어쩔 수 없었다.

그리고 계속해서 걷고 또 걸었다. 한때 볏단이 가득 쌓여 있었을 논두렁은 텅텅 비어 있었다. 길가에 널브러진 황소 시체에 독수리들이 몰려들어 내장을 파 먹었다. 초가집들은 새카맣게 불타 흔적만 겨우 남았다. 폭탄 때문에 부러진 나무가 곳곳에서 눈에 띄었다. 낮에는 해 덕분에 남쪽을 찾는 게 쉬웠지만 밤에는 아무리 노력해도 북극성을 찾지 못했다.

마침내 눈 쌓인 골짜기를 따라 남으로 향하는 피란 행렬과 마주쳤다. 사람들 얼굴은 바람에 얼고 터져 엉망이었다. 적어도 쉰 명은 되어 보였다. 설마 헛것을 보는 걸까? 정말 우리 같은 피란민들일까?

영수와 나는 서로를 쳐다보았다. 희망이 차올랐다. 나는 영수 손을 놓고 사람들을 향해 뛰어갔다. 그리고 사람들 사이를 헤치며 얼굴을 확인했다.

하지만 오마니와 아바지, 지수는 거기 없었다.

영수가 행렬 끝자락에 붙어 따라왔다. "이 사람들이랑 같이 움직이자. 여럿이서 가는 게 더 안전하지 않갓니?" 내가 말했다. 부모님을 찾지 못했다는 말은 굳이 할 필요도 없었다.

영수가 잠자코 고개를 끄덕였다.

하지만 이 무리도 머지않아 흩어질 터였다. 이 많은 사람이 같이 묵을 곳은 없으니 밤이 오면 모두 쉴 곳을 찾아 이리저리 흩어질 게 당연했다. 우리가 따라가도 괜찮을, 우리를 돌봐 줄 만한 믿음직한 사람이 있나 찬찬히 살폈다. 더 이상 둘이서만 있는 건 무리였다. 감기에 걸린 영수에게는 보살펴 줄 엄마가 필요했다. 그리고 나는 길 찾는 걸 도와줄 어른이 필요했다.

어느 젊은 아주머니와 어린 딸이 무리 가장자리에서 걷고 있었다. 아주머니는 머리에 두른 수건을 턱 밑으로 단단히 묶어 놓았는데 매듭 양쪽 끝 모양이 칼같이 가지런했다. 아주머니가 딸 어깨를 단단히 감싸 안고 걷는 품새나 딸이 지칠 때쯤이면 꼬박꼬박 보따리에서 먹을 걸 꺼내 먹이는 걸 관찰했다. 저녁이 되자 사람들은 저마다 흩어져 서로 다른 집으로 들어갔다. 나는 그 아주머니가 속한 무리를 따라 자그마한 돌로 만든 집으로 들어갔다.

집 안에는 먼지가 켜켜이 쌓인 밥상과 장롱이 있었다. 무리 중 가장 나이 많은 할아버지가 집에 남겨져 있던 실내용 짚신을 발에 꿰었다. 나는 영수를 이끌고 아주머니와 딸 옆쪽으로 가서 자리를 잡았다.

바닥에 담요를 펴느라 정신없던 아주머니는 우리를 보더니 싱긋 웃었다. "준이야, 인사해야지." 아주머니가 자기 딸에게 말했다. 딸은 수줍게 웃어 보였다. 양 입꼬리 근처에 볼우물이 예쁘게 패었다.

영수는 내 옆으로 고개를 빼꼼 내밀어 보더니 표정이 한층 밝아졌다. 그리고 내 손을 탁 놓고는 준이 옆을 꿰찼다. 어이가 없어서 입이 떡 벌어졌다. 이제 확실히 알았다. 고운 여자애 하나만 있으면 영수는 단박에 나를 버릴 녀석이란 걸. 나는 코웃음을 치며 영수를 노려보는 척했다.

아주머니가 웃음을 터뜨리고는 보따리에서 찬밥 한 공기를 꺼내 우리에게 건넸다. 나는 고개를 푹 숙이며 감사 인사를 했다. 영수와 반 공기씩을 나눠 가졌지만 영수는 도저히 기침이 멎지 않아 고작 세 입 정도밖에 먹지를 못했다.

"동생이 아프니?" 아주머니가 영수를 찬찬히 살피며 물었다.

"그냥 감기라요." 영수가 오마니와의 싸움을 피하기 위해 늘 짓는 미소를 따라 하며 말했다. 하지만 아주머니가 얼굴을 찌푸리는 걸 보니 실패한 듯했다.

"영수랑 준이가 금세 친구가 된 것 같지 않습네까?" 아주머니에게 좋은 인상을 주려고 애쓰며 내가 말했다. "우리 동생은 아홉 살이라요. 준이는 몇 살입네까?"

"여덟 살이다." 아주머니가 영수 소매에 말라붙은 콧물을 뜯어보며 말했다. 나는 영수 팔을 슬쩍 내 뒤로 숨겼다. 아주머니가 나를 보더니 싱긋 웃었다. "눈치가 멀쩡하구나."

아주머니가 그런 걸 어떻게 알아챘는지, 그 말이 사실이긴 한 건지 알 수 없었지만 그냥 활짝 웃어 보였다. 기쁨을 숨길 수가 없었다. 오마니한테는 절대 들을 수 없는 말이었으니까.

아주머니는 곧 주의를 딴 곳으로 돌렸다. "준이야, 이쪽에 와서 자거라." 아주머니는 영수와 나에게서 가장 먼 쪽 빈자리를 두드리며 말했다. 준이는 그쪽으로 가서 제 엄마 품에 폭 안겨 자리를 잡았다.

한밤중, 영수가 발작하듯이 기침을 했다. 가슴에서는 새액새액 소리가 났다. 영수가 사람들을 깨우는 게 싫어 영수 등을 두드려 줬다. 벌써 방 건너편 어느 아저씨가 한숨을 쉬며 구시렁거렸다.

"괜찮아." 나는 눈을 반쯤 감고서 중얼거렸다. 기침이 멎고 마침내 영수가 죽은 듯이 잠이 든 뒤에도 한참을 도닥여 줬다.

***

다음 날 아침, 웬 할아버지가 우리를 기웃거리는 바람에 눈을 떴다.

"그렇게 기침을 해 대면서 잠은 잔 기야?" 할아버지가 짜증 어린 목소리로 물었다.

"네, 잘 잤습네다." 영수가 몸을 바로 세우며 말했다. 할아버지는 다시 자기 자리로 돌아가 짐을 싸며 욕지거리를 내뱉었다.

방을 둘러보았다. 모두 다시 피란길에 오르기 위해 열심히 짐을 싸고 있었다. 그런데 아주머니와 준이는 어디로 갔을까?

문밖으로 사라지는 준이의 길고 결 좋은 머리칼이 언뜻 보였다. 어찌나 재빠른지 까딱하면 놓칠 뻔했다.

"영수야, 얼른 가자!" 영수 어깨를 흔들며 재촉했다. "뒤처지면 안 된다!"

가진 짐이 아무것도 없었기에 외투만 다시 여미고 부랴부랴 밖으로 나섰다. 어제보다 사람이 적어 보였다. 영수 손을 꼭 붙잡고 재바르게 사람들 사이를 걸었다. 행렬 중간 정도에 다다랐을 때 준이와 아주머니를 발견했다.

"저기 있네!" 나는 영수를 끌고 아줌마 곁으로 다가갔다.

준이가 꼼지락거리며 제 엄마 손을 놓고 영수 손을 잡았다. 영수가 히죽 웃었다. 가진 것도 하나 없으면서 준이한테 선물을 퍼 주고 싶어 하는 게 눈에 뻔히 보였다. 아마 준이한테도 원하는 고기를 잡아다 주겠노라 약속할지 모를 일이었다.

하지만 그런 말 대신 영수는 호주머니에 손을 넣어 강가에서 주운 돌멩이 하나를 꺼냈다. 영수가 제 외투에서 성한 옷자락을 찾아 흙투성이 돌멩이를 깨끗하게 닦고는 준이에게 건네는 걸 지켜보았다.

"준이야." 아주머니가 끼어들었다. "더러운 거 만지지 말고 이리 오라우."

아주머니의 '더럽다'는 말에 숨은 가시가 내 얼굴을 화끈거리게 만들었다. 준이는 얼굴을 찌푸렸지만 순순히 제 엄마 곁으로 돌아갔다.

아주머니는 제 딸을 꼭 감싸 안고는 긴 외투 자락으로 준이와 우리 사이를 가렸다. 아주머니가 준이를 바짝 당겨 안는 모습을 보며 뭔지 모를 두려움이 솟아올랐다.

영수는 어깨를 으쓱하더니 소맷부리로 코를 훔쳤다. 매일 고기를 잡으러 나갈 때처럼 그리 주눅 든 기색도 없이 계속 걸었다. 빈손으로 걷는 게 이번이 처음은 아니어서 영수도 익숙해진 게 아닐까 싶었다.

우리는 질척거리는 진창길을 따라 말없이 걸었다. 어스름이 깔리고 사람들이 다시 저마다 쉴 곳을 찾아 흩어지면 우리는 준이와 아주머니를 따라갔다. 그런 식으로 며칠이 지나자 날짜를 세는 것도 잊어버렸다. 새로 만나는 사람들과 떠나가는 사람들로 구성원이 계속 바뀌었지만 준이와 아주머니는 계속 거기 있었다. 나는 두 사람이 있는 걸 계속 확인했다.

어느 날, 여느 때처럼 빈집을 찾아 들어갔다. 이미 해가 져 어둑했다. 텅 빈 집은 마치 가족들한테 버려진 강아지처럼 슬퍼 보였다. 볏짚으로 이엉을 두른 지붕은 곳곳이 날아갔고 처마는 한쪽으로 기울었고 안은 온통 거미 떼에 점령당해 있었다.

할머니가 바닥에 털썩 주저앉더니 발을 문지르며 말했다. "곧 있음 평양이라우. 내 확실히 알지!"

"그걸 어찌 아십네까?" 내가 물었다.

"평양이 내 고향 아니갔니." 할머니가 답했다. "그리고 모든 길은 수도로 통하는 법이다. 지금 가는 길이 거의 끝나 가지 않니!"

이 길의 끝이 어디에 닿아 있을지 생각하자 몸이 부르르 떨렸다. 도시는 어떻게 생겼을까? 우리 같은 시골뜨기들이 도시에서 길을 잃지 않고 잘 지나갈 수 있을까?

오늘 묵게 된 집 안에는 우리 말고도 준이와 아주머니를 비롯해서 열 명 남짓한 사람들이 있었다. 언제나처럼 준이와 아주머니가 자리를 잡기를 기다려 그 옆에 가서 누웠다.

아주머니가 우리를 보더니 한숨을 푹 쉬었다. 우리에게 밥 한 그릇을 나누어 주었지만 웃지도 말을 건네지도 않았다. 나는 고개를 푹 숙이고 두 손으로 공손하게 밥공기를 받았다. 내가 구걸을 하는 건가, 아니면 아주머니가 우리에게 베푸는 건가?

영수는 그릇에서 밥 한 주먹을 떼 갔다. 손톱 밑에는 시커먼 때가 꼈고 버짐이 핀 손가락 마디마디에는 흙이 묻어 있었다. 순간 후회가 들었다. 눈으로 손이라도 씻고 들어올걸. 아주머니를 힐끔 쳐다보자 아주머니는 눈길을 돌렸다. 아주머니가 도로 밥공기를 빼앗아 가지는 않겠지? 하지만 전쟁 통 한가운데에서 흙투성이 손이 아니면 달리 무얼로 밥을 먹는단 말인가. 예의를 지키기 위해 손으로 입을 가리고 조용히 밥을 씹었다.

밥을 먹은 뒤 외투를 바닥에 펴고 영수를 눕혔다. 몸을 잔뜩 웅크리고 눈을 감은 영수 옆으로 바짝 붙어 누워 온기를 나누었다. 문밖에서는 바람이 휘몰아치며 울어 댔다.

한참 곯아떨어져 있는데 아주머니가 쿡쿡 찔러 잠에서 깼다. "일어나 보라. 니 동생이 또 기침하지 않네." 영수가 주체하지 못하고 숨을 헐떡이자 방 곳곳에서 구시렁거리는 소리가 들렸다. 나는 눈을 거의 뜨지도 못한 채로 영수 등을 도닥이며 얼렀다. 영수 때문에 다른 사람들이 화나지 않기를 바랐다. 집에서 쫓겨나기라도 하면 큰일인데. 다시 잠에 빠져들며 오직 그 생각만 했다.

＊＊＊

시간이 얼마나 흘렀을까? 아직 피로가 풀리지 않아 새벽녘 길을 떠나는 준이와 아주머니를 거의 놓칠 뻔했다.

아주머니는 소리를 내지 않으려 애쓰며 재바른 손길로 짐을 싸고 있었다. 왜 이렇게 서두르지? 왜 이렇게 빨리 떠나려는 거지? 어둑어둑한 방을 둘러보았다. 아직 일어난 사람이 아무도 없었다.

그리고 그때 벼락같이 깨달았다.

아주머니는 우리에게 먹을 걸 나누어 주기는 했지만 우리를 돌보아 주겠노라고 말한 적은 결코 없다는 사실을.

나는 자리에서 일어나 아주머니의 팔을 툭툭 건드렸다. "아주마이가 제 동생에 대해 어찌 생각하시는지 잘 압네다. 영수는 눈치가 빠른 아이니까 아주마이가 왜 떠나셨는지는 모르게 하갓시요." 내가 떨리는 목소리로 말했다.

"떠나다니? 같이한 적두 없는데? 너, 내 이름도 모르지 않니?" 아주머니가 딱딱하게 굳은 얼굴로 말했다. "잘 들으라우. 나는 내 딸을 지켜야 한다. 니 동생한테 병이라도 옮았다간 큰일 나지 않갓니. 네 동생은 니가 돌봐야지, 내 몫이 아니잖니? 니 동생한테 남은 건 너뿐이란 말이다."

창피한 마음에 얼굴이 터질 것 같았다. 그동안 내내 나는 아주머니를 쫓았고 아주머니는 그런 우리한테서 계속 도망쳤던 것이다.

물론 영수를 돌보는 건 내 몫이지 아주머니가 할 일이 아니었다. 내가 동생을 돌보기 싫어서 꾀를 부렸던 걸까? 죄책감에 목구멍이 빠듯해졌다.

아주머니의 낯이 풀렸다. "내 조언 하나 하마. 고아 에미나이 팔자야 뻔하지 않갓니. 니 동생만이 너 살 구멍이다. 아들이 살아야 집안도 잇고, 커서 너를 돌봐 줄 수도 있는 기야. 동생을 잘 돌봐야 한다. 너 자신보다 동생을 먼저 챙겨야 해. 이 난리 통에 니가 살아남는 법은 그것밖에 없다."

내 가치가 뭔지 알려 주는 게 우리 오마니가 하던 말과 똑같았다. 뜨거운 눈물이 차올라 차마 아주머니를 바라볼 수가 없었다. 아주머니말이 구구절절 옳다는 사실을 알았으니까.

21

1950년, 아마도 12월

단둘이서 평양에 도착하기까지는 며칠이 더 걸렸다.

도시는 불길에 휩싸여 있었다.

불과 두 달 전만 해도 미군이 북으로 밀고 올라가며 평양을 점령했었다. 하지만 지금은 공산당이 다시 밀고 내려오며 전선이 코앞까지 다가와 버렸다. 도시 변두리에서 수류탄 터지는 소리가 생생하게 들렸다.

하늘에서는 까만 눈이 오듯 재 덩이가 펑펑 내렸다. 새까맣게 타고 철사처럼 바싹 비틀어져 버린 나무들 사이로 아침 햇살이 번졌다. 숨을 들이마시면 매캐한 연기 때문에 가슴이 답답했다. 세상이 온통 뿌옇기만 했다.

도시에 온 건 태어나 처음이었다. 포장된 도로들 양옆으로 건물 잔해가 가득했다. 어쩌다 무너지지 않고 남아 있는 건물을 보면 주로 이

층이나 삼 층 정도 높이로, 탑이나 뾰족지붕 건물 등 모양이 각양각색이었다. 하지만 창문은 모조리 깨져 성한 건물이 없고 벽에도 까맣게 불탄 자국이 선명했다. 철도역 건물도 다 타 버리고 뼈대만 덩그러니 서 있었다.

길 저편에 자리한 학교 건물 처마 밑에 걸린 거대한 김일성과 스탈린*의 초상화 얼굴에는 총탄 자국이 빼곡했다. 학교를 지나 들어선 구역은 상점가로, 과일 가게와 채소 가게, 국수 가게 등이 보였다. 하지만 모두 텅텅 비어 있었다.

흐릿하게 바라보면 평양은 그냥 평범한 도시처럼 보였다. 양 길가에 자리 잡은 탱크와 뒤집힌 트럭만 아니라면, 고삐를 땅에 질질 끌며 길 한가운데를 떠돌아다니는 소만 아니라면, 그리고 희한한 각도로 몸이 꺾인 채 아무렇게나 널브러진 시체들만 없다면 말이다. 영수의 눈을 손으로 가리고 나도 고개를 돌렸다.

사람들은 몽유병 환자처럼 도시를 돌아다녔다. 여자들은 등과 머리에 보따리를 이고 지었으며 남자들은 하나같이 우리 아바지처럼 흰 잠방이와 저고리, 조끼를 입었다. 그들도 모두 우리처럼 농사꾼 계급에 남쪽으로 피란 중인 사람들이라는 뜻이었다. 도시 사람들도 간간이 눈에 띄었다. 밋밋하게 생긴 서양식 셔츠 밑단을 지퍼 달린 양장 바지 안으로 집어넣은 차림새가 한눈에도 남들과 달라 보였지만 과

● **스탈린** 소련의 정치가로, 소련 공산당의 최고 지위에 오른 인물이다. 1929년부터 1953년까지 소련을 통치했지만 가혹한 정치를 펼쳐 200만 명에 달하는 사람들이 희생되었다.

하게 보이지 않으려 애를 쓴 티가 역력했다. 제아무리 평양 최고 부자라도 부자인 걸 자랑했다가는 공산주의에 반대하는 사람으로 체포당할 수 있었으니 당연한 일이었다.

영수와 나는 피란 행렬을 따라 대동강에 다다랐다. 대동강은 마치 칼날처럼 도시 중앙을 쫙 가르며 흘렀다. 남조선 군인들이 강둑을 막고, 혹여 남으로 잠입하는 북조선 군인이 없도록 감시 중이었다. 군인들은 피란민들의 보따리를 풀어 보기도 하고 남자 어른들은 가까이 다가오지 못하게 밀쳐 냈다. 질퍽거리는 강가에는 총탄을 막기 위한 모래 포대가 산처럼 쌓여 있었고, 그 너머로는 빈집들이 늘어서 있었다. 주인 잃은 집들은 마치 강물에 쓸려 닳고 부서진 조개껍데기처럼 버석거렸다.

고개를 들자 커다란 강철 다리가 눈에 들어왔다. 엉망으로 부서지고 부러진 거대한 철골이 꼭 시체 몸통을 뚫고 삐져나온 갈비뼈처럼 보였다. 그 거대한 구조물 위로 새까만 점이 바글바글했다.

눈을 비비고 자세히 보았다. 새까만 점들은 바로 백 척˚ 높이의 부서진 철 다리 위를 기어 건너가는 사람들이었다. 사람들은 대동강 남쪽 강둑에 닿기 위해 등에 짐 보따리를 꽁꽁 싸매고 필사적으로 철골 위를 기어갔다.

북쪽 강둑에서는 수백 수천 명의 사람들이 다리를 건너기 위해 기다리는 중이었다. 그 많은 사람들이 있는데도 주변은 섬뜩할 만큼 고

˚ **척** 길이의 단위로, 1척은 약 30.3센티미터에 해당한다.

요했다. 아주 조그마한 소리라도 냈다가 혹여 다리를 기어오르는 사람들의 집중력을 흩뜨릴까 무서워 숨소리마저 아끼는 걸까?

아직 앳되어 보이는 아주머니가 아기를 등에 업고 줄에 가 서 있었다. 아줌마는 눈을 꼭 감고서 조용히 기도를 하는 중이었다.

"저 다리는 어쩌다 저렇게 되었시요?" 나는 아주머니의 팔을 살짝 잡아당기며 물어보았다.

아주머니가 눈을 뜨고 나를 바라보았다. "폭파된 기래. 공산당이 못 건너게 하려고 일부러 파괴했단다. 그런데 덕분에 우리까지도 북쪽에 갇힌 기야."

갇히다니.

그 단어가 내 가슴을 두방망이질했다. 연합군이 철수하는 속도보다 아주 조금 뒤처졌을 뿐인데, 그사이를 못 참고 다리를 부수었다니. 우리는 여기서 몽땅 죽도록 내버려 두고? 공산당이 박살 난 도시를 되찾기 위해 밀려들고 있었다.

그러니까 우리 피란민들은 그저 도망가는 게 아니라 바짝 뒤쫓기는 중이었다.

나는 엉망으로 뒤틀리고 부서진 철골 구조를 멍하니 바라보았다. 까만 점 하나가 얼음장 같은 강물 속으로 떨어져 내렸다.

"누나, 우리도 저걸 건너야 해?" 영수가 다시 발작하듯이 기침을 쏟아 내며 물었다. 영수의 어깨가 주체할 수 없이 파들거렸다.

기침을 다스리지도, 제 몸을 제대로 가누지도 못하는 영수를 가만히 바라보았다. 그리고 고개를 돌려 강 상류를 살폈다. 강은 그 끝자락이 눈에 보이지도 않을 만큼 크고 길었다. 그럼 다리가 적어도 하나쯤은 더 있을 게 분명했다. 적어도 이 다리보다는 더 안전하게 건널 만한 다리가 있지 않을까?

"아니. 틀림없이 다른 길이 있을 기야. 자, 어서 가 보자우."

영수의 손을 잡고 허겁지겁 강 상류로 향했다. 가까이서 보니 대동강은 우리 동네 강보다 훨씬 깊고 어두운 색으로 빛났다. 커다란 얼음판 하나가 물살에 둥둥 떠다녔다. 천천히 돌며 움직이는 모양이 꼭 살아 움직이는 것 같았다.

"누나, 뗏목을 만들면 어때? 저기 장작더미가 있어!" 영수가 텅 빈 집들을 가리키며 외쳤다.

"멍청한 소리 말라우! 뗏목 만드는 게 장난인 줄 아니?" 나는 사람들 사이를 헤치며 속도를 높였다. 내 말에 영수가 상처를 받았으면 어쩌지. 내 혓바닥은 가끔 오마니만큼이나 매서웠다. "걱정 말라우. 다 괜찮을 기야." 얼른 덧붙였다.

"하지만 어떻게 강을 건너려구?" 영수가 얼굴을 찡그리며 물었다.

나도 모른다. 나도 나 자신을 도저히 믿을 수 없는데, 모든 결정을 다 내가 내려야 했다. 그리고 우리 둘의 목숨이 오롯이 내 결정에 달려 있었다.

강 상류로 올라가면 올라갈수록 상황은 더 심각했다. 다리 근처를 뒤덮고 있던 숨 막히는 고요함 대신 울음소리와 비명, 싸움질하는 소리가 주변을 가득 채웠다. 어떤 아주머니는 포대기 밖으로 몸이 축 늘어진 아기를 등에 업고서 정신없이 내달렸다. 옆으로는 달구지에 짐을 가득 실은 황소가 진흙에 푹푹 빠지는 걸음을 힘겹게 옮기며 뜨거운 콧김을 뿜었다. 어떤 아저씨는 차가운 강물에 뛰어들었지만 얼마 헤엄치지도 못하고 얼굴이 새파래지며 물속으로 가라앉았다.

우리를 도와줄 만한 지혜로운 어른이 필요했다. 심장이 터질 듯 뛰고 온몸이 미친 듯이 떨려 왔다. 하지만 내가 뭘 해야 하는지 다 아는 척, 계속해서 강을 거슬러 올라갔다.

진흙마저 얼어붙은 강 자락에 다다랐다. 말을 할 수도, 더는 뛸 수도 없을 만큼 지쳐서 혼이 나가기 시작했다. 영수도 거의 넋이 나간 채 비틀거리며 내 곁에 붙어 있었다. 저 시커먼 강물을 더 이상 쳐다보기도 싫었다. 그래서 사람들이 걸음을 멈추고 강가로 몰려드는 것을 미처 알아채지 못했다.

수많은 사람들이 숨을 헉하고 들이마시는 소리에 정신을 차렸다. 무슨 일인지 확인하기 위해 영수를 질질 끌며 사람들 속을 뚫고 들어갔다.

강 중간쯤에 나무배 하나가 얼음을 헤치고 나아가는 중이었다. 하지만 올라탄 사람이 너무 많아 결국 무게를 견디지 못했다. 아주머니, 할머니, 그리고 어린아이를 가득 태운 배가 가라앉기 시작했다. 강물이 배 양옆으로 흘러 들어가는 광경에 강둑에 모인 사람들이 발을 동동 굴렀다. 나도 입을 떡 벌린 채 여자들과 아이들이 가라앉는 모습을, 시커먼 강물이 그들을 통째로 집어삼키는 모습을 지켜보았다.

삿갓을 쓴 아저씨 한 명이 나무배 두 척을 더 북쪽 강둑에 대었다. "여자랑 애들만 타시오!" 아저씨가 고함을 질렀다. "절대 많이 타면 안 되오!"

사람들 사이에서 불만 소리가 터져 나왔지만 나는 살길이 생겼다는 생각에 힘이 났다.

"영수야, 우리는 된다! 우리는 애들 아니니? 어서 가자!"

사람들 사이를 비집고 들어가자니 어떤 아저씨가 우리를 확 밀쳐 버렸다. 족히 우리 아바지 나이는 되어 보이는데도 우리를 손톱만큼 도 불쌍하게 여기지 않는 손길이었다. 여기서 우리는 그저 고아일 뿐 이니까. 눈시울이 뜨끈해졌다. 그때 누군가 영수를 넘어뜨렸다. 영수 는 바닥에 나동그라지며 울음을 터뜨렸다.

"울지 마!" 나는 화가 나서 시뻘게진 얼굴로 외쳤다.

결국 우리는 배에 타지 못했다. 나는 영수를 잡아 일으킨 다음 다시 길을 걸었다.

폭탄 터지는 소리가 근처에서 들려왔다. 공산당이 우리 바로 뒤에 서 불쑥 모습을 드러낼지도 모른다는 상상을 하니 미칠 듯 겁이 나서 영수의 팔을 확 잡아당겼다. 내 기세에 넘어질 듯 비틀거리는 영수를 엄하게 꾸짖었다. "정신 좀 차리라우! 공산당이 잡으러 오잖니!"

강을 건너는 배가 더 남아 있을까? 강 위쪽으로는 더 이상 아무것 도 없을 것 같았다. 다시 부서진 다리를 떠올렸다. 그 다리를 건넜어 야 했나? 생각이 꼬리에 꼬리를 물며 마음을 어지럽혔다. 괜히 딴 방 법을 찾겠다고 시간만 낭비해 버렸나?

정신없이 내달리던 발걸음에 힘이 풀려 휘청거릴 때까지 달리고 또 달렸다. 피로 물든 양말 앞코가 신발에 난 구멍 사이를 비집고 나왔다.

다시 강 상류를 뚫어져라 바라보았다. 살이 에일 듯한 추위에도 한낮의 태양은 여전히 눈부시게 빛났다. 햇살에 눈이 멀 것만 같아 손으로 그늘을 만들었다. 저 위로 계속 가도 강을 건너는 방법은 더 이상 없을 가능성이 높았다. 나도 그 사실을 진작에 알고 있었다. 그저 겁에 잔뜩 질린 다람쥐처럼 어디로 갈지 몰라 동동거리는 게 다였다. 부모님과 헤어진 뒤, 내가 아는 건 사실 아무것도 없었다.

따가운 햇살 아래 털썩 주저앉아 스스로를 탓하던 중이었다. 문득 얼음에 반사되어 번쩍이는 빛줄기가 내 시선을 잡아 끌었다.

그러고 나서야 주변에서 어떤 일이 일어나고 있는지 알아차렸다.

"저기 보라우!" 강 저편을 가리키며 영수에게 외쳤다. "사람들이 얼음 위로 건너구 있어!"

나는 활짝 웃으며 영수의 손을 잡고 내달리기 시작했다. 다 닳아 해진 고무신 밑창 아래로 바닥의 울퉁불퉁한 자갈이 발을 아프게 찔러대도 아랑곳하지 않았다. 눈앞에 보이는 장면을 도저히 믿을 수가 없었다. 강을 가로질러 얼음이 얼어 있었다. 비쩍 마르고 거적때기 같은 차림새를 한 피란민들이 몰려들어 강 위를 건너갔다.

"야!" 우리가 얼어붙은 강둑에 다다랐을 때, 얼음 다리 가장자리에 선 나이 많은 아주머니가 고함을 질렀다. "한 번에 너무 많이 올라가면 안 된다! 살얼음판이나 다름없어! 그러다 깨질지두 모른다. 물러서라우!" 나는 그 말을 싹 무시하고 사람들 사이를 뚫고 나아갔다. 무슨 일이 있어도 이 강을 건너야만 했다. 그 순간, 나를 확 낚아채는 손길에 그만 땅바닥에 나동그라졌다.

"우리가 먼저 왔다!" 어떤 아주머니가 제 쌍둥이 아들들을 위해 길을 트면서 말했다. 쌍둥이는 영수 또래로 보였다. 빡빡머리에 살이 통통한 얼굴을 보아하니 살면서 굶주려 본 적이라곤 없는 듯했다. 그 애들 엄마가 바로 나를 넘어뜨린 장본인이었다. 여기 줄이 어디 있다고! 말도 안 되는 순 억지를 부리다니!

생각할 겨를도 없이 발딱 일어서서 얼음 다리를 향해 다가갔다. 아주머니의 매몰찬 손이 나를 또다시 밀어 냈다.

"오메, 요 에미나이 성질머리 좀 보게? 우리가 먼저 왔다지 않니. 우리 아들들이 먼저다!" 아주머니가 나를 노려보았다.

하는 수 없이 눈물을 꾹 참으며 그들이 지나가도록 비켜섰다. 쌍둥이 중 하나가 미안한지 빡빡머리를 푹 숙여 보였다.

강 자락에 닿았을 때 마침 얼음 위로 아주 작은 자리가 났다. 나는 영수와 함께 사람들 사이를 비집고 그 자리를 꿰찼다. 중천에 뜬 태양이 얼어붙은 강 위로 내리쬐자 얼음 다리가 반짝반짝 빛났다. 마치 우리를 구원해 주려고 하늘이 내린 기적 같았다. 하지만 가까이 다가서서 본 얼음 다리는 이미 여러 조각으로 부서져서 물 위에 아슬아슬하게 뜬 징검다리에 불과했다.

조심스럽게 한 발을 내딛자 발아래에서 얼음이 흔들거렸다. 영수는 내 손을 놓고 양팔을 벌려 중심을 잡아 가며 뒤를 따랐다. 우리는 갓 태어나 다리를 가누려 안간힘을 쓰는 아기 사슴처럼 휘청거리면서 강을 건넜다.

중간쯤 건넜을까? 바로 앞에서 첨벙하는 물소리와 함께 찢어질 듯한 비명 소리가 들렸다. 아까 그 쌍둥이네 아주머니가 얼음판 가장자리에 엎드려 있었다.

"안 돼! 안 된다!" 아주머니가 시커먼 강물을 들여다보며 울부짖었다. 수면 위로 빡빡 깎은 머리가 얼핏 떠올랐다. 그 옆으로 또 하나가 더 보였다. 작고 통통한 손가락들이 얼음판 가장자리를 필사적으로 움켜잡았다.

하늘이 뱅뱅 도는 기분이었다.

"도와주시오!" 아주머니가 애원했다. 아주머니가 쌍둥이들을 건져 내려고 몸을 숙일 때마다 얼음판이 위태롭게 기울었다.

우리가 아주머니한테서 가장 가까웠다. 서둘러 다가가 아주머니의 몸을 받쳐 주기 위해 손을 내밀었다. 하지만 아주머니가 아들들에게 한쪽 팔을 내밀면서 반대쪽 팔로 나를 힘껏 후려쳐 버리는 바람에 나는 발이 미끄러지며 얼음판에 나동그라졌다. 단단한 얼음판에 볼을 힘껏 처박았는데, 그 충격에 얼음판이 앞쪽으로 기울어지며 내 몸이 순식간에 시커먼 얼음물 쪽으로 미끄러져 내려가기 시작했다.

"누나!"

뒤를 따르던 누군가가 힘껏 발을 구르며 얼음판에 올라탄 덕분에 얼음판이 다시 균형을 잡았다. 나는 가까스로 얼음 귀퉁이를 잡고 멈출 수 있었다.

"내 새끼들 좀 살려 주라우!" 아주머니가 나를 부여잡으며 비명을 질렀다.

"못해요, 못해! 죄송합네다!"

"누나, 일어나! 계속 가!" 영수가 외쳤다.

그래, 계속 가야 해. 나는 천천히 몸을 일으켰다. 얼음판이 요동쳤지만 나는 쥐새끼처럼 잽싸게 자리에서 일어났다. 영수가 내 뒤를 바짝 따랐다.

그렇게 아주머니를 지나쳤다. 아주머니는 얼음 가장자리에 달라붙은 채 얼어 버린 작고 새파란 손에 얼굴을 부비며 목 놓아 울었다.

마음을 단단히 먹고 앞만 바라보았다. 입술을 어찌나 세게 깨물었던지 피가 나기 시작했다. 어느새 강 건너편이 코앞이었다. 다 왔어. 속으로 중얼거렸다.

거의 기다시피 한 걸음 한 걸음을 떼다 보니 어느새 물이 얕아지며 땅에 발이 닿았다. 드디어 대동강 남쪽에 도착한 것이다.

꽁꽁 언 바닥에 털썩 누워 하늘을 바라보았다. 빡빡머리, 비명을 지르던 아주머니, 시퍼렇게 굳은 자그마한 손가락들. 온몸이 주체할 수 없이 벌벌 떨려 왔다.

오후 햇살이 얼굴 위로 따갑게 쏟아졌다. 문득 이 햇살이 얼음 다리를 다 녹여 남은 사람들이 몽땅 북쪽에 갇혀 버리면 어쩌나, 걱정이 되었다.

"노동당 놈들이 왔다." 아바지가 중얼거렸다. 오늘은 우리 집에서 당원 모임을 하는 날이었다.

오마니가 아바지를 노려보았다. "말썽 일으키지 마시라요. 그냥 신분증에 도장만 받으면 될 거 아닙네까? 그럼 당에서 보급품도 더 받을 수 있지 않갓시요?"

아바지는 턱을 꽉 다문 채 말없이 문을 열었다.

발소리가 집 안으로 밀려들었다. 적어도 신발은 벗어야 하는 것 아닌가? 지수는 사람들을 피해 밥상 아래로 몸을 숨겼다. 작업복을 입은 남자 어른들이 숟가락 한가득 밥을 떠먹고 국을 꿀꺽꿀꺽 들이켰다. 여자 어른도 한 명 있었는데 꼭 꿰다 놓은 보릿자루처럼 방바닥에 앉아 있었다. 오마니는 양 볼을 벌겋게 하고도 애써 등을 꼿꼿이 하고서 미소를 지으며 계속 여자 어른에게 무언가 말을 건넸다. 그리고 정신없이 부엌을 오가며 콩나물국을 퍼 날랐다. 모임을 위해 벽에 달아 놓은 위대한 수령 동지의 초상화가 마치 우리 머리 위에서 모든 걸 꿰뚫어 보는 것만 같았다. 오마니, 아바지는 너무 바빠서 우리를 신경 쓸 겨를도 없어 보였다.

나는 부엌에서 설거지를 했다. 영수가 내 옆에 와서 섰다.

"노동당이 대체 뭐이야?" 영수가 물었다. "우리는 여기 왜 있어야 하는 기래?"

"쉿, 목소리 낮추라." 내가 말했다. "노동당은 니가 가는 소년단이랑 비슷한 건데, 어른들이 하는 기다. 그리구 우리 가족은 모두 다 참석해야 해. 특히 나는 더 이상 소년단 모임에 가지 않으니 꼭 있어야 하구."

"그렇구나." 영수가 머리를 긁적였다.

국그릇 두 개를 꺼내 국을 퍼 담았다. "자, 먹어. 손님들이 죄다 먹어 치우기 전에."

"지수는 어쩌구?"

우리는 문 안으로 고개를 슬쩍 들이밀고 안방을 살폈다. 힘껏 내지르는 주먹과 시끄러운 목소리로 방이 웅웅 울렸다. 공산당이여, 영원하라! 부르주아를 물리치자! 노동자 계급 만세! 오마니는 부지런히 사람들 사이를 오가며 음식을 대접하고 빈 그릇을 치우는 중이었다. 아버지는 잠자코 앉아 있었는데 꾹 다문 입이 언제라도 욕설을 내뱉을 것만 같았다. 그리고 앉은뱅이 밥상 아래에 낯선 사람들 발로 사방이 가로막힌 지수가 누워 있었다.

누군가 시뻘게진 얼굴로 침을 튀겨 가며 밥상을 쾅쾅 내리쳤다. 지수의 자그마한 몸뚱이가 바들바들 떨렸다. 지수 바지에 오줌 자국이 선명했다. 지수는 오마니가 자기를 알아차리기를 간절히 바라며 오마니를 눈으로 쫓았다. 그 모습을 보고 있자니 날카로운 것에 쿡 찔린 것처럼 마음이 아팠다.

유엔군 철수 직후의 평양 전경
12월 5일 유엔군과 국군의 전략적 철수로 적의 손에 떨어지기 직전, 최후의 평양은 폭음과 화염 그리고 그 솟아오르는 검은 연기 속에서 강을 건너 남하하려는 시민들의 아우성으로 뒤덮여 있었다.
_〈조선일보〉, 1950년 12월 13일, 한국사데이터베이스

22

1950년 12월

평양을 떠난 이후 우리는 다시는 도시를 가로지르는 그 강에 대해 이야기하지 않았다. 여자와 아이들, 빡빡머리 쌍둥이를 허겁지겁 먹어 치우던 무시무시한 대동강.

영수와 나는 일주일 내내 최대한 사람들과 마주치지 않도록 조심해 가며 얼어붙은 언덕길과 야트막한 논두렁을 헤쳐 나갔다. 이제껏 만난 사람들은 모두 우리를 버리거나 우리를 이용하려고만 했으니 더 이상 낯선 사람을 신뢰할 수 없었다.

텅 빈 마을이 곳곳에 널려 있었기 때문에 밤을 보낼 곳을 찾는 건 전혀 어렵지 않았다. 묵을 곳을 정하면 곧장 부뚜막에 불을 지펴 얼어붙은 발을 온돌바닥에 녹였다. 집 뒷마당에 묻어 둔 장독도 곧잘 찾아내었다. 장독마다 잘 익은 김치가 한가득 차 있었다. 뿐만 아니라 사람들이 쌀을 숨겨 놓은 곳이 어딘지도 금방 찾게 되었다. 마루 아래,

양말 속, 낡은 궤짝 안에는 십중팔구 쌀이 있었다. 마치 시체를 파먹는 동물처럼 우리는 남이 버려두고 간 음식으로 배를 채웠다.

하지만 그날 우리가 고른 집은 김치도 쌀도 남아 있지 않았다.

"아이참! 이 빌어먹을 집 같으니. 어쩜 먹을 게 쌀 한 톨 안 남아 있니?" 짜증이 나서 나무 밥상을 힘껏 걷어찼다. 발가락이 욱신거렸다.

"걱정 말라우, 누나. 나는 배가 별루 안 고파." 영수가 비스듬히 누워 기침을 하며 말했다.

어떻게 배가 안 고플 수 있지? 나는 영수를 찬찬히 살폈다. 영수는 평소와 확연히 달라 보였다. 마치 야생에서 살아가는 아이처럼, 예전보다 훨씬 새까매졌고 더 깡말랐을 뿐 아니라 눈 밑에는 움푹 그늘이 졌다. 어느새 수북하게 자란 머리카락은 달팽이 껍데기처럼 꼬불꼬불했다. 나 역시 몇 달 사이 많이 변한 걸 알고 있었다. 종아리는 예전보다 훨씬 딴딴해졌고 발바닥의 굳은살은 말발굽만큼이나 거칠어졌다. 달리기도 훨씬 빨라졌다. 이제 도망치는 건 어느 누구보다 잘할 수 있었다.

집 안에서 담요 한 장을 찾아내 바닥에 깔았다. 영수와 나는 등을 맞대고 누워 몸을 옹송그렸다. 자는 것 말고 달리 할 일도 없었다.

마을 바로 위로 줄지어 날아가는 전투기 소리에 귀를 기울였다. 전선은 우리 쪽으로 성큼성큼 다가왔다.

이렇게 빈속으로 과연 내일은 얼마나 더 걸을 수 있을까? 군인과 전투기, 탱크의 속도보다 더 빨리 도망갈 수 있을까?

먹을 게 하나도 없는 집에 발을 들이다니, 운도 지지리도 없지. 조금만 다른 길로 갔더라면 밥과 김치가 그득한 집을 찾을 수도 있었을 텐데. 나는 등유 전등을 '후' 불어 끄고 잠을 청했다. 그리고 밤새 늑대 무리에게 쫓기는 꿈에 시달렸다.

***

하지만 운이란 건 정말 손바닥 뒤집히듯 바뀌는 법이었다.

다음 날, 또 몇 시간을 걸었을까? 발이 천근만근 무거워 도저히 속도가 나지 않았다. 얼음장 같은 바람이 얼굴을 때렸고 마치 물에 빠진 사람처럼 숨 쉬는 것조차 버겁게 느껴졌다. 그때, 저 앞에 펼쳐진 소나무 숲 사이로 자그마한 빛이 새어 나왔다. 나무들 위로 연기가 모락모락 피어오르는 게 보였다. 나무 사이로 언뜻 초가지붕도 보였다.

"영수야, 저 집으로 가자. 이제 잘 곳을 찾아야 해."

"그치만 빈집이 아닌 것 같은데?" 영수가 숨을 할딱이며 말했다.

우리는 빛을 바라보았다. 벌써 한 주도 훨씬 넘게 단둘이서만 이동하다 보니 외로움에도 익숙해져 버렸다. 어찌 보면 우리 둘만 있는 게 훨씬 편하기도 했다. 물론 아직도 우리가 제대로 된 방향으로 잘 가고 있는지에 대해서는 내내 불안한 마음이 들었다.

"해가 지고 있잖니. 오늘은 더 못 가." 마침내 나는 결정을 내렸다. "저 집으로 가자." 적어도 저 집에선 불이라도 쬘 수 있겠지.

어스름이 깔리는 숲속에서 나무들은 마치 팔을 활짝 쳐든 마귀할멈처럼 보였다. 땅 위로 불룩불룩 솟은 나무뿌리에 계속 발이 걸려 넘어졌다. 차가운 바람이 외투 단춧구멍과 해진 솔기 사이로 스며들었다.

불안감에 심장이 터질 것만 같았다. 나를 군인들한테 팔아먹을 사람들 손에 제 발로 걸어 들어가는 건 아닐까? 집주인들이 마음씨 좋은 사람이기를 빌고 또 빌었다.

오두막에 다다랐을 즈음엔 배가 너무 고파서 기절할 지경이었다. 오두막은 야트막한 벽돌 담벼락으로 둘러싸여 있었고, 집 안마당에는 나무가 한그루 자랐다. 무거운 나뭇가지가 삐걱거리는 울타리 너머로 비죽이 드리워져 있었다.

영수가 입을 딱 벌리고 멈추어 섰다. "누나, 이거 감나무다."

도저히 두 눈을 믿을 수 없어 우리는 멍하니 서로를 쳐다보았다. 겨울에도 감이 남아 있다는 사실, 아니 감이란 과일이 있다는 사실조차 새까맣게 잊고 있었다.

이미 대부분은 수확한 것 같았지만 그래도 손이 닿을 만한 곳에 까치밥이 세 개나 남아 있었다! 그리고 나뭇가지 아래의 눈밭에도 터진 홍시가 잔뜩 떨어져 있는 게 보였다. 이게 웬 횡재지!

우리는 주저앉아 감을 최대한 많이 쓸어 모았다. 얼마 지나지 않아 영수와 나 사이에 눈부신 주홍빛 더미가 하나 생겼다. 허겁지겁 장갑을 벗고 달콤한 과즙과 잘 익은 과육으로 꽉 찬 홍시를 하나 집어 들고서 꾹 쥐어짰다. 미끈한 껍질이 손안에서 부드럽게 터졌다. 홍시를 한 입 크게 물었다.

과육이 툭 터지며 즙이 얼굴에 잔뜩 튀었다. 영수도 홍시를 죽 쥐어 짜듯 갈라 주홍빛으로 번들거리는 속살을 허겁지겁 빨아들였다. 과즙이 영수의 턱을 타고 흘렀다. 나는 활짝 웃으며 하나를 더 집어 들어

반으로 갈랐다. 잘 익은 홍시의 끈적한 속살이 내 손바닥 안에서 쉽게 갈라졌다. 얼굴을 푹 숙이고 정신없이 홍시를 삼켰다. 양 볼에 온통 주홍빛 과즙 덩어리가 번졌다. 이렇게 달콤하고 맛난 음식을 먹은 게 도대체 얼마 만이지?

문득 영수가 나를 쳐다보았다.

나도 영수를 마주 보았다.

그리고 누가 먼저랄 것도 없이 깔깔거리며 웃음을 터뜨렸다. 우리는 마치 금은보화를 훔친 악당들처럼 의기양양하게 퍼질러 앉아 입술이 멍든 것처럼 보일 때까지 홍시를 먹고 또 먹었다.

손가락을 빨며 우리가 먹어 치운 양에 감탄하고 있자니 문득 왜 집에서는 진작 이렇게 하지 못했나 하는 생각이 들었다. 이 낯선 곳에서는 과일을 예쁜 모양으로 깎지 않아도 되었다. 깎은 과일을 접시에 가지런히 담아 동생들에게 갖다 바치지 않아도 되었다. 음식을 먹거나 웃을 때 이를 가리지 않아도 괜찮았다. 전쟁 한복판에서 길을 잃고 낯선 사람의 감나무 아래에 웅크리고 앉아 있는 이 순간, 내가 어떤 사람인지는 하나도 중요하지 않았다. 그리고 아주 잠시나마 이런 게 바로 천국이 아닐까 생각했다.

23

소맷부리에 입을 문질러 닦았다. 해가 완전히 저물기 직전이었다. 우리 주변을 휘몰아치는 차가운 바람에 겨우 정신을 차리고 어서 집 안으로 들어가야 한다는 사실을 생각해 냈다.

나는 나무로 된 대문 앞에 섰다. 영수가 내 외투 자락을 꼭 붙잡고 나를 바라보았다. 영수를 향해 억지로 웃음을 지어 보인 뒤 문을 쿵쿵 두드렸다.

"누구 안 계세요?" 목소리를 높여 외쳤다. 추위 때문에 눈이 시려 눈물이 났다. "저희는 부모님을 잃었어요. 밖이 너무 추워 그러는데, 하루만 묵어가면 아니 되겠습네까? 부탁드립네다!" 순간 얼음장 같은 바람이 휙 몰아치며 내 얼굴을 때렸다. 나는 얼굴을 외투 더 깊숙이 웅크려 넣은 채로 주머니 속의 지도 귀퉁이를 만지작대며 불안한 마음을 달랬다.

문이 열리며 환한 불빛이 쏟아져 나왔다. 불빛을 등지고 아저씨 한 명이 걸어 나왔다. 온통 굳은살이 박이고, 시커먼 손톱 밑으로 때가 덕지덕지 낀 거친 손이 보였다.

나는 숨을 들이마셨다. 너무나도 익숙한, 곡식 냄새와 축축한 흙냄새. 중간 키쯤 되는 눈에 익은 체형. 반달 모양으로 접히는 눈만 확인하면 되었다. 심장이 요동쳤다. 눈을 재빠르게 깜빡이며 밝은 빛에 적응하려 애썼다. 그때 등 뒤에서 비명 같은 울음소리가 울려 퍼졌다.

"아바지!" 영수가 소리쳤다. "아바지다!"

나도 결국 울음이 터져 버렸다.

"미안하다. 얘들아. 사람 잘못 보았구나. 나는 니들 아바지가 아니다." 아저씨가 이를 딱딱 떨며 말했다. 빛 아래에서 사냥개처럼 축 처진 얼굴이 드러났다.

나는 눈을 질끈 감고서 '이 낯선 아자씨가 아바지로 변하게 해 주세요.' 하고 빌었다. 눈을 뜨면 아바지가 나를 번쩍 안아 올려 한 바퀴 빙 돌린 뒤 꼬옥 안아 주었으면. 속으로 셋을 세고 다시 눈을 떴다.

아저씨는 계속 미안한 표정으로 한숨을 쉬었다. 아저씨도 우리를 따라 울음을 터뜨릴 지경이었다. 아저씨에게 죄송한 마음이 들어 눈을 슥슥 닦고 영수의 손을 잡았다. "하룻밤만 추위를 피해 가도 되겠습니까?" 나는 시무룩한 목소리로 물어보았다. 도저히 실망감을 감출 수가 없었다.

"물론이지. 니들 누울 자리 하나 못 만들갓니." 아저씨가 한 걸음 물러서며 말했다. 아저씨 너머로 집 안을 가득 채운 사람들을 발견하고 숨을 '헉' 들이마셨다. 도저히 사람이 더 들어가거나 앉을 만한 자리가 없어 보였다. 사람들이 서로 몸을 겹치다시피 해서 바닥에 누워 있었다.

우리는 물 자국으로 장판이 시커멓게 변한 구석을 찾아 자리를 잡았다. 먼지투성이에 제대로 씻지도 못한 사람들이 빽빽하게 들어차다 보니 집 안에는 시큼한 지린내가 진동을 했다. 영수도 내 옆에 끼어 앉았다. 영수는 기침을 하며 색색거렸다. 코에서는 콧물이 줄줄 흘렀다. 영수 이마를 짚어 보니 이마가 뜨끈했다.

"아이고, 고아들이구나. 가여워서 어쩌누?" 어느 할머니가 말했다. "자, 어서 좀 먹으라우." 할머니는 우리에게 담요 한 장과 콩밥 한 그릇을 건네주었다.

고아. 나는 그 말에 눈살을 찌푸렸다. "할마이, 우리는 고아가 아니네다. 부모님이랑 떨어지긴 했지만, 아바지가 우리를 찾고 계시는 중이니 곧 다시 만나지 않갓시요." 내가 말했다.

"쯧쯧, 이 어린 것들이 무신 죄가 있다구!" 할머니가 주먹으로 가슴을 치며 꺼이꺼이 울기 시작했다. "여태 부모랑 못 만났으면 그거이 고아지!" 할머니가 머리를 절레절레 흔들며 신음 소리를 냈다. "전쟁이 이리 무섭다, 이리 무서워!"

"누가 저 시끄러운 할마이 좀 조용히 시켜 주시라요!" 방 가운데에 누워 있던 아저씨 한 명이 역정을 냈다.

할머니 말이 진짜일까? 우리는 이제 고아인 건가?

그동안 계속 애써 모른 체해 온 진실을 누군가의 입을 통해 듣는 순간 가슴에 큰 구멍이 뻥 뚫리는 기분이 들었다. 나는 바닥에 쭈그리고 앉아 무릎을 감싸 안았다.

영수가 내 옆에서 훌쩍훌쩍 울기 시작했다.

나는 우리 집을 가득 채우던 밥 짓는 냄새와 참기름 냄새를 기억해 내려고 애를 썼다. 또 오마니가 이불을 펄럭이며 먼지를 터는 소리와, 아바지가 들려주던 별천지 같은 미국 이야기도. 그 모든 기억이 마치 꿈처럼 희미하게 느껴졌다. "아바지…." 나는 조용히 중얼거렸다. "이 제 우리는 누가 돌보아 주지요?"

나는 콩밥을 건네준 할머니에게 공손하게 감사 인사를 하고 밥을 전부 영수에게 주었다. 영수가 한 공기를 다 비우고 나서야 안도의 한 숨을 내쉬었다.

"너는 어쩌구? 너두 먹어야 하지 않니?" 우리 맞은편에 앉아 있던 언니 하나가 물었다. 말총머리가 다 흘러내려 치렁치렁한 게 눈에 들 어왔다. 농사꾼 집안에서 흔하디흔한, 까무잡잡한 피부와 자그마한 눈을 한 언니였다. 오마니였다면 언니를 보고 혀를 '쯧쯧' 차고도 남았 을 것 같았다. 하지만 언니는 내 손에 면 보자기로 싼 마른 멸치 한 움 큼을 쥐여 주었다.

"배고프지 않시요. 하지만 됐다 우리 동생한테 먹이갓시요." 내가 말했다. "감사합네다."

언니는 고개를 뒤로 젖히고 까르르 웃었다. "받을 거면 됐다 너나 먹어야지! 대단한 성인군자가 납셨구나."

나는 얼굴을 붉혔다.

"너 같은 애들은 내가 잘 알지 않갔니." 언니가 계속 말했다. "시키는 대로 잘 따르는 착한 딸. 뭐, 그거이 나쁜 건 아니다만… 니 자신도 소중히 여길 줄 알아야 한다."

이제껏 나에게 이런 이야기를 해 주는 사람은 한 명도 없었다. 눈을 들고 언니를 다시 쳐다보았지만, 여전히 언니는 나랑 별반 다를 것 없는 가난한 농사꾼 집안에서 태어난 여자아이로 보였다.

언니는 치렁치렁 늘어진 말총머리를 한쪽으로 홱 넘기고 열에 들뜬 영수의 얼굴을 찬찬히 살폈다. "네 몸을 챙기지 못하면 동생도 못 챙기는 기야." 언니는 내 손에 들린 면보를 풀며 말했다. "참 장하다. 자, 어서 먹어. 너야말로 먹을 자격이 있다."

나는 멸치를 받아 들었다. 하지만 언니의 말을 듣자 울컥 감정이 치솟아 얼굴이 엉망으로 구겨졌다. 언니의 친절함이 내내 쌓아 올린 벽을 무너뜨렸다. 감사 인사를 하는 목소리가 형편없이 떨렸다.

짭짤하고 자그마한 멸치 하나를 입에 물었다. 고마운 마음에 목구멍이 빠듯해져서 멸치를 삼키는 것도 힘이 들었다. 열로 들뜬 얼굴로 내 옆자리에 누운 영수를 살피고 영수에게도 멸치를 건네주었다. 하지만 영수는 가만히 고개를 저었다. 멸치를 몇 입 더 먹고서 남은 뭉치를 다시 잘 싸매어 두었다.

그날 저녁, 어른들이 모여 앉아 피란길 정보를 나누는 소리에 귀를 기울었다.

어떤 길로 가는 게 나을까? 개성을 통해서 땅길로? 아니면 황해를 건너 바닷길로? 삼팔선 경비대에 대해 걱정하는 사람은 아무도 없었다. 전선보다 먼저 남쪽에 닿는 것만이 유일한 관심사였다. 전선에 뒤처진다면 다시 공산당의 손안에 갇히게 된다. 그리고 이번에는 잠깐이 아니라 영원히 갇혀 버릴 수도 있다. 게다가 전투에 휩쓸린다면 그야말로….

"누나, 우리 거의 다 온 게 맞지?" 영수가 담요 속으로 더 깊숙이 몸을 웅크리며 물었다.

"그래, 곧 있음 삼팔선이고 기만 건너면 남조선이야." 말을 하면서도 그 단어들이 너무나 낯설게 느껴졌다.

"그럼 이제 안전한 기지?"

"응, 그런 것 같아." 떨리는 목소리로 답했다. 하지만 아주 만약에, 우리가 남조선으로 건너간 뒤에도 공산당이 계속 밀고 내려와 한반도 전체를 집어삼키면 어떻게 되는 거지? 그러면 안전한 곳이 없을 텐데. 심지어 서울조차도. 그렇게 되면 우리 부모님은 정말로 헛된 희생을 한 게 되어 버리는 게 아닐까?

영수가 숨을 깊게 내쉰 뒤 진지한 목소리로 말했다. "누나, 부모님은 틀림없이 살아 계셔."

우리 아바지와 오마니 그리고 지수.

"나두 알아. 이제 눈 좀 붙이라우."

나는 몸을 둥글게 웅크렸다. 팔다리가 천근만근 무겁게 느껴졌다. 남은 길도 잘 찾아갈 수 있을까? 내가 할 수 있을까? 걱정에 마음이 어두워졌다. 누워서 삼팔선 너머의 세상을 상상해 보았다. 그곳에서는 어떤 삶이 우리를 기다리고 있을까?

24

1950년 12월

소스라치듯 잠에서 깨어났을 땐 아직 새벽이 터 오기도 훨씬 전이었다. 하지만 집은 잠이 들기 전보다 횅하고 고요할 뿐 아니라 더욱 싸늘했다.

"영수야, 일어나라우. 이제 떠나야 한다." 나는 영수의 귀에 대고 속삭였다.

사람들이 길을 떠나며 버리고 간 냄비와 담요, 조리 도구 등이 곳곳에 널브러져 있었다. 마음이 급했지만 버려진 물건을 뒤져 숟가락 하나와 작은 냄비 두 개, 쌀을 챙겨 담요로 보따리를 하나 만들었다.

영수는 번들번들한 눈을 들어 나를 마주 보았다. "누나, 나 온몸이 아파. 도저히 저 추위를 뚫고 못 걷갓어."

두려움이 치솟기 시작했다. "가야 해. 다른 방법이 없어. 나도 너를 업을 힘은 없단 말야."

"하지만 진짜 못하겠어."

"할 수 있다니까. 정 못 가면… 그냥 확 두고 가 버린다! 빈말 아니야. 어서 일어나라우!"

영수가 눈을 크게 떴다. "두고 가지 마!"

나는 영수 옆에 주저앉아 얼굴을 가렸다. "당연히 안 두고 가지, 이 바보야." 그리고 떨리는 한숨을 내뱉었다.

그때였다. 자그마한 손이 내 등에 닿았다.

"누나, 혼자 가두 돼." 영수가 눈을 끔벅이며 침을 꿀꺽 삼켰다.

한순간, 홀로 떠나는 내 모습이 그려졌다. 영수를 내버려 두고 훨씬 빨라진 걸음으로 문을 열고 나가는 내 모습이. 심호흡을 한 뒤 소매에 얼굴을 문질러 닦았다. "싫어. 말도 안 되는 소리 말라우. 절대 안 두고 가."

이제 집에 남은 사람은 거의 없었다. 나이 많은 어른들만 화로 근처에 앉아 있었다.

"내 달구지를 가져가라우." 어떤 할아버지가 불쑥 말했다. 밀가루 반죽처럼 창백하지만 인자한 얼굴에는 주름이 자글자글했다. "나는 힘이 없어서 더 이상 못 끌어. 도저히 더 못 간다. 하라바이는 기냥 이집에 남을 거란다. 나야 살 만큼 살았으니 괜찮지만 아가들은 어떻게든 가야 하지 않갓니? 동생을 태워서 끌고 가거라."

창밖으로 튼튼한 달구지 하나가 눈에 들어왔다. 너무 크지도 너무 작지도 않은 것이 내가 끌기에 딱 적당해 보였다. 심장이 쿵쿵 뛰기 시작했다. 예의를 차리려면 적어도 한 번은 거절하는 게 맞았지만 혹여나 기회를 날릴까 무서워 할아버지의 제안을 덥석 받아들였다.

"감사합네다. 정말로 감사합네다." 나는 꽉 잠긴 목소리를 쥐어짜 냈다. 그리고 몸을 깊숙이 숙여 감사 인사를 했다.

"그려, 어서 가. 얼른 갓구 가." 할아버지가 손을 휘이휘이 흔들며 말했다. "공산당이 오고 있다."

오마니가 소나무 껍질을 한 아름 달구지에 던져 넣고 칼로 나무 밑 동 근처의 껍질을 한 번 더 벗겨 냈다. 겨울에는 쌀이 모자라 나무껍질로 배를 채워야 했다. 억센 심지를 제거하고 쪄 내면 그나마 달짝지근 한 맛이 감돌았다. 하지만 한 번도 맛있다고 느낀 적은 없었다.

재채기를 했다. 머리가 무겁고 코가 꽉 막힌 기분이 들었다.

"감기가 들었구나." 오마니가 나무껍질을 한 겹 더 뜯어내며 말했다.

차가운 공기가 살을 꼬집는 것처럼 아팠다. 매서운 겨울바람이 뼈속 까지 스며들어 몸이 벌벌 떨렸다.

"집에 가 있으라우." 오마니가 무뚝뚝하게 말했다. "나머지는 나 혼 자 할 수 있어."

나는 꿈쩍도 하지 않았다. 오마니한테서 돕지 않아도 된다는 말을 들은 게 도대체 얼마 만이지?

"얼른!"

나는 그 말에 펄쩍 뛰었다. "알갓시요, 오마니." 나는 몸을 조금이라 도 덥히기 위해 팔짱을 꼈다. 외투는 얇을 뿐 아니라 소매가 너무 짧아 팔꿈치가 훤하게 드러났다. 여덟 살 이후로 줄곧 입은 외투였다.

오마니는 외투를 벗어 나에게 던져 주었다. "자, 받으라."

"그치만 오마니는 어찌하구요? 저는 제 거 입으면 됩니다."

"아유, 그건 너무 얇지 않니. 그 위로 엄마 것도 걸치라우. 집까지 가는 길이 만만찮다."

나는 어깨 위로 오마니 외투를 둘러 입었다. 아직 온기가 가득한 외투에 몸이 폭 감싸였다. "집에 도착하거든 영수더러 오마니 외투를 가져다드리라구 하갓시요."

오마니가 눈을 세모꼴로 떴다. "아서라, 그러기만 해 보라우. 그 어린 게 어찌 여기까지 혼자 올 수 있갓어? 나는 괜찮으니 그냥 빨리 가라우."

나는 차가운 바람에 등이 떠밀리듯 자리를 떠났다. 뒤를 돌아보니 깡마른 오마니가 커다란 소나무 아래로 잔뜩 몸을 웅크리고 있는 모습이 눈에 들어왔다. 매서운 바람에 오마니 몸이 마치 종잇장처럼 위태로워 보였다. 우리 오마니가 저렇게 자그마했던가? 온 우주를 호령할 것만 같은 우리 오마니가?

문을 열자 마치 밤새도록 우리가 되돌아오기만을 기다리고 있었던 듯 칼바람이 온몸을 때렸다. 몸을 웅크리고 외투 자락 속으로 턱을 깊숙이 집어넣었다.

달구지는 집 옆에 세워져 있었다. 달구지 안에 담요를 깔고 영수를 올라가 앉게 했다. 몸을 웅크리고 앉은 영수에게 이불을 꽁꽁 여미어 주고 한쪽 구석에 짐 보따리를 실었다.

달구지 손잡이를 쥐고 뒤를 돌아보았다. "준비되었니?"

"그런 것 같아." 영수가 코를 훌쩍이며 답했다.

25

1950년 12월

다음 열흘 동안 우리를 둘러싼 침엽수림은 점점 더 빼곡해졌다. 그 나무가 그 나무 같아서 길을 찾기가 너무나 힘이 들었다. 사람들 발길이 낸 길을 벗어난 지도 한참이 지나 버려서, 혹시 우리가 직선이 아니라 대각선으로 가고 있는 게 아닌가 싶었다. 그도 아니라면 길을 잃었거나.

그래도 달구지 끄는 걸 멈추지는 않았다. 바퀴를 덜컹거리며 골짜기를 지나 이따금 보이는 빈집에서 숨을 돌렸다. 도저히 다른 선택지가 없었다. 영수의 기침은 점점 더 심해졌지만 나도 코가 줄줄 흐르고 귀가 먹먹해서 더 이상 영수 가슴에서 나는 쌔근거리는 소리도 들리지 않았다.

유난히 고요하기만 했던 그 여정 동안 영수와 나눈 이야기가 지금도 마음속 깊이 남아 있다. 영수는 때로 자기가 장남으로 태어나지 않앉으면 좋았을걸, 하고 후회한다고 말했다.

"너무 부담스럽다." 영수가 말했다. "모든 게 다 나한테 달려 있대. 그치만 난 그 모든 걸 해낼 수 있을 만큼 똑똑하지 않잖아."

영수가 그런 생각을 하는지는 전혀 몰랐다. 하지만 그게 어떤 마음인지 충분히 이해할 수 있었다.

영수는 기침을 하는 와중에도 계속 이야기를 했다. 할아버지 같은 어른이 되고 싶다고 했다. 홀로 미국으로 떠났던 할아버지처럼 모험심 강하고 책임감도 강한 사람이 되어, 가족들이 다 함께 살 수 있는 커다란 집을 사고 싶다고 했다.

"너는 이미 하라바이를 꼭 닮았어." 내가 말했다.

천둥 번개를 실은 돌풍이 점점 더 가까워졌지만 애써 무시했다. 금방이라도 꽥 비명을 지르고 싶은 걸 참고 또 참았다.

달구지를 끄는 동안 영수는 이야기를 하나 들려주었다. 배를 채울 소나무 껍질을 모아 돌아오는 길에 동네 형들에게 가난뱅이라고 놀림을 당했던 적이 있다고 했다. 그래서 형들한테 이건 우리 가족이 먹을 게 아니라 아랫동네 사는 다리가 불편한 친구네 집에 가져다줄 거라고 둘러대었단다.

"하나님두 다 용서하셨을 기야."

"아냐. 그보다 더 나쁜 게 뭔지 알아?" 영수가 마저 털어놓았다. "형들이 걔더러 절름발이가 거지이기까지 하다고 놀리는데, 나두 웃으면서 장단을 맞췄지 않갔어."

나는 잠시 말을 골랐다. "누구나 실수를 하는 법이야."

영수는 코를 훌쩍 들이마시고는 고개를 끄덕였다. 자그마한 머리통이 담요 위로 비죽이 나와 있었다.

그러던 어느 날 영수가 말했다. 오늘이 자기 생일인 것 같다고. "생일이니까 국수라도 한 그릇 먹을 수 있음 좋갓어." 국수의 긴 면발을 먹으면 오래 산다는 미신 때문에 우리 가족은 생일에는 꼭 칼국수를 해 먹었다.

잠시 걸음을 멈추고 손을 꼽아 보았다. 영수 생일은 12월 20일이었다. 확실히 그쯤 된 것 같았다. "영수야, 생일 축하해. 이제 열 살이누만." 나는 몸을 숙여 영수를 꼭 끌어안아 주었다. 생일에 국수 한 그릇 못 먹이는 게 너무 미안했다.

영수는 너무 지쳐서 더 이상 말을 하기도 힘든지 그저 고개만 끄덕였다. 갑자기 축 늘어지는 게 꼭 줄 끊어진 인형 같았다.

순간, 아직 어스름이 채 걷히지도 않은 아침 하늘이 폭발의 섬광으로 번뜩였다. 주변이 대낮처럼 환해졌다. 덕분에 우리 주위를 둘러싼 험한 산세가 고스란히 드러나 보였다. 서쪽에서 흔히 볼 수 있던 평야와 저지대는 사라진 지 오래였다. 산으로 둘러싸인 지형을 보며, 쭉 걱정했던 것처럼 우리가 동쪽으로 너무 많이 빗겨 와 버린 게 아닌가 걱정이 밀려왔다.

부랴부랴 지도를 꺼내 들고 평양 동쪽으로 펼쳐진 태백산맥의 지형을 확인했다. 잘못 든 길로 너무 오랫동안 온 건 아니겠지? 그냥 작은 언덕을 지나는 정도겠지? 내내 달구지를 끈 두 손은 온통 까지고 물집이 가득했다. 지도를 든 손이 파들파들 떨렸다. 지도를 다시 잘 접어 주머니에 고이 집어넣었다. 아까보다 훨씬 가까운 곳에서 폭발이 일어났다. 충격에 발밑이 흔들리는 게 생생하게 느껴졌다. 땅이 진동할 때마다 거인이 화가 나서 우리 쪽으로 쿵쿵 달려오는 것 같다고 생각했다.

다시 달구지를 끌려고 자세를 잡다가 그만 바짝 얼어 버렸다. 등을 타고 무언가 기어오르는 게 느껴졌다. 너무 가려워서 손으로 박박 긁어 댔다. 머리카락이 들어갔나? 옷자락을 들어 올려 보고서 나는 그만 꽥 비명을 질렀다.

영수가 몸을 꼿꼿이 세웠다. "누나, 무슨 일이야?"

"참깨야!" 나는 징그러움에 몸서리치며 소리쳤다.

"뭐?"

"솔기에 참깨가 엄청 묻어 있어!" 참깨를 털어 내려고 했지만 옷에 딱 붙어 떨어지지 않았다. 혼란에 빠진 채로 바지춤도 얼른 확인해 보았다. 바로 그때, 참깨가 꼬물꼬물 움직이는 걸 알아챘다.

"빈대다, 빈대!" 나는 고래고래 비명을 질렀다.

빈대가 생긴 걸 알아차린 순간 온몸이 미친 듯이 가려웠다. 나는 몸을 뒤틀어 대며 마치 귀신 들린 사람처럼 온몸을 벅벅 긁었다. 조그마한 벌레들이 내 등과 목, 머리카락 속을 기어 다니는 걸 상상했다. 외투를 벗어 바닥에다가 마구 패대기쳤다.

"누나, 진정해!"

영수를 쳐다보았다. 영수의 입술이 벌벌 떨리고 있었다. 영수는 꼭 나를 미친 사람 보듯 쳐다보았다.

"너는 괜찮아? 빈대 안 옮았니?" 나는 담요를 홱 젖히고 영수 외투를 벗긴 다음 윗옷을 들춰 보았다. 그리고 헉하고 숨을 들이켰다. "세상에!"

빈대가 깐 알이 옷 주름 사이사이마다 빼곡했고 피부는 붉게 부푼 자국으로 성한 데가 없었다. 그리고 그 무엇보다 나를 충격에 빠뜨린 건 영수 꼴이 꼭 달구지에 실린 뼈다귀 자루 같다는 사실이었다. 영수를 겹겹이 감싼 천 더미를 벗기고 보니 영수는 그야말로 사그라들고 있었다. 얇은 가슴 가죽 아래로 맥박이 뛰는 것까지 훤히 보였다. 영수의 심장과 차가운 바람 사이를 막아 주는 건 피부와 갈비뼈밖에 없었다.

머릿속이 걱정으로 가득 찼다. 당장 뭐라도 해야 했다.

주머니에서 고이 간직했던 면 보자기 뭉치를 꺼내 매듭을 끌렀다. 멸치 비린내가 훅 풍겼다. 한 줌도 안 되는 양이 남아 있었다. 음식 냄새를 맡은 내 배 속이 꾸르륵대며 요동쳤지만 아랑곳 않고 영수 입에 멸치를 넣어 줬다. 영수는 천천히 멸치를 씹었다. 몇 마리만 남겨 두고 모두 영수에게 먹였다.

마지막 하나 남은 걸 내 입에 집어넣고 손가락에 묻은 소금을 핥는 동안 왠지 영수를 쳐다볼 수 없었다. 그러다 문득 그 언니가 해 준 말이 떠올랐다. 맞아, 나도 힘을 내야 하니까 먹어도 괜찮아.

어느새 해 질 녘이었다. 찬 바람이 얼굴을 때렸다. 두 손은 빨갛게 얼어 욱신거리고 몸은 온통 빈대에 물어뜯겨 따갑고 가려웠다. 도저히 더는 달구지를 끌 수 없었다.

"영수야, 업히라우."

나는 달구지를 언덕 한편에 세우고 '그동안 우리를 도와줘서 고마워.'라고 속으로 인사를 건넸다. 영수가 내 등에 천천히 업혔다. 종잇장처럼 가벼웠다. 담요를 포대기 삼아 허리에 동여매 뒤로는 영수를 업고 짐은 가슴 쪽에 고정했다. 영수의 몸이 가벼운 만큼 마음은 한없이 무거웠다.

먹을 것도 더 이상 남지 않았는데 배고픔과 추위에 가려움증까지 더해져서 정말 참기가 힘들었다. 다음번에 들르게 될 집에서 쌀을 못 찾으면 어쩌지? 아무것도 먹지 않고 얼마나 더 버틸 수 있을까?

온몸을 긁어 대며 생각에 열중하느라, 나는 눈 덮인 골짜기를 따라 우리를 향해 다가오는 두 개의 검은 형체를 미처 눈치채지 못했다.

26

형체는 점점 더 가까워졌다. 얼룩덜룩한 짙은 초록색 군복을 입은 남조선 군인이었다.

도대체 이 군인들이 어디에서 온 건지 가늠할 수가 없었다. 여기가 삼팔선 근처인가? 삼팔선을 지키는 경비대인가? 한 가지 확실한 건 어디에도 숨을 곳이 없다는 사실이었다.

"멈춰!" 둘 중 하나가 소총을 내게 겨누고 달려오며 외쳤다. 키만 비죽 웃자라고 말라빠진 게 고작 명기 오빠 또래 정도로나 보였다. 무섭게 명령을 내리는 어조와 달리 목소리는 이제 막 변성기를 지나는 듯 거칠게 갈라졌다. "혼자 이동하는 중이야?"

"네, 제 동생이랑 저는… 고아입네다." 입이 바싹 말라 왔다.

"어느 편이야?" 그 군인이 사나운 기세로 물었다. "남한이랑 북한 중에 어느 쪽이냐고?"

"남한입네다."

군인이 크게 콧방귀를 뀌었다. "정말? 네가 남한 사람이라고? 그래서 이북 사투리를 그렇게 심하게 쓰는구나?"

심장이 미친 듯이 뛰기 시작했다.

"북쪽에서 왔다고 해서 다 공산당은 아닙네다." 차마 그 군인의 눈을 제대로 쳐다보지도 못하며 입을 열었다.

비쩍 마른 군인이 내 턱 아래에 소총을 바짝 겨누었다. 손가락은 언제라도 방아쇠를 당길 준비를 마친 상태였다.

나는 숨을 헉하고 들이마셨다. "살려 주시라우. 우리 동생이 많이 아픕네다. 부산에 계신 외삼촌네에 가야 해요."

저 멀리서 전투기가 지나가는 소리가 울려 퍼졌다.

"멍청아, 그냥 보내 줘." 다른 군인이 말했다. 그 군인도 앳되어 보이긴 마찬가지였는데 얼굴에 얽은 자국과 여드름이 가득했다. "딱 봐도 애들이잖아."

"애는 무슨. 요 계집애는 다 컸지 뭘. 얼굴도 꽤나 곱상하지 않아? 너 몇 살이야?" 말라깽이가 물었다.

"그걸 알아 뭐 하려구요!" 나는 식은땀에 푹 젖은 채 그만 울음을 터뜨려 버렸다.

머리 바로 위로 전투기가 지나가며 굉음을 냈다.

군인들이 위를 쳐다보았다.

그사이 나는 그들 뒤로 난 길고 어두운 계곡 길을 바라보았다. 온몸의 근육이 긴장으로 뻣뻣해졌다. 등이 살짝 굽어졌다. 턱에 여전히 소총이 겨누어진 채로 한쪽 발을 살금살금 앞으로 내디뎠다. 도망갈 수 있어. 방아쇠를 당기기 전에 총대를 쳐 내면 돼. 산 사이로 길이 있어.

"하지 마, 누나." 영수가 어깨 너머에서 속삭였다.

"하지 말라니, 무얼?" 말라깽이 군인이 물었다. 전투기가 시야에서 사라져 갔다.

그렇게 다 잡은 기회를 놓쳤다. "암것두 아닙네다." 나는 절망감이 덮쳐 오는 걸 느끼며 말했다.

"그냥 보내 줘." 여드름쟁이 군인이 자신의 머리보다 훨씬 큰 헬멧을 고쳐 쓰면서 한 걸음 다가왔다. "민간인을 잘못 건드렸다간 큰일 나는 수가 있어. 전쟁법● 위반이야. 나쁜 짓이라고."

"그래서? 그래 봤자 누가 안다고?" 말라깽이 군인이 씩 웃으면서 대꾸했다.

그러자 여드름쟁이 군인이 소총을 들어 올려 제 동료를 겨누었다.

"내가 알잖아."

차갑고 단단한 총구가 여린 턱 아래를 파고들어 목이 아파 왔다. 나는 숨을 꾹 참고서 하나님께 전쟁법 어쩌고 하는 걸 만들어 주셔서, 그리고 지켜보는 이 없어도 법을 지키는 군인을 만나게 해 주셔서 감사하다고 기도드렸다.

말라깽이가 건들거리면서 나를 뚫어져라 쳐다보다가 마침내 입을

───────

● **전쟁법** 전쟁 동안 일어나는 사건에 적용되는 법. 제2차세계대전이 끝난 이후, 1949년 제네바 협약을 통해 포로와 민간인 보호를 의무화했다.

열었다. "좋아. 가도 돼." 그는 마침내 총을 내렸다.

맥이 탁 풀리는 기분을 느끼며 목을 문질렀다. 엉엉 울고만 싶었다.

하지만 군인들에게 고개를 까딱여 보인 뒤 담담한 척 걷기 시작했다. 자꾸만 숨 쉬는 걸 잊어버렸다. 언덕 모퉁이를 돌아 야트막한 숲이 보이기 무섭게 달리기 시작했다. 발이 나무뿌리에 걸려 비틀거리고 잔가지가 얼굴을 긁어 대도 아랑곳하지 않았다. 더, 더 빨리. 폐가터지기 일보 직전까지, 다리에 아무런 감각이 없을 때까지, 숨을 도저히 고르기 힘들 때까지 발을 멈추지 않았다.

영수에게 그날 내 목숨을 구해 준 것에 대해 고맙다는 말을 미처 하지 못했다. 부디 영수가 내 마음을 헤아려 주기를.

"엄마가 이렇게 조심하는 걸 감사할 날이 올 기야. 자, 이것두 숨기라우." 오마니가 나에게 성경 책을 건네며 말했다.

자그마한 책의 갈색 가죽 표지는 가장자리가 다 해져 하늘거렸다. 나는 문지방 근처의 마룻장을 들어 올려 그 안으로 책을 툭 떨어뜨렸다. "왜 이렇게 숨겨 놓아야 합네까? 어차피 명기 오라바이네 말고 올 사람도 없지 않갓시요."

"안에서 새는 바가지가 밖에서도 새는 법 아니갓니?" 오마니가 아바지 옷을 개켜 서랍장 안에 집어넣으면서 대꾸했다. "혹 영수가 교과서 챙길 때 책가방에 쓸려 들어가면 어쩌네? 암것두 모르고 학교에 가지구 가 버리면?" 오마니 자신도 이건 미처 생각지 못했던 부분이었던 듯 빨래 개던 손을 멈칫했다. 오마니 얼굴이 하얗게 질렸다.

나도 손끝이 싸늘해지는 기분이었다. 마룻장을 덮고 그 위로 발을 굴러 빈틈없이 잘 닫혔는지 확인했다. "오마니, 이렇게 중요한 것들을 숨기며 사는 게 당연한 겁네까? 남조선에서두 그렇습네까? 다른 나라두 그러하나요?"

"그걸 내가 어찌 알갓니?" 오마니가 아바지 바지에 난 주름을 손으로 탁탁 펴며 역정을 냈다.

마침내 우리와 같은 방향으로 걸어가는 사람들을 발견했다. 짐을 잔뜩 짊어진 꾀죄죄한 몰골을 확인하고 나서야 안도의 한숨을 내쉬었다. 군인이 아니라 우리 같은 피란민이 확실했기 때문이다.

사람들을 따라 얼마나 걸었을까? 산맥 사이로 난 깊은 골짜기에 다다랐다. 수백 명의 사람들이 마치 양 떼처럼 죽 늘어서 좁은 골짜기를 걸어갔다. 머지않아 사람들의 발걸음이 점점 느려지기 시작했다. 저 앞의 사람들을 보니 줄을 서서 자기 차례를 기다리는 것 같았다.

나는 비탈 위로 기어 올라가 앞의 상황을 확인했다. 저 멀리 물줄기가 반짝였다. 심장이 뚝 떨어지는 기분이었다.

"또 강을 건너야 해." 영수에게 속삭였다.

영수가 내 쪽으로 고개를 돌렸다. "어떻게 건너지?"

딱히 대꾸할 말이 없었다. 머릿속에 떠오르는 거라곤 빡빡머리 쌍둥이와 물이 차오르던 나룻배, 아주머니와 아이들을 통째로 집어삼키던 대동강의 시커먼 물살뿐이었다. 태양이 거대한 산봉우리에 내리쬐며 우리 쪽으로 커다란 그림자가 졌다.

우리는 천천히 강 쪽으로 다가갔다. 길을 계속 가기 위해선 강을 건너는 것 말고는 방법이 없어 보였다.

임진강. 사람들은 이 강을 그렇게 불렀다. 산골짜기를 따라 뱀처럼 구불구불 굽어 흐르는 강을 보며, 앞으로도 몇 번 더 이 강을 건너게 될 것 같다고 생각했다. 유난히 밝은 햇살이 구름 한 점 없이 내리쬐며 꽁꽁 언 세상을 녹였다. 꼭 봄날 같았다. 영수도 몸에 힘을 풀고 내 어깨에 폭 기대어 왔다. 하지만 나는 갑작스럽게 풀린 날씨가 영 불안했다. 날이 이렇게 따뜻해서야 강을 건널 만한 얼음이 없을 것이다.

마침내 다다른 강 둔치는 짐을 이고 진 사람들로 발 디딜 틈도 없었다. 나이 많은 아저씨들과 아주머니들이 가축을 이끌고 용감하게 물속으로 걸어 들어가기 시작했다. 입술이 유난히 새빨간 어린아이들이 제 엄마 뒤에 찰싹 붙어 순서를 기다렸다.

하지만 우리 가족은 그 어디에도 보이지 않았다.

강 자락이나 얕은 곳을 걷는 사람들은 많았지만 아직 본격적으로 강을 건너는 사람은 아무도 없었다. 나는 신발과 양말을 벗어 들고 사람들 뒤를 따랐다. 영수의 발이 물에 젖지 않도록 영수를 더 높이 당겨 업었다. 남북 경계선까지 안전하게 다다른 뒤, 삼팔선을 넘는 건 꼭 해가 지고 한밤중이 되어서 해야 한다.

"저기요." 내 옆을 걷는 아주머니에게 말을 걸었다. "삼팔선까지는 어떻게 가면 됩네까?"

아주머니는 붉은 잇몸이 드러나도록 활짝 웃어 보였다. "이제 곧 건널 기다. 삼팔선이 임진강을 가로지르지 않갓니!"

"못 건너게 지키는 사람들은 없습네까?" 영수를 업고 있다 보니 발을 내디딜 때마다 진흙에 푹푹 잠겼다.

아주머니가 내 팔을 툭툭 두드렸다. "공산당은 없을 기야. 아직 예까진 오지 못했어."

나는 고개를 돌려 태양을 바라보았다. 이제야 한숨 돌리고 따사로운 날씨를 좀 즐길 수 있었다. 강 건너 남조선 땅 위로 펼쳐진 구름이 몽글몽글해 보여서 손을 뻗어 만져 보고 싶었다. 아바지가 옆에 있었더라면 이 기쁜 소식에 우리를 번쩍 안아 들고 춤을 추었을 텐데.

가족들이 바지를 둥둥 걷어붙이고 손을 꼭 잡고 강을 건너는 모습이 마치 조개를 주울 때처럼 한가로워 보였다. 어느 아주머니는 사람들 틈에서 헤어진 여동생을 발견하고는 물을 첨벙첨벙 가로질러 뛰어가 동생을 와락 끌어안았다. 두 사람은 서로 얼굴을 부여잡고 눈물을 펑펑 흘렸다. 쪽 찐 머리가 온통 산발이 되어도 아랑곳하지 않았다. 영수가 내 어깨를 폭 찌르더니 아주머니들 쪽을 가리키며 씩 웃었다. 덕분에 나도 희망을 되찾았다. 우리 부모님도 당연히 살아 계실 거라고 다시금 마음을 다잡았다.

그렇게 몇 시간을 걸었다. 지나가는 사람들 하나하나 얼굴을 확인했고 우리 부모님을 찾을 수는 없었지만, 그래도 이 무리 속에 없다면 부모님은 이미 부산에 도착했을 거라고 생각했다. 사람들도 수다 꽃을 피웠다. 제각각 남쪽 어느 지역으로 갈 것인지, 먼저 피란길에 떠나서 소식이 끊긴 친척들을 어떻게 만날 것인지 이야기했다. 나도 마음이 한결 가벼워져서 이전까지는 사치스럽게 여겨졌던 책, 투시롤,

학교에 대해 상상의 나래를 펼치기 시작했다.

"너 소라 아니니?"

고개를 휙 돌리자 익숙한 얼굴이 보였다! 빨래터에서 벌건 얼굴을 하고 내 옆구리를 푹 찌르며 놀렸던 이씨 아주머니였다. 그사이 흰머리가 부쩍 는 게 눈에 들어왔다. 아주머니는 네 살배기 딸을 등에 업고 있었다. 아주머니가 이렇게 반가운 날이 올 줄이야. "네, 저예요! 소라 맞습네다!"

"너인 줄 딱 알아보았다!" 아주머니가 내 어깨를 팡팡 두들기며 말했다. 아주머니 팔심은 여전했다. "부모님은 어디 계시구?"

"그만 헤어져 버렸시요. 그치만 부산에서 다시 만날 겁네다." 내가 덧붙였다. "틀림 없구말구요."

아주머니가 아까보다 살짝 굳은 미소로 고개를 끄덕였다. "네 동생은 무슨 일이래? 그거이 다 불어 터진 국수 가락 같구나." 아주머니가 영수의 옆구리를 쿡 찌르며 말하자 영수는 기침을 하면서도 킥킥 웃었다. 오랜만에 영수가 웃는 소리를 들으니 기분이 너무 좋았다.

"감기가 심하게 들었어요. 그치만 부산에 도착하면 금방 나아질 거예요. 아주마이도 부산으로 가십네까?"

"아니, 나는 대전으로 간다. 내 여동생네가 거기 살지 않니. 적어도 대전까지는 같이 움직이면 되겠구나."

잠시라도 길동무가 생긴다는 게 어딘가. 아주머니의 푸짐한 몸을 꼬옥 끌어안고 싶었다.

이제 우리가 강을 건널 차례였다. 아주머니가 먼저 물속으로 걸어

들어갔다. 아주머니의 짐 보따리가 마치 끌배처럼 두둥실 떠올랐다. 아주머니네 딸은 아주머니 등에 업힌 채 머리를 흔들며 손뼉을 쳐 댔다. 양 갈래로 땋은 머리가 살랑살랑 흔들렸다.

나도 아주머니 뒤를 따랐다. 물이 내 허리춤보다 더 높게 올라왔다. 날은 꽤 포근했지만 물은 여전히 얼음장같이 차가웠다. 영수의 다리와 배가 물에 잠겼다. "아이, 차가와!" 영수가 기겁을 했다.

"그냥 고향에서처럼 고기를 잡다가 물에 빠졌다고 상상해 보라우. 그런 적 많지 않니." 점점 깊어 오는 물에서 영수의 주의를 흩뜨리기 위해 생각나는 말이 그것밖에 없었다.

"그, 그래 볼게." 영수가 내 어깨를 꼭 붙들고 이를 덜덜 떨면서 말했다.

손가락, 발가락이 얼얼하다 못해 움직이기도 힘들었다. 겨드랑이에 온 정신을 집중했다. 내 몸에서 아직 온기가 느껴지는 곳은 겨드랑이가 유일했기 때문이다. 아 참, 내 목덜미도 아직 따끈하지. 손을 번갈아 목덜미에 가져다 대며 녹였다.

강바닥이 점점 오르막길로 변하기 시작하면서 어느새 물이 무릎 높이까지 얕아졌다. 우리 앞쪽에 서 있던 사람들은 벌써 눈 덮인 둔치에 올라서 있었다. 저 앞으로 황야와 산이 끝없이 펼쳐졌다.

정말 남조선으로 건너온 게 맞나? 군인들이 강마다 빈틈없이 경계를 서고 있다고 하지 않았나?

쫄딱 젖은 옷 때문에 벌벌 떨면서 영수에게 조금만 더 가서 불을 피우고 옷을 말리자고 말했다. 영수는 기침을 하면서 고개를 끄덕였다.

타닥타닥 타는 불꽃이 등을 따끈하게 데우며 젖은 옷을 바싹 말려 주는 순간을 상상했다. 따뜻한 공기가 아까 남조선 위로 떠다니던 뭉게구름처럼 나를 포근하게 감싸 주는 느낌을.

그렇게 기분 좋은 상상에 젖어 있을 때, 총성이 크게 울려 퍼졌다.

바로 뒤 북쪽 강둑에서 총알이 쏟아졌다. 군복을 입은 서양 사람들이 우리를 향해 총을 쏘고 있었다. 사람들이 비명을 지르며 물속으로 고꾸라지기 시작했다. 남은 사람들은 성난 물소 떼처럼 우르르 우리를 휩쓸고 지나갔다. 나도 영수를 등에 대롱대롱 매단 채 정신없이 달리기 시작했다.

총알이 비처럼 쏟아졌다. 이씨 아주머니가 얼굴을 물속으로 처박으며 고꾸라졌다. 아주머니 딸의 양 갈래로 땋은 머리도 물속으로 힘없이 잠겼다.

임진강이 온통 붉게 물들기 시작했다.

울부짖는 소리가 골짜기를 가득 채웠다.

나는 멈추지 않고 달렸다. 돌아보지도 않았다. 내 등에 업힌 영수가 총에 맞지 않았기만을 간절히 기도하고 또 기도하며.

유엔군 철수 직후의 평양 전경

일반 시민에 대한 피난 권고는 12월 3일에 내려져서 대부분의 시민은 4일까지 피난을 하였으나, 4일 저녁 대동강의 가교가 최후 철수 부대의 손에 끊긴 다음에도 이 가교로 모여드는 남하 피란민의 수는 무수하였고 그들은 파괴된 가교를 드럼통과 부서진 가교의 나뭇조각 등으로 얽어 건넜다.

_〈조선일보〉, 1950년 12월 13일, 한국사데이터베이스

27

1950년 12월

눈을 한 움큼 집어 아무리 벅벅 문질러도 바지에 묻은 핏자국은 지워지지 않았다.

핏자국이 분홍빛으로 번져 있었다. 나에게 활짝 웃어 주던 이름 모를 아주머니의 잇몸, 아장아장 걷는 아기들의 입술, 그리고 이씨 아주머니의 발갛게 익은 볼과 꼭 같은 붉은색. 임진강의 장면이 머릿속에서 끊임없이 되풀이되었다. 누군가의 몸뚱어리가 내 다리 옆으로 미끄러져 내리는 느낌. 장작처럼 물에 둥둥 뜬 시체들. 물에 웃옷이 뜨며 훤히 드러난 등짝이 거북이처럼 물 위를 빙빙 도는 광경. 천만다행으로 영수와 나는 다친 곳 없이 멀쩡했다.

우리는 개성이라는 도시에 도착했다. 지도를 꺼내 확인해 보니 서울과 그리 멀리 떨어지지 않은 작은 도시였다. 임진강을 건넌 뒤 여기까지 오는 데 꼬박 나흘이 걸렸다. *끝없는 언덕을 지나, 간간이 산도 넘었다. 도시의 작은 비포장도로 양옆으로 줄지어 선 전등이 어둑해지는 길을 비추었다. 평양에서 보던 전등보다는 키가 작았다. 기와를 얹은 집들이 어찌나 다닥다닥 붙어 있는지 이웃이 무슨 이야기를 나누는지 훤히 들릴 것만 같았다. 창문마다 빛이 새어 나왔다. 버려진 집은 없어 보였다.

영수가 그중 한 곳을 골랐다. 나는 빨갛게 얼어 터져 파들파들 떨리는 손으로 대문을 두드렸다. 나이가 꽤 지긋해 보이는 아주머니가 대답하며 문을 열었다. 우리를 본 아주머니의 눈시울이 붉어지는 걸 보며 오늘 묵을 집을 잘 골랐구나, 생각했다.

"편하게 아주마이라구 부르라우." 아주머니가 말했다.

아주머니는 밥상 앞에 앉아 지단을 마름모꼴로 곱게 잘랐다. 나는 여전히 바짓단에 묻은 핏자국을 문지르고 있었다. "안 지워지는 거 괜히 고생하지 마라. 아주머니 바지 하나 줄까?"

"아니요, 괜찮습네다." 오마니가 직접 바느질해서 지어 준 옷이었다. "제 걸 입겠어요." 나는 짐 보따리를 꼭 끌어안은 채 영수 옆에 가서 앉았다.

"그럼 짐이라두 이리 주련. 저쪽에 둘게."

"값나가는 물건은 없습네다!" 내가 퉁하게 내뱉었다.

아주머니가 눈을 휘둥그레 뜨고 나를 쳐다보았다. 영수는 마치 숙

● 원서에는 임진강을 건넌 뒤 개성에 도착했다고 쓰여 있다. 소라와 영수가 강원도 방향으로 길을 잘못 들면서 임진강의 상류를 건넌 것이다.

제를 안 해 가서 선생님한테 꾸중을 들었을 때처럼 잔뜩 주눅이 들어 아주머니 눈치를 보았다.

"그냥 도와주려는 것뿐이다. 그리고 잊었나 본데, 우리 집 대문을 두들긴 건 다름 아닌 너야. 그러니까 예의는 좀 차려야 않갓니?" 아주머니가 우리에게 밥과 만둣국을 건네며 말했다. "자, 어서 먹으라우."

집을 둘러보았다. 온돌바닥은 따끈하고 먼지 한 톨 없었다. 한쪽 구석에는 옷가지들이 가지런히 개켜져 있었다. 벽에 난 전기 구멍에는 다리미가 꽂혀 있었다. 창피해서 얼굴이 달아올랐다. 이렇게 잘사는 아주머니가 더러워 빠진 시골뜨기한테서 빼앗을 게 뭐가 있다고.

보따리를 내려놓고 밥을 한 숟갈 떴다. 아주머니가 새빨개진 내 얼굴을 눈치채지 못하도록 고개를 푹 숙였다. 예쁘게 모양을 낸 달걀지단이 만둣국을 수놓았다. 나는 영수를 힐끔 쳐다보았다. 영수는 국 공기에 입을 대고 만둣국을 정신없이 들이켠 뒤 손등으로 입을 슥슥 닦으며 크게 트림을 했다. 집을 떠난 이후 먹은 것 중에 최고로 맛난 음식이었다.

아주머니가 손뼉을 치며 외쳤다. "여보! 좀 나와 보시라우. 이 애기들 잘 먹는 것 좀 보시어요!"

미닫이문이 열리고 한 아저씨가 절뚝이며 걸어 나왔다. 노려보는 듯한 눈매에 인상이 사나운 아저씨였다. "이것들은 어디서 왔네? 왜 여기 있는 기야? 누구네 집 자식인데?" 아저씨가 질문을 쏟아 냈다.

"여보, 이 아이들 임진강에서 오는 길이랍네다. 불쌍한 것들 같으니. 좀 봐 봐요." 아주머니가 머리를 절레절레 흔들며 말했다. "둘만 남았대요."

"임진강에서 왔다구?" 아저씨가 내 눈을 똑바로 쳐다보며 말했다. 시커먼 눈썹이 꿈틀거리는 게 꼭 곰 두 마리 같았다. 내가 뭐 잘못한 게 있나? 왜 저렇게 쳐다보지? 나는 몸을 움찔거리기 시작했다.

"니들한테 총질한 게 서양 군인이었니?" 아저씨가 물었다.

나는 고개를 끄덕였다.

"그놈들 남쪽 편인 건 알고 있지?"

나는 고개를 번쩍 쳐들었다. 남조선 편이라니! "근데 왜 우리한테 총을 쏘았답니까?"

아저씨가 눈을 찡그리며 말했다. "공산당이 남쪽으로 숨어들어 오니까. 민간인처럼 차려입고 피란민 속에 섞여서 들어온다지 않니. 하, 참말로 말세다!"

도저히 믿을 수가 없었다. 이 전쟁은 하나같이 말도 안 되는 것투성이였다.

내 팔에 들러붙는 영수를 밀어 냈다. 영수가 기침을 터뜨렸다.

"아이고, 감기가 심하게 들었구나." 아주머니가 영수에게 따뜻한 차를 건네며 말했다.

영수는 차를 홀짝였다. 다행히 기침이 잦아들었다. 아주머니는 영수 등을 토닥여 주었다. 영수 뺨에 혈색이 돌기 시작했다.

아저씨가 밥상 앞에 털썩 앉았다. "임자, 밥 줘. 빨리. 배고프다."

아주머니는 대접에다가 만둣국과 밥을 가득 담아 아저씨 앞에 놓았다. 김치와 온갖 장아찌도 상에 올렸다. 아저씨는 숟가락을 들기 전에 소주 한 병을 비웠다. 그리고 마치 악어처럼 음식을 먹어 치우기 시작했다.

아주머니는 부엌으로 가서 수건과 물 담긴 대야를 가져왔다. 우리에게 세수를 하라고 말한 뒤 영수는 직접 씻겨 주었다. 영수 볼에 난 핏자국과 때를 닦아 주는 손길이 더없이 다정했다. "얘들아, 밖이 너무 위험하니 우리 집에 며칠 더 머물면 어떻니?" 아주머니가 상냥하게 물었다.

나는 머리를 깊숙이 조아렸다. "말씀만으로도 감사합네다. 그치만 부산까지 갈 길이 멀지 않갓시요. 부모님이 기다리고 계시니 빨리 가겠습네다."

아주머니가 고개를 떨궜다. 그리고 종이접기 하듯 손에 쥔 휴지를 만지작거렸다. "거기 가두 부모님은 못 만날지도 모른다." 아주머니는 우리 눈을 피하며 입을 열었다. "받아들이기 힘들겠지만 현실을 똑바로 봐야지. 이렇게 가족들이 생이별했는데, 그 이후 어찌 되셨을지 어떻게 알갓니? 이미 남한 땅에 왔으니 꼭 저 먼 부산까지 내려가지 않아도 된다."

손에 든 그릇을 집어 던지고 두 귀를 막아 버리고 싶었다. 왜 이런 말을 하는 걸까? 우리 가족에 대해 뭘 안다고. 우리 오마니가 가족이 모두 함께할 수 있도록 어떤 계획을 세웠는데. 우리 아바지는 늘 어떻게 행동해야 하는지 척척 아는데.

하지만 우리 아바지, 오마니가 정말 모든 걸 다 헤아리고 있을까?

"수작 부리지 마라! 니 속셈이 뭔지 다 알어!" 아저씨가 으르렁거렸다. 밥상을 주먹으로 탕 내리치는 바람에 국이 쏟아졌다. "쟤들 거둘 생각 없으니 그리 알라!"

"여보." 아주머니가 애원했다. "이 엄동설한 전쟁 통에 어찌 애들을 내보내갓어요?"

"아주마이." 심장이 파닥파닥 뛰기 시작했다. "저희는 괜찮습네다. 여기까지도 잘 오지 않았시요?"

"들었지? 그냥 제 부모들 찾게 보내 주라우!" 아저씨가 소주 한 병을 새로 까며 손가락으로 코를 훔쳤다.

"여보, 제발요. 아들내미는 몸이 안 좋아요. 한번 보시라요. 피죽도 못 얻어먹은 것 같지 않습네까?"

영수가 눈물 그렁그렁한 눈을 동그랗게 뜨고 내 팔을 잡았다. "누나, 지금 이거이 다 뭐래?" 영수가 속삭였다.

"아주마이가 우리를 데리고 살구 싶으시대." 아주머니와 아저씨가 옥신각신하는 모습을 보며 잇새로 답했다. "그치만 우린 그냥 가는 기야. 최대한 빨리 부산에 가야지, 안 그래? 아버지, 오마니가 부산서 기다리고 계시지 않네. 우리가 갈 곳은 거기야."

"졸업하고 나면 뭘 하고 싶니? 장래 희망이 뭐야?" 전 선생님이 물었다.

학교가 끝나고 친구들은 모두 집으로 돌아가 교실에는 선생님과 나 둘뿐이었다. 오후 햇살이 창문으로 쏟아져 들어왔다.

"잘 모르갓시요. 작가가 되면 좋을까요? 아님 선생님처럼 교사가 될

까요?" 내가 볼을 붉히며 말했다.

"너처럼 똑똑한 학생은 선생 하면서 처음이란다." 선생님이 의자에 앉으며 말했다. 턱을 당겨 바로 앉더니 마치 '내 말 이해하지?'라고 묻는 듯한 눈길로 나를 바라보았다. 물론 나는 선생님 말씀을 알아듣지 못했다. "오늘 오마니가 찾아오셨다."

나는 눈을 크게 떴다. "저희 오마니가요?" 오마니는 한 번도 학교에 오신 적이 없었다.

"소라야." 선생님이 몸을 앞으로 기울였다. "커서 뭘 하고 싶건 간에, 대학에는 꼭 가야 한다. 학교를 그만둬선 안 돼. 네가 할 수 있는 데까지 해 봐. 그걸 목표로 삼고 나아가는 기야. 누가 뭐라건 절대 굴하지 말고. 내 말 알아듣갓니?"

"네, 감사합네다." 선생님에게 공손히 인사드리고 나서 책가방을 싸 들고 집으로 돌아왔다.

대학이라니! 명기 오라바이가 목표로 하는 곳이 아닌가! 내 주변에서 가장 똑똑한 사람이 명기 오라바이인데 말이다.

바닥에 무언가 쿵 떨어지는 소리에 고개를 돌렸다.

아주머니가 바닥에 몸을 쓰러뜨린 채 흐느끼고 있었다. 마치 우리가 떠난다는 사실이 너무 슬퍼 몸을 가눌 수 없다는 듯이. 아주머니의 치맛자락이 시든 꽃처럼 쭈글쭈글했다. 아주머니는 두 손으로 얼굴을 가렸다.

아저씨가 아주머니 등을 쓰다듬었다. "어휴, 알았네! 대신 한 놈만." 아저씨는 혀 꼬인 발음으로 말했다. "우리 형편에 둘은 무리야."

나는 아저씨를 빤히 쳐다보았다.

"여보, 얘들을 어찌 떼어 놓아요! 둘 다 거둡시다!"

"아니 된다." 아저씨가 대꾸했다. "절대 안 돼. 정 원하면 에미나이도 며칠은 쉬다 가라고 해. 들이는 건 사내 녀석만이야. 딸보다야 아들 덕 볼 일이 더 많지 않갓어?"

아저씨의 번들번들한 입술이 움직이는 꼴을 쳐다보았다. "딸보다 아들 덕 볼 일이 더 많다." 이전에도 귀에 못이 박히도록 들은 말이다. 그리고 더 이상 그따위 말은 듣고 싶지 않았다.

"얘야, 미안하다." 아주머니가 내 쪽을 향해 머리를 숙이며 말했다. "동생은 우리가 책임지고 잘 키우마."

"그럼 그렇게 하는 걸로." 아저씨가 병째 소주를 들이켜며 말했다. "그 녀석 우리 농장에 일꾼으로 쓰면 되갓어. 마침 일손이 더 필요했는데 수지맞는 장사지 않니? 우리 다 늙고 나면 그 녀석이 우릴 봉양하면 되고."

영수가 내 팔에 달라붙었다. 그 손길에서 영수가 얼마나 겁에 질렸는지 고스란히 느껴졌다. 머릿속에서 쏟아지던 온갖 비명 소리가 일순간 뚝 끊겼다.

"우리 동생 못 데려갑네다." 내가 툭 내뱉었다.

아저씨가 고개를 돌려 나를 쳐다보았다. 그제야 나를 사람 취급이라도 하는 듯한 눈빛이었다. "앙칼지게 굴지 마라, 요것아. 너 얼마 안 있음 시집갈 나이인 것 같은데, 그럼 시집갈 때 혼수까지 챙겨서 보내

야 하지 않니. 너를 못 거두는 건 그 때문이다. 쓸모도 없는 군식구한
테 쓸 돈은 없단 말이야."

속에서 불길이 치솟는 느낌이었다. 아저씨의 말이 내 창자에 부싯
돌을 당긴 것만 같았다. "거두어 달라고 한 적도 없습네다."

아저씨가 눈을 가늘게 떴다. "이 되바라진 은혜도 모르는 것…."

"동생을 뺏어 가겠다고요? 내 목에 칼이 들어와도 안 됩네다!" 나는
온 힘을 다해 외쳤다.

아저씨는 시뻘게진 얼굴로 술을 한 모금 더 들이켜고 으르렁거렸
다. "임자가 그렇게 하겠다는데, 감히 반대해?"

아저씨는 비틀거리며 우리 쪽으로 다가왔다. 아저씨가 나를 향해
손을 번쩍 쳐든 순간 나는 영수의 팔과 짐 보따리를 움켜쥐고 냉큼 문
밖으로 내달렸다.

우리는 뒤도 보지 않고 달렸다.

얼굴을 때리는 싸늘한 밤공기를 깊게 들이마셨다. 뒤쫓는 사람이
없다는 걸 확인하고서야 안도감이 밀려왔다. 흘깃 돌아보니 아주머니
와 아저씨가 전등이 켜진 대문간에 서 있는 게 보였다. 아저씨는 노발
대발하며 아주머니에게 욕지거리를 내뱉고 있었다. 그 장면을 바라보
고 있자니, 우리가 부산으로 가야 하는 이유가 그 어느 때보다도 확실
해졌다.

28

1950년 12월

우리는 큰길을 따라 며칠이고 걸었다. 주변으로는 피란민들이 왁자지껄했고 이따금 사슴 떼가 조용히 우리 곁을 따라 걷기도 했다. 집은 점점 더 뜨문뜨문 눈에 띄었지만 다행히 배를 충분히 채울 만큼의 먹거리는 남아 있었다. 산 곳곳에 자리한 작은 마을들은 모두 불타고 파괴되었다.

우리처럼 피곤에 찌들고 추위에 지친 수백 명의 사람들이 같은 길을 따라 움직이며 하천의 물살처럼 곁을 스쳐 지나갔다. 무리에 섞여 걸을 때도 있었지만 최대한 우리 둘만 있으려고 노력했다. 정말 더 이상은 낯선 사람들과 엮이고 싶지 않았다.

마음씨 좋은 사람들이 간혹 우리에게 말을 건네기도 했다. 남쪽으로 갈수록 더 많은 강을 만날 텐데, 다리는 몽땅 끊겨 있을 거라고, 공산당이 빠른 속도로 뒤쫓아 오고 있다고 알려 주었다. 그 말은 사실이었다. 다행히 날씨가 너무 추워서 강이 얼어붙은 곳이 많아 큰 어려움 없이 건널 수 있었다.

눈밭 위를 헤치며 수십 수백 리를 걸었다. 때로는 영수를 등에 업고 걸었다. 어느 날은 하늘이 짙은 주홍색과 분홍색으로 아름답게 물들었다. 전쟁 중에도 세상이 이렇게 아름다울 수 있나, 놀랄 만큼 멋진 풍경이었다.

이처럼 뜻밖의 선물 같은 순간을 맞이할 때면, 미쳐 버린 세상 속에서도 해는 변함없이 뜨고 진다는 걸 알려 주는 건가 싶었다.

***

등에 영수를 업고 비탈길을 오르는 중이었다. 길 언저리의 바위 사이로 회색빛의 무언가가 번뜩여서 걸음을 멈추었다.

"저거이 보았어?" 영수를 넘겨다보며 말했다.

영수는 고개를 들어 올리지도 못했다. "아니." 그리고 목소리는 꺼질 듯했다. "무얼 보았는데?"

나는 다시 고개를 돌렸다. 불과 몇십 걸음도 떨어지지 않은 곳에서 내가 본 것에 숨이 멎을 지경이었다.

"늑대야."

영수가 두 다리를 내 허리에 꼭 감았다.

늑대가 비탈 위쪽에 있어서 우리한테 더욱 불리했다. 늑대는 노란 눈을 번득이며 으르렁거렸다.

온몸이 얼어 움직일 수 없었다. 심장은 너무 빨리 뛰다 못해 몸 밖으로 튀어나올 것 같았다. 맹수를 마주쳤을 때 어떻게 행동해야 하는지 배웠던 것들이 하나도 기억나지 않았다. 소리를 질러야 하나? 도망을 가야 하나? 아니면 돌을 던져 쫓아내야 하나?

늑대는 매우 강렬하고 서늘한 눈빛으로 우리를 바라보았다. 그 눈빛만으로도 온몸이 마비된 듯 꼼짝할 수 없었고 눈도 돌릴 수 없었다. 회색빛 털이 꼭 도화지 위의 붓처럼 새하얀 눈밭을 쓸어 댔다. 내가 지금 꿈을 꾸는 건가? 늑대에 쫓기는 악몽이라면 수도 없이 꾸었지만 그때마다 벌떡벌떡 잘 깨어났잖아.

"누나, 늑대가 어딨나?" 영수가 물었다.

"저기 있잖아." 내가 가파른 언덕 위를 가리키며 잇새로 말했다. 어떻게 저걸 못 볼 수 있지? 이렇게 눈앞에 떡하니 서 있는데.

"어디?"

"쉿!"

"누나, 나는 암것두 안 보여."

"조용히 해." 내가 말했다. "잘 들으라우. 저 나무들 사이로 집이 한 채 있어. 거기로 도망칠 기야. 꼭 잡아."

영수가 고개를 끄덕였다.

내가 속삭였다. "하나, 둘, 셋."

셋을 세는 것과 동시에 나는 야수처럼 괴성을 지르며 냅다 달리기 시작했다. 모든 두려움이 폭발했다. 나는 집 안으로 달려 들어간 뒤 문을 쾅 닫아걸었다.

벽에 등을 기대어 선 채 숨을 내쉬었다. 그리고 몸을 천천히 미끄러뜨리며 늑대 울음소리에 귀를 기울였다.

집 어딘가에 창문이 열려 있으면 어쩌지? 벽에 구멍이 났다거나? 혹시 자물쇠가 부서진 건 아닐까? 영수는 내 옆에 주저앉아 벌벌 떨었다.

무언가가 문 아래에 난 빈틈을 통해 냄새를 킁킁 맡기 시작했다. 문을 긁는 소리도 점점 가까워졌다. 영수의 손을 꼭 잡아 내 곁으로 바짝 끌어당겼다. 우리는 그렇게 서로를 부둥켜안고 칠흑 같은 어둠 속에서 낮게 울려 퍼지는 으르렁 소리에 귀를 기울였다.

***

그 상태 그대로 지쳐서 깜빡 잠이 들었나 보다. 아침이 되어 눈을 뜨니 우리는 같은 자리에 쓰러진 채 잠들어 있었다.

밖은 고요했다. 늑대는 떠났다.

뻣뻣해진 몸을 힘겹게 일으켰다. 먹을거리를 찾아 얼음장 같은 집 안을 뒤지기 시작했다. 뭐라도 먹어서 기운을 차려야 했다.

부엌에 들어가니 텅 빈 항아리가 널려 있었다. 아궁이 위로는 새카맣게 탄 냄비가 놓여 있었다. 밥상과 선반은 모조리 뒤집힌 채였다. 다른 사람들이 이미 탈탈 털어 간 집 안에는 아무것도 남아 있지 않았다. 그 사실을 문득 깨닫자 꼭 화살에 맞은 것처럼 심장이 아팠다.

항아리 안쪽에 김치 이파리 몇 점이 붙어 있었다. 살짝 떼서 맛을 보니 이미 상한 지 오래였지만 아랑곳 않고 남은 조각을 박박 긁어모았다. 탄 냄비 안에 눌어붙어 있던 밥알도 떼어 냈다.

"누나, 어디 있어?" 영수가 안방에서 나를 불렀다.

"부엌이야. 지금 가!" 썩은 김치와 탄 밥을 모아 담은 종지를 들고 방으로 서둘러 돌아갔다. 내가 너무 허겁지겁 달려와서 그런지 영수는 놀란 듯한 표정으로 나를 바라보았다.

"먹으라우!" 내가 사납게 외쳤다.

영수는 색색거리며 음식을 집어 들었다. 그리고 나를 쳐다보지 않고 말했다. "누나, 괜찮아? 뭔가… 달라 보인다."

"다르다고? 그거이 무슨 말이니?" 다 타고 굳은 밥알은 마치 조약돌처럼 딱딱했지만 상관 않고 오독오독 씹어 삼켰다.

"잘 모르갓어. 꼭 맨손으로 곰도 때려잡을 수 있을 것만 같은 느낌이야."

그 말에 씹던 것을 멈추었다. 입술 사이로 썩은 배추 이파리가 비죽 튀어나온 채로 영수를 쳐다보았다. 영수도 나를 쳐다보았고 우리는 동시에 웃음을 터뜨렸다.

"그래, 나 늑대다." 내가 이로 김치 이파리를 쭉 찢으며 말했다. "다 잡아먹어 주갓어! 아우우우!" 내 말에 영수는 낄낄대며 숨이 넘어갈 듯 웃었다.

영수 말이 맞았다. 나는 예전과 달랐다. 나에게 중요한 건 오직 먹을 것과 잠자리를 찾는 것뿐이었다. 동물과 별반 다를 게 없었다. 늑대나 마찬가지였다. 학교니 집이니 하는 것들은 마음속 금고에 꼭꼭 담아 깊숙이 넣어 둔 지 오래였다.

어젯밤 늑대를 본 게 맞을까? 아니면 너울지는 그림자를 보고 내 마음이 만들어 낸 허깨비였을까? 어느새 웃음이 가신 얼굴로 고개를 흔들었다. "내가 점점 미쳐 가나 봐. 드디어 정신줄을 놓나 봐."

바람이 문틈 아래로 날카롭게 휘몰아치며 재와 먼지를 휙 날렸다. 달리 무슨 말을 해야 할지 알 수 없었다. 갑자기 옷 위로 눈물이 후드득 떨어졌다.

영수의 얼굴이 심각해졌다. 영수는 마치 작은 털 짐승처럼 탄 밥 한 덩이를 손에 살며시 쥐고서 말했다. "누나, 누나는 내가 아는 사람 중에 제일 제정신이야."

나는 눈을 슥슥 닦으며 너털웃음을 터뜨렸다. 그리고 자리에 털썩 주저앉아 영수가 나를 꼭 끌어안게 내버려 두었다.

횅한 집 안으로 햇살이 밀려들어 왔다. 멀리서 펑펑 터지던 폭탄 소리가 성큼 가까이 들려왔다. 다시 길을 떠날 시간이었다.

나는 코를 훌쩍이며 눈을 닦았다. 정말로 헛것을 보았던 걸까? 하지만 그게 진짜 늑대인지 헛것인지 무슨 상관이 있나? 어둠이 내리면 악몽처럼 다시 돌아올 거란 사실은 진짜나 헛것이나 똑같을 테니, 그전에 어서 서울에 도착해야 했다.

이불보에 짐을 싸고 영수를 등에 업고서 문밖으로 나섰다.

29

1950년 12월

공산당 군대는 내가 생각한 것보다 훨씬 가까이 와 있었다. 오늘내
일이면 서울 사대문 안까지 쳐들어올 거라고 했다.

영수를 질질 끌다시피 등에 업고서 서울 변두리에 다다랐을 때에야
우리가 간발의 차로 공산당에 앞서 있다는 사실을 알았다. 도시를 수
비하는 군인들은 피란민들이 큰길로만 다니도록 통제했다. 도시 밖에
서는 대포 소리가 쿵쿵 울려 퍼졌다. 경찰들은 얼굴이 시뻘게지도록
호루라기를 불며 피란민들을 한강 둔치의 나룻배로 빽빽하게 몰아넣
었다.

"왜 그라시요?" 앞니 하나가 빠진 아주머니가 억센 북쪽 사투리로
외쳤다. "내래 디나가게 해 주시라요!"

"아닙니다! 배를 타세요! 타면 강 남쪽으로 실어다 줄 겁니다! 한강
이북은 위험합니다!" 사람들 속에서 한 아저씨가 외쳤다. 말끔한 모직

코트와 양장을 차려입은 아저씨의 차림새를 본 피란민들은 일제히 그의 말에 귀를 기울였다. "공산당이 오면 강북부터 공격받을 겁니다!"

수백 명의 사람이 서로를 밀치며 아우성쳤다. 부탁합네다…. 저 위에서부터 벌써 몇백 리를 걸어왔시요…. 먼저 가게 해 주셔요…. 저는 서울 사람이에요…. 순은 시계랑 금 브로치 두 개를 드릴게요…. 나는 사람들을 헤치고 줄 앞으로 가서 섰다. 그러자 군인이 나와 영수를 들어 올려 배에 태웠다. 얼음같이 차가운 판자 위에 앉아 맨몸으로 강을 건너지 않아도 되는 것에 감사했다.

"있잖니." 내 옆에 앉은 아가씨가 눈을 번들거리며 말을 걸었다. "지난번에 서울이 점령당했을 적엔 목욕탕 평상 아래에 숨어서 화를 피했단다. 공산당 놈들이 저들한테 반대하는 걸로 보이는 사람은 죄다 총으로 쏴 죽였어. 남녀노소 가리지 않고. 그냥 분풀이한 거지 뭐. 내 코앞으로 반들반들한 공산당 군화가 마구 지나가지 않았겠니. 바로 코앞으로 말야." 아가씨는 말을 잠시 멈추고 도시를 바라보았다. "이번엔 그때만큼 운이 좋지 못할 것 같아."

영수와 나는 몸을 떨 뿐 아무런 대꾸도 하지 않았다.

"서울은 꼭 다른 세상 같답네다." 명기 오빠네 아저씨가 늦은 밤 아버지와 함께 소주잔을 기울이며 말했다. "거긴 교회도 일자리도 많고 도시도 하루가 다르게 커진다지 않갓어요." 나는 자리에 누워 안마당 평상에서 두 분이 한숨을 내쉬는 소리, 조곤조곤 이야기 나누는 소리, 소주잔 부딪치는 소리에 귀를 기울이며 서울의 모습을 상상했다. 내 상상 속 서울은 번쩍이는 황금으로 길을 닦은 도시였다.

하지만 나룻배에서 내려 발 디딘 서울은 새카맣게 불타고 모든 것이 산산이 부서져 있었다.

거리는 온통 잿더미로 뒤덮였다. 전신주의 전선은 모두 잘려 나가 덜렁거렸다. 한낮인데도 도시는 섬뜩하리만치 고요했다. 피란민들이 분주하게 움직이는 소리 말고 들리는 거라곤 확성기에서 울려 퍼지는 안내 방송뿐이었다. "모두 중앙 기차역으로 가시오!"

사 층, 오 층은 되어 보이는 건물들이 폭탄에 맞아 처마와 시커멓게 그을린 벽만 간신히 서 있었다. 도로 양옆으로는 창문이 깨지고 피가 잔뜩 묻은 차들이 버려져 있었다.

"누나, 나 여기 싫어." 영수가 내 등 위에서 작게 훌쩍거렸다.

나는 한숨을 내뱉었다. 하얀 김이 피어올랐다. "좀만 참으라우. 먹을 것만 얼른 챙겨서 기차역으로 가자."

"나 배 하나도 안 고파."

"뭐라도 먹어야 해."

"못 먹겠어. 머리끝부터 발끝까지 다 아프단 말이야."

짜증이 확 솟구쳤다. "안 먹으면 죽는 것 몰라? 살고 싶으면 집어삼켜. 알갓어?" 꼭 우리 오마니랑 똑같은 말투에 스스로도 흠칫 놀랐다. 좀 더 다정하게 말할 수 있었는데.

훌쩍거리는 영수의 숨소리와 내 목을 적시는 눈물방울이 느껴졌다.

영수 또래로 보이는 남자아이들 한 무리가 군인 모자를 쓰고 얼굴에는 온통 먹칠을 한 채 거리를 뛰어 내려갔다. 꼭 벽에 난 틈 사이로 잽싸게 사라지는 쥐새끼들 같았다.

무엇을 해야 하는지 아무것도 모르는 채로 그저 계속 걸었다. 모든 것이 낯설기만 했다. 땅 위로 굴뚝이 꼿꼿이 서 있는데 나머지 건물 전체는 땅에 무너져 내려 돌무더기를 이루었다. 폐허의 바다 한가운 데 이상하리만큼 상한 데 없는 아치 하나만 비죽 서 있기도 했다. 폭 탄에 날아간 상점 안은 흙과 포대 자루, 판자들이 엉망진창으로 쌓여 있었다. 마침내 서울에 도착했지만 이게 잘된 일인지 아닌지, 우리의 피란길 모든 여정이 동전 던지기처럼 그저 운에 달린 것만 같았다.

그때 문득 눈길을 사로잡는 것이 있었다.

뾰족지붕 위에 걸린 작은 십자가.

돌무더기 바로 너머의 언덕이었다. 내가 신기루를 본 게 아닌지 확 인하기 위해 눈을 몇 번이나 끔뻑였다. 교회를 마지막으로 본 게 언제 인지 기억도 나지 않았다.

"영수야, 저기 좀 보라우!" 커다란 모래 포대 더미 위로 기어 올라 가며 외쳤다. "조 목사님이 불쌍한 사람들한테 먹을 것 나눠 주시던 것 기억하니? 저 교회로 가면 우리도 도움을 받을 수 있을 기야!" 기 차에 얼마나 오래 타고 있어야 할지 모르니까, 기차를 타기 전에 뭐라 도 먹어 둬야 했다. 앞을 향해 달렸다.

수십 명의 사람들이 교회 안뜰에 드리운 첨탑 그늘에 둥지를 틀었 다. 웬 할머니가 판지로 만든 종이 상자 집 밖으로 걸어 나왔다. 마치 종이 상자에서 사는 게 전혀 이상한 일이 아니라는 듯. 셀 수 없이 많 은 상자 집들이 쓰러지지 않도록 서로에게 기댄 채 안뜰 전체를 메우 고 있었다. 나는 추위에 팔을 문질렀다. 얇은 상자로 이렇게 매서운 추위를 피할 수 있을까?

아주머니 하나가 팔팔 끓는 냄비 위로 고개를 숙이고 숟가락으로 찌개를 떠먹는 중이었다. 김이 모락모락 피어올랐다. 입에 군침이 돌았다. 속을 긁는 듯한 배고픔은 이제 내 배 속에 단단히 뿌리를 내린 지 오래였다. 밤에 겨우 잠이 들어 꿈속에서 달짝지근하고 쫄깃한 떡을 먹거나 짭조름한 갈비를 먹을 때만 그 아픔을 잊을 수 있었다. 그런 날 밤이면 꿈이 내 배를 가득 채워 주었다.

아주머니가 김 너머로 나를 올려다보았다. "내가 이 찌개를 어떻게 만들었는지 궁금하니? 저 밖으로 십오 분 정도만 가 보렴." 아주머니가 손가락으로 한 곳을 가리키며 말했다. "거기에 떡이랑 빵 파는 아줌마들이 있어. 운이 좋다면 미군 씨레이션*을 파는 아줌마도 나와 있을 거여."

무슨 말인지 몰라 아주머니를 멍하니 쳐다보았다. 씨레이션이 뭐지? 그런 말은 처음 들어 보는데.

"씨레이션이 뭔지 몰라? 통조림으로 나오는 거?" 아주머니는 마치 내가 귀가 안 들리는 것처럼 목청을 높여 말했다. "미국 군인들이 전쟁할 때 들고 다니면서 먹을 수 있게 깡통에 담아서 나오는 음식이다. 뚜껑을 깔 때까지 음식이 상하질 않아. 고기 캔도 있고 채소 캔도 있단다. 얼마나 맛난 줄 아니?" 아주머니는 맛을 상상하듯 눈을 게슴츠

● **씨레이션** 시레이션. C형 전투 식량이라는 뜻으로, 통조림 처리를 한 미군 전투 식량의 종류다. 음식의 신선도와 처리 방식에 따라 A형은 신선한 음식, B형은 요리나 가공 처리를 하지 않은 포장 음식으로 나뉜다.

레 뜨더니 찌개를 크게 한 술 떠 입에 넣었다.

"그치만 저는 돈이 없습네다."

아주머니가 깔깔 웃었다. 씹다 만 고기 한 점이 입 밖으로 튀어나왔다. 아주머니는 땅에 떨어진 고기를 잽싸게 낚아채더니 게걸스레 입 안으로 털어 넣었다. "꼬마 아가씨야, 그러면 훔칠 수밖에 없겠네. 달리기는 잘하는가 모르겠구나."

"교회는 어찌하구요? 교회에서 나누어 주는 음식은 없습네까?"

"대체 누가 나눠 주겠니?" 아주머니가 나를 흘기며 말했다. "교회에 아무도 없는데. 다들 공산당 총에 맞아 죽거나 홀랑 내뺀 지 오래야. 건물도 군데군데 무너져 내려서 그저 비 피하는 용도로나 쓰지 않나."

마음속에 움트던 희망의 불씨가 훅 꺼져 버렸다. 말문이 턱 막혔다.

말없이 고개를 꾸벅 숙여 아주머니에게 감사 인사를 했다. 내심 아주머니가 정보를 알려 주느니 찌개나 한 입 나눠 주었으면 싶었다. 대체 어떻게 물건을 훔칠 수 있단 말인가? 이제껏 남의 물건에 손을 댄 적은 단 한 번도 없었다. 게다가 영수는 어쩌고? 영수를 업고 그렇게 재빨리 달아날 수는 없을 텐데.

어둑해지는 하늘을 가로지르며 커다란 폭발음이 울려 퍼졌다.

고개를 돌려 어깨 위의 영수를 바라보았다. 차마 입이 떨어지지 않았지만 힘겹게 말을 꺼냈다. "아무래도… 누나가 먹을 걸 구해 올 테니 잠깐 사람들이랑 교회에서 기다리라우. 여기 있음 안전할 기다."

"뭐라고? 나만 두고 간다구?" 영수의 입이 떡 벌어졌다.

"아냐, 아주 잠깐이면 돼." 나는 눈을 빠르게 깜빡이며 말했다. "걱정 말라우."

하지만 내 말은 텅 빈 것처럼 들렸다. 이곳 지리도 익숙하지 않은데 돌아오는 길을 영영 못 찾으면 어떡하지? 그사이에 나나 영수가 폭격을 당하면 어쩌지? 허리에 묶은 담요를 풀자 영수가 등에서 내려왔다. 꼭 내 몸이 두 쪽 나는 기분이었다.

교회 건물 한구석에 담요를 깔고 영수를 앉혔다. 영수는 얼굴을 잔뜩 찌푸리고 가만히 앉았다. 영수에게 꼭 심장이 귓가에서 뛰는 것 같은 기분이라고, 내가 과연 음식을 훔칠 수 있을지 모르겠다고, 혼자 갔다 오는 게 너무 무섭다고 말하고 싶었다. 하지만 이런 말을 해 보았자 동생 마음만 더 불안하게 만들 뿐이라는 사실을 알았다. 싸늘한 바람이 외투 속으로 스며들었다. 영수 없는 등이 어느 때보다도 더 허전하고 나약하게 느껴졌다.

나는 영수 옆에 무릎을 꿇고 앉았다. "여기 보라우. 사람들이 많지? 몇 걸음만 가면 화덕도 있구. 여기라면 따뜻하고 안전하게 쉴 수 있을 기야." 하지만 내 목소리는 어색하리만큼 컸고 애써 밝은 체하는 티가 났다. 영수는 아무런 대답도 하지 않았다.

"자, 그럼 더 어두워지기 전에 다녀오갓어." 영수의 답을 기다렸지만 아무런 반응이 없었다. 나는 자리를 털고 일어나 납덩이 같은 다리를 움직였다. 마치 습관처럼 내 목에 두른 영수의 팔을 찾았다.

별다른 인사말은 건네지 않았다. 가슴 아프도록 말라비틀어져서는 덩그러니 앉아 눈물을 애써 삼키는 내 동생을 돌아보지도 않았다. 그럼에도 내 뒤통수에 못 박힌 영수의 눈길이 생생하게 느껴졌다.

30

교회를 벗어나 큰길로 들어섰다. 연기가 피어오르는 도시 저 너머
로 산이 우리를 굽어보았다. 두 손의 떨림이 도저히 잦아들지 않았다.

아주머니가 끓이던 찌개 냄새가 여전히 주위를 맴도는 것만 같아
눈을 감고 숨을 크게 들이마셨다. 마지막으로 갈비를 먹은 게 대체 언
제더라? 추억을 더듬자 입에 침이 가득 고였다.

갈비와 파전, 떡이 한가득 담긴 접시가 탁자를 빽빽하게 채웠다. 올
해 교회 소풍에 각 가족이 준비해 온 음식은 유난히도 풍성했다. 그때
는 미처 몰랐지만, 교회 사람들이 다 같이 만날 수 있는 마지막 시간이
어서 그랬던 것 같다. 나는 고개를 숙이고 갈비 냄새를 깊숙이 들이마
셨다.

영수가 슬쩍 손가락으로 고기를 찌르고는 손에 묻은 양념을 쪽 빨

아 먹었다. 오마니와 아바지는 미처 눈치채지 못했다. 잔디가 파랗게 덮인 교회 앞뜰에 다른 어른들과 모여 한참 이야기 중이었다.

"영수야, 안 돼." 영수를 말리면서 속으로는 나도 여섯 살이면 좋겠다고 생각했다. 그러면 아무 눈치도 보지 않고 내가 하고 싶은 대로 할 수 있을 텐데.

"맞아, 영수야. 갈비에 손대지 말라우." 유미가 끼어들었다. "그거이는 우리 거야. 우리 가족이 가져온 거란 말야." 갈비는 비싼 음식이었다. 고등 보통학교 교장 선생님인 명기 오빠네 아저씨는 우리 동네에서 손꼽히는 부자였다.

"네 부모님이 다 같이 나누어 먹자고 가져오신 것 아니니? 그러니까 네 것만은 아니지." 나는 차라리 이 갈비를 몽땅 사 버릴 수 있으면 좋겠다고 생각하며 유미에게 말했다.

"뭐, 그렇다고 이거이 다 영수 것도 아니잖아. 그런데 온 데다 침을 바르면 되갓니?"

뭐라 할 말이 없었다. 유미 말이 옳았으니까.

"와, 쟤 잘난 척하는 것 좀 보래? 지 아바지가 돈이 많지 지가 돈이 많나?" 어떤 언니가 식탁 저쪽 끝에서 유미를 노려보며 말했다.

"그러니까 재수 없다는 소리를 듣지." 다른 언니가 끼어들었다.

나는 유미를 흘깃 쳐다보았다. 유미는 팔짱을 끼고 고개를 획 돌렸다. 유미 눈에서 눈물 한 방울이 또르르 흘렀다. 유미는 눈물을 재빨리 훔치고 자리를 떴다.

언니들은 손에 갈비를 들고 깔깔대며 웃었다. 저렇게 부끄러운 짓을 하고도 갈비가 목구멍으로 넘어가나 싶었다.

"거, 빵은 필요 없으셔?"

누군가의 목소리에 생각에서 깨어났다. 벌써 해가 저물어 어둑했지만 내 앞에 선 아주머니의 얼굴은 또렷이 보였다. 까무잡잡하고 바싹 마른 강둑 모래밭처럼 주름이 진 얼굴을 한 아주머니 주변으로 노점상이 펼쳐져 있었다. 길가에서는 텅 빈 눈을 한 거지들이 지나가는 사람들을 향해 두 손을 모아 들고 구걸 중이었다. 퀴퀴한 냄새에 눈살이 찌푸려졌다.

"아, 감사합니다." 나는 빵을 향해 손을 뻗으며 말했다.

그러자 아주머니는 내 손이 빵에 닿지 못하도록 홱 치켜들었다. "돈 먼저 내야지!"

"죄송하지만 가진 돈이 없시요. 우리 동생이 너무 아파서 그런데 제발 빵 하나만 주시라요. 이렇게 배를 곯다간 곧 죽을지도 모릅네다." 그 말을 하는 순간 그동안 애써 피해 왔던 진실이 무서울 만큼 또렷하게 다가왔다. 입술이 파들파들 떨렸다.

"그게 뭐 대수라고? 여기 그런 사정 없는 사람이 어디 있니? 한번 봐 봐라. 나만 해도 그래. 돈을 못 벌면 나뿐만 아니라 우리 애들도 다 죽어. 그러니까 빵이 필요하면 돈을 내라 이거야."

"제발요! 반 덩이만이라도 주시라요!" 나는 무릎을 꿇으며 외쳤다. 너덜너덜하고 지린내가 코를 찌르는 아주머니 치맛자락을 붙들고 애원했다.

"저리 꺼져, 이 거지 가시나야!" 아주머니는 치마를 매몰차게 잡아 당겼다. 하지만 내가 손을 놓지 않자 내 가슴팍을 힘껏 걷어차고 걸어 가 버렸다.

거지.

왜 그 단어가 새삼 충격적으로 다가왔는지 모르겠다. 이미 내 몰골 은 거지와 다를 바가 없었다. 게다가 지금 내가 하는 일도 구걸이 아 니면 대체 뭐란 말인가?

하지만 부끄러운 마음이 조금도 들지 않았다. 아주머니가 들고 있 던 빵의 고소한 냄새가 여전히 주변을 감돌았다. 배 속이 바짝 굳어 왔다. 비탈 위에서 우리를 내려다보던, 그리고 문틈 아래로 우리 냄새 를 쫓던 늑대의 모습을 떠올리며 심호흡을 했다.

땅바닥에서 발딱 일어나 옷을 털었다. 음식을 파는 사람은 그 아주 머니 말고도 많았다.

어떤 사람은 낡은 옷과 신발을 팔았는데 죽은 사람들 몸에서 벗겨 온 게 틀림없었다. 다른 누군가는 떡과 감자를 팔았다. 김치와 쌀을 맞바꾸어 주는 언니도 있었다. 하지만 내가 원하는 건 따로 있었다.

길을 샅샅이 훑은 끝에 마침내 내가 원하던 것을 찾았다. 나이 많은 할머니가 사람들에게 씨레이션을 흔들어 보이고 있었다. 할머니 외투 주머니도 통조림으로 불룩했다. 교회에서 만난 아주머니가 씨레이션 속에는 고기와 채소가 가득하다고 알려 준 걸 되새겼다.

할머니 쪽으로 천천히 다가갔다.

"어떤 돈으로 낼 거유? 남한이유, 북한이유?" 할머니가 나를 보며 물었다.

나는 찡하니 굳은 채 머리를 굴렸다. 돈이 없다고 실토할까? 하지만 구걸했다간 아까 그 아주머니처럼 나를 걷어차 버릴지도 몰라. 그렇게 되면 통조림을 구할 방법은 영영 없어지는 거야. 교회에서 나를 기다리는 영수의 모습을 떠올렸다.

심장이 쿵쿵 뛰기 시작했다.

"얘, 너 귀가 먹었니? 아니면 말을 못 해?" 할머니가 나를 흘겨보며 말했다.

하지만 우리한테 콩밥을 나누어 주었던 할머니처럼 친절을 베풀진 않을까? 소달구지를 내줬던 할아버지처럼 인자한 사람일지도 몰라. 나는 조용히 할머니의 기색을 살폈다.

할머니는 고개를 돌리고 코를 팽 풀었다. "야, 돈을 낼 게 아니면 꺼지든가 해라."

그 말을 듣고 나니 어떻게 행동할지 확신이 섰다. 눈가를 간지럽히는 머리칼을 뒤로 쓸어 넘겼다. 그 뒤로는 몸이 제멋대로 움직이기 시작했다.

오른손이 앞으로 휙 뻗어 나가 할머니의 호주머니 속으로 쑥 들어갔다. 끄집어내는 손길과 뿌리치는 손길. 작은 주머니 속에서 모든 것들이 빽빽하게 뒤엉켰다. 주머니에서 실밥이 두두둑 뜯어지는 게 느껴졌다.

할머니가 몸을 비틀거렸다. 우리는 둘 다 짐승처럼 헐떡댔다. 통조림 하나가 갓난애처럼 쑤욱 세상 밖으로 빠져나올 때까지 끈질기게 호주머니를 잡아당겼다. 그리고 하나 더, 하나만 더.

할머니는 입을 떡 벌린 채 나를 쳐다보았다.

나는 땅에 못 박힌 듯 서서 할머니 눈을 마주 쳐다보며 불쑥 말했다. "죄송합네다."

그리고 통조림을 손에 꼭 쥐고서 도망쳤다. 집들과 죽 늘어선 자동차들 사이를 뚫고 내달렸다. 등 뒤로 할머니가 고래고래 욕설을 퍼붓는 소리가 들렸다.

바로 그때였다. 고개를 돌려 그 여자아이를 마주하게 된 건. 양손 가득 통조림을 껴안고 산발이 된 머리칼을 흩날리며 도망치는, 벽 위로 비친 새까만 그림자. 짐승처럼 재빠르게 움직이는 늑대 소녀.

하마터면 그게 나라는 걸 못 알아볼 뻔했다.

31

교회로 돌아왔을 때 영수는 앉혀 놓은 자리에 그대로 앉아 있었다. 꼼짝도 하지 않았는지 찌푸린 표정까지 그대로였다. 나는 주머니에 통조림을 숨기고 영수를 향해 뛰어갔다.

"영수야, 누나가 뭘 가져왔는지 한번 보라우!" 배를 묵직하게 누르는 차가운 깡통의 감촉을 느끼며 말했다.

하지만 영수는 팔짱을 끼더니 고개를 팩 돌려 버렸다. 가슴속에서부터 기침이 쿨럭쿨럭 올라왔지만 입을 꼭 다물고 애써 기침을 삼켜 대는 게 보였다.

나는 짐 보따리에서 냄비를 꺼내고 통조림을 땅에 내려놓았다. "봐! 씨레이션이야! 이 안에 고기랑 채소가 들어 있을 기야! 너 고기 먹은 게 언제인지는 기억나니? 멸치 말구, 진짜 고기 말이야!"

영수는 어깨를 으쓱하고 제 손톱만 들여다보았다. 옆자리 사람이 피운 화덕의 불꽃이 영수의 얼굴을 비추었다.

심호흡을 하고 천천히 다섯까지 세었다. "너 먹이려고 그 위험을 무릅쓰고 다녀왔는데 이러기야?"

"나만 두고 갔잖아." 영수가 땅에 고개를 떨구고 우물거렸다.

"그럼 뭐, 다른 방법이 있갓니? 감자 포대처럼 너를 등에 짊어지구 이 통조림을 어찌 훔쳐 와? 그럼 날래게 움직일 수가 없잖아."

"그러니까 내가 방해가 된다 이 말이지?" 영수가 제 팔 사이로 머리를 깊게 묻으며 대꾸했다. "그래서 그렇게 나보고 멍청하다고 그러는 기야?"

"내가 언제 너더러 멍청하댔니?"

"방금은 말구. 근데 종종 그러잖아." 그 말을 끝으로 영수는 기침을 터뜨렸다. 그동안 내내 억누르던 가래가 쏟아져 나왔다.

내가 뭔가 잘못할 때면 부엌일을 하며 고개를 절레절레 흔들던 오마니 모습을 떠올렸다. 나도 가끔 영수를 똑같이 대한다는 걸 알고 있었다. 하지만 내가 예전에도 그랬었나? 아니면 오마니가 나를 학교에 못 가게 한 뒤부터 그러기 시작했나?

밤하늘을 가르며 강렬한 빛줄기가 번뜩였다. 저 멀리서 폭탄 터지는 소리가 들렸다. 나는 냄비와 통조림을 낚아챈 뒤 발을 쿵쿵 구르며 자리를 떴다.

교회 앞뜰에 피우고 남은 화덕이 있을 터였다. 주위를 둘러보니 금방 하나를 찾을 수 있었다. 화덕 옆에 냄비를 내려놓고 깡통을 찬찬히 살폈다. 빈틈 하나 없는 깡통 위로 작은 열쇠만 하나 덩그러니 붙어 있었다. 하지만 열쇠 구멍이 없는데? "이거이 어떻게 여는 기지?" 나는 씨레이션을 돌 위에 탕탕 내리치며 혼잣말을 했다.

"얘! 너 그 멀쩡한 걸 다 갖다 버릴 일 있냐?" 아까 찌개를 끓이던 아주머니가 외쳤다. "자, 이리 줘 봐. 어떻게 여는지 알려 줄 테니."

내키지 않았지만 아주머니에게 씨레이션을 건넸다. 아주머니가 깡통 위쪽에 달린 열쇠를 떼어 내 깡통 옆구리 어딘가에 걸더니 마법 같은 손길로 양철을 슥슥 돌려 깠다. "자, 봤지? 이렇게 열면 되는 거야." 아주머니가 씨익 웃으며 말했다.

"감사합네다." 나는 연한 붉은색 국물 속에 둥둥 뜬 소시지를 뚫어 져라 바라보며 말했다. 눈이 뒤집힐 것 같은 와중에도 참고 물었다. "조금 나눠 드릴까요?"

"아냐, 그건 너랑 네 동생 몫이지 않니." 아주머니가 고개를 흔들며 말했다.

더 권하지 않았다. 솔직히 아주머니에게 나누어 주고 싶은 마음이 요만큼도 없었기 때문에 부끄러움에 얼굴이 벌겋게 달아올랐다.

화덕으로 관심을 돌렸다. 아직 숯에 열이 뜨끈뜨끈했다. 나뭇가지를 하나 집어 들고 발갛게 달아오른 숯을 쑤시며 바람을 후후 불어 넣었다. 이윽고 밝은 주홍빛 불길이 피어오르기 시작했다. 불이 충분히 피어오르자 냄비를 올리고 깡통 속 내용물을 냄비에 쏟아 넣었다. 입에 침이 쉴 새 없이 고여서 계속 삼켰다.

저녁을 준비하는 동안 눈보라가 몰아치며 주변을 새하얗게 뒤덮었다. 처참한 주변 모습을 그저 눈가림했을 뿐이지만, 그래도 새하얀 세상이 참 아름답다고 느꼈다.

마침내 화덕에서 냄비를 들어 올려 영수에게 가져갔다. 영수는 나를 쳐다보지도 않았다.

"여기, 맛 좀 보라우." 국물을 한 숟갈 가득 영수 입 쪽으로 가져다 대며 말했다.

영수는 마지못해 입을 벌렸다. 하지만 입을 벌리기 무섭게 눈물을 터뜨렸다. 기침이 영수 가슴을 찢어발길 것처럼 쏟아졌다.

나는 영수의 등을 토닥였다. 척추뼈가 고스란히 느껴졌다. 영수를 보는 것만으로도 마음이 저렸다.

"영수야, 누나가 잘못했다." 내가 속삭였다. "아까 혼자 두고 가서 미안. 그리고 모질게 굴어서 미안."

영수에게 네가 얼마나 착한 아이인지, 얼마나 똑똑한 아이인지 말해 주고 싶었다. 그리고 오마니가 나를 학교에 못 가게 만든 건 네 탓이 아니라고, 네가 잘못한 건 아무것도 없다고 말하고 싶었다. 하지만 말을 하는 대신 혀를 쏘옥 내밀고 두 눈을 모아 떠 보였다.

숨을 헐떡이는 와중에도 영수는 억지로 웃음을 지어 보였다. 자꾸만 아래로 처지는 입꼬리를 애써 끌어 올리는 게 느껴졌다. 숨을 내쉴 때마다 콧물 방울이 커졌다 작아졌다 했다. 마침내 우리는 서로를 마주 보며 소리 내어 웃었다.

국을 잘 젓고 후후 불어 가며 한 숟갈을 떠먹어 보았다. 오마니가 끓여 주는 김치찌개만큼 맛나지는 않았지만 그래도 꽤 괜찮았다. 특히 분홍색 고기는 짭짤하고 돼지고기 비슷한 맛이 났다. "영수야, 빨리 먹어 보라우. 맛있어."

영수는 숨을 깊게 들이마신 뒤 한 입을 삼켰다. 하지만 음식을 입에 넣기 무섭게 캑캑거리며 기침을 했다. 그러고는 자리에 드러누워 더 먹기를 거부했다.

대체 어떡하면 음식을 다 마다할 수 있는지 이해가 가지 않아 영수 어깨를 쿡쿡 찔렀다. 하지만 영수는 내게서 등을 돌렸다. 영수의 폐에서 끼익거리는 희한한 소리가 났다.

***

교회 앞뜰에 피워 올린 화덕 불꽃들이 상자로 만든 집들을 비추었다. 영수는 한잠이 들었다. 나는 영수 위로 담요를 덮어 준 뒤 화덕에 잔가지와 쓰레기를 더 집어넣었다. 영수를 조금이나마 더 따뜻하게 해 주고 싶었다.

불꽃 바로 위로 지글거리는 공기를 멍하니 쳐다보았다. 불길에 집중하자 주변 풍경이 차츰 흐리게 보였다. 돌무더기들, 가슴을 치며 기도하는 아주머니, 마치 엄마 배 속의 아기처럼 몸을 잔뜩 웅크리고 누운 언니, 육십 년간 함께한 아내를 찾으며 울부짖는 할아버지도 모두 시야에서 흐려졌다. 불길 위로 피어오르는 아지랑이에서 결코 눈을 돌리지 않았다. 그랬다가는 무너진 건물과 고통받는 사람들의 모습이 너무 선명하게 마주 보였으니까.

거의 다 왔다. 이제 부산 가는 기차만 타면 된다.

32

1950년 12월

다음 날 아침. 영수가 토했다. 불안해서 심장이 쿵쿵 뛰었다.

"괜찮니?" 담요 끝자락으로 영수의 입가를 닦아 주며 물었다. 하지만 영수는 그저 기침을 내뱉을 뿐이었다. 영수 등을 두드려 주는 내 손이 벌벌 떨렸다. "너무 기침을 많이 해서 구역질이 난 걸 기야."

자리에서 일어나 주변을 돌아보았다. 우리를 도와줄 만한 사람이 아무도 없었다. 그 많던 화덕 불은 간밤에 거의 다 꺼졌고 잿빛 연기만 유령처럼 모락모락 피어오르고 있었다. 사람들 대부분이 이미 떠난 뒤였다. 나는 입에서 하얀 김을 내뿜으며 벌벌 떨었다.

폭발음이 더 자주 들려왔다. 지지직거리는 확성기를 통해 기차역 가는 길 안내 방송만 울려 퍼졌다. 저 확성기 목소리도 미리 녹음된 것 같았지만, 그래도 진짜 사람이 방송 중인 목소리였으면 싶었다. 그렇다면 적어도 이 도시에 우리만 달랑 남겨진 건 아닐 것만 같아서.

"우리도 저 기차를 타야 해." 나는 짐을 챙기고 영수를 등에 업으며 말했다.

아침 햇살이 텅 빈 길을 비추었다. 차가운 바람에 주홍빛 불똥이 흩날렸다. 도로에 붙은 표지판을 확인하며 가다 보니 부서진 건물 곳곳에서 비척비척 걸어 나와 기차역을 향해 가는 피란민들을 만날 수 있었다. 나는 박살이 난 상점가와 부서진 돌 더미 사이를 헤치며 그들을 따랐다. 얼마 가지 않아 안쪽이 다 무너져 내린 커다란 건물 앞에 다다랐다.

설마. 그럴 리가 없어.

곁을 지나는 아주머니의 소매를 잡고 물었다. "기차역은 어디로 가면 됩네까?"

"눈은 뒀다 뭐 하니? 바로 앞에 있잖아." 아주머니가 짜증스럽게 대답했다.

심장이 뚝 떨어지는 기분이었다. 기차역이라는 게 그저 거대한 돌무더기라니. 서울을 빠져나가는 방법은 영영 사라진 건가?

"아유, 이것 좀 놔!" 아주머니가 제 소매를 낚아채며 쏘아붙였다. "공산당이 코앞까지 왔단 말이야!"

여유를 잃은 아주머니의 모습에 슬슬 겁이 나기 시작했다. 그리고 무너진 건물 옆으로 다가갔을 때였다. "비키시오! 물러나세요! 마지막 열차요!"

방금 들은 소리를 믿을 수 없어 그 자리에 얼어붙어 버렸다.

마지막 열차? 오늘 막차란 건가, 아니면 앞으로 남은 열차는 영영 없단 말인가?

그걸 따지는 게 무슨 소용이지? 당장 오늘이면 공산당이 쳐들어오는데!

나는 피로 물든 신발과 양말을 내려다보았다. 부산까지는 아직도 팔백 리가 더 남았다.

지금 저 기차를 타지 못한다면 공산당보다 앞서가기는 틀렸다. 그리고 절대 그 먼 길을 살아서 갈 수 없었다. 이럴 수가. 왜 조금 더 일찍 일어나지 못했을까? 교회나 거리가 텅텅 비었던 게 이것 때문이었나? 오늘이 서울을 탈출할 마지막 기회라서? 나는 영수를 단단히 둘러업고 역 뒤쪽의 철길을 향해 달리기 시작했다.

마지막 하나 남은 기차 주변을 사람들이 온통 에워싸고 있었다. 서울을 떠나는 마지막 기차. 기차 안과 밖으로 사람이 개미처럼 빽빽하게 달라붙었다. 더 가까이 다가갈수록 사람들이 울부짖는 소리가 귀를 때렸다. 나는 크게 심호흡을 한 뒤 사람들 몸통 사이를 비집고 들어갔다.

사방에서 사람 몸뚱이가 우리를 옥죄어 왔다. 나는 철길에 걸려 비틀거리면서도 계속 사람들 속을 뚫고 들어갔다. 문득 발밑으로 부드러운 살덩이가 밟혀 아래를 보았다. 팔과 다리, 등짝이 보였다. 사람들 물살에 휩쓸려 넘어지고 만 운 나쁜 누군가의 몸뚱이. 손을 뻗어 그 어린 여자애를 일으켜 주려고 했으나 사나운 인파에 떠밀려 금세 멀어져 버렸다.

어느 순간 기차 몸통에 몸이 쓸렸다. "두 사람 자리가 있습네까?"

화물칸 안을 살피며 외쳤다. 제발, 누군가 내 목소리를 들었으면.

하지만 그건 불가능했다. 열린 화물칸 문틈으로 사람들 머리가 빼곡하게 보였다. 이미 탈 자리가 없었다.

위를 바라보았다. 사람들이 벽을 타고 기차 위로 올라가는 중이었다. 심장이 쿵쿵 뛰었다. 안에 도저히 자리가 안 나면 저것밖에는 수가 없지 않은가? 우리도 기차 지붕에 앉아서 가야 할 것 같았다. 나는 등에 영수를 업은 채 화물칸 옆에 달린 녹슨 사다리 위로 기어 올라갔다. 기차 지붕 위도 이미 사람으로 빽빽했다. 위에서 바라본 풍경은 그야말로 생지옥이 따로 없었다. 어떤 아주머니가 기차에 오른 사람들에게 아기를 들어 보이며 아이만이라도 데리고 가 달라고 애원했다. 다른 아주머니 한 명이 아이를 건네받으려고 했으나 그만 손을 놓쳐 저 아래 콘크리트 바닥으로 아기를 떨어뜨리고 말았다.

사람들 발과 다리에 채여 가며 앞쪽을 향해 나아갔다. 어떤 언니가 담요 한쪽 끝을 발목에 동여맨 채 다른 쪽 끝을 고정할 만한 곳을 찾고 있었다. 기차 지붕 위가 박살 난 대동강 다리만큼이나 위험하다는 사실을 깨닫자 속이 울렁거렸다. 기차가 속도를 높이기 시작하면 떨어질지도 모른다. 특히 저렇게 말라비틀어진 영수는 누구보다 먼저 날아가 버릴 거다.

뒤를 돌아보았다.

"누나, 어디 가?"

"아래로 내려가야 해! 기차 안에 타야 해!" 나는 사다리 쪽으로 돌아가면서 말했다.

그때 어느 아주머니 몸통에 걸려 중심을 잃었다. 넘어지지 않으려 허우적거리다 나무 상자에 손등이 주욱 긁혔다. 내가 넘어지면서 영수도 산더미처럼 쌓인 짐 가방들 위로 패대기쳐졌다. 내 머리를 짓누르는 아주머니의 등을 밀쳐 내며 주저앉지 않으려고 안간힘을 썼다. "내 동생을 챙겨야 합네다!" 나는 비명을 질러 댔다.

영수가 팔과 다리를 꼭 집게발처럼 벌려 옆 걸음질로 엉금엉금 내 쪽으로 다가왔다. 찰나의 순간, 나도 모르게 움찔했다. 영수에게 닿고 싶은 마음과 도망치고 싶은 마음이 동시에 치고 올라왔다. 하지만 영수가 내 등에 꼭 달라붙을 수 있도록 기다렸다가 다시 휘청거리며 사다리 쪽으로 몸을 옮겼다.

마지막 열차. 그 단어가 계속해서 머릿속을 울렸다.

후들거리는 팔로 사다리를 타고 내려왔다. 그리고 사람들 사이를 헤치며 철길을 따라 뛰기 시작했다. "자리가 남았시요?" 화물칸을 들여다보며 외쳤다.

"자리 없다!" 어느 아주머니가 내 목소리를 듣고 대답했다.

엄청난 두려움에 그냥 기절할 것만 같았다. 발걸음을 더 빨리했다.

"여기 자리 있습네까?"

"없어!"

"자리 좀 있습네까?"

"없다!"

들려오는 대답은 한결같았다. 나는 절망감에 울부짖었다.

기차가 움직이기 시작했다. 두 눈을 믿을 수 없었다. 내가 지금 꿈을 꾸는 건가?

아니다. 아주 조금씩 천천히, 기차가 움직이고 있었다. 손 사이로 계속 기차가 빠져나갔다. 내 발걸음보다 속도가 붙기 시작했다. 영수가 내 목에 힘껏 달라붙었다.

그리고 어디선가 어느 아저씨의 목소리가 들렸다. "끝이요, 끝! 다 태웠어요!"

순식간에 화물칸 문들이 줄줄이 닫히기 시작했다. 귀가 찢어질 듯한 기차 소리가 사람들 머리 위로 쏟아져 내렸다.

그 소리가 울려 퍼지기 무섭게 승강장 위에 남아 있던 사람들이 미친 듯 앞을 향해 내달리기 시작했다. 그 기세에 어깨를 기차 벽에 세게 부딪치고 말았다. 발이 땅에서 뜬 채 물살에 휩쓸리듯 사람들 속으로 실려 갔다. 한 발만 잘못 디뎌도 인파에서 떨어져 꼼짝없이 기차 바퀴에 깔려 으스러지겠지.

"살려 주시라요!" 바로 앞의 화물칸에 대고 젖 먹던 힘을 다해서 외쳤다.

결국 여기까지인가.

이게 끝인가.

내 인생은 여기서 끝이구나.

"조금만 더 끼어 앉아요! 애들 태울 공간 좀 내 줍시다!" 머리 위로 외치는 소리가 들렸다.

누군가 손을 내밀었다. 화물칸 입구 쪽에 앉은 청년이었다. 머리에는 빵모자를 푹 눌러쓰고 있었다. 그 청년이 내 팔을 움켜잡았고 나는 죽기 살기로 매달렸다. 힘을 끌어모으는 기합 소리와 함께 그는 나를 번쩍 끌어 올려 널빤지 위로 발을 디딜 수 있게 도왔다.

기차 바닥에 '쿵' 하고 떨어졌다. 영수도 내 등에서 떨어져 바닥에 엎어졌다. 둘 다 무사히 기차에 탄 것이다.

기차 안에는 좌석이 없었다. 그저 여닫이문과 자그마한 창문 하나가 전부였다. 낯선 사람들의 몸뚱어리가 사방에서 나를 짓눌렀다. 지린내가 진동하는 할아버지가 내 어깨 쪽에 몸을 기대앉았다.

모자 쓴 청년은 다시 어느 아주머니와 그 아들에게 손을 내밀었다.

"거 빨리 문 닫으라우!" 안에서 아기를 안아 든 아주머니가 외쳤다. 아주머니의 눈은 역사 안에서 쏟아져 나오는 사람들과 기차 주변에 달라붙은 사람들을 번갈아 보았다. 내 눈에도 똑똑히 보였다. 기차 위에서 본 인파는 마치 기차로 쏟아져 흐르는 검은색 물감 같았다. 몸이 벌벌 떨렸다. 아무리 둘러보아도 더는 사람을 태울 자리가 없었다.

하지만 그 청년은 얼굴 한번 본 적 없는 사람들을 살리기 위해 이를 악물고 손을 뻗었다.

"빵모자야, 어서 문 닫으라! 사람이 너무 많아서 다들 질식할지두 몰라! 대체 누가 저런 놈을 문가에 세워선!" 내 뒤쪽에서 어떤 아저씨가 외쳤다.

화물칸 안으로 기어 올라오는 사람들의 모습이 마치 순식간에 자라나는 담쟁이넝쿨 같았다. 기차 안으로 들어오는 데 성공한 사람들은 막무가내로 사람들 틈을 쑤셔 자리를 잡았다. 가슴속에서 비명이 차오르기 시작했다. 제발 그만 문을 닫아 주었으면 싶었다. 남은 사람들은 포기하고 차에 탄 사람들에게 숨 쉴 공간을 달라고. 불과 몇 초 전만 해도 나 역시 밖에서 기차를 향해 손을 뻗는 쪽이었는데도 말이다. 그 청년이 나를 쳐다보았지만 무얼 해야 할지 몰랐다. 문을 닫아야 하나? 한 명이라도 더 구해야 하나? 나는 머리를 쥐어뜯으며 비명을 질렀다. 옳은 일을 하는 건 왜 이렇게도 어려울까?

"옳은 일 하러 가자." 아바지가 쌀가마를 어깨에 얹으며 말했다. "따라오라우." 고개를 푹 숙이고 책 속 세상에 빠져 있던 명기 오빠와 나는 아바지 목소리에 고개를 들었다. 밝은 햇살에 눈이 멀 것 같았다. 나는 열한 살, 오빠는 열세 살. 아직 함께 나무 아래에 앉아 책을 읽으며 서슴없이 지내던 때였다.

"명기 오빠두 같이요?" 내가 물었다.

"그래, 명기는 특히 더. 쌀가마니 옮기는 것 좀 도우라우." 아바지가 말했다.

우리는 아바지를 따라 들판을 가로질러 최씨 아저씨네 집으로 향했다. 아바지가 대문을 쿵쿵 두들겼다.

최씨 아저씨가 문을 열었다. 지난번에 뵈었을 때보다 두 눈이 더 움푹 꺼져 있었다. "아이고, 박상민이 아니오. 무신 일이래?" 아저씨가 물었다.

"쌀 좀 드리러 왔습네다." 아바지가 쌀 두 가마니를 최씨 아저씨 발치에 내려놓으며 말했다.

"이제 소작미●는 안 가져다줘두 돼. 나는 이제 지주가 아니다. 자네

두 잘 알지 않나." 최씨 아저씨가 말했다. 아저씨 목소리가 떨리는 게 부쩍 나이 들게 느껴졌다. "그 밭뙈기는 이제 우리 모두의 것이지 않갓어. 새로운 법이 그렇다잖아. 그놈의 법이." 아저씨가 이를 꽉 물고 덧붙였다.

"그동안 우리한테 베풀어 주신 걸 생각하면, 두 분 내외가 굶도록 내버려 둘 수는 없습네다."

"우리가 무얼 했다구?" 최씨 아저씨가 한결 부드러워진 낯빛으로 물었다.

"제발 그냥 받아 주시라요." 아버지가 말했다.

최씨 아저씨가 눈가를 훔치며 활짝 웃자 내 마음 한구석이 따끔거렸다. "고맙다, 상민아. 늘 아들처럼 챙겨 주는구나." 아저씨가 쌀가마니를 집 안으로 옮기며 말했다.

집으로 돌아오는 내내 아버지는 우리 어깨를 감싸 안고 걸었다.

"아바지, 여즉 농사꾼들이 지주 어른들한테 쌀을 바쳐야 합네까?" 내가 물었다.

"아니, 그치만 내 그 사람들에게서 훔친 땅을 받고 싶지는 않구나야. 그리고 최씨 어르신은 그냥 땅 주인이 아냐. 나한테는 꼭 아바지 같은 분이지. 아들 된 도리로 아바지한테 무얼 못 해 드리갓어. 안 그러니, 명기야?" 아버지가 명기 오빠의 등을 툭툭 두드리며 말했다.

● **소작미** 남의 논밭을 빌려서 농사를 짓는 소작농이 농사를 짓는 대가로 지주에게 내는 쌀.

누군가 내 옷깃을 잡아당겼다.

"살려 주소!" 젊은 여자가 손을 뻗으며 울부짖었다. 얼굴 땀구멍까지 다 보일 만큼 가까운 거리였다.

모자 쓴 청년이 여자의 손을 잡았지만 얼굴에서 땀이 비 오듯 흐르고 팔이 후들거리는 게 보였다. 기차 안 불평 소리는 점점 더 커져만 갔다. "문 닫으라! 너무 많이 탔어!", "이러다 우리까지 깔려 죽는다!", "말 안들으면 저놈까지 그냥 확 밀어 버려!"

피부밑으로 전기가 쫙 흐르는 기분이었다. 나는 발딱 일어나서 청년의 팔을 잡고 젖 먹던 힘을 다해 잡아당겼다. 얼굴이 터져 나갈 것만 같았다. 발이 앞으로 질질 끌려 나가 문간에 아슬아슬하게 걸렸을 때, 마침내 여자가 기차 안으로 들어왔고 화물칸 문이 닫혔다.

암흑이 우리를 덮쳤다.

그 누구도 입을 열지 않았다. 밖에서 들리는 울음소리가 얇은 벽을 타고 웅웅 울렸다. 기차는 점점 속력을 높였다. 기차를 따라 달리는 사람들이 철문을 두드려 대는 소리가 마치 돌 던지는 소리 같았다. 그때 화물칸이 덜컹대며 흔들렸고 지붕에서 사람들이 우수수 떨어져 내리는 소리가 들렸다. 지붕 위에 탄 사람들은 찢어질 듯 비명을 질러 댔다. 나는 귀를 꼭 막고 눈을 질끈 감았다.

기차가 제 속도를 올리자 문을 치는 소리도 비명 소리도 순식간에 사라졌다.

나는 감았던 눈을 떴다. 이제 곧 서울을 벗어날 것이다.

열린 창문 사이로 빛이 실금처럼 비쳐 들어왔다. 누군가의 뜨겁고 악취 나는 입김이 내 얼굴에 닿았다. 칸을 가득 채운 지린내 때문에 숨 쉬기조차 힘들었다.

천장을 가로지르는 널빤지 개수를 세기 시작했다. 하지만 누군가 쿵쿵 떨어지는 소리와 머리 위에서 들려오는 비명 소리 때문에 세던 걸 놓쳤다. 지붕 위에 탄 사람들, 기차 옆에 달라붙은 사람들, 그리고 남겨 두고 온 사람들은 어떻게 될까? 다들 무사할 수 있을까?

외투 자락 깊숙이 얼굴을 파묻고 손끝으로 주머니 속 지도를 만지작거렸다. 기차 지붕 위에서 넘어지면서 긁힌 손등이 욱신거려 보니 피부가 벗겨져 있었다. 하지만 괜찮았다. 무사히 기차를 탔으니까.

영수의 뜨거운 몸이 내 몸에 기대어 왔다. 작은 창문 사이로 스며들어 오는 빛이 점점 희미해지며 기차의 덜컹거리는 소리도 아련하게 멀어져 갔다. 나는 아바지 수수밭의 다 익은 수수처럼 고개를 꼬박꼬박 떨구기 시작했다.

꼬박 하루를 정신없이 곯아떨어졌다. 두 팔이 납덩이처럼 무거운 바람에, 자꾸만 바닥에 쿵쿵 쓰러지는 영수를 붙잡아 주지 못했다.

경부선 민간인 수송 열차도 재개통

경부선 열차가 개통되었다는 건 이미 보도된 바이나 현재까지는 군용 열차만이 운행되어 … 그동안의 관계 당국의 노력으로 서울행 피란민 수송 열차도 드디어 운행을 하게 되어 그 첫 열차인 110열차가 예정보다 약간 늦은 지난 26일 오후 1시경 부산역을 출발하였다.

〈부산일보〉, 1950년 10월 28일, 한국사데이터베이스

33

1950년 12월

코를 찌르는 썩은 내에 잠에서 깼다.

눈을 뜨자 작은 창문을 통해 아침 햇살이 가늘게 비쳐 들어오는 게 보였다. 벽에 기대어 앉은 채로 내내 잤더니 허리와 등이 안 쑤시는 데가 없었다.

"이게 대체 뭔 냄새여?" 저 건너편에 앉은 머리에 수건을 두른 아주머니가 외쳤다.

주위를 두리번거리다 어떤 할아버지의 후줄근한 바지 엉덩이 부분이 짙은 갈색으로 얼룩진 걸 발견했다.

"아이고오!" 걸걸한 목소리의 아주머니가 푸념을 늘어놓았다. "어르신요, 똥을 싸면 어찌해요! 이제 이 칸 사람들은 꼼짝없이 똥 냄새를 견뎌야 않소!"

곳곳에서 신음 소리가 울려 퍼졌다.

"다들 조용히 못 혀?" 할아버지가 벌게진 얼굴로 역정을 냈다.

속이 다 썩어야 날 법한 악취였다. 죽어 가는 사람에게서나 날 듯한 그런 냄새. 나는 구역질을 하고 외투로 코를 틀어막았다. 할아버지는 민망함에 주름진 목을 손으로 벅벅 문지르며 좌우를 두리번거렸다. 문득 할아버지에게 죄송한 마음이 들었다. 저렇게 나이 지긋하신 어른이 자기 똥을 깔고 앉아 있어야 하다니.

"다음 역에 서거든 쫓아내는 게 어떻소?" 수건을 두른 아주머니가 말했다.

그 심보가 할아버지에게서 나는 악취만큼이나 지독하다 느꼈다. 어쩜 이리 잔인할 수가 있을까? 나는 뭐 저 할아버지보다 대단히 나을까? 이 중에 악취 안 나는 사람이 누가 있을까?

어느 할머니가 손뼉을 짝짝 치며 말을 잘랐다. "그만! 서로 이해 좀 하자!"

"저 영감이 우릴 좀 이해해서 제 발로 내려 주면 어떻소?" 어떤 아저씨가 되받아쳤다.

갑자기 아기가 빼액 울음을 터뜨렸다.

"잘 돌아간다. 이젠 애까지 난리를 치나." 누군가 불평을 해 댔다.

걸걸한 목소리의 아주머니가 자리에서 벌떡 일어나 사람들 중앙에 가서 섰다. 작지만 또렷하고 반들반들한 눈이 꼭 잘 익은 수박 씨앗 같았다. "다들 진정하쇼! 거 금수만도 못하게 굴지 맙시다잉."

움직이기도 힘든 공간, 고약한 냄새, 시끄러운 울음소리.

불쑥 미칠 듯한 불안감이 치솟았다. 그저 기차에서 내리고만 싶었다. 대체 부산까지는 얼마나 더 가야 하나? 똥오줌 냄새가 코와 입 안을 가득 메우며 숨이 턱턱 막혔다. 나는 영수의 손을 잡고 문 쪽으로 가기 위해 자리에서 일어났다. 하지만 영수가 나를 당겨 도로 자리에 앉혔다. 창문. 창문은 어딨지? 내릴 수 없다면 창문이라도 봐야 했다. 눈을 돌려 창가로 스며드는 빛줄기에 온 신경을 집중했다.

아기의 울음소리가 점점 잦아들었다. 아기 엄마와 아기는 내 왼쪽에 앉아 있었다. 겨우 창문에서 눈을 돌려 아기를 바라보았다. 아기는 믿을 수 없을 만큼 작았다. 어찌나 작은지 배추 포기만 했다. 그리고 가래가 그렁그렁한 기침 소리를 냈다.

"애가 배가 고픈갑소." 목소리가 걸걸한 아주머니가 아기 엄마 뒤에 자리를 잡으며 말했다.

"그치만 도통 먹질 않아요." 아기 엄마가 근심에 얼굴을 일그러뜨리며 말했다. 작게 자른 배 한 조각을 아들에게 내밀었지만 아기는 아주 조금 즙을 빨다 말고 이내 숨을 할딱였다. 아들 등을 토닥이는 아기 엄마의 이마에 굵게 주름이 졌다.

참, 나한테 씨레이션이 남아 있었지! 까맣게 잊고 있었다. 나는 통조림 하나를 외투 주머니에서 꺼냈다. "여기요, 애기한테 한번 먹여 보시라우." 나는 통조림을 아기 엄마에게 건넸다.

아기 엄마는 씨레이션 포장을 찬찬히 살피고 말했다. "나도 똑같은 걸 가지고 있는데 안 먹더라고." 그렇게 말하는 눈가가 촉촉했다.

"저런." 도울 수 있다는 생각에 힘이 났는데. 다시 아기를 바라보았다. 고작 백일 정도밖에 안 되어 보였다. 이런 전쟁 통에 태어나다니,

운도 지지리 없는 것.

영수가 구겨진 것 같은 모습으로 벽에 기대앉아 있었다. 얼굴은 하얗게 질렸다. 보통 사람이 도저히 앉아 있을 수 없어 보이는 자세에 상황이 심각하다는 걸 알아챘다. 뭐라도 해야 했다.

"배고파?" 영수에게 물었다.

영수는 힘없이 고개만 저었다.

"안 고파도 먹어야 해." 나는 열쇠를 돌려 통조림을 깠다. 뚜껑 부분이 '퐁' 하고 열렸다. 옅은 빨간색 국물 속에 소시지가 담겨 있었다. 새끼손가락을 국물에 담갔다 빼서 국물 맛을 보았다. 새콤달콤한 맛이 퍼졌다. 영수에게 소시지를 하나 먹이자 영수도 맛있다는 듯 고개를 끄덕여 보였다.

"요 소시지, 통실통실한 게 꼭 개성 아주마이네 남편 손가락 같지 않네?" 내가 소시지 하나를 들어 보이며 말했다.

영수는 캑캑거리며 웃었다. 숨을 내쉬는 것도 힘겨워 보여서, 자꾸 웃기면 안 되겠다는 생각이 들었다. 다시 숨을 고르는 데 오 분도 더 걸렸다.

"누나," 영수가 겨우 숨을 고르고선 나를 바라보았다. 까만 눈동자가 흔들림 없이 나를 향했다. "그 아자씨가 한 말이 영 틀린 것 같아. 딸보다 아들 덕 볼 일이 더 많다는 것 말이야. 누가 더 낫고 아니고, 그런 게 세상에 어딨갓어."

나는 살짝 미소 지어 보였다. 하지만 영수가 어떻게 생각하는지는 큰 의미가 없었다. 영수를 뺀 모두가 그 말이 맞는다고 했으니까. 아주머니 남편도, 준이 엄마도, 심지어 우리 오마니마저도, 모두 다. 아마 멸치를 줬던 말총머리 언니라면 아니라고 하겠지. 하지만 그 언니도 나랑 별다를 것 없는 까무잡잡한 농사꾼 출신 여자애일 뿐이었다.

기차는 덜컹거리며 몇 시간이고 달려 작은 간이역에 멈추어 섰다.

"뒷간 다녀오라는갑네." 누군가 중얼거렸다.

"변소 다녀오실 분 계십니까? 있으면 얼른 다녀오세요!" 모자를 쓴 청년이 문간에서 외쳤다.

지난 며칠간 거의 아무것도 먹지도 마시지도 않았는데도 소변이 마려웠다. 하지만 도저히 내릴 수가 없었다. 내가 내린 사이 기차가 떠나 버리면 어떡하지? 다른 사람한테 자리를 빼앗기면 어쩌지? 주변을 돌아보았다. 아무도 내릴 생각이 없어 보였다. 똥 싼 할아버지조차도. 여기저기서 구시렁거리는 소리는 들렸지만 억지로 할아버지를 끌어내리는 사람은 없었다.

모자 쓴 청년이 다시 문을 닫았다. 누군가 양철 양동이에 오줌을 누는 소리만이 쪼르르 울려 퍼졌다.

*＊＊

아침이 되자 오줌보가 터질 것 같고 머리가 지끈거렸다. 옆자리 아기는 밤새도록 울더니 마침내 잠잠해졌다.

"저 애 어디 아픈 것 아닐까?" 영수가 내 쪽으로 고개를 기울이며 물었다.

"어른들이 말하는 것 듣지 않았니. 배가 고파서 그렇다."

영수는 조용히 고개를 돌려 부서질 듯한 아기의 몸을 바라보았다.

"거 애는 좀 어떻소?" 목소리가 걸걸한 아주머니가 아기 쪽으로 고갯짓을 하며 물었다.

아기 엄마는 아기 얼굴을 가슴에 기대어 안은 채 작은 창으로 스며들어 오는 햇살을 멍하니 바라보고 있었다. 할아버지 쪽에서 흘러 퍼진 오줌 웅덩이가 치맛자락을 적셔도 꼼짝하지 않았다. "우리 아기는 괜찮아요. 괜찮고말고요." 아기 엄마가 초점 없는 눈으로 답했다.

"거 양동이 좀 넘겨주쇼." 머리에 수건을 두른 아주머니가 말했다. 오줌 받는 양동이가 사람들 손에서 손을 건너 아주머니에게 전해지는 것을 바라보았다. 아주머니는 급한 손길로 양동이를 낚아채더니 사람들이 보건 말건 치마를 훌렁 걷어 올리고 양동이 위에 쪼그려 앉았다. 나는 눈을 돌렸다.

"다음은 저요!" 영수 또래로 보이는 남자아이가 외쳤다.

심장이 벌렁거렸다. 소변이 너무 급하지만 차마 사람들 앞에서 볼일을 볼 수는 없었다.

"거 볼일 다 보고 나면 창밖으로 한 번 비운 다음에 내 쪽으로 보내주라." 어느 할아버지가 뒤이어 말했다.

식은땀이 비 오듯 쏟아졌다. 싸기 일보 직전이었다. 손등에 난 상처가 욱신거렸다. 하지만 내 또래 여자애들은 물론이고 남자애들, 남자 어른들까지, 모두 눈만 돌리면 훤히 다 보일 만큼 가까웠다. 눈물이 찔끔찔끔 배어나기 시작했다.

"하라바이 다음엔 저한테 주시라요." 결국 몸을 배배 꼬며 말했다.

3장 ─ 부산

국제시장은 그야말로 혼을 쏙 빼놓는 곳이었다.

알록달록한 간판들이 서로 사람들의 시선을 끌기 위해 경쟁했다.

상인들은 가격을 외치고 손님들은 더 낮은 가격을 부르며 흥정했다.

"자본주의 부르주아 돼지 놈!"이라는 욕을 들을까 봐 두려워하는 사람은 아무도 없었다.

사람들이 외쳐 대는 소리가 마치 수천 마리의 새 떼가 꽥꽥거리는 것처럼 들렸다.

34

1951년 1월

기차 바퀴가 덜컹대는 소리가 느려지며 몸이 앞으로 쏠렸다.

눈을 떴다. 모자 쓴 청년이 허리를 세우며 꼿꼿한 자세로 고쳐 앉았다. 모두들 바짝 얼어 숨을 죽였다. 호루라기 소리에 뒤이어 기차 굴뚝으로 증기가 빠져나가는 소리가 울려 퍼졌다.

기차가 완전히 멈추어 섰다.

문이 열리고 눈부신 햇살이 화물칸 안으로 쏟아져 들어왔다. 나는 손으로 눈을 가리며 얼굴을 잔뜩 찌푸렸다. 여긴 어디지?

도시 특유의 북적이는 소리가 넘실거렸다.

수많은 사람들이 승강장과 철로를 오갔다. 커다란 기름통 두 개를 짊어진 아저씨가 헐레벌떡 다음 배달지를 향해 뛰어갔다. 저 멀리 다랭이논*이 눈에 들어왔다.

"도착했어요! 부산입니다!" 모자 쓴 청년이 환한 얼굴로 외쳤다.

사람들은 들뜬 목소리로 이야기를 나누며 짐을 챙겼다. 하지만 그때, 아기 엄마가 축 늘어진 아기를 부둥켜안고 귀가 찢어질 듯 절규하기 시작했다. 꼭 창자 저 깊은 곳에서부터 끓어오르는 듯 처절하고 고통스러운 소리였다. 목소리 걸걸한 아주머니는 머리를 푹 숙이고 기도를 했다. 아기 엄마를 돕기 위해 주변 사람들이 나섰지만 그 누구도 그녀를 위로할 수 없었다. 아기 엄마는 점점 더 빠르게 몸을 앞뒤로 흔들며 울부짖었다. 밖으로 나가려면 아기 엄마 곁을 지나야 했다. 나는 침을 꿀꺽 삼켰다. 기차에서 내리는 동안 영수는 내 등에 꼭 붙어 바들바들 떨었다.

기차간마다 사람들이 쏟아져 나왔다. 지붕 위에서 내려오는 사람들도 있었다. 지붕에 탄 사람들 중에 여기까지 무사히 도착한 사람들이 있다는 사실에 안도의 한숨을 내쉬었다. 하지만 지붕 위에서 사람들이 떨어지며 내던 소리나 터널 입구에 처박히던 소리가 여전히 귓가에 생생했다. 그 소리는 영원히 잊지 못할 테지. 나도 모르게 뼈마디가 하얗게 도드라지도록 주먹을 꽉 움켜쥐었다. 손을 흔들어 억지로 힘을 풀어야 했다.

어른들은 기차에서 내리기 무섭게 무릎을 꿇고 땅에 입을 맞추었다. 어떤 아주머니는 주소가 적힌 쪽지를 손에 꼭 쥐고 부랴부랴 길을 향했다. 갈 곳을 잃은 채 어안이 벙벙한 표정으로 주변을 두리번거리는 사람들도 있었다. 외삼촌이 부산에 계셔서 얼마나 다행인지 몰랐

● **다랭이논** 다랑이논. 언덕과 산기슭을 따라 계단 모양으로 겹겹이 만든 좁고 작은 논.

다. 아바지가 명기 오빠네 아저씨와 이야기할 적에 무어라 했더라?

"부산역에서 몇 리 안 떨어져 있소. 국제시장 남쪽이오. 집은 8818 번지구요."

잔잔한 바람이 머리칼을 살랑거리는 걸 느끼며 깊게 숨을 들이마셨다. 공기의 냄새가 달랐다. 마치 썩은 해초와 생선 같은 비린내가 났다. 안 그래도 불안한 마음에 메스꺼움이 더해져 견디기 힘들었다. "이 고약한 냄새는 뭐지?"

"무슨 냄새?" 모자 쓴 청년이 활짝 웃으며 말했다. "아, 바다 냄새 말이구나? 자유의 냄새란다!" 그는 어깨에 가방을 둘러메고 화물칸에서 훌쩍 뛰어내린 뒤 휘파람을 불며 사람들 속으로 사라졌다. 마음속에 자그마한 아쉬움을 느끼며 그 청년의 뒷모습을 바라보았다. 우리를 구해 준 것에 미처 감사 인사를 건네기도 전에 그는 인파 속으로 사라져 버렸다.

영수를 다시 둘러업고서 사람들을 따라 역 밖으로 빠져나왔다. 도시는 바삐 오가는 사람들로 가득했다. 넓은 도로와 보도, 옹기종기 모여 붙은 점토 기와를 얹은 집들까지. 길 저 끝자락에 벽돌로 된 삼 층 건물이 눈에 들어왔다. 그 어디에도 김일성이나 스탈린의 초상화는 보이지 않았다. 전차와 머리에 광주리를 얹은 아주머니들, 미군들의 군화에 광을 내는 구두닦이 아이들을 지나쳤다. 미국 사람은 정말 오랜만에 보는 거였다.

"아자씨, 실례합네다." 나는 중절모를 쓴 행인에게 말을 걸었다. "국제시장은 어찌 가면 됩네까?" 영수를 등에서 내렸다. 영수는 옆의

전신주에 몸을 기대고 섰다.

아저씨는 고개를 절레절레 흔들며 마치 뒤집혀 버둥거리는 벌레 두 마리를 보는 듯한 눈빛으로 우리를 유심히 살폈다. 나는 긁힌 상처가 난 손등을 등 뒤로 숨겼다. 영수조차도 밑단이 피로 얼룩덜룩한 제 바지를 담요로 가리려 애를 썼다. "지금 막 부산에 도착했나 보구나." 아저씨가 마침내 입을 열었다.

나는 고개를 끄덕였다.

아저씨가 양장 코트 안주머니를 뒤적였다. "자, 받아라." 아저씨가 동전 한 움큼을 나에게 던졌다. "역으로 돌아가면 국제시장으로 가는 버스가 있다. 여기서 삼십 분이면 간다."

"감사합네다!" 나는 깊숙이 절을 했다. 외삼촌네 집까지 한 시간도 안 남았다니! 이제껏 저 깊은 곳에 눌러 두었던 희망이 순식간에 몽글 몽글 피어올랐다. 아바지, 오마니, 지수. 깨끗한 옷과 따뜻한 잠자리. 맛난 음식. 그리고 더 이상 도망가지 않아도 된다. 우리가 갈 수 있는 한 가장 남쪽 끝자락까지 왔으니까.

영수와 나는 역으로 되돌아가 국제시장으로 가는 버스를 찾아 탔다. 앞 좌석에 앉아 있던 할머니가 우리 몰골을 보더니 "아이고…." 하며 혀를 끌끌 찼다.

창문이 열린 쪽 자리로 가서 앉았다. 영수도 나에게 기대어 앉았다. 기차 화물칸에 비할 수 없을 만큼 편안했다. 버스가 움직이기 시작하자 서늘한 바람이 창을 타고 흘러들어 왔지만 고향의 겨울바람처럼 매섭지 않았다. 우리는 창밖 풍경을 정신없이 구경했다. 바다와 풀을

다 베어 낸 언덕, 지프차, 트럭, 그리고 양옆으로 가게가 빽빽하게 들어찬 가파른 길이 펼쳐졌다. 그때였다.

"누나, 저기 좀 봐!" 영수가 길 너머의 집들을 가리키며 외쳤다.

건물 사이로 무언가 파아란 것이 반짝였다. 하늘 같지만 하늘보다 더욱 짙은 푸른색. 창문 밖으로 고개를 쭉 내밀었다. 건물이 휙휙 지나갔다. 점차 건물이 뜨문뜨문해지더니 한순간 시야가 확 트였다.

바다.

바위 해변을 철썩철썩 때리며 울음소리를 내는 바다는 꼭 살아 움직이는 것 같았다. 넓디넓은 푸른색이 끝도 없이 펼쳐졌다. 그 어떤 것도 바다를 가둘 수 없었다. 바다가 얼마나 가까운지 숨을 들이마시자 바다의 맛이 훅 느껴졌다.

영수와 나는 믿을 수 없는 광경에 서로를 바라보며 고개를 흔들었다. 꿈에 나왔던 바다 풍경과 똑같았다. 심장이 점점 더 빨리 뛰었다.

버스는 항구를 지나쳤다. 건물 몇 층 높이는 족히 될 법한 회색 군함이 마치 철로 만든 산처럼 물 위에 떠 있었다. 어떻게 저런 게 물 위에 떠 있을 수 있지? 나는 더 잘 보기 위해 목을 있는 대로 뺐다. 바람에 머리칼이 마구 흩날렸다. 항구에 닻을 내린 커다란 배들 중 미국 국기를 단 배가 눈에 띄었다. 붉은색과 흰색, 파란색이 어우러져 바람에 나부꼈다. 미군들이 선착장을 따라 걷고 있었다. 눈에 익은 미군들 특유의 걸음걸이가 반가웠다. 나는 창밖으로 손을 흔들며 내가 아는 유일한 영어 단어를 외쳤다. "투시롤!" 미군들 몇몇이 손을 마주 흔들어 주었다.

버스는 도심 쪽으로 방향을 틀었다. 나도 다시 의자에 앉았다. 대문이 나무로 된 집들과 햇볕에 색이 바랜 간판을 단 식당, 시멘트 건물의 경찰서, 커다란 시계와 청록색 창문이 가득한 중학교 건물을 지났다. 교복 입은 학생들이 길을 꽉 메우고 있었다. 양손에는 책이 가득했다. 그중 까무잡잡한 얼굴에 긴 곱슬머리 여자애가 눈에 들어왔다. 나랑 똑 닮아 보였다. "영수야, 다 보고 있어?"

영수는 기침을 하며 고개를 끄덕였다. 두 눈은 벌겋게 충혈되고 코에서는 콧물이 뚝뚝 떨어졌다. 나는 영수의 외투를 꼭 여며 주고서 창문을 닫았다. "걱정 말라우. 부산에 왔으니 너도 금방 나을 기야." 영수에게 약속했다.

버스가 속도를 늦추었다.

"국제시장입니더!" 운전사 아저씨가 외쳤다.

"다 왔다!" 영수의 손을 꼭 잡으며 말했다. "드디어 도착했어!"

35

국제시장. 국제시장은 그야말로 혼을 쏙 빼놓는 곳이었다.

알록달록한 간판들이 서로 사람들의 시선을 끌기 위해 경쟁했다. 상인들은 가격을 외치고 손님들은 더 낮은 가격을 부르며 흥정했다. "자본주의 부르주아 돼지 놈!"이라는 욕을 들을까 봐 두려워하는 사람은 아무도 없었다. 사람들이 외쳐 대는 소리가 마치 수천 마리의 새 떼가 꽥꽥거리는 것처럼 들렸다.

영수와 나는 좁은 진창길 양옆으로 펼쳐진 나무 가판대 사이를 지났다. 발걸음이 점점 느려졌다. 옷과 이불, 커다란 쟁반에 담긴 음식에 정신이 팔렸기 때문이다. 산더미처럼 쌓인 마, 당근, 차곡차곡 쌓아 올린 밥공기, 새하얀 삼베 단, 가지런히 접힌 양장 바지까지.

"야들아!" 어떤 남자애가 우리를 향해 소리쳤다. 다 해진 외투를 걸친 꼬락서니가 우리보다 깨끗하다 뿐이지 형편이 더 나아 보이지는 않았다. "너거들 신발은 필요 없나?" 그 아이는 제 앞에 펼친 담요 위에 딱 하나 남은 여자용 신발을 가리키며 물었다. "부엌살림은 어떻노?" 잔뜩 쌓아 올린 냄비와 도자기 그릇은 죄다 짝이 맞지 않고 군데군데 이가 빠져 있었다. 내가 아무런 대꾸도 하지 않자 그 애는 흑백 신문을 넣은 액자를 들어 보였다. 액자 속 신문에는 반짝이는 머리를 돌돌 말아 올린 백인 여자의 사진이 담겨 있었다. "그레이스 켈리 좋아하나? 유명한 미국 영화배우 아이가. 꼭 니만큼 예쁘다. 싸게 줄게, 가져가라!"

나는 고개를 저었다. 미국 사람 사진을 아무렇지 않게 가지고 있다는 사실에 충격을 받았다. 한낱 영화배우가 김일성 동지 같은 대우를 받을 수 있다니! "괜찮습네다. 그나저나 강흥철 씨네 어물전이 어디인지 압네까?"

"강흥철 씨?" 그가 되물었다. "여기가 이름만 대면 누군지 서로 척척 아는 시골 바닥인 줄 아나? 부산에 사람이 얼마나 많은데. 이북에서 오는 사람들까지 치면 더하다꼬." 그는 크게 웃었다. "미안. 이 바닥에 그 이름 가진 사람은 수백 명도 더 될 기다!"

"고맙습네다." 공손하게 답했다. 영수와 나는 다시 걷기 시작했다.

북적이는 시장 바닥이 얼마나 요지경처럼 느껴지던지! 이곳은 공기조차도 달랐다. 버스 정류장의 공기와도 확연하게 달랐다. 그리고 계속해서 무언가 이상한, 묘한 기분이 들었는데 그게 무엇인지 꼭 집어 말할 수가 없었다.

어떤 아저씨가 자그마한 가판대 위로 '청과점'이라고 적힌 나무 간판을 다는 모습을 지켜보았다. 아내로 보이는 아주머니가 뒤에서 아저씨를 와락 껴안았고 아저씨 발치에서는 조그마한 여자애가 "아빠! 아빠!" 하며 까르륵댔다.

그 순간 내가 느끼던 이상한 기분이 무언지 깨달았다. 이곳에는 더이상 도망치는 사람이 없었다. 사람들은 도망치는 대신 가게를 열었다. 울부짖는 대신 흥정을 하고 물건을 팔았다. 저 멀리서 들려오는 폭발음도 없었다. 총성도 들리지 않았다. 미군들은 상점들 사이를 한가로이 거닐며 예쁜 아가씨들에게 추파를 던졌다. 아가씨들과 서로 팔을 콩콩 치며 노닥이는 모습이 꼭 철없는 남학생들 같았다. 나는 북적거리는 공기를 들이마시고 안도의 한숨을 내쉬었다.

남자애들이 길 위를 내달리며 술래잡기에 한창이었다. 영수가 마치 그 놀이에 끼고 싶다는 듯 내 팔을 잡아당겼다. 하지만 영수가 그 아이들처럼 뛰놀 수 없다는 것을 우리 둘 다 잘 알았다. 그런데 좀 더 찬찬히 구경하다가 알아챘다. 그 아이들은 술래잡기하는 게 아니라, 아주머니들의 가방을 칼로 긋고 돈을 훔치는 중이었다. 먼지투성이에 맨발인 아이들 중에 좀 더 나이가 든 녀석들은 사과 가판대를 뒤집어엎고서 앞섶을 묶은 웃옷에 사과를 한 아름 담은 뒤 줄행랑쳤다. 어떤 아이들은 내빼기 전에 마른오징어를 한 손 가득 낚아채는 것도 잊지 않았다. 다들 어찌나 사방팔방으로 흩어지는지 꼭 달군 솥뚜껑 위에서 기름이 튀는 것 같았다. 영수는 텅 빈 나무통 위에 앉아 그 우스꽝스러운 광경에 킥킥 웃었다.

오징어를 챙긴 애들 중 하나가 영수를 휙 돌아보았다. "뭘 보노?"

"암것두 아니라우." 영수가 웃음을 지우며 답했다.

"여기는 우리 영역이다." 그 아이는 주먹을 쥐어 들고 우리 쪽으로 다가오며 으름장을 놓았다. "네 누나 데리고 얼른 꺼지라!"

대체 자기가 뭐라고 생각한담? 나랑 덩치도 크게 차이 나지 않는데다가, 맞지도 않는 옷을 꿰입은 주제에. 자기 영역? 어이가 없어서 헛웃음이 터졌다. 푸하하!

그 아이가 이글거리는 눈빛으로 나를 노려보았다. "장난인 줄 아나?" 그 말과 함께 녀석은 나에게서 눈을 떼지 않은 채로 영수 배에 힘껏 주먹질을 했다.

"야!" 나는 고함을 질렀다. 주먹이 배를 때리는 소리가 마치 오마니가 칼등으로 새끼 돼지 대가리를 내리칠 때 나는 소리 같아서 속이 메슥거렸다.

영수의 두 눈에서 눈물이 터져 나왔다. 영수는 몸을 잔뜩 구부린 채 숨을 헐떡였다.

나는 그놈에게 벼락같이 달려들었다. 내 몸에 꼭 두 팔과 주먹만 남은 것처럼 미친 듯 팔을 휘두르고 놈을 쥐어뜯었다. 내 주먹이 녀석의 단단한 턱뼈에 맞부딪치는 게 느껴졌다. 주변으로 목소리가 모여들었다. "가시나다!", "엥, 뭐라고? 빨리 떼 내라!" 뒤에서 팔들이 나를 잡아당기는 바람에 주먹이 허공을 갈랐다.

주변을 돌아보았다.

남자애들이 내 주변을 빙 에워싸고서 시뻘게진 얼굴로 숨을 몰아쉬며 나를 쳐다보고 있었다. "미친년이다." 그중 누군가가 말했다. "그러게. 귀신 들렸는갑다." 다른 누군가가 맞받았다. 내가 때린 녀석은 아무런 말도 하지 않았다. 그저 눈만 껌뻑이며 뚝뚝 듣는 코피를 손으로 받아 내고 있었다. 내가 미처 정신을 차리기도 전에 놈들은 자취를 감추어 버렸다.

"영수야, 괜찮니?" 영수 옆에 무릎을 꿇어앉으며 물었다.

영수는 고개를 끄덕였다. 나는 영수가 설 수 있게 도왔다. 두 손이 욱신거렸다. 자잘한 생채기가 가득했다. 나는 숨을 깊게 몰아쉬며 어느 가판대에 몸을 기대고서 흥분을 가라앉혔다. 싸우는 건 정말 질색이었다.

"씨레이션이요!" 햇살에 얼굴이 까맣게 그을린 아주머니가 땅에 쭈그리고 앉아 이 사이에 이쑤시개를 물고는 외쳤다. 나무 상자 위로 짙은 색 깡통이 잔뜩 놓여 있었다. "미군 씨레이션이요! 맛 좋심더!"

"아주마이." 나는 조심스럽게 말을 걸었다. "혹시 강홍철 씨 댁이 어딘지 아십네까?"

"뭐? 강홍철이?" 아주머니가 말을 할 때마다 이쑤시개가 아래위로 끄덕였다. "니도 이북에서 온 객식구가? 이북에서 사람들이 어찌나 많이 건너오는지, 느그 때문에 물까지 부족해졌다 아니가! 너거들 진짜 입이 열 개라도 할 말이 없을 기다!"

"그래서, 강홍철 씨를 아시는 겁네까?" 나는 기대감에 차서 물었다.

"가 만나거든 아직 내랑 바둑 한 판 더 두어야 한다고 꼭 전해라. 또 질까 봐 얼른 내뺐다 아니가." 아주머니는 이가 숭숭 빠진 잇몸을 훤히 드러내 보이며 웃었다. "강 씨네 가판대는 요 줄 끝까지 따라가면 있다. 집으로 갈 거면 길 저편으로 쭉 내려가라. 됐제? 살 거 아니면 이제 좀 비켜라. 나도 먹고살아야제."

＊＊＊

마구 내달리고 싶은 마음을 꾹 참고 차분히 길을 걸어 내려갔다. 해가 서둘러서 지는 법도 있던가. 늦은 오후였다. 벌써 해가 저물기 시작했다. 마치 꿈속처럼 공기가 눅진하고 꿉꿉해졌다. 시장의 시끌벅적한 소음을 뒤로하고 고요함 속에서 들리는 건 오직 영수의 쌕쌕거리는 숨소리뿐이었다.

"영수야, 업히라우." 영수 앞에 등을 굽히고 서서 말했다.

놀랍게도 영수는 나를 그냥 지나쳤다. "아냐, 애처럼 보이기 싫다."

"바보같이 굴지 말라우. 업구 가는 게 더 낫지 않갓어?" 내가 영수의 손을 잡으며 말했다.

영수는 손을 피했다. "아냐, 내 발로 걷고 싶다!" 꼭 깨지기 직전의 유리처럼 바짝 긴장한 목소리였다. 창백한 살갗 위로 푸른 핏줄이 도드라졌다. 이게 말대꾸를 하다니? 평소라면 어림없었겠지만 지나치게 일찍 태어난 아기처럼 힘겹게 숨을 헐떡이는 영수의 모습에 더는 뭐라 할 수 없었다.

나는 영수가 뒤를 따라오도록 내버려 두었다. 점토 기와와 낮은 돌담 사이를 지나갔다. 문패의 숫자가 점점 올라갔다. 8810…, 8812…, 8814번지. 8818이라는 숫자가 쓰인 집만 찾으면 우리의 기나긴 여정이 끝난다. 내가 바란 모든 것이 이루어질 순간이 머지않았다.

영수는 몇 발자국에 한 번씩 멈추어 서서 숨을 골랐다. 기침을 할 때면 얼굴을 잔뜩 찡그리고 손으로 가슴을 움켜쥐었다. 이전에는 한 번도 보지 못했던 행동이었다.

영수는 손등으로 눈가를 쓱 훔치고 잔뜩 풀이 죽어 팔을 늘어뜨렸다. 또다시 기침 발작이 터져 몸을 가누기도 힘들어 보였다. "누나, 좀 업어 주갔어?" 영수가 들릴 듯 말 듯한 목소리로 물었다.

"당연하지." 무릎을 꿇고 영수를 등에 업었다. 거의 무게가 느껴지지 않았다.

만물상 집합소 국제시장 풍경

사람! 사람! 무수한 사람의 파도가 요동하고 있는 국제시장은 이번 일로 인하여 더욱 국제적인 색채가 짙어졌다. … 돈만 있으면 무엇이든지 살 수 있는 편리한 곳이 된 국제시장. … 한편 남하한 피란민들이 살라고 아우성치며 미군 군복, 담요, 구두 팔기에 눈을 부릅뜨고 덤비는 장면과 생활 유지에 앞길 막힌 일반 가정의 장롱 깊이 간직했던 의복들도 서글프게 터져 나와 고객을 부르는 눈에 쓰린 장면이 있다.

_〈민주신보〉, 1952년 1월 9일, 한국사데이터베이스

8818번지. 나는 까치발을 하고서 돌담 너머를 살폈다. 안마당에는 웬 아저씨가 작은 화덕을 피우고 석쇠 불판 위로 오징어를 굽고 있었다. 나를 등지고 있어서 얼굴은 볼 수 없고 대신 햇볕에 그을린 갈색 목덜미만 눈에 들어왔다.

영수와 나는 목을 길게 빼고 눈도 깜빡이지 않고 아저씨를 살폈다. 머리는 까치집 같고 진흙투성이에 뼈만 남은 우리는 영락없는 귀신 꼴이었다. 하지만 마당에서 놀던 지수가 우리를 발견하고는 마치 도살장에 끌려가는 돼지같이 비명을 지르기 전까지, 우리가 얼마나 무시무시한 몰골을 하고 있는지 미처 알아채지 못했다.

"대체 동생한테 무슨 짓을 한 기야?" 오마니가 우는 지수를 어르며 물었다.

내가 왜 그런 짓을 했는지 나도 잘 이해가 되지 않았다. 종종 어른들은 아기가 너무 귀엽다며 꼬집는다. 어린애들은 골이 났을 때 서로 꼬집어 댄다. 아마 나는 두 가지 기분이 다 들었던 것 같다.

아바지가 나를 향해 우스꽝스러운 표정을 지어 보이시곤 머리를 쓱쓱 쓰다듬어 주었다. 지수 이마에는 뽀뽀를 해 주었다. "아들, 생일 축하한다. 돌잡이로 뭘 잡을까?"

오마니가 바닥에 돌잡이 물건들을 늘어놓았다. 실타래, 연필, 책, 돈, 쌀. 나는 책을 잡았었다고 한다. 공부를 잘할 거라는 뜻이었다. 영수는 쌀을 잡았다. 어디 가서 배곯을 일은 없는 팔자. 그리고 오늘, 지수의 앞날을 점칠 차례였다.

"지수야, 생일 축하한다! 벌써 돌이라니 시간 참 빠르구나." 명기 오빠네 아주머니가 오마니를 도와 돌상에 떡과 과일, 대추를 놓으며 말했다.

지수는 분홍색 줄무늬가 들어간 돌 저고리 소매와 금실로 수놓은 파란색 조끼를 계속 잡아당겼다. 아바지가 돌잡이 물건들 앞에 지수를 내려놓았다.

우리는 모두 숨을 죽이고 지수를 기다렸다.

지수는 바닥에 철푸덕 앉더니 아바지를 향해 안아 달라는 듯 팔을 쳐들었다. 모두 웃음이 터졌다.

"아들, 안 된다." 오마니가 말했다. "돌잡이부터 해야지." 오마니는 물건들 뒤에 서서 지수의 관심을 끌려고 손을 흔들었다.

지수가 기어가기 시작했다. 지수는 물건들을 모두 살펴보더니 마치

이 물건들을 만져도 되냐는 듯 오마니를 쳐다보았다. 오마니가 크게 고개를 끄덕였다. 그러자 지수는 방긋 웃더니 돈을 턱 움켜쥐었다.

모두 환호성을 질렀다.

그 기세에 놀란 지수가 눈을 동그랗게 뜨더니 울음을 터뜨렸다. 조그마한 눈물방울이 밝은 파란색 조끼 앞자락을 짙게 물들였다.

"와! 작은아들은 부자가 되구 큰아들은 먹을 복이 있다니. 복이 두 배지 않갓시요! 이제 길바닥에 나앉을 걱정은 요만큼두 하지 않아두 되갓습네다." 아주머니가 오마니에게 말했다.

그 말을 들은 오마니는 손으로 입을 가리고 함박웃음을 지었다. 오마니 눈가가 촉촉했다.

방 안이 축하하는 소리로 왁자지껄해졌다. 지수는 누구라도 저를 좀 안아 달라며 손을 쳐들었다. 아무도 지수를 신경 쓰지 않아 내가 결국 지수를 안아 들었다. 내 볼에 따뜻하게 기대어 오는 보들보들하고 곱슬한 머리통을 느끼며, 아까 꼬집은 게 못내 미안했다.

＊＊＊

우리 지수. 변함없는 곱슬머리와 당나귀 귀. 기차 화통을 삶아 먹은 듯한 울음소리도 여전했다. 예전보다 마르고 키도 훌쩍 컸지만 우리 지수가 틀림없었다. 그런데 왜 저렇게 자지러지게 울지? 아저씨가 고개를 휙 돌리다가 우리와 눈이 마주쳤다. 아저씨 얼굴빛이 순식간에 변했다.

나는 중심을 잃고 돌부리에 발이 걸려 꽈당 넘어졌다. 영수도 내 등에서 미끄러져 떨어졌다. 시간이 좀 지나면 온통 시퍼렇게 멍이 들 만큼 세게 넘어졌지만 아픔을 느낄 정신도 없었다. 우리는 방금 본 광경에 잔뜩 충격을 받아 그 자리에 그대로 널브러져 있었다. 죽은 줄 알았던 우리 막내가 살아 있다.

대문이 휙 열리고 아저씨가 우리를 향해 뛰쳐나왔다. 두 눈은 우리에게 고정한 채 아저씨는 고개를 뒤쪽으로 돌리며 외쳤다. "애들이 온 것 같소!"

아저씨는 양팔로 우리를 확 끌어당겼다. 얼굴을 가까이 마주하자 우리 오마니와 꼭 닮은 두 눈이 나를 바라보았다. "외삼춘?" 내가 기어 들어가는 목소리로 말했다.

그 소리에 아저씨가 고개를 끄덕이며 웃음을 터뜨렸다. 그러자 더 이상 오마니처럼 보이지 않았다. "그래, 내가 니 외삼춘이라우! 우리는 니들이 꼼짝없이…."

외삼촌 얼굴이 순식간에 와락 구겨지더니 두 눈에서 눈물이 줄줄 흘러내렸다.

영수와 나는 외삼촌을 바라보며 천천히 외삼촌 품에 기대었다. 그저 이야기로만 들었던 외삼촌이지만 하나도 낯설지 않았다. 찰나의 순간, 마음속에 울컥 차오르는 애틋함은 가족들에게만 느끼던 그것과 똑같았다. 외삼촌은 눈물을 닦고 절뚝거리며 우리를 집 안으로 안내했다.

안뜰 한편에는 작은 텃밭과 광이, 맞은편에는 변소가 있었다. 커다란 장독이 담장을 따라 가지런히 놓여 있었다. 그리고 지수가 장독 뒤로 몸을 숨긴 채 울고 있었다.

외삼촌은 지수를 안아 들고 울음을 멈출 때까지 등을 쓰다듬어 주었다. 지수는 우리를 힐끔 바라보았지만 눈이 마주치자 잔뜩 겁을 먹고 눈을 크게 떴다.

지수는 우리를 기억하지 못했다. 마치 뺨을 세게 얻어맞은 듯한 기분이 들어 뺨에 손을 가져다 댔다.

지수는 두 팔로 외삼촌 목을 꼭 감고 외삼촌 어깨에 머리를 기댔다. 마치 예전부터 그래 온 것처럼 자연스럽고 편해 보였다. 영수가 내 쪽으로 손을 내밀었다. 나는 영수의 손을 꼭 잡았다.

집 안에서부터 우당탕 발걸음 소리가 들리고 현관이 열렸다. 다부진 몸집의 아주머니가 현관 앞에 서 있었다. 그리고 그 뒤로 조금 더 왜소한 체격의 사람이 달려 나왔다.

오마니였다.

눈이 마주친 그 짧은 순간, 무수한 감정이 쏟아지며 오마니와 나 사이의 공간을 가득 채웠다. 마치 집에 돌아온 것 같았다. 따뜻한 국과 쌀밥, 훈훈한 온돌바닥, 심지어 부엌에서 오마니에게 야단맞던 순간까지 생생하게 떠올랐다.

"어째 딸내미만 저렇게 까무잡잡한 피부를 타고났을꼬…. 믿고 맡길 구석이 없구나야…. 뭘 그리 야단이네…. 너는 살림 사는 법이나 배우라."

아니다. 그런 게 다 무슨 상관인가. 이렇게 다시 만난 게 중요하지. 가슴 깊은 곳에서 기쁨이 솟아올랐다.

"내 새끼들! 살아 있었구나!" 오마니가 소리쳤다. 오마니는 우리 얼굴을 향해 손을 뻗으며 달려왔다. 하얀 저고리 소매가 날개처럼 펄럭였다. 영수는 양팔로 오마니를 꼬옥 부둥켜안았고 오마니는 영수 정수리에 뺨을 비볐다. "아이고, 우리 아들, 우리 귀한 장손." 오마니는 손을 풀지 않고 계속 품을 파고드는 영수를 마주 안아 주며 흐느꼈다.

그 광경을 바라보자니 왜인지 가슴 한구석이 욱신거렸다. 죄책감에 일부러 더 환하게 웃음을 지었다.

"소라야…." 오마니가 눈물로 번질거리는 눈으로 말했다. "잘 왔구나. 동생 잘 챙겨서 왔어." 오마니가 나를 안아 주었을 때, 내 머릿속엔 '나는 그저 오마니가 가장 원하던 존재를 무사히 잘 데려온 사람이구나.'라는 생각만이 가득했다.

옆에 있던 덩치 좋은 아주머니가 느닷없이 나를 덥석 끌어안는 바람에 얼굴이 아주머니 품에 푹 처박혔다. "아이고, 세상에! 니들 무사했구나!" 코가 맹맹해진 목소리가 들렸다. 그리고 한참이나 코를 훔치는 소리와 딸꾹질 소리가 들렸다. 아주머니가 마침내 나를 놓아주었을 때에야 아주머니가 울고 있다는 사실을 알아차렸다. "소라야, 그 갓난쟁이가 언제 이래 컸노."

그제야 이 사람이 누군지 알아차렸다. 우리 외숙모. 나는 외숙모를 다시 껴안았다.

"너거 아부지는 일 구하러 나가셨다. 이제 곧 돌아오실 기다. 니들이 이리 살아온 걸 보면 얼마나 좋아하실꼬!" 그렇게 말하는 외삼촌 다리에 지수가 찰싹 달라붙어 있었다. 지수는 한쪽 눈만 빼꼼 내밀어 우리를 살폈다.

심장이 쿵쿵 뛰기 시작했다. 아바지는 우리가 돌아온 줄 까마득하게 모르니, 깜짝 놀래 드려야지. 영수와 나는 서로를 마주 보며 씩 웃었다. 영수는 계속 기침을 하면서도 신이 나서 고개를 주억거렸다.

벌써 하늘이 어둑했다. 아바지가 곧 돌아오신다. 집 안을 비추던 불빛이 안뜰까지 번져 나갔다. 모든 게 꿈결 같았다. 발이 둥둥 뜬 것만 같은 기분이었다.

37

"어서 들어오너라." 외삼촌이 우리를 현관 안으로 떠밀며 말했다.

외삼촌 집 건물은 긴 일 자 모양으로, 각 방이 창호지를 바른 미닫이문으로 분리된 구조였다. 고향 명기 오빠네 집보다도 훨씬 근사했다. 거실인 중간 방을 기준으로 위쪽은 부엌, 아래쪽에는 침실이 있었다. 거실 한쪽 벽에는 화려한 색감의 화각장°이 서 있었다. 우리는 앉은뱅이 상 주변에 둘러앉았다.

"부모님이랑 지수는 삼 주쯤 전에 여기 도착하셨다." 외숙모가 고봉밥과 김이 모락모락 올라오는 찐 옥수수, 마른오징어, 보글보글 끓는 된장찌개를 큰 쟁반에 담아 가져오며 말했다. 마치 당장 밥을 먹이지

● **화각장** 화각 공예로 만든 장. 화각은 한국에서만 볼 수 있는 독특한 공예법으로 쇠뿔을 종잇장처럼 얇게 갈아 반투명하게 만든 뒤 그 뒤편에 그림을 그려 비치게 하고, 이를 다시 각종 물품 표면에 접착제로 붙여 꾸미는 공예 기법이다.

않으면 우리가 순식간에 사라지기라도 할 듯 급한 손길로 상에 음식들을 차렸다. "형님, 어떻게 된 건지 애들한테 애기 좀 해 주이소." 외숙모가 오마니를 향해 말했다.

그제야 오마니는 어떻게 부산까지 오게 되었는지 이야기해 주었다. "미군 호송 트럭에 탔다…. 뜬다리● 위로 대동강을 건넜다…. 니들은 어떻게 강을 건넜니…? 우리가 가지구 있던 건 양모 담요 두 장이랑 쌀 한 자루가 전부였지 않갓니…. 쌀이 떨어지구 나선 비둘기를 잡아서 구워 먹었다…. 니들은 무얼 먹구 견뎠니…? 우린 계속 똑같은 트럭을 타고 삼팔선두 건넜다…. 차가 얼마나 덜컹거리는지 머리가 울려서 혼났다…. 니들은 어떻게 삼팔선을 건넜니?…. 미군들이랑 같이 움직인 덕에 지수는 투시롤도 챙겨 먹구, 아바지는 담배두 얻었다…. 나는 짧은 영어도 배웠고…. 니들은 어떻게 남쪽을 찾아서 왔니…?

잠자코 오마니 말에 귀 기울였다. 대동강을 트럭을 타고 건넜다고? 비둘기를 잡아먹어? 양모 담요? 대체 아바지가 언제부터 담배를 다 피우셨지? 머릿속이 빙글빙글 도는 기분이었다.

영수가 나를 보고 싱긋 웃었다.

"뭐 하노? 팍팍 안 먹고." 외숙모가 말했다.

간장과 다진 마늘, 참기름, 된장 냄새가 집 안을 가득 채웠다. 배 속이 요란하게 꾸르륵댔다. 그 소리가 어찌나 컸던지 마치 밥상에다 대고 말을 거는 것 같아 가족들 모두 웃음이 터졌다.

● **뜬다리** 배나 뗏목을 잇대어 매고 그 위로 널빤지를 깔아서 만든 다리.

"아바지가 돌아오시거든 그동안 있었던 일 하나도 빼놓지 말고 얘기해 주라우." 오마니가 내 눈을 똑바로 마주 보며 말했다.

나는 침을 꿀꺽 삼켰다.

마른오징어 한 조각을 집어 조심스럽게 입에 밀어 넣었다. 따끈하고 짭짤했다. 부산에서 먹는 첫 음식. 그 어떤 것도 이 오징어보다 맛있을 수는 없을 것 같았다. 밥을 한 숟갈 가득 퍼서 허겁지겁 입 안에 밀어 넣었다. 가족들은 마치 연극을 보는 것처럼 내가 밥 먹는 모습을 뚫어져라 바라보았다. 외숙모는 심지어 작은 방석을 등과 벽 사이에 넣고 몸을 편하게 기댄 채 나를 구경했다.

영수는 제 앞에 놓인 음식을 깨작거리기만 했다.

보다 못한 오마니가 영수에게 밥을 떠먹이려는 찰나, 밖에서 철문이 여닫히는 소리가 들렸다. 모두가 소리 나는 쪽으로 고개를 휙 돌렸다.

"아바지 오셨다!" 외삼촌이 현관을 열기 위해 부랴부랴 일어서며 말했다.

나는 숟가락을 떨어뜨렸다. 손이 밥상 위로 툭 떨어졌다. 몸속 모든 장기와 핏줄이 펄떡펄떡 뛰기 시작했다. 아주 잠깐이었지만 두려운 마음과 신나는 마음이 온통 뒤섞여 숨어야 할지, 문으로 뛰어가야 할지 갈팡질팡했다.

그때 아바지 목소리가 들렸다. "애들은 아무 소식 없소?"

이윽고 문이 열리며 아바지가 우리를 발견했다. 아바지는 다 갈라지고 벌벌 떨리는 목소리로 우리 이름을 외쳤다.

문간에 들어서는 아바지를 본 순간, 내가 그동안 얼마나 많은 감정을 꼭꼭 내리누르고 있었는지 깨달았다. 꾸역꾸역 집어삼켰던 슬픔과 근심, 걱정이 방울방울 솟구쳐 올랐다. 허리띠를 더는 졸라맬 수도 없을 만큼 수척해진 아버지 허리를 보자 마치 심장이 뭉텅 할퀴어 나가는 것처럼 아팠다. 아직 이 모든 것을 감당할 만한 마음의 준비가 되지 않았다.

고된 농장 일로 마디마디가 툭 튀어나오고 손톱 밑에는 늘 흙이 잔뜩 낀 우리 아버지 손. 그 손이 나를 꼬옥 껴안았다.

"아바지!" 서러움과 기쁨이 용솟음쳤다.

아버지에게서는 여전히 수수밭 냄새가 희미하게 났다. 하지만 이제는 생선 비린내와 연기 냄새가 더해져 있었다. "소라야, 미안하다…." 내 얼굴을 쓰다듬으며 아버지는 같은 말만 되풀이했다. 나는 아버지 옷깃에 얼굴을 파묻었다. 나를 감싼 아버지 팔이 벌벌 떨렸다.

한참이 지나고, 아버지는 마침내 줄줄 흐른 코를 닦으며 밥상 앞에 앉았다. 그리고 영수와 나를 양 무릎에 앉혔다. 아버지는 차마 믿기지 않는다는 얼굴로 우리에게서 눈을 떼지 못했다. "우리 영수, 씩씩하게 잘 견뎠나 보구나." 아버지가 영수를 꼭 끌어안으며 말했다. 그리고 내 앞접시를 보더니 마치 내가 발라 먹고 남긴 대구가 예술 작품이라도 된다는 듯 칭찬했다. "와, 우리 딸 어찌 이리 참하게두 발라 먹었니?" 그 말에 왠지 더 큰 소리로 울고 싶어졌다.

지수가 후다닥 아버지에게로 달려와 우리를 아버지 무릎에서 밀어내려고 애를 썼다. 모두 울다가 웃다가를 반복했다.

"니들이 잘 찾아오게 해 달라고 하나님께 얼마나 빌었는지 모른다."

아바지가 우리를 바닥에 내려놓으며 말했다.

"있었던 일 얘기 좀 해 보라우." 오마니가 내 쪽으로 몸을 기울이며 물었다. "여기까지 어떻게 왔니? 그때 폭격이 있구 나서 대체 어딜 갔던 거이야? 배는 어찌 채웠구?"

영수와 나는 서로 쳐다보며 머뭇거렸다. 대체 어디서부터 어디까지 이야기해야 할까? 노점상에서 먹을 걸 훔쳤다고, 탄 냄비 바닥에 눌어붙은 밥을 긁어 먹었다고, 낯선 사람들이 베푸는 음식을 굽신거리며 받아먹었다고 다 이야기해야 할까? 몇 날 며칠을 내리 굶었던 것도? 그저 고개를 푹 숙이고 말았다.

방이 조용해졌다.

아바지가 목덜미를 벅벅 문지르더니 한 손으로 밥상 모서리를 쥐고 내 쪽으로 몸을 틀었다. "소라야, 다 이야기해 다오."

오마니는 꼭 다문 입술 끝자락만 움찔거릴 뿐 가만히 있었다.

나는 목을 가다듬었다. 대체 어디서부터 시작해야 할까? 그동안 너무 많은 일이 있었다.

그때였다. 영수가 입을 열었다. "그 언덕에서 폭격이 있은 다음에, 우리는 오마니, 아바지가 돌아가신 줄 알았습네. 그래두 계속 부모님을 찾으려구 했는데… 갑자기 뒤에서 총을 쏘지 않갓시요. 그래서 주변에 아무도 없을 때까지 도망쳤습네." 모두 영수의 말에 귀를 기울였다. "얼음 위로 강을 건넜시요. 눈 덮인 숲도 지났구요. 밤에는 버려진 집을 찾아서 쉬었습네. 배를 타구 한강을 건너서 서울에 도착했구, 거기서부터는 기차를 탔시요. 간발의 차이로 공산당 손아귀를

272 지켜야 하는 아이

벗어났시요. 누나가 없었으면 저는 죽었습네다. 누나가 저를 수백 번두 더 살렸시요." 영수는 무언가 더 말하려고 했지만 다시 기침이 터졌다.

"기침은 언제부터 했네?" 오마니가 걱정스러운 얼굴로 물었다.

"폭격이 있구부터요." 영수가 물을 마시며 답했다.

"그렇게나 오래되었다구?"

"네." 영수가 몸을 웅크려 앉으며 대꾸했다. "그치만 금방 나을 기예요."

오마니가 영수 이마를 짚었다. "어디 보자…. 잘 먹구 잘 쉬면 금방 낫지 않갓니." 오마니가 빙긋 웃으며 영수 등을 팡팡 두들겼다. 어찌나 세게 치던지 꼭 영수 머리가 빠져나갈 것 같았다. 그러고 나서 오마니는 어깨를 펴고 우리를 둘러보았다.

"무슨 일이 있었건 다 끝난 일이라우." 마치 중대한 선언을 하듯 말했다. "이제 어서 먹으라우! 우선 먹고 보자!"

방 안이 부산해졌다. 손에서 손으로 음식 담긴 접시가 옮겨 다녔다. 다들 한꺼번에 이야기하기 시작했다. 영수는 오마니 쪽으로 붙어 앉았고, 오마니는 그런 영수의 어깨를 감싸 안았다.

그때였다. 외삼촌이 오마니를 불렀다. "누나!"

나는 고개를 홱 쳐들었다. 누군가 우리 오마니를 누나라고 부르는 게 너무나 낯설었다. 나에게 오마니는 늘 오마니였지 누군가의 누나라는 생각은 요만큼도 해 본 적이 없었다. 내가 언젠가 어른이 되어서 영수 부부네 집에 놀러 가는 모습을 떠올려 보려고 했지만 도무지 상상이 가지 않았다.

외삼촌은 영수의 머리에 손을 얹고 말했다. "아들자식 없는 여자는 등딱지 없는 거북이라 했시요. 아들을 되찾다니 누나는 참 복도 많지 않습네까!"

아들만?

아바지가 빙긋 웃더니 내 등을 툭툭 두들겨 주었다. 하지만 갑작스러운 손길이 그저 맷돌처럼 무겁게만 느껴졌다.

38

저녁을 먹고 나서 아바지와 외삼촌은 어물전에 내다 팔 오징어를 굽기 위해 마당으로 나갔다. 오마니는 우리가 씻을 수 있도록 대야 가득 따뜻한 물을 가져왔다. 목욕 생각이 간절했지만 목욕탕에 가기엔 너무 늦은 시간이라 적어도 내일까지는 기다려야 했다.

오마니는 비누와 수건뿐만 아니라 탈출 전에 챙겼던 짐 꾸러미에서 우리 옷도 꺼내 왔다. 내 하얀 블라우스와 짙은 갈색 치마, 영수의 회색 웃옷과 바지. 그 옷들을 보니 마치 전생의 내 모습을 되찾은 것처럼 느껴졌다. 블라우스 자락을 손에 쥐어 들고 가만히 들여다보다가 얼굴을 묻었다. 장대비가 내린 뒤의 버드나무 냄새와 꼭 닮은 향기가 났다.

우리는 세수부터 했다. 지수가 물장난을 치려고 자꾸 달라붙는 걸 계속 떼어 내야 했다. 지수는 어느 정도 적응을 했는지 내 팔을 슬쩍 만져 보더니 후다닥 물러서서 엄지를 쪽쪽 빨았다. 오마니는 수건에 물을 적셔 영수의 목덜미를 문질러 닦았다. 때가 덩어리째 후드득 떨어지며 물을 순식간에 구정물로 만들었다.

"이제 옷 벗으라우." 오마니가 말했다.

"너 먼저 해." 나는 영수가 씻고 나서 혼자 조용히 씻고 싶은 마음에 그렇게 권했다.

오마니는 영수의 거적때기 같은 옷을 머리 위로 벗겼다.

그리고 그때, 우리 모두 똑똑히 보고야 말았다.

영수의 갈비뼈가 마치 강가 모래에 너울진 물결 자국처럼 몸통 위로 온통 도드라져 보였다. 빈대에 물리고 긁어 대며 생긴 빨간 발진과 물집에서 진물이 줄줄 흘렀다. 가슴팍이 숨을 쉴 때마다 움푹 꺼졌다 올라왔다. 피부는 어찌나 창백한지 하얗다 못해 투명했다. 내가 소달구지에서 확인했던 날과도 비교할 수 없게 나빠 보였다.

오마니가 움직임을 멈추었다. 쟁반에 찻잔을 날라 오던 외숙모는 그 자리에 우뚝 멈추어 섰다. 어느새 아바지와 외삼촌도 문간에 와서 서 있었다. 그 누구도 입을 떼지 않았다.

속이 얹힌 듯 답답해졌다. 내가 생각했던 것보다도 훨씬 심각했다. 무어라 설명할 수 없는 두려움이 나를 덮쳤다. 영수 몸이 안 나으면 어떡하지? 완전히 겁에 질려서 오마니와 아바지를 향해 외쳤다. "우리 영수 밥두 더 먹고 잘 쉬어야 합네다! 그리구 당장 의사 선생님을 뵈어야 하구요!"

"그래, 내일 아침에 바로 의사 선생님을 불러야 하갓어." 아바지가 어두운 목소리로 답했다. 아바지가 영수에게 다가가 물집을 살폈다. 고름이 가득 찬 물집도 꽤 많았다.

오마니가 영수의 손을 꼭 잡고는 나를 휙 돌아보았다. "너, 동생이 이리 아픈 것 알구 있었니?"

오마니 목소리에 잔뜩 날이 서 있었다. 나는 그저 꿀 먹은 벙어리처럼 고개만 떨구었다.

영수가 아픈 걸 알고 있었나? 물론이다. 툭 튀어나온 뼈와 시뻘건 피딱지를 스치듯 본 적이 있다. 하지만 옷을 너무 겹겹이 싸매고 있었던 데다 우리는 한시도 쉬지 않고 걸어야만 했다. 영수의 기침 소리가 내내 끊이지 않다 보니 그 소리에도 그만 익숙해져 버렸다. 그리고 무엇보다, 나도 영수랑 똑같이 긁은 상처와 피딱지에 시달렸고 똑같이 비쩍 말라비틀어져 버렸으며 마른기침을 달고 지냈다. 우리가 뭘 할 수 있었을까? 나는 입술을 잘근잘근 씹었다.

영수가 고개를 내려서 내 얼굴을 살폈다.

"아, 소라가 알고 있었는지 몰랐는지가 무슨 상관이어요?" 외숙모가 단호한 목소리로 말하며 궁지에 몰린 나를 구해 주었다. 그리고 찻잔을 밥상 위에 탁탁 내려놓았다. "민 선생님더러 아침 댓바람으로 와 주시라고 연락할게요. 선생님 진료를 받으려면 한참 기다려야 한다던데, 그래도 우리는 같은 교회에 다니니까 말씀드리면 얼른 봐 주실 겁니더."

외삼촌은 오마니와 아바지를 밥상 앞으로 끌어다 앉혔다. "너무 걱정 마시라우." 외삼촌이 말했다. "그동안 굶었으니 저리 말랐을 수밖에요. 잘 먹이면 금방 다시 살이 붙을 기요. 진물 나는 건 빈대한테 물린 기니까 잘 씻기면 금방 사라질 기고, 기침은 감기가 심하게 들어 그런 거 아니겠시요? 의사 선생님한테 약 지어다 먹이면 금방 낫지 싶습네다."

아바지가 책상다리를 하고 바닥에 앉아 허벅지에 손을 문질렀다. "처남 말이 맞소." 아바지는 웃음기 없는 얼굴로 말했다.

"그럼요." 외삼촌이 답했다.

영수와 나는 묵묵히 씻기를 마쳤다. 외숙모가 모두에게 차를 한 잔씩 따라 주었다. "영수야, 좀 마셔 봐라. 따뜻한 물 좀 마시면 좋아질 기다."

영수가 차를 한 모금 마셨다. 문득 개성에서 만났던 아주머니가 영수에게 차를 주던 게 떠올랐다. 이번에도 그때처럼 영수 볼에 금방 혈색이 돌아오겠지? 나는 숨을 푹 내쉬고 외숙모에게 "감사합니다." 인사하고서 찻잔을 받아 들었다.

따뜻한 찻물이 목구멍을 타고 흘러 내려갔다. 나는 바닥에 앉은 채 찻잔을 가슴께에 모아 쥐었다. 편안한 기분이 들었다. 고개를 들어 방을 둘러보았다. 따뜻한 나무 바닥, 벽에 기대어 개켜 놓은 노란색 담요, 은은하게 윤이 나는 창호지 문. 너무나도 안전하고 아늑한 곳. 지수는 그새 구석에 몸을 웅크리고 누워 잠이 들었다. 저 작은 머릿속에서는 재밌게 놀고 맛난 걸 먹는 꿈을 꾸고 있겠지?

영수 상태가 좋지는 않지만, 이곳에서라면 금방 건강해질 것이다. 반드시. 여긴 부산이니까.

"아, 몸을 녹이니까 소라가 졸음이 살살 오나 보구나." 외삼촌이 나긋하게 말했다.

고개를 끄덕이고 싶었지만 눈꺼풀이 천근만근 무거웠다. 나는 순식간에 꿈나라로 둥둥 흘러갔다….

열 살. 갓 목욕을 마치고, 만둣국과 쌀밥으로 배도 가득 채웠다. 새속옷과 바지는 해진 곳 하나 없이 내 몸에 착 감겼다. 따끈하게 데워진 온돌바닥에 들러붙어 폭신한 하얀 이불 속에 몸을 파묻었다. 갓 지은 밥에서 피어오른 훈훈한 공기가 아직도 방 안에 감돌았다.

까맣게 물든 밖에서는 칼바람이 몰아쳤다.

우리 가족은 요를 다닥다닥 깔고 한방에 함께 누웠다. 마침 내가 가장 좋아하는 자리인 영수와 아버지 사이도 꿰찼다. 오마니가 등유 전등을 하나 켜 두고 사과 껍질로 손을 문질렀다. 거칠어진 피부에 잘 든다고 했다. 은은한 불빛 아래에서 오마니는 꼭 빛이 나는 것처럼 고왔다.

나는 새 교과서를 밥상 옆 바닥에 가지런히 챙겨 놓았다. 아버지가 직접 만든 커다란 장롱이 맞은편 벽에 늠름하게 서 있었다. 이엉을 엮어 만든 지붕을 바라보고 있자니 이 모든 것을 품 가득 껴안고 싶었다. 우리 집, 우리 물건, 우리 가족.

오마니가 등불을 훅 불어 껐다.

불을 끄기 무섭게 나도 잠이 들었다.

따뜻한 잠자리와 깨끗한 옷, 새 학기 교과서의 단꿈에 젖어 있느라 영수가 정신을 잃으면서 밥상 위로 엎어지는 걸 눈치채지 못했다. 오직 외숙모의 목소리만이 저 멀리서 윙윙거리듯 울려 퍼졌다.

"애들을 어서 눕힙시다!"

39

1951년 1월 2일

그날 밤, 또 같은 꿈을 꾸었다.

우리 학년 중 최우등으로 졸업하는 꿈.

우레와 같은 박수갈채가 쏟아졌다. 몸이 둥실둥실 떠오르는 것처럼 기분이 좋았다. 잔뜩 샘난 표정으로 유미도 거기 서 있었다.

하지만 교장 선생님은 졸업장 대신 꼬깃꼬깃 접힌 낡은 종잇장을 내밀었다. 나는 종이를 펼쳐 보았다.

영수의 역사책에서 찢어 온 세계 지도였다.

나는 눈을 번쩍 떴다.

따사로운 햇살이 창문을 통해 스며들었다. 우리 가족은 외삼촌 집 서재에 신세를 졌다. 깔끔하고 볕이 잘 드는 방이었다. 길쭉하게 키

큰 책장이 한쪽 구석에 서 있고 그 옆으로는 앉은뱅이책상이 있었다. 나무 궤짝 위로는 반듯하게 개킨 요와 이불이 차곡차곡 쌓여 있고 벽에는 죽부인이 걸려 있었다. 구수한 된장찌개 냄새와 김치, 오징어 냄새가 아침 공기 속에 감돌았다. 나는 보들보들한 노란색 이불을 덮고 있었다. 지난 두 달여와는 비교할 수 없을 정도로 깔끔한 차림이었다. 피부에 닿는 이불의 촉감이 매끈했다.

불과 하루 전만 해도 지린내와 죽음이 자욱하게 내려앉은 비좁은 기차간에서 잠을 자야 했는데, 그 모든 게 그저 악몽이었던 건 아닐까? 영수는 어디 간 거지?

나는 고개를 홱 돌려 영수를 확인했다. 영수는 방 건너편, 오마니 옆자리에서 자고 있었다. 나와 거리가 꽤 떨어져 있어서 영수가 기침을 해도 방해받지 않고 잘 수 있었던 것 같았다. 영수가 밤새 기침을 할 때마다 오마니가 등을 두드려 주었을까? 물은 떠다 먹였을까? 물부터 좀 먹여야 하는데.

창호지 바른 미닫이문 너머로 웅얼거리는 목소리가 들렸다. "애들이 살아 있었시요?", "예, 간밤에 도착했다우.", "어이구, 세상에!"

자리에서 일어나 눈을 비볐다. 오마니, 아바지는 자리에 없었다. 부모님 자리에 깔았던 요와 이불은 벌써 말끔하게 개켜져 한쪽 구석에 놓여 있었다. 살금살금 영수에게 다가갔다. 영수는 아직 한밤중이었다. 나는 조용히 문을 열었다.

"소라야!" 방문 너머 부엌에 서 있는 두 사람의 모습을 도저히 믿을 수 없었다.

"아주마이? 유미야?" 나는 눈을 끔뻑이며 물었다.

명기 오빠네 아주머니는 머리를 짧게 잘랐다. 양 눈가로는 전에 없던 굵은 주름이 자리 잡고 있었다. 아주머니가 나를 덥석 끌어안았다. 아주머니에게서는 더 이상 깨끗한 비누 냄새가 나지 않았다. 퀴퀴하고 오래 씻지 않은 정수리 냄새가 났다.

"하나님, 감사합네다! 우리 영수랑 소라가 이리 무사하다니! 얼마나 걱정했는지 아니?" 아주머니가 말했다. 나도 아주머니를 꼬옥 마주 안았다. 아주머니를 부산에서 다시 볼 줄이야. 참으로 이상한 기분이 들었다. 명가 오빠네는 꼼짝없이 다 죽은 줄로만 알았는데.

유미는 곁에 서서 나를 빤히 바라보기만 했다. 그새 키가 훌쩍 크고 살도 쏙 빠졌다. 변함없이 찰랑이는 머릿결만 빼면 모든 게 흐릿해진 듯한 느낌이었다. 나는 아주머니를 안고 있던 팔 한쪽을 풀어 유미를 향해 내밀었다. 이 별것 없는 움직임에서 내가 겪은 일들을 알아주었으면 했다. 여전히 댕기 머리가 흔들거리는 타 죽은 시체와 얼음에 달라붙은 파랗게 질린 손가락. 이름 모를 이들이 선물처럼 건네준 소달구지와 마른 멸치까지. 그리고 그 모든 것들이 어떻게 나를 바꾸어 버렸는지, 부디 이해해 주었으면 했다. 이 모든 이야기가 내 목구멍 속을 얼마나 무겁게 짓누르며 가득 차 있는지를. 그 모든 기억이, 내가 떠나온 모든 사람을 사무치도록 그립게 만들었다는 걸. 그래서 그토록 얄밉던 너조차도 보고 싶었다고. 놀랍게도 유미는 내 손을 꼬옥 감싸 쥐었다.

그 순간 알 수 있었다. 유미도 나와 똑같구나. 아니, 나보다 더한 일도 겪었구나.

"부산에 온 지는 얼마나 되었어?" 유미에게 물었다.

"다섯 달 정도." 유미는 눈길을 떨구었다가 다시 천장을 올려보았다. 교회 언니들이 유미더러 재수 없는 계집애라고 욕했을 때처럼, 유미는 내 시선을 피하려고 애를 썼다. 그리고 눈물이 흘러내리자 손등으로 얼른 훔쳤다.

아주머니가 말했다. "니 외삼춘이랑 외숙모가 아니었음 지낼 곳도 못 찾았을 거이야. 명기 일자리도 찾아봐 주지 않으셨갓니."

"명기 오빠가 일을 해요?"

"그래, 물 배달을 나간다." 외숙모가 불쑥 끼어들었다. 외숙모가 한쪽 구석에서 사과를 깎고 있는 것도 알아차리지 못했다. "우리 집에도 배달 온다 아니가. 피란민이 이렇게 쏟아져 들어오니 물이 부족하지 않고 배기나. 장사 잘된다."

도저히 상상이 되지 않았다. 명기 오빠가 물을 길어 나르다니. 책들은 어쩌고? 학교는? 나를 다시 만나게 돼서 기뻐할까?

외숙모가 따뜻한 차 한 잔을 건넸다. "소라야, 이거 영수 좀 갖다 주어라. 아부지랑 외삼춘은 국제시장에 나가셨다. 어무이는 영수 죽 쑤어 줄 재료를 사러 나가셨고. 영수 챙기는 것 좀 도와줄래?"

"그래, 어서 가서 동생부터 돌보라우." 아주머니가 외투를 챙겨 입으며 말했다. "우리는 조만간 다시 오면 되니. 오늘 명기를 못 봐서 아쉽구나. 어찌나 바쁜지 짬이 안 나네. 우리 소라 다시 보면 얼마나 좋아할지 눈에 선하다. 소라야, 너희가 여기까지 무사히 온 게 우리한테 얼마나 큰 희망을 주었는지 모른다."

나는 찻잔을 가슴팍에 모아 들고 방긋 웃었다. 찻잔의 온기가 내 마음까지 따스하게 데웠다.

유미는 집을 나서기 직전 나를 휙 돌아보며 말했다. "잘 도착해서 너무 기쁘다."

"정말?" 나는 눈을 크게 뜨며 되물었다.

"당연하지." 유미가 발끝을 쳐다보며 대꾸했다. "언제 한번 다 같이 보자. 오마니께 뜨개질하는 법두 배웠다. 담에 만나면 가르쳐 줄게."

"그래." 내가 대답했다. "재밌겠다."

유미는 외투를 여몄다. 난생처음으로 유미가 가는 게 아쉽게 느껴졌다.

다시 방으로 돌아왔다. 영수는 우리 가족 외투를 모아 둔 더미 옆에 누워 있었다. 영수가 숨을 쉴 때마다 바람 빠지듯 쌔액거리는 소리가 울려 퍼졌다. 영수 옆에 무릎을 꿇고 앉았다.

"차 좀 마시라우." 팔을 아래로 넣어 영수의 목을 받쳐 일으켰다.

영수는 힘겹게 눈을 뜨고서 찻잔을 받아 바싹 마르고 갈라진 입술에 가져다 대었다.

"누가 왔었는 줄 아니?" 영수는 아무 대답도 하지 않았다. 나는 아주머니의 짧아진 머리와 명기 오빠가 하는 일, 유미의 일자 앞머리에 대해 이야기했다. 마치 우리가 친구가 된 것처럼, 다음에 만났을 때 할 일을 계획하는 게 얼마나 멋쩍게 느껴졌는지에 대해서도 정신없이 늘어놓았다. 아니, 우리는 진작부터 친구였던 것 같다고, 이전에는 미처 알지 못했을 뿐이었다고도 말했다.

"영수야, 보여 줄 게 있다." 외투 더미에서 내 옷을 찾아 주머니를 뒤적였다. 지도 모서리는 어느새 닳아 각이 사라졌고 접힌 부분은 곧 찢어질 듯 하늘하늘했다. 지도를 영수에게 들어 보였다. "여기 보라우." 지도에서 부산을 가리키며 말했다. "여기까지 온 게 믿어지니? 이제 바닷가야…. 세상 끝자락에 닿았다구."

영수는 새액거리면서도 환히 웃어 보였다. 티 없이 맑고 빛나는 영수 특유의 웃는 얼굴.

"이거이 무슨 뜻인지 아니?" 나는 입술을 잘근잘근 깨물었다. 영수가 언제나 쉽게 툭툭 내뱉어서 나는 속으로만 생각했던 말을 입 밖으로 꺼내는 게 퍽 이상했다. "우리가 하와이에 가까워졌어. 언젠가 바다두 건너갈 수 있을 기다." 심장이 두근거렸다. "바다낚시도 가자. 이리 깊은 물에는 어떤 고기가 사는지 상상할 수 있갓니?"

영수가 창문 밖을 내다보았다. 바람에 나뭇가지가 흔들렸다. 나뭇가지가 바스락거리는 소리만이 주위를 감쌌다.

40

“영수 기침이 영 심상치가 않다.” 오마니가 장에서 돌아오며 말했다. “의사 선생님께서 와 주신다니 얼마나 감사한지 몰라.”

오마니가 영수 줄 죽을 끓이기 위해 산더미처럼 쌓인 당근과 양파, 애호박을 얇게 썰어 채 치는 모습을 지켜보았다. “야, 소라야. 쌀 좀 씻으라우.”

쌀을 오목한 그릇에 담아 씻기 시작했다. 영수 곁을 지키고 싶었지만 영수는 금세 깊게 잠이 들었고 부산스럽게 일하는 오마니를 차마 모른 척할 수 없었다. 아궁이와 벽에 걸린 걸고리, 국자 등을 둘러보았다. 부뚜막 위에 놓인 돌절구와 부엌 한구석에 놓인 나무 쌀통까지, 외숙모의 부엌은 오마니의 부엌과 놀랄 만큼 비슷해 꼭 고향 집에 돌아온 것 같은 기분이었다.

외숙모가 사과를 깎아 나무 쟁반 위에 올려놓았다.

"소라야." 오마니가 입을 뗐다. "요 근처에 임시 학교가 있다지 않니? 걸어서 삼십 분밖에 안 걸린단다. 그렇지 않소, 올케?"

외숙모는 사과를 씹으며 고개를 끄덕였다.

나는 쌀 씻던 손을 멈추었다.

내가 정녕 오마니 말을 제대로 알아들은 것이 맞나? 나를 학교에 보내 준다고? 귀가 먹먹해서 내 숨소리 말고 다른 소리는 제대로 들리지 않았다. 나는 물을 머금은 진줏빛 쌀알만 뚫어져라 바라보았다.

오마니는 내 쪽은 쳐다보지도 않고 다진 채소를 두 손 가득 퍼 올려 커다란 솥에 집어넣으며 말을 이어 나갔다. "이 빌어먹을 전쟁 땜에 영수가 벌써 반년두 훨씬 넘게 학교를 빠졌구나. 영수 몸이 낫기 전까지는 니가 대신 가서 배워 오라우."

뭔가 말이 이상했다. 오마니 말을 제대로 이해한 건지, 알쏭달쏭하기만 했다. "대신 배워 오라구요?"

"그래. 영수 다니던 삼 학년에 가서 숙제도 받아 오구, 선생님이 가르쳐 주시는 건 하나두 빼먹지 말구 집에 와서 영수한테 다 가르쳐 주라우. 학비가 좀 들기야 하갓지만 외삼춘이 내 주신다지 않니."

오마니는 무심하게 마늘을 다졌다. 탁탁탁 소리가 울려 퍼졌다. 그 장단이 꼭 내 관자놀이의 맥박이 뛰는 속도랑 같았다. 영수 대신 가서 배워 오라니. 그 말을 머릿속으로 되씹었다. 오마니는 나 자신을 위해서가 아니라, 영수를 위해서 나를 학교에 보내려고 한다. 배 속이 싸늘해졌다.

얼굴이 점점 시뻘겋게 물들었다. 마치 커다란 원을 돌아 결국 시작점으로 되돌아온 것만 같았다. 강가에서 빨래나 하던, 그리고 오마니의 부엌이라는 감옥에 갇혀 있던 그 시간으로.

"오마니." 나는 숨을 깊게 들이마시고는 말했다. "학교는 안 가겠습네다."

꼭 누군가 칼로 가슴을 찌르는 것처럼 마음이 아팠다. 내 입으로 이런 말을 하게 될 줄이야. 그 누구보다 학교에 가고 싶었다. 하지만 이런 식은 아니었다. 아무리 생각해도 이건 아니었다.

"뭐? 동생 좀 도우라는데 그걸 안 가겠다구?" 오마니가 지글지글 익어 가는 채소를 한 번 휘젓고 나를 돌아보았다.

"우리 소라가 동생을 안 돕겠다는 말이 아니지요." 외숙모가 접시 위에 깎은 사과를 놓으며 말했다. "그렇제, 소라야? 그보다는 엄마 옆에 붙어서 엄마 일을 더 돕겠다는 거 아닙니꺼. 아이고, 참말로 든든한 딸이다."

나는 부옇게 흐려진 쌀뜨물을 가만히 들여다보았다. 쌀과 물을 솥에 넣고 나면 오마니는 꼼짝없이 불 옆에 서서 몇 시간을 솥을 휘저어야 한다. 까딱하면 죽이 눌어 버릴 테니까. 오마니가 나를 위해 죽을 끓여 준 적이 있었나? 열 살 때, 열이 펄펄 끓어서 잠옷이 땀으로 흠뻑 젖을 만큼 아팠던 적이 있다. 그때 시래깃국을 한 그릇 후딱 끓여 주었었다. 하지만 이토록 정성과 시간을 쏟아 만드는 죽 같은 건 단 한 번도 만들어 준 적이 없었다.

"하긴, 그거이 더 낫겠구나." 오마니가 말했다. 오마니는 내 손에서 쌀을 가져다가 솥에 쏟아 부었다. 그러고는 도마 위에서 아직 아가미를 펄떡이고 있는 생선을 손질하기 시작했다. "몇 년 있음 슬슬 중매도 봐야 허니 그 전에 배울 것도 산더미고."

"형님만큼 살림 잘 가르칠 사람이 어디 있습니꺼?" 외숙모가 답했다. "형님 밑에서 매일매일 배우면 어디 내놓아도 흠잡을 데 없을 겁니더."

머릿속이 온통 혼란스러워졌다. 오마니는 우리가 기껏 버리고 온 모든 걸 다시 되돌리려고 한다. 전통대로. 이미 전생이 되어 버린, 이전의 삶을 이어 나가려고 한다. 오마니 옆에 온종일 붙어 있는 걸 내가 과연 견딜 수 있을까? 요리, 청소, 살림. 가슴에 돌덩이가 얹힌 것 같았다. 울화통이 터져 온몸이 타오르는 것 같았다.

날카로운 균열.

도마를 후려치는 칼날 소리.

나는 몸을 크게 움찔거렸다.

오마니가 생선 대가리를 칼로 쳐 냈다. 몸뚱이가 파닥이더니 도마 위에서 꿈틀거렸다. 나는 몸통만 남은 생선을 바라보다가 입을 막고 문밖으로 뛰쳐나가 버렸다.

41

그날 늦은 오후 의사 선생님이 왕진을 왔다. 선생님은 까만 코트에 모직으로 만든 모자를 쓰고서 바쁜 걸음으로 안마당을 가로질렀다. 한쪽 손에는 가죽 가방을 들었다.

나는 멀찍이 물러나서 안방에서 광경을 지켜보았다. 손가락으로 허벅지를 툭툭 두들겼다. 의사 선생님이 영수를 금방 고쳐 주시겠지.

하지만 영수가 완전히 다 낫고 나면 학교는 한 학년 유급할 수밖에 없을 것이다. 동생 공부를 안 도와주겠다니 내가 너무 이기적인 걸까? 이마를 손으로 쓱쓱 문질렀다.

아버지가 선생님에게 허리를 깊숙이 숙여 "와 주셔서 감사합네다." 라고 인사했다. 나도 어른들이 내 옆을 지나칠 때 공손하게 고개를 숙였다. 선생님은 다소 무뚝뚝해 보이는 미소와 함께 고개를 까딱해 보였다. 윗입술이 살짝 말리면서 콧수염에 가려졌다.

부모님이 선생님을 영수가 잠든 방으로 안내했다. 외삼촌과 외숙모, 나도 그 뒤를 따랐다. 하지만 내가 따라 들어가려고 하자 아바지가 손을 들어 나를 막았다. "소라 너는 여기서 지수를 좀 돌보지 않으련." 그러고는 문을 '탁' 닫았다.

지수는 호기심 가득한 눈망울을 하고 내 옆에 와서 섰다.

"쉿!" 지수에게 경고를 했다. "영수 형아가 아파서 의사 선생님이 오신 기야." 놀랍게도 내 말을 알아들은 듯 지수는 얌전하게 자리에 앉았다.

나는 조용히 귀를 기울였다. 얇은 창호지 너머에서 나누는 이야기들이 귀에 쏙쏙 들어왔다. 폐렴, 그리고 폐에 찬 물. 여러 도구들이 맞부딪치며 짤랑거렸다. 오마니의 음성이 높아졌다. 그리고 아바지가 어두운 목소리로 질문을 던졌고 마침내 선생님이 진단을 내렸다.

"미안합니다. 병세가 너무 많이 진행되었어요. 시간이 별로 안 남았습니다."

병이 너무 많이 진행되었다니.

시간이 별로 안 남았다니.

나는 충격에 바닥으로 스르르 무너져 내렸다. 선생님이 한 말이 귓가에 윙윙 울렸다. 대체 내가 방금 무슨 말을 들은 거지? 영수가 얼마 못 산다니? 어떻게 그런 일이 있을 수 있지? 영수는 아직 열 살밖에 되지 않았는데. 산 날보다 살날이 수십 배 더 많은데.

그때 반은 사람 소리 같고 반은 짐승이 내는 소리 같은 울부짖음이 울려 퍼졌다. 오마니의 울음소리였다.

문이 열렸다. 선생님이 아바지에게 약 몇 병을 건넸다.

"제가 영수 대신 학교에 갈게요! 뒤떨어지지 않도록 잘 돌볼게요! 꼭이요!" 나도 모르게 불쑥 외쳤다.

아바지는 내 말을 못 들은 체하며 몸을 돌려 얼굴을 숨겼다. 생각할 겨를도 없이 아바지 앞으로 뛰어갔다. 반달 모양으로 접히는 아바지의 웃는 눈을 봐야 했다. 그래야 모든 게 괜찮다고 안심할 수 있을 것만 같았다. 하지만 아바지 얼굴은 엉망으로 일그러져 있었다. 내가 이제껏 한 번도 본 적 없는 표정이었다.

숨이 쉬어지지 않았다.

외삼촌은 의사 선생님을 집 밖으로 배웅했다. 나는 마치 꿈속에 갇힌 것 같은 기분이 들었다. 부산에만 도착한다면 영수가 다 나을 수 있을 거라고 생각했는데. 죽어 간다니. 죽는다니. 영수가 누워 있는 방에서 애끊는 울음소리가 둑 터진 강물처럼 쏟아져 나왔다. 나는 온몸을 잔뜩 도사린 채 두 손으로 귀를 꽉 틀어막았다.

가슴속에서 쿵쾅대는 소리가 끝도 없이 거세지는 바람에 결국 집 밖으로 뛰쳐나가 버렸다.

***

나는 아직 물집이 다 낫지 않은 발로 사람들이 북적이는 국제시장 안을 내달렸다. 아까 집에서와는 다른 종류의 소리가 나를 휩쓸었다. 쇠붙이가 찰그랑거리는 소리, 상인들이 서로 경쟁하듯 목소리 높여 외치는 소리. 그릇 파는 난전 옆을 지나자니 그릇을 몽땅 바닥에 집어

던지고 싶은 충동이 솟구쳤다. 발이 너무 화끈거려서 옷자락을 꽉 움켜쥐었다.

이게 다 전쟁 때문이야. 빨갱이 놈들 때문이야. 살인자의 색깔. 북조선이 살기 괜찮았다면, 나라를 가로질러 내려오지 않아도 되었더라면, 그러면 영수가 아플 일은 없었을 텐데. 어디 가면 남조선군에 입대를 할 수 있지? 당장 찾아가야겠다. 소총 하나만 쥐어 주면 전쟁 한복판에 뛰어들어서 놈들을 모조리 휩쓸어 버릴 테다.

하지만 바로 그 순간 끔찍한 생각이 들었다. 이 모든 게 바로 내 탓이라는 생각이.

오마니 편을 들었더라면, 그래서 집에 계속 머물렀더라면 영수가 폐렴에 걸리지 않았을 텐데. 그게 아니더라도, 괜히 다시 집으로 돌아가려고 하지 않고 곧장 남쪽으로 내려왔다면 오마니, 아바지랑 금세 다시 만났을 텐데. 아니, 피란길 내내 영수를 더 잘 살폈어야 했는데. 더 잘 먹이고, 더 따뜻하게 입히고, 더 많이 업어 주었으면 이렇게까지 아프지 않았을 텐데.

반짝반짝 빛나는 양철 주전자를 물끄러미 바라보았다. 마치 한밤중 하늘에 뜬 보름달처럼 창백하면서 잿빛이 감도는 내 얼굴이 주전자 표면에 어룽거렸다. "고급 주전자요! 질 좋은 양철 주전자요!" 주전자 파는 상인이 나무 숟가락으로 마치 종을 치듯 주전자 표면을 땅땅 치면서 목청 높여 외쳤다.

하지만 그 소리는 거의 귀에 들어오지 않았다. 해가 지평선을 향해 뉘엿뉘엿 기울며 내 그림자도 길쭉해졌다. 의사 선생님의 말이 머릿속에 맴돌았다. "시간이 별로 안 남았습니다." 얼른 외삼촌 집으로 돌아가야 한다. 영수 곁으로 돌아가야 한다.

나는 뒤돌아 정신없이 달리기 시작했다. 사람들과 부딪치고 가판대에 쿵쿵 몸을 박았다. 쌓아 놓은 귤이 산사태처럼 와르르 무너져 내렸다. 유약을 바른 그릇이 바닥에 떨어져 산산조각이 났다.

"야, 이 미친것아!" 누군가 뒤에서 욕을 해 댔다. "너 땜에 다 망했잖아!"

42

외삼촌 집은 쥐 죽은 듯 고요했다. 대문 걸쇠를 열고 안마당을 가로질러 걸었다.

이 모든 게 사실이 아닐지도 몰라. 의사 선생님이 잘못 본 걸 수도 있어.

영수가 괜찮을 수도 있어.

신발을 벗고 거실로 들어섰다. 거실에는 아무도 없었다. 우리 가족이 머무는 서재로 이어지는 문을 열었다.

오마니가 영수 옆에 앉아 영수 등을 세게 두들기고 있었다. 계속해서 "다 뱉어 내라." 말씀했지만 영수는 그저 신음만 흘렸다. 나는 몸을 움츠렸다.

"아바지는 어디 가셨시요?" 오마니에게 물었다.

"외삼춘이랑 같이 한약을 지으러 가셨다." 오마니는 나를 쳐다보지도 않고 대답했다. 그리고 계속해서 영수 등만 두들겼다.

"오마니, 그건 별 도움이 안 되는 것 같습네다." 나는 조심스럽게 말했다.

영수는 고맙다는 눈빛으로 나를 올려다보았다.

"나한테 이래라저래라 할 것 없다." 오마니가 답했다. "내 아들이야. 뭐라도 해 봐야지, 해 준 게 너무 없지 않니."

"이미 차고 넘치게 해 주셨시요."

"아니다!" 오마니가 자리에서 벌떡 일어나더니 내 어깨를 움켜잡았다. "소라야, 잘 들어라. 영수랑 피란 올 적에 춥지 않게 꼼꼼히 잘 살폈니? 음식은 얼마나 먹였구? 언제부터 기침이 이리 심해졌네?"

나는 바짝 얼어붙어 버렸다. 영수가 춥지 않도록 잘 챙겼었나? 음식은 얼마나 먹였지? 더 많이 챙길 수 있었는데. 아니, 더 많이 챙겨야만 했는데.

"형님, 제발 좀 그만하세요!" 외숙모가 방 안으로 들어오며 말했다. "딸 말 좀 들으세요. 영수 등을 그렇게 두드리는 게 도움이 안 된다구요. 영수가 더 힘들어 합니더."

그 말에 오마니는 팔을 축 늘어뜨렸다. 마치 길을 잃은 듯 정처 없는 표정을 지었다. "그럼 대체 뭘 해야 하네?"

"이리 와서 차라도 좀 들어요. 소라더러 잠깐 지키라고 하구요."

"싫소." 오마니가 답했다. "영수 곁에 있겠네."

"형님." 외숙모가 한층 부드러운 목소리로 말했다. "소라도 영수랑 시간을 좀 보내야지요. 둘이 같이 있게 좀 해 주이소."

오마니 얼굴이 왈칵 일그러졌다. 외숙모는 마치 어린아이를 어르듯 오마니 팔을 감싸 안아 방 밖으로 나간 다음 문을 닫았다.

이상한 빛깔의 유리병과 실뿌리가 둥둥 떠다니는 거무죽죽한 물약이 바닥에 놓여 있었다. 한쪽 구석에는 내 지도가 가지런히 접힌 채 쟁반 모서리 밑에 끼워져 있었다. 내가 떠날 때 해 놓았던 그대로였다. 오늘 아침만 해도 그 지도를 영수에게 보여 주면서 미국 땅이 어디인지, 앞으로 어떻게 여행을 할지 계획을 늘어놓았는데. 이제 힘든 일은 다 헤쳐 나왔으니 영수 감기가 나을 일만 남았다고, 우리 모두 행복해질 거라고 굳게 믿었는데. 그게 그렇게 과한 소원이었나?

나는 손을 뻗어 지도를 쟁반 밑에서 빼낸 다음 마구 구겨 방구석으로 집어 던져 버렸다. 구겨진 종이 덩어리가 아무렇게나 굴러다녔다. 나는 영수 옆에 털썩 주저앉아 무릎을 끌어안았다.

영수는 바닥에 누운 채로 구겨진 종이를 물끄러미 바라보았다. "누나, 여기서 학교에 갈 기야?" 영수는 숨을 할딱이며 힘겹게 말을 내뱉었다.

"몰라. 그거이 뭐가 중요해."

"학교에 가야지. 누나는 세상에서 젤 똑똑한 사람인데."

나는 억지로 웃음을 지어 보였다.

영수는 알까? 저도 의사 선생님 말을 들었을까? 그런데 왜 두려워하지 않지? 영수를 보고 있자니 문득 영수 귀가 엄청 커졌다는 생각이 들었다. 하지만 영수의 귀가 커진 게 아니라 얼굴이 믿을 수 없이 야윈 거였다.

해가 거의 다 졌다. 문득 영수와 놀아야 한다는 생각이 들었다. 물고기 이야기도 하고 좋아하는 음식 이야기에, 강 펄 바닥에서 진흙 경단을 빚는 이야기도 해야 했다. 그리고 내가 영수를 얼마나 사랑하는지 말해야 했다. 뭐라도 찾기 위해 방 안을 두리번거리다 옷장 위에 놓아둔 납작한 상자를 발견했다. 집에서도 종종 함께 가지고 놀던 놀이판이었다.

"영수야, 윷놀이할까?"

영수가 고개를 끄덕였다.

나는 바닥에 판을 깔고 상자를 열었다. 우리가 어릴 때 가지고 놀던 윷이랑 똑같았다.

***

"누나! 여기서 하자!" 영수가 통통한 손으로 잔디 위에 깐 요를 팡팡 두들기며 말했다.

"그래, 내가 먼저 할게." 나는 상자를 열고 윷가락을 꺼낸 다음 던졌다. 어찌나 높이 던졌는지 윷가락이 사방팔방으로 튀어 덤불 속에까지 떨어졌다.

영수는 몸을 구부리고 깔깔 웃었다. 여섯 살 영수의 자그마한 몸이 풀밭을 데굴데굴 굴렀다.

그리고 지금, 영수는 손 하나 까딱하지 못하고 누워 두 눈만 끔뻑이며 놀이판을 바라보았다.

나는 윷가락을 집어 들어 위로 던져 올렸다. 윷가락이 나무 바닥에 떨어지며 시끄러운 소리를 냈다. 말을 두 칸 움직였다. 우리 둘 다 잠들지 않고 계속 깨어 있으면, 날이 멈추고 우리는 계속 함께 있을 수 있지 않을까?

"영수야, 니 차례라우."

윷가락이 바닥에 떨어지며 얼기설기 쌓였다.

"모다, 모!" 내가 외쳤다.

"우아…." 영수 입술 사이로 바람 빠지는 듯한 공기 소리가 미약하게 흘러나왔다. 영수는 고개를 살짝 들어 보았다. 잠깐이었지만 눈이 반짝였다. 어떻게 이런 상황에서, 이처럼 별것 아닌 일에도 영수는 이토록 웃을 수 있을까?

"모다! 모가 나왔어!" 영수가 펄쩍펄쩍 뛰며 외쳤다.

"누나, 내가 윷놀이를 젤 좋아하는 것 알아? 세상에서, 아니 온 우주에서 젤 좋아!"

영수가 가쁜 숨을 몰아쉬었다. 나는 다시 윷가락을 공중으로 던졌다. 또다시 시끄러운 소리가 울렸다. 두 칸 더 전진.

"니가 여전히 나보다 앞섰다."

마지막 남은 햇살 한 자락이 방 안을 따뜻하게 비추며 모든 것을 황금빛으로 물들였다. 그 햇살을 함빡 뒤집어쓴 영수가 나를 바라보며 씩 미소 지었다. 영수의 길고 가느다란 속눈썹과 머리 가마 주변으로 삐죽 솟은 머리. 그 모습을 모두 기억해야만 했다.

"나 이제 그만할래. 어차피 니가 이길 것 같단 말야." 나는 팔짱을 끼며 말했다.

"아냐, 계속해 보자, 누나. 내가 질지 어떻게 알구."

영수가 윷가락을 던졌다. 하지만 바닥에서 거의 띄우지도 못한 윷가락들이 다시 배를 깔고 누웠다.

"또 모가 나왔네!" 내가 외쳤다. 하지만 내 목소리는 어딘가 텅 빈 것처럼 들렸다. 간절함을 말 한 마디 한 마디에 잔뜩 실으며 외쳤다.

"니가 이기고 있어, 영수야. 니가 아직 이기고 있다구."

43

1951년 1월 3일

다음 날. 하늘이 유난히도 푸른 일요일 아침. 눈을 뜨니 나는 이부자리에 누워 있었다.

담요 끝자락에 실이 비죽 튀어나와 있어서 손톱이 보라색으로 변할 때까지 손가락으로 실을 뱅뱅 꼬았다. 해가 벌써 중천에 떠서 서재를 환히 밝혔다. 방에는 나 혼자였다. 어떻게 여기까지 왔는지 기억이 나지 않았다. 분명히 영수 옆에서 밤을 새웠는데.

나는 자리를 박차고 일어나 거실로 뛰쳐나갔다.

모두 거실에 모여 있었다.

오마니가 자리에 앉아 영수를 품에 안고 있었다. 영수 얼굴에 붙은 머리카락을 양옆으로 빗겨 주고 구겨진 옷자락도 매만져 주었다. 오마니 어깨가 앞뒤로 흔들렸다. 오마니는 또 영수 손을 자기 손 위에 올리고 손가락을 찬찬히 바라보았다. 마치 영수 손이 이토록 자그마하다는 사실을 난생처음 알아차린 듯한 눈길이었다.

아바지는 오마니 곁에 서서 손수건으로 눈을 꾹 누르고 있었다. 아바지 얼굴은 온통 시뻘겋고 퉁퉁 부어 있었다. 외삼촌은 그 곁에 서서 코를 훌쩍이며 목을 가다듬었다. 외숙모는 바닥에 앉아 지수를 무릎에 안고 있었다.

목에 가시가 걸린 듯한 기분이 들었다. "무슨 일이래요?" 문간에 선 채 불쑥 말했다.

오마니가 화들짝 놀라며 영수의 손을 떨어뜨렸다. 다들 내가 집 안에 있다는 사실을 까맣게 잊고 있었던 것만 같았다.

그리고 그때, 영수의 손이 늘어진 모양을 보고 알 수 있었다.

영수가 죽었다는 걸.

배가 뒤틀렸다. 방 안의 공기가 몽땅 빨려 나가 버린 듯한 기분이었다. 외삼촌과 외숙모가 무어라 말했지만 목소리가 그저 웅웅거리기만 했다. 어른들이 다들 내 쪽으로 다가왔다. 누군가의 팔이 내 어깨를 감쌌다. 그 손길을 모조리 뿌리쳤다. "놔요!" 내 고함이 방에 울려 퍼졌다. 이게 내 입에서 나온 소리인가? 입이 떡 벌어졌다. 애원하는 목소리가 주변을 채웠다. "소라야, 진정 좀 하라우."

목구멍에 울음이 차올랐다. 이래서는 안 되었다. 아직 안 돼. 아니, 영영 있어선 안 되는 일이야. 아직 못 한 말이 너무 많았다. 사실 너를 돌보는 게 진심으로 싫었던 적은 없다고 영수에게 말해 준 적이 있나? 내가 학교에 못 가게 된 게 영수 네 탓은 아니라고 말해 주었나? 나는 너만 내 편이 되어 주면 다 괜찮다고 말해 주었나? 내가 이 모든 얘기를 해 준 적이 있는지 기억해 내려고 발버둥을 쳤다.

"나도 따라갈란다!" 오마니가 울부짖었다. 오마니는 미친 듯이 가슴을 치며 통곡했다.

외숙모가 허둥지둥 자리에서 일어나는 바람에 지수가 외숙모 무릎에서 미끄러졌다. 외숙모는 오마니를 꼭 끌어안고서 진정시키는 한편 오마니가 더 날뛰지 못하도록 애를 썼다. 애면 지수를 향해 비명을 지르고 싶었다. 일어나. 너는 아직 아기잖아. 어서 뭐라도 재롱 좀 부려 봐. 사람들이 웃게 만들어 보라고. 하지만 지수가 꿈쩍도 하지 않자 마음이 점점 더 깊은 나락으로 떨어졌다.

아바지가 다가와서 내 얼굴을 가슴팍에 꼭 끌어안았다. 아바지 품에서 한약 냄새가 났다. 절박함과 죽음이 뒤섞인 냄새. 나는 고개를 획 돌렸다. 아바지의 냄새를 맡고 싶지 않은 건 난생처음이었다. "괜찮다, 소라야." 아바지가 속삭였다. 하지만 목소리는 사정없이 갈라져 나왔다.

아무것도 괜찮아지지 않을 거라는 사실을 나는 이미 알고 있었다. 동생은 죽었다. 내 가장 친한 친구를 잃어버렸다.

시야 한쪽 구석으로 바닥에 누운 영수의 모습이 들어왔다. 오마니와 아바지가 잘못 본 걸지도 몰라. 부모님은 의사가 아니잖아. 영수가 숨을 쉬는지 확인 못 한 게 아닐까?

하지만 영수에게 다가가 아무것도 남지 않은 텅 빈 얼굴을 들여다 본 순간 알 수 있었다. 영수가 영영 사라졌다는 걸. 머릿속이 풍선처럼 부풀어 올라 둥둥 떠오르는 것 같았다. 내 몸에서 머리가 분리되어 공중에 뜬 채 마치 인형의 집을 보듯, 우리 모두가 장난감 인형인 것처럼 이 작은 방을 멀리서 내려다보는 기분이 들었다.

이제 영수와 이야기를 나눌 수 없다. 서로가 자라는 모습도 볼 수 없다. 낚시도, 바다에서 어떤 물고기든 낚아 주겠노라 너스레 떨던 그 우스꽝스러운 몸짓도 볼 수가 없다.

서러움에 숨을 몰아쉬었다.

이 순간이 다가오는 걸 알고 있었다. 마음을 굳게 먹고 있다고 생각했지만 전혀 아니었다. 깊은 상실감과 외로움이 나를 덮쳤다.

44

1951년 1월

그 뒤 며칠간 안개에 휩싸인 기분이었다.

장례를 준비하느라 사람들이 분주하게 오갔다. 나는 달리 할 일이
없었다. 아침부터 밤까지, 눈을 퀭하게 뜨고서 거실 한쪽 구석의 화각
장 옆에 내내 앉아 있었다. 아버지가 지시한 일이 딱 한 가지 있었다.
영수의 시신이 안치된 서재 방을 보지 말고 고개를 돌리고 있으라고.

"좀 쉬는 게 어떻소? 벌써 해가 다 졌지 않소." 부엌에서 아버지가
오마니에게 하는 말이 들렸다.

오마니가 어찌나 빠른 손길로 마늘을 다져 대는지 손이 보이지 않
을 지경이었다. 마늘 조각이 바닥에 다 튀었다. "장례 마치구 손님들
이 죄다 오실 텐데, 아직 떡이랑 육개장 준비를 못했습네다." 오마니
가 아버지 쪽으로 눈길도 주지 않고 말했다. 부뚜막 위가 각종 냄비로
빼곡했다. 도마 위에 놓인 날고기 덩어리에서 피가 뚝뚝 흘러 도마 모

서리를 타고 흘러내렸다. 내 몸에서도 꼭 그런 식으로 피가 빠져나가는 것만 같았다.

"처남댁은 아니 돕는 기요? 그러고 보니 처남댁은 대체 어디 갔소? 가서 좀 찾아 와야겠소." 아바지가 문 쪽으로 몸을 돌리며 말했다.

"그러지 마시라우. 이미 돕고 있지 않습네까?"

"그럼 뒷정리라도 도와 달라지 않구."

"아니, 우리 영수 음식인데 내가 해야지요. 다른 사람은 안 됩네다. 내가 하갓시요."

아바지는 오마니 팔을 잡아당겨 고개를 돌리게 하고 오마니 얼굴을 찬찬히 살폈다. "제발 음식에 집착하지 말고, 그만 좀 하시오."

말이 끝나기도 전에 오마니는 아바지 손을 힘껏 뿌리쳤다. 어찌나 매서운 몸짓인지 아바지는 뒷걸음쳤다.

"내가 해야만 합네다." 오마니의 목소리는 낮지만 한 치도 흔들림이 없었다.

아바지는 오마니를 바라보며 고개를 끄덕였다. 수염도 깎지 않은 아바지 얼굴은 어둡고 유난히 피곤해 보였다. "그래, 알아서 하라우. 나도 준비할 게 산더미니." 아바지는 밖으로 나가며 구석에 앉은 나를 힐끔 쳐다보았다. 그리고 눈길을 떨어뜨리더니 그냥 현관 쪽으로 걸어가 버렸다.

오마니는 마늘 다지던 손을 멈추었다. 부엌에서 훌쩍거리는 소리가 들려왔다.

나는 몸을 동그랗게 말고 손으로 눈을 가린 다음 눈을 질끈 감았다.

오마니가 부엌에 홀로 서서 손등으로 입을 가리고 어깨를 떨며 우는 모습을 상상하고 싶지 않았다. 이가 덜덜 떨렸다.

***

다음 날 아침, 같은 자리에서 눈을 떴다. 몸 위로 담요가 덮여 있었다. 다른 사람들은 일찌감치 일어난 듯했다. 아니, 더 이상 아무도 잠을 자지 않는 것 같았다.

턱을 크게 벌려 며칠 사이 아무 말도 하지 않아 뻐근해진 입을 풀었다. 입술이 찢어지며 피가 났다. 물을 마시려고 일어나다 오마니가 여전히 요리 중인 걸 깨달았다. 오마니 눈은 벌겋게 충혈이 되고 퉁퉁 부어 있었다. 나는 애써 못 본 체하며 다시 내 자리인 거실 구석으로 돌아왔다. 어른들은 누더기 인형처럼 늘어뜨린 내 다리 옆으로 분주하게 오갔지만 아무도 내게 눈길을 주지 않았다. 거실 구석은 혼자 영원히 잠을 잘 수 있는 인전한 안식처처럼 느껴졌다.

그날 오후, 밥을 네 숟갈 먹었다. 밥알을 다 씹고 삼킬 때까지 외숙모가 곁을 떠나지 않았다. "너무 야위어서 어째." 외숙모가 말했다. "조금만 더 먹으라. 이러다 뼈밖에 안 남겠다." 하지만 밥이 솜덩어리처럼 목구멍을 콱 틀어막아서 삼키는 것도 힘이 들었다. 그저 내 안식처로 돌아가고만 싶었다. 빨리 내 자리로 돌아가기 위해 마지못해 턱을 아래위로 움직였다.

외숙모가 허락한 뒤에야 나는 다시 내 자리로 돌아갔다. 하지만 그 사이 무언가가 변한 걸 알아챘다. 마치 긴장감에 귀를 쫑긋 세운 강아지처럼 달라진 기운을 감지했다. 목덜미가 뻣뻣해지고 귓속에서 맥박이 둥둥 울렸다. 손바닥이 땀으로 축축해졌다.

영수가 있는 방 미닫이문이 열려 있었다.

마치 방 안에서 무언가 튀어나와 내 목덜미를 물어뜯기라도 할까 봐 나는 황급히 고개를 돌렸다. 껍데기만 남은 영수 몸이 덩그러니 누워 있는 방 안을 보고 싶지 않았다. 나무 바닥에 소용돌이치는 나뭇결 무늬를 뚫어져라 바라보고 손가락으로 따라 그리며 신경을 흩뜨렸다. 하지만 그 방 안에서 들리는 발소리에 그만 소리가 나는 쪽으로 눈길을 돌리고 말았다.

오마니가 바닥에 앉은 채 하얀 삼베로 영수 몸을 번데기처럼 감고 있었다. 천을 감았다 풀었다 반복하며 완벽하게 모양새를 잡을 때까지 공을 들였다. 나는 내 동생 몸을 따라 단단히 감긴 하얀 천을 뚫어져라 바라보았다. 우리 영수가 번데기에서 깨어 나는 나비처럼 몸을 일으키길 바랐다. 달큰한 향유 냄새가 방에서부터 풍겨 나오며 멀찍이 거실에 앉아 있는 내 코까지 마비시킬 지경이었다. 숨을 멈추어 버리고만 싶었다.

오마니가 삼베 천의 마지막 매듭을 지었다. 천이 영수 머리끝부터 발끝까지를 덮으며 우리 둘 사이를 가로막았다. 영수가 더 멀어지는 게 느껴졌다. 오마니도 같은 기분을 느꼈는지 마지막 하나 남은 영수의 유품인 외투에 얼굴을 파묻었다. 그리고 조금 뒤 영수의 외투를 바닥에 내려놓고 매무새를 만지기 시작했다. 영원히 간직할 수 있도록 가지런히 개키려는 거겠지. 그때 외투 주머니를 쓰다듬던 오마니가 손길을 멈추었다.

나는 문 쪽으로 더 가까이 몸을 기울였다.

오마니가 외투 주머니에 손을 넣더니 자질구레한 물건들을 꺼냈다. 팽이, 강자갈 한 움큼, 고기잡이 그물 한 가닥, 그리고 잔가지. 오마니와 나는 뜻밖의 보물들을 멍하니 바라보았다. 아바지가 중요한 물건들만 챙기라고 했을 때 영수는 이것들을 챙겼었나? 그리고 이곳까지 오는 내내, 온종일을 걸으며 무릎이 후들거릴 때에도 이 묵직한 돌멩이들을 버리지 않고 간직했던 걸까?

나는 울고 싶은지 웃고 싶은지 모를 기분에 입을 틀어막았다. 마치 영수를 다시 보는 것 같았다. 영수의 고 작고 꼬질꼬질한 손이 수없이 닿았을 물건들.

눈을 깜빡였다. 그동안 주변에 자욱이 껴 있던 안개가 걷히는 기분이었다. 영수의 일부가 이곳 부산까지 함께 내려와, 이제는 나를 올려다보며 말을 거는 듯했다. 너는 동생을 잘 챙겨 먹였고, 따뜻하게 살펴 주었고, 한없이 업어 주었고, 그래서 네 동생은 행복했었노라고. 나는 코를 훌쩍이며 웃었다. 코에서 콧물이 줄줄 흘러내리는 것도 아랑곳하지 않았다. 며칠 내내 내 몸속에 꽉 갇힌 채 머물러 있던 소리들이 밖으로 끄집어 나왔다.

오마니는 그 물건들을 손에 한가득 집어 들고 깊이 냄새를 맡았다. 나도 방에 들어가 오마니처럼 하고 싶었지만 차마 그러지 못했다. 여전히 마음 한구석이 불안했다. 내가 그 물건들을 만지고 말고는 지금 그리 중요하지 않았다. 영수의 마지막 물건들을 보관할 수 있도록 상자를 준비하는 게 더 급했다. 오마니도 그렇게 생각할 것이다. 당장, 상자를 찾아야 한다. 마치 내 생각을 읽기라도 한 것처럼 오마니가 자리에서 벌떡 일어나 방을 둘러보기 시작했다. 하지만 원하던 것을 찾지 못하자 영수의 물건들을 다시 외투 주머니에 집어넣고 코트를 개기 시작했다.

"오마니, 국제시장에서 예쁜 상자를 구할 수 있을 겁네다." 내가 미닫이문 건너편에서 말했다.

하지만 오마니는 대답 없이 옷을 계속 접기만 했다.

45

1951년 1월 6일

다음 날, 영수의 장례를 치렀다.

아바지와 외삼촌이 나무 상여를 지고 관을 날랐다. 용두산으로 향하기 전, 현관 앞에서 한 번 걸음을 멈추고 상여를 세 번 낮게 내렸다. 영수가 집을 마지막으로 떠나는 것을 알리는 몸짓이었다. 아바지와 외삼촌 모두 걷는 내내 땅에만 시선을 고정한 채 묵언 수행하는 스님처럼 입을 꾹 다물고 있었다. 하지만 아바지의 꾹 다문 입가가 바들바들 떨리는 게 눈에 보였다.

맑고 푸른 하늘을 올려다보았다. 한겨울에 찾아든 봄날 같은 날씨였다. 마치 임진강이 온통 핏빛으로 물들었던 그날 오후처럼.

모든 게 다 비현실적으로 느껴졌다. 아바지와 외삼촌 뒤를 따르는 내내 두 팔은 몸통 옆에 딱 붙은 듯했고 내 몸에서는 아무런 무게도 느껴지지 않았다. 모두 다 괜찮다고 확인받고 싶어서 억지로 아바지 눈을 들여다보았던 그날 아침, 아바지는 초점 없는 눈으로 내 눈길을 피했다.

마침내 도시 외곽의 언덕길에 다다랐다. 아침 햇살이 소나무 사이로 스며들며 사람들 얼굴 위로 빛을 드리웠다. 오마니는 눈을 찡그렸다. 오마니 얼굴 위로 무수한 주름이 졌다. 꼭 살이 가는 빗으로 오마니 피부를 문지른 것처럼 얼굴이 자글자글했다. 오마니 손이 덩그러니 배회하며 누군가가 잡아 주기를 바라는 걸 눈치챘지만 차마 오마니 손을 잡을 엄두가 나지 않았다. 그 손을 잡아 줄 사람은 내가 아니라 영수, 아니면 지수일 게 분명하니까.

지수는 외숙모 등에 업혀 두 손으로 외숙모 목을 꼭 끌어안고 있었다. 지수는 텅 빈 눈으로 나를 힐끗 바라보더니 이내 머리 위로 드리워진 상록수 이파리로 눈길을 돌렸다. 지수가 이 모든 상황을 이해하는지 문득 궁금증이 일었지만 지수가 이제 갓 네 살이 된 걸 기억했다. 열 살 터울이 얼마나 차이가 큰지 난생처음으로 실감이 났다. 우리 둘 사이를 메꾸어 주던 영수가 없으니 더더욱 외톨이가 된 기분이었다.

산길을 걸어 올라가자니 소나무 숲이 한층 울창해지며 해를 거의 다 가렸다. 울창한 숲 사이로 조금씩 비쳐 드는 햇살과 그림자 사이를 오가던 오마니는 점점 더 그림자 속으로 모습을 감추었다. 공기도 얼어붙을 듯 차가워졌다.

"영수야! 우리 영수야!" 오마니가 하늘을 향해 울부짖었다. 외숙모가 오마니를 감싸 안았다.

나는 그저 멍하게 오마니와 외숙모를 바라보았다.

영수 목소리를 한 번만 더 듣고 싶었다. 영수가 강에서 고기를 잡는 모습을 보고 싶었다. 아프기 전, 전쟁이 나기 전 영수의 건강한 얼굴을 되새겼다.

"소라야, 이리 온. 이제 누나가 되었구나. 니 남동생이다." 아바지가 말했다.

나는 지난 며칠간 최씨 아저씨 댁에 머물며 네가 태어나기를 기다렸다. 통통한 다리를 최대한 빨리 놀려 우리 가족의 초가집으로 달려왔다.

아바지의 품 안, 하얀 강보에 둘러싸인 네 얼굴은 이제껏 본 그 어떤 얼굴보다도 자그마했다. 네가 눈을 뜨기 전까지 나는 내가 숨을 참고 있다는 사실도 알아채지 못했다. 그 아름답고 반짝이는 까만 눈동자를 마주했을 때 나도 모르게 숨을 '헉' 들이마셨다. 너는 마치 내가 누구인지를 이미 잘 안다는 듯한 눈으로 나를 바라보았다.

"너무 귀여와요!" 나는 한없이 서툰 손을 너의 보석 같은 눈을 향해 내밀며 외쳤다.

"조심해야지, 소라야." 아바지가 너를 높이 들어 올리며 말했다. "아기를 너무 만지면 안 돼. 아직 너무 작지 않니."

"알갓시요. 절대 만지지 않갓시요. 더 보여 주시라요." 내가 말했다.

아바지가 너를 다시 내렸고 나는 너를 한 번 더 들여다보았다. 세상에서 가장 예쁜 아기였다. 앵두 같은 입술과 보슬보슬한 곱슬머리, 조그마한 콩알 같은 코. 도저히 참을 수가 없어서 너의 부드러운 머리카락에 입을 맞췄다.

처음 본 순간부터 나는 늘 너를 사랑했어.

시퍼렇게 멍든 심장을 추억이 내리눌렀다.

길목에 동백나무가 파르라니 피어 있었다. 통통하게 여물어 곧 툭 터질 것 같은 꽃봉오리가 마치 성급하게 봄을 향해 내달리는 것만 같아서 꼴도 보기 싫었다. 우리 영수는 이제 영원히 봄을 보지 못하는데. 영수는 이제 탐스러운 동백꽃을 즐길 수가 없는데.

고향 버드나무는 아직 두꺼운 눈에 파묻혀 있겠지. 갑자기 우리 고향 집과 반짝이는 강물, 언덕 위의 학교가 미치도록 그리웠다.

길고 긴 걸음 끝에 공터에 다다랐다. 나무가 주변을 둘러싼 모양새가 마치 부모님이 아이를 지키는 것 같은 인상을 주었다. 공터에는 명기 오빠네 아주머니와 유미가 하얀 옷을 입고 서 있었다. 그 밖에는 다들 낯선 얼굴이었다. 외삼촌과 외숙모의 친구분들 같았는데, 영수가 누구인지도 모르면서 왜 여기까지 걸음을 한 건지 궁금했다. "애가 몇 살이었어요?", "어쩌다 죽은 거예요?", "아들은 걔뿐이었답니까?" 하지만 우리가 도착하는 걸 보자 그들은 수군거리던 걸 멈추고 눈물을 흘리며 길을 터 주었다. 사람들 너머로 깊은 구덩이가 보였다.

심장이 멈추는 듯한 기분이었지만 두 다리는 쉴 새 없이 움직였다. 구덩이는 한없이 깊고 시커멨다. 아바지와 외삼촌이 영수의 관을 구덩이 안으로 내렸다. 조금씩 천천히, 관이 시야에서 사라질수록 나는 숨이 가빠졌다. 영수의 마지막 모습을 하나라도 놓칠 수 없었다. 단일 초라도.

나는 구덩이 끝자락에 가까이 다가갔다. 고개를 내리자 관이 다시 눈에 들어왔다.

목사님이 묘 옆에 서서 흔들림 없고 단단한 목소리로 기도를 올렸다. 이미 이런 일은 숱하게 겪은 듯 무미건조한 목사님 모습이 차라리 감사하게 느껴졌다. 찬송가 몇 곡을 불렀다. 외삼촌은 사정없이 떨리는 아바지와 오마니 목소리를 대신하려는 듯 더욱 목소리를 높였다. 하지만 모든 것이 밝고 아름다우리라는 후렴구에 닿자 외삼촌의 목소리도 사정없이 떨리고 말았다. 그리고 이어진 설교는 하나도 귀에 들어오지 않았다. 오마니는 기도를 하려고 했지만 한마디를 겨우 꺼내고는 목소리가 형편없이 갈라져 아무 말도 못 했다. 명기 오빠네 아주머니가 부랴부랴 오마니 곁으로 다가왔다. 나는 목구멍에 진흙 덩어리가 꽉 끼어 굳은 것 같다고 생각했다.

아바지가 앞으로 걸어 나와 깊숙이 인사를 한 뒤 관 위로 흙 첫 삽을 뿌렸다. 그리고 나서 여러 아저씨들이 함께 영수를 묻었다.

내 눈은 소나무로 만든 관에서 떨어질 줄 몰랐다. 관이 몽땅 흙으로 덮일 때까지 눈을 떼지 않았다. 우리 동생이 저 땅 밑에 누워 있다는 사실을 도저히 믿을 수 없었다.

사람들이 하나둘 자리를 뜨기 시작했다.

아주머니가 눈가를 손수건으로 훔치며 말을 걸었다. "소라야, 우리 소라 어찌 지냈니?"

무어라 대답을 해야 할지 몰랐다. 이제껏 그 누구도 나에게 그런 질문을 건넨 사람이 없었으니까. 명기 오빠가 다가와 우리 부모님을 향해 인사를 할 때까지 나는 그저 얼어붙은 듯 서 있기만 했다. 오빠는 그새 키가 한 뼘은 더 자랐고 예전보다 살이 빠졌지만 좀 더 다부져 보였다. 금테 안경 너머 얼굴은 이전보다 더 강인했다. 이전과 다름없는 다정한 눈빛이 아니었다면 하마터면 오빠를 못 알아볼 뻔했다. 오빠의 눈빛에 그만 울음이 터졌다. 얼굴이 엉망으로 일그러져 두 손으로 가려 버렸다.

46

사람들은 짝을 지어 산을 내려갔다. 나만 홀로 길을 걸었다. 곁에 아무도 없으니 바람을 온전히 마주 받아야 했다. 내 몸은 마치 곧 부러질 나무처럼 흔들거렸다.

외삼촌 집에 도착했다. 외숙모는 서둘러 부엌으로 들어갔고 오마니와 아주머니가 외숙모를 도우러 뒤따랐다. 하지만 외숙모는 손사래를 치며 두 사람을 부엌 밖으로 내쫓았다. 오마니는 딱히 거부하지 않았다. 아바지와 외삼촌은 밥상 앞에 자리를 잡았다. 아바지는 외삼촌의 등을 툭툭 두들겨 주었다. 나머지 사람들도 아바지와 외삼촌을 따라 자리에 앉았다. 그 누구도 먼저 입을 열지 않아 방 안은 쥐 죽은 듯 조용했다.

한참 뒤 아바지가 아주머니를 향해 말했다. "짧은 머리도 보기 좋습네다." 하지만 말이 끝나기 무섭게 울음을 터뜨리고 말았다.

아버지가 늑대처럼 울부짖는 소리를 들으니, 계속 그 방에 머물렀다간 온 마음이 수백 조각으로 산산조각 날 것만 같았다. 자리에서 일어나 현관 밖으로 나갔다.

안마당 평상 위에 손님들 신발이 가지런히 놓여 있었고 그 옆으로 명기 오빠와 유미가 앉아 있었다. 유미는 마치 강아지를 돌보듯 지수를 제 무릎 위에 올려 어르는 중이었다.

"미안해, 전부 다." 유미가 나를 바라보며 말했다.

나는 유미 곁에 앉았다. 지수가 유미를 자기 누나라고 생각하는 건 아닐까 궁금했다. 지수에게 손을 뻗었지만 지수는 내게 오기를 거부했다. 차라리 아저씨처럼 다른 사람에게 가면 갔지 나에게 올 일은 없겠지.

어? 잠깐만. 김씨 아저씨는?

"유미야…, 아자씨는 어디 가셨어?" 문득 부산에 도착한 뒤 아저씨를 본 적이 없다는 사실을 깨달았다. 아무리 생각해 보아도 장례식에서조차 본 기억이 없었다

"공산당한테 잡혀가셨다." 명기 오빠가 무릎 사이에 두 손을 끼고 아래를 내려다보며 답했다. "우리가 도망치기 바로 전날 밤에 말야. 아바지는 그런 일이 일어날 수도 있다고 늘 말씀하셨다. 그리고 무슨 일이 있어도 꼭 예정대로 떠나라고. 그래서 아바지 말씀대로 했다. 내가 학교에 안 가구 일을 하는 것도 그 때문이야. 이제 내가 우리 집 가장이니까." 명기 오빠는 침을 꿀꺽 삼키더니 깊은 생각에 빠졌다. 호리호리하고 발만 훌쩍 큰 오빠 몸은 아직 어른이 되려면 한참 멀어 보

였다.

"아바지랑은 꼭 다시 만날 수 있을 기야." 유미가 허리를 펴고 앉으며 말했다. "공산당이 아바지를 노동 수용소에 보냈다면 틀림없이 탈출하실 거라우. 우리 아바지는 세상에서 젤 똑똑하신 분인걸. 너처럼 부산까지 잘 오실 수 있을 기야." 유미는 말을 멈추더니 손톱을 깨물기 시작했다.

등에 총대가 겨누어진 채 걷는 아저씨 모습을 그려 보았다. '그냥 모르는 아자씨'라고 말해야 했던 삼촌의 모습도 겹쳐 떠올랐다. 속이 메슥거려 토할 것 같았다. 아저씨한테는 무슨 일이 일어난 걸까? 지금은 어디에 계시는 걸까? 살아 계시긴 할까?

"미안해." 유미에게 말했다. 하지만 생사를 모르는 게 죽은 것보다는 훨씬 낫겠다는 생각이 들었다. 아직 실낱같은 희망이라도 남아 있는 유미가 부러웠다. 우리 영수는 이제 영영 집에 돌아오지 못하니까.

참새들이 안마당을 오갔다. 저렇게 작고 약한 것들도 살아 있는데 왜 우리 동생은 차가운 땅속에 누워 있어야 하는 걸까? 온 안마당을 휘젓고 다니며 서로 쫓는 참새 떼를 눈으로 좇았다. 참새 떼에만 온 신경을 집중했다.

"영수, 참 착했는데." 명기 오빠가 입을 열었다.

유미는 손등으로 눈물을 훔쳤다. 지수는 유미의 삼단 같은 머리카락을 잡아당기며 놀았다.

참새 떼가 끈질기게 오가며 내 인내심을 시험했다. 정신 사납게 뛰어다니고 포드닥거리며 이 잊을 수 없는 날의 일부로 기억되겠다는 듯. 그러고는 아무런 예고도 없이 떼를 지어 날아올랐다. 순식간에 높이 날아올라 눈이 닿지 않을 먼 곳으로 사라져 버렸다. 떠나 버렸다. 초저녁 부엉이들이 '부엉부엉' 우는 소리를 들으며, 어떻게 벌써 오후가 훅 지나가 버렸는지 궁금했다.

장례식에 참석했던 손님들이 저녁을 먹기 위해 집 안으로 들어오기 시작했다. 우리 셋은 서둘러 일어나 손님들을 안으로 안내했다. 외숙모가 벌써 상 가득 구운 생선과 장아찌, 육개장과 떡을 차려 두었다. 사람들이 작은 방에 복닥복닥 모여 앉아 영수의 영정 사진을 보며 참으로 인물이 훤칠한 아들이었다는 둥 이런저런 위로의 말을 건넸다. 집에서 챙겨 온 사진은 없었지만 다행히도 외삼촌이 집에 간직해 둔 사진이 하나 있었다. 영수가 아기일 때 찍은 사진이었다. 고향 집에는 그것보다 훨씬 나은 사진이 있었는데. 영수가 강가에서 고기를 잡는 모습이었다. 그 사진을 다시 볼 수 있는 날이 올까, 궁금해졌다. 누군가 아버지에게 소주 한 잔을 따라 드렸고 아버지는 잔을 쭈욱 들이켜더니 한 잔 더 청했다. 방은 점점 더 사람들로 발 디딜 틈이 없어졌다. 결국 서 있을 자리 하나 찾기도 어려웠다.

"이리 오라우. 저기 자리가 있어." 명기 오빠가 영정 근처를 가리키며 말했다. 나와 유미는 오빠를 따라 사람들 틈을 헤쳐 지나갔다.

사람들이 내 앞을 가리고 있을 때는 미처 몰랐는데 가까이서 본 영수의 영정은 번쩍번쩍 빛이 났다. 반짝이는 은테로 된 액자 속에는 외삼촌이 찾아낸 영수의 아기 때 사진이 들어 있었다. 그 옆으로는 학무늬 자개함이 놓여 있었다. 까맣게 옻칠한 함은 반질반질 광이 돌았다. 함 안쪽, 까만 공단 위로 영수의 물건들이 가지런히 놓여 있었다.

"저 팽이 기억나는구나." 유미가 상자 속을 바라보며 말했다. "영수가 좋아하던 긴데. 너희 집 놀러 갈 때마다 우리한테 보여 주었잖니."

나는 설핏 웃음 지었다. 영수가 외투 주머니 속에 이리도 많은 물건을 담고 있는지 미처 몰랐다. 수북하게 쌓인 자갈과 잔가지, 그물 가닥 아래 종이 한 장이 접힌 채 놓여 있었다. "이건 뭐지?" 나도 모르게 물었다.

명기 오빠와 유미가 고개를 숙였다.

종이를 끄집어내는 내 손이 떨렸다.

종이 속에 접혀 있던 대륙과 바다와 강의 모습이 눈앞에 펼쳐지기도 전에, 그 종이가 무엇인지 한눈에 알 수 있었다. "내 지도야." 분명내가 며칠 전에 마구 구겨서 집어 던졌던 지도가 곱게 펴진 채 접혀 있었다. "이거이 왜 여기에 있지?"

"소라야, 그건 만지면 안 된다. 영정이잖니." 외숙모가 다가와 지도를 내 손에서 가져가며 말했다.

"그치만 이거이 어쩌다 여기 들어갔드래요? 이건 영수 외투 주머니에 있던 물건이 아닌데." 내가 대꾸했다.

"그게 무슨 말이야? 이거 영수 거잖아. 영수 떠나기 전날 밤에 계속붙들고 있었다. 구겨진 걸 다시 잘 펴겠다고 내내 가슴 위에 대고 문지르던데. 누가 실수로 구겼나 보지. 불쌍한 것. 그렇게 기운도 하나안 남았는데, 그 종이가 다 펴질 때까지 절대로 안 놓더라."

얼굴에서 피가 싹 빠져나가는 기분이었다. 내가 망쳐 놓은 것을 고치느라 남은 힘을 그렇게 써 버리다니. 그 힘을 남겨 두었더라면 윷가락이나 한 번 더 던지고, 밤하늘 별이라도 한 번 더 볼 수 있었을 텐데. 이따위 것이 아니라, 다른 더 중요한 일에 힘을 썼어야 했는데.

외숙모가 지도를 다시 상자 속에 집어넣은 뒤 조문객들을 향해 몸을 돌렸다.

"그 지도, 니 것이지? 너 집에 있을 때 맨날 펼쳐 보던 거잖니. 우리가 아직 학교에 다닐 적에 말야." 유미가 눈을 휘둥그레 뜨며 말했다.

"구겨서 버렸어." 나는 속삭이다시피 답했다. "영수 방에서 말야."

"그럼 영수가 그걸 찾아서 다시 폈다는 말이니?"

형사가 따로 없으시네요. 예, 맞습네다. 유미한테 대고 쏘아붙이고 싶었지만 그 대신 힘껏 노려보기만 했다. 제 일이나 신경 쓰지, 왜 남 일에 이렇듯 참견하고 난리야. 영수가 지도를 찾지 못하게 아궁이 불꽃에다 던져 버렸어야 했는데. 그럼 눈감기 전날 밤 마지막 순간을 아무 쓸모도 없는 지도 따위에다가 낭비하지 않았을 텐데.

그때였다. 유미가 내 어깨에 손을 얹은 건. 나는 놀라서 유미를 쳐다보았다.

"소라야, 다 너를 위해서 그렇게 한 기다." 유미가 말했다. "그러니까 세상 바라보는 걸 멈추어서는 안 된다. 영수는 니가 꿈을 포기하는 걸 원하지 않았던 기야."

47

1951년 2월

이후 몇 주간 오마니는 내내 자리에 누워 창밖만 바라보며 지냈다.

외숙모는 온종일 어물전에서 일을 하고 저녁에는 가족들 밥을 챙겼다. 누구도 오마니의 손을 빌리려 하지 않았고 오마니도 일을 거들지 않았다. 오마니에게 무슨 말을 건네야 할지 몰랐다. 오마니가 나를 원망하고 있다는 생각에 아무런 말도 걸 수 없었다.

아바지는 항구에서 일자리를 구했다. 아침에 이불 밖으로 나오는 것조차 힘들어 보였지만 꾸역꾸역 일하러 나갔다. 아바지는 밤새 담배를 태우고 소주를 홀짝이며 하염없이 하늘의 별만 바라보았다. 일을 마치면 끊어질 것 같은 허리를 두들기며 집으로 돌아왔다. 하지만 무거운 군수 물자를 배에서 내려 트럭에 싣는 일이 고되다고 단 한 번도 불평하지 않았다. 아바지가 아니어도 그 자리를 원하는 사람은 수없이 많다고 했다.

낮 동안 나는 주로 지수를 돌보고 오마니도 돌보았다. 오마니는 내내 머리가 깨질 것 같다고 했다. 집안일을 하면 시간이 잘 갔다. 외숙모를 도와 아침상을 차리기 위해 국을 끓이고 밥을 짓고, 밥을 먹고 나서는 설거지를 했으며, 동네 우물에 가서 물을 길어 왔다. 지수를 씻긴 뒤에는 오마니 머리에 얹은 젖은 수건을 갈았다. 정오쯤에 점심을 간단하게 차리고 집 정리를 하고, 조금 쉬고 나면 어김없이 저녁 먹을 준비를 해야 했다. 종종 밥이 너무 질게 되었다고 외숙모한테 야단맞을 때도 있었다. 그래도 집안일을 하며 몸을 놀리면 오마니를 삼킨 저 커다란 암흑에 잡아먹히지 않을 수 있었다.

오마니, 아바지가 영수 이름만 들어도 무너질 것을 알았기에 영수 이야기는 아예 꺼내지 않았다. 하지만 누군가와 영수 이야기를 나누고 싶었다. 영수가 나를 어찌나 웃게 만들었던지 한번은 코로 물을 뿜은 적도 있다고, 돌을 쌓아 올려서 내 키보다 더 큰 탑을 만든 적도 있다고, 수학 시험에서 제 학급에서 가장 높은 점수를 받은 적도 있다고, 절대 선생님이 실수한 게 아니라 순전히 제 실력으로 그리 좋은 점수를 받았노라고, 주변에서 물장구치며 노는 애들만 아니었다면 진즉에 팔뚝만 한 송어를 잡고도 남았을 거라고 사람들에게 말하고 싶었다. 우리 영수는 타고난 어부였어요. 인내심과 끈기가 고기잡이에서 가장 중요한 덕목 아니갓시요? 그뿐일까. 영수는 우리가 생각하는 것보다도 훨씬 똑똑한 아이였다. 어찌나 생각이 깊은지 깜짝 놀랄 때가 얼마나 많았는데. "누나, 동물들은 미워하는 감정을 모른다. 그저 두려움을 느끼는 것뿐이야."

하지만 나는 온종일 한마디 말도 없이 지냈다. 저녁이 되면 입이 바짝 말라붙어 떨어지지도 않을 만큼.

***

어느 날 저녁, 내가 하고 싶은 말과 그들이 듣고 싶지 않은 말이 맞부딪쳤다.

"소라야! 상 좀 차려 줄래?" 외숙모가 부엌에서 외쳤다. 냄비가 달그락거리는 소리가 요란했다. 외숙모 발걸음이 바빴다.

"예, 외숙모." 나는 찬장에서 젓가락을 꺼내 밥상에 놓았다.

"어서 외삼춘이랑 아부지도 불러 온나. 저녁 다 됐다."

나는 앞마당으로 나갔다. 저녁 공기가 선선하고 편안하게 느껴졌다. 외삼촌은 화덕에 오징어를 굽는 중이었고 아버지는 바짝 마른 오징어를 작은 틀에 넣고 누르는 중이었다. 오징어 냄새에 너무 익숙해져서 이제는 거의 알아차리지도 못했다.

두 사람은 한창 전쟁 이야기 중이었다. 삼팔선 근처에서 일어나는 전투에 대해 말하고 있었다. 아직 전쟁 중이란 사실을 까맣게 잊고 있었다. 시장 바닥을 거니는 미군들은 일반 사람들만큼이나 여유가 넘쳤고, 솔직히 영수가 죽은 뒤로는 세상이 어찌 돌아가는지 내 알 바 아니었다. 나는 목을 가다듬고 말했다. "아바지, 외삼춘, 저녁 드시러 오시라요."

"그래, 소라야. 금방 가마." 아버지가 손과 옷자락에서 마른오징어 가루를 털어 내며 말했다.

나는 거실로 돌아왔다. 오마니가 밥상 앞에 앉아 있었다. 그런데 맞은편에 놓인 젓가락을 바라보는 오마니 눈에 눈물이 그렁그렁했다.

외숙모가 칼국수 그릇을 나르다 오마니 상태를 눈치채고 말했다. "아이고, 소라야…. 어찌 이리 생각이 없노?"

오마니가 결국 흐느끼기 시작했다.

'대체 무슨 말을 하시는 거지?' 외숙모의 눈길을 따라 상 위에 놓은 젓가락 개수를 세어 보았다. 일곱 벌. 밥상에 일곱 사람 자리를 놓은 거였다. 맥박이 마구 뛰며 귀가 먹먹해졌다.

"영수가 국수를 좋아했습네다." 말이 불쑥 튀어나왔다.

오마니는 더 소리 높여 울기 시작했다.

"마지막 생일에도 국수가 먹고 싶다구 했시요." 나는 아랑곳 않고 말을 이었다.

외숙모가 입을 앙다물고 나를 향해 눈을 마구 끔쩍거렸다.

"이 무슨 일이오?" 아바지와 함께 방에 들어서던 외삼촌이 물었다.

"소라가 젓가락을 여섯 벌이 아니라 일곱 벌을 놓지 않았겠어요. 그래서 형님 속이 상했습니더." 외숙모가 마치 시큼한 자두를 베어 문 듯 오만상을 찡그리며 말했다.

"그게 어떻게 소라 탓이라구. 깜빡 실수할 수도 있지." 외삼촌이 대꾸했다.

"내가 언제 소라가 일부러 그랬다고 했소? 아무 생각이 없었으니 아쉽다는 거지! 특히 이런 때에, 제 엄마 생각을 좀 해야지요!"

"생각이 없긴 뭐가 없소!" 아바지가 고함을 쳤다. 아바지 입에서 침이 튀었다.

"매형, 그만하시라요." 외삼촌이 말했다. 그러고는 목덜미를 벅벅 문질렀다. "왜 다들 소리를 지르고 난리요? 이미 충분히 힘들지 않습네까?"

지수가 '와앙' 울음을 터뜨렸다. 오마니는 지수를 안아 들고 대문 밖으로 뛰쳐나갔고, 외숙모는 그런 오마니 뒤를 따랐다. 아바지는 웃옷 주머니를 더듬으며 마당으로 되돌아가 담배를 피우기 시작했다. 외삼촌은 고개를 절레절레 흔들더니 안방으로 들어가 버렸다.

나만 혼자 남겨 두고.

김가네와 박가네가 모두 옷을 근사하게 차려입고 한데 모였다.

반질반질 윤이 나는 과일과 화사한 색의 천이 집 안을 가득 채웠다. 우리는 온 방을 누비고 다니며 숨바꼭질에 한창이었다. 명기 오빠의 정수리가 궤짝 밖으로 비죽 튀어나왔다. 유미의 자그마한 그림자가 병풍 뒤로 비쳐 보였다. 하, 둘 다 찾았다!

"즐거운 추석 되시라요!" 명기 오빠네 아주머니가 말했다. 아주머니는 송편 접시를 돌렸다.

"초대해 주셔서 감사합네다. 저녁도 너무 잘 먹었시요." 오마니가 네 살배기 영수를 노란 한복 치마 위로 앉힌 채 말했다.

아바지는 밥상 근처 바닥에 앉아 배를 툭툭 두드렸다. "아이고, 배가 터지갓소."

우리는 숨바꼭질을 끝내고 거실로 모였다. 저녁 햇살이 얼굴 위로 은은하게 내려앉았다. 나는 눈을 감고 이 집이 우리 집이었으면 하고 바랐다.

웃음소리와 먹고 마시는 소리, 이야기 소리가 끊이지 않았다. 올해 배 농사가 어찌나 풍년이었는지, '한국'이라는 우리나라 이름이 얼마나 듣기 좋은지, 가족 친구들이 다 건강해서 얼마나 다행인지. 가슴 한 구석이 시큰거리는 걸 느끼며 이야기에 귀를 기울였다.

얼마 지나지 않아 내가 더 못 참고 말을 꺼냈다. 우리말에 모음이 열 개, 자음이 열네 개인 것 알고 있습네까? 저는 주황색을 가장 좋아합네다. 숨바꼭질보다는 술래잡기가 더 좋지요. 커서는 작가가 되구 싶구요. 우리 하라바이는 미국에서 사셨댔어요. 지금은 돌아가셨습네다. 우리 반 친구 하나는 자기가 하늘을 날 수 있다고 생각해요. 저는 군만두가 좋아요. 근데 영수는 칼국수를 더 좋아합네다.

목구멍 속으로 비명이 차올랐다. 일곱 번째 젓가락이 놓인 자리에 앉아 영수의 젓가락 끝이 손바닥을 파고들도록 꽉 움켜쥐었다.

48

1951년 4월

시간은 어떻게든 흘러갔다.

나는 집 뒤뜰 담벼락 위에 자리를 잡고 앉았다. 산이 푸르른 융단처럼 보였다. 처음 보았을 땐 사나워 보이던 산 능선이 초목으로 뒤덮이며 부드러워졌다. 벚꽃이 흐드러지며 연분홍 꽃눈이 휘몰아쳤다. 눈이 시큰거려 꼭 감았다.

"소라야! 어딨니? 와서 좀 도우라우!" 오마니가 부엌에서 안마당으로 걸어 나오며 외쳤다. 오마니 손은 김치 국물과 고춧가루로 시뻘겋게 물들어 있었다. 외숙모에게 너무 폐를 끼친다 싶었는지 오마니는 다시 부엌일을 시작했다.

뒤뜰에서 오마니 모습이 훤히 보였지만 못 들은 척했다.

오마니는 대문 밖을 살피더니 광 안도 살폈다. 그리고 집 모퉁이를 돌며 또다시 내 이름을 불렀다. 오마니 치맛자락이 펄럭였다. 그리고 마침내 나를 발견했다.

오마니는 손을 양 옆구리에 올린 채 내 쪽으로 성큼성큼 다가왔다. "야, 부르는데도 왜 대답을 안 하니?"

나는 어깨만 으쓱해 보였다.

오마니 얼굴이 딱딱하게 굳는 게 보여 혹여나 그동안 쌓인 화가 폭발하지나 않을까, 따귀를 올려붙이지는 않을까 걱정이 되었다.

"당장 내려오라우." 오마니는 그저 이를 꽉 깨물고 이렇게 말했다.

나는 돌담을 기어 내려갔다. 문득 피란하던 시절, 기차 지붕에서 아래로 내려오던 때가 생각났다. 완전히 겁을 집어먹은 영수의 얼굴이 머릿속을 스쳤다. 치맛자락을 당겨 내렸다. 치맛단은 어느새 내 발목 위까지 껑충 올라와 있었다. 키가 자라면서 내 모습은 피란하던 시절과도 확연히 달라졌다. 하지만 영수는 여전히 갓 열 살이 된 채로….

"좀 서두르라우!" 오마니가 고춧가루 범벅인 손으로 내 팔을 잡아채 담벼락 아래로 휙 끌어 내렸다. 팔꿈치가 울퉁불퉁한 돌 표면에 주욱 긁혔다. 비틀거리며 바닥에 내려서면서 오마니와 눈이 마주쳤다. 잠깐이나마 오마니 얼굴에 드러난 표정을 읽을 수 있었다. 내 얼굴에서 자신의 모습을 보고, 그 때문에 나는 물론 자신까지 더 모질게 대한다는 걸. 눈이 시큰거렸다.

"외삼춘 어물전에 가서 오징어 좀 받아 오라. 생일상에 올릴 오징어무침 만드는 법을 알려 줄 테니." 오마니가 담담한 목소리로 말했다. 오마니 얼굴은 마치 밀랍이 녹아내리는 것처럼 축 처져 보였다. 말을 마치자 오마니는 집 안으로 쌩하니 들어갔다.

생일상? 누구 생일이지? 혼자 머리를 굴렸다.

아, 오늘이 내 생일이구나. 왜 오마니는 내 생일을 내 생일이라고 말하지 않을까? 그러고 보니 오마니가 내 얼굴을 제대로 쳐다본 지도, 같은 방 안에 있었던 지도 매우 오래되었다는 걸 깨달았다.

영수가 아니라 내가 대신 죽었어야 했는데.

영수는 나보다 훨씬 더 착한 아이였다. 언제나 다른 사람들을 행복하게 만들어 주었지. 오마니의 귀한 맏아들. 오마니가 나보다 영수를 더 사랑한 것은 너무 당연한 일이었다.

어쩌나? 살아남은 건 나인 것을. 그런데 더 이상 어떻게 살아야 하는지 알 수가 없었다.

토요일 오후 국제시장은 사람들로 북적였다. 반들반들한 도자기와 색색의 옷감, 양배추, 부추, 귤 등 신선한 과일과 채소가 가판대를 가득 채웠다. 봄 특유의 푸릇한 향기가 공기 중에 가득했다. 외삼촌네 가판대는 통로 맨 끝에 자리하고 있었다. 그쪽으로 걷기 시작했다.

"오늘 잡은 싱싱한 잉어랑 오징어 있소!" 외삼촌이 행인들을 향해 말했다. 외삼촌은 목소리를 높이거나 흥정을 하는 법이 없었다. 외삼촌의 가판대 위에 놓은 작은 양동이 안에는 은빛 물고기들이 수면 위로 입을 뻐끔거렸고 그 옆으로 제법 통실한 오징어들이 가지런히 놓여 있었다. 오징어 다리가 가판대 아래로 늘어진 모양이 꼭 물에 젖어 늘어진 댕기 머리 같았다.

"외삼춘, 오마니가 저녁 찬거리로 오징어를 좀 받아 오라구 했습네다." 무슨 이유에서인지 생일이라는 말은 꺼내지 못했다. 내 생일.

"물론이지. 오늘 니 생일 아니갓니. 자, 젤루 크고 싱싱한 놈들로 주마." 외삼촌이 눈을 찡긋해 보이고는 물컹거리는 오징어를 내가 챙겨 온 삼베 주머니에 넣어 주었다.

우리 오마니랑 어쩜 이렇게 다를까? 나는 꾸벅 인사를 드렸다. "감사합네다, 외삼춘."

외삼촌이 싱긋 웃었다. "그거 아니? 니 오마니랑 내가 어릴 적엔 말야, 우리 아바지가 고기 잡으러 나가실 때 종종 따라가곤 했어. 그때마다 머리끝부터 발끝까지 쫄딱 젖어서 집에 왔지 않니! 아바지가 한번은 간식으로 홍시를 하나씩 나눠 주셨는데 니 오마니가 가장 좋아하는 과일이 감이었어. 서로 안 뺏기려고 손에 꼭 쥐고 정신없이 먹었다. 팔뚝이며 턱에 홍시 과즙이 줄줄 흐르는데도 어찌나 꿀맛이던지. 우리 얼굴이 엉망이 된 걸 보고 니 외할아버지가 배를 잡고 웃으셨다. 내 어린 시절을 생각하면, 그거이 가장 행복한 기억이다." 외삼촌이 내 등을 도닥여 주었다.

오마니가 밖에서 뛰어놀거나 얼굴에 홍시를 떡칠하고 다니다니, 도저히 상상이 가지 않았다. 불편한 마음에 자리를 뜨고 싶어 꼼지락거렸다.

"감이 잘 익기 전에는 어떤 줄 아니? 풋감은 파랗고 시큼할 뿐 아니라 떫기까지 하다. 니 오마니랑 똑같아." 외삼촌이 껄껄대며 말했다. "하지만 참을성을 갖고 기다리면 완전히 다르게 변하지. 기다려서 참 다행이다 싶을 만큼. 아, 잠깐만 기다려 보라우. 저기 과일 파는 친구가 있는데, 오늘 감 들여놓은 게 있는지 한번 물어봐야겠다. 금방 올 테니 기다리라."

아, 바로 자리를 떴으면 좋았을걸. 그러면 다음 이야기는 듣지 않아도 되었는데. 내 속을 박박 긁고 화를 있는 대로 뻗치게 만든 그 이야기를 듣지 않아도 되었을 텐데.

"자식 잃는 것만큼 불행한 일이 세상에 어디 있겠습니꺼." 외숙모가 옆 난전에서 양배추를 파는 아주머니를 향해 말을 던졌다. "그냥 가슴에 묻고 살아야제. 생각도 말고, 입 밖으로 내지도 말고 그렇게."

"맞다, 맞아. 잊는 게 낫다. 그래도 아들이 하나 남았다니 참말로 하늘이 도왔다." 아주머니는 혀를 끌끌 차며 대꾸했다. "외아들이었으면 진짜 다 잃고 어쩔 뻔했누?"

나는 잠자코 이야기에 귀를 기울였다. 내 몸 전체가 커다란 징이 된 것처럼 웅웅 울리는 기분이었다. 그래도 아들이 하나는 남았다고? 그냥 잊는 게 낫다고? 아들을 다 잃었으면 어쩔 뻔했겠냐고? 와, 외숙모 말하는 것 좀 보라지. 친구란 사람도 생각 없긴 마찬가지야!

입 안에 비릿한 쇠 맛이 감돌았다. 외삼촌이 돌아와서 오마니와 홍시가 어쩌고 나룻배를 타고 어쩌고 하는 이야기를 더 풀기 전에 얼른 자리를 떠 버렸다. 그런 이야기를 도저히 믿을 수 없었다. 어차피 오마니는 내가 그렇게 자유롭게 지내는 꼴은 두고 못 본다.

집 가는 골목과는 다른 길. 낯선 집들. 더 넓은 도로. 내가 어디로 가는지 알 수 없었다. 도망치는 삶이 지긋지긋하다는 생각뿐이었다. 여기 이곳, 부산에 오기 위해 내 모든 것과 내 동생의 목숨을 걸어야 했다. 자유를 찾아 도망치면 다른 일도 잘 풀릴 거라고, 그래서 학교도 다시 다니고 글도 배우고, 더 행복하게 살 수 있을 거라고 믿었다. 다 틀린 생각이었다. 가능한 건 아무것도 없었다.

어디로 떠나건, 나의 일부는 항상 우리에 꼭 갇힌 채 자유로울 수 없었다. 비가 내리기 시작했다. 얼굴을 타고 흐르는 빗물에 눈을 찡그렸다. 문득 물안개 속에서 깨달음을 얻었다.

부산에 도착한 건 절반일 뿐이었다. 남은 전쟁을 치러야 했다. 외삼촌 집 부엌 안에서 김치 국물 뚝뚝 떨어지는 손으로 일하는 누군가를 상대로.

49

"오징어 받아 왔니?" 오마니가 물었다. 아무런 감정도 담기지 않은 눈이 내 손에 들린 불룩한 삼베 주머니에 머물렀다.

나는 오마니에게 주머니를 건넸다.

오마니가 주머니를 받아 들고 집 안으로 향하며 어깨 너머로 내게 말했다. "들어오라우. 요리하는 법도 알려 줄 테니."

부엌 안으로 들어가자 명기 오빠네 아주머니와 유미가 요리를 돕는 게 보였다. 오마니는 팔을 걷어붙였다. "소라야, 잘 봐라. 오징어 손질하는 법부터 알려 주마."

오마니는 한 손으로 오징어 몸통을 움켜잡고 다른 손으로 대가리를 비틀어 땄다. 내장과 먹물주머니가 스르르 빠져나왔다. 자주색 점무늬가 자잘한 껍질을 벗기니 매끈하고 우윳빛 도는 속살이 드러났다.

두 번째 오징어는 내 앞에 던져졌다.

"자, 이제 니가 해 보라우." 오마니가 말했다.

나는 오징어 몸통을 움켜쥐고 머리를 비틀었다. 하지만 미끌거리는 몸통이 자꾸만 손아귀에서 빠져나갔다. 손톱을 몸통에 꽉 박고 더 세게 잡아당겼다. 손가락에 온통 끈적이는 점액이 범벅이 되었다. 마침내 대가리가 뽑혔다. 내장과 먹물이 사방으로 새어 나왔다.

"아이고! 먹물주머니를 터뜨렸구나." 오마니가 얼굴을 구기고 짜증을 내며 물을 한 바가지 퍼 왔다.

나는 한 발짝 물러서서 오마니가 오징어 손질을 마치는 걸 멀뚱히 지켜보았다. 오징어를 물에 헹구자 물이 순식간에 시커멓게 물들었다. 나는 유미가 손질한 오징어로 시선을 돌렸다. 그럼 그렇지. 오마니가 손질한 것처럼 말끔했다. 유미가 다 이해한다는 듯한 눈빛으로 나를 바라보았다.

오마니가 허겁지겁 부엌으로 들어왔다. 머리카락 한 가닥이 쪽 찐 머리에서 흘러내려 흔들거렸다. "소라야, 엄마 좀 도우라우. 만들어야 할 음식이 너무 많다. 제 시간 안에 다 하기는 글렀어."

나는 오이를 잘게 잘랐다. 아직 젖살이 통통하고 어설픈 손으로 칼을 아무지게 잡으려고 애를 썼다.

"아니, 그렇게 말고. 종잇장처럼 얇게 썰어야지. 칼은 이렇게 잡아야 않갓니." 오마니가 집게손가락을 칼등 쪽에 올리며 시범을 보였다. 오마니 손에 들린 칼이 도마에 닿을 때마다 탁, 탁, 울음소리를 냈다.

"오마니, 할마이 한 분 오시는데 음식을 이리 많이 만들어야 해요?"

밖에 나가 놀고 싶은 마음이 굴뚝같았다.

"하!" 오마니가 코웃음을 쳤다. "니 할마이를 그리 모르니? 절대로 그만하면 되었다, 하실 분이 아니다. 지난번 오셨을 땐 밥이 너무 고슬하다구 트집을 잡았지. 니 아바지가 살이 쑥 빠진 게 마누라 음식이 입에 안 맞아 그런 거라고 어찌나 타박을 하시던지. 마누라 잘못 만났다고 내내 뭐라 하셨다." 오마니는 솥뚜껑에 파전을 지글지글 익히며 말했다.

"할마이가 뭐라 하시든 그냥 한 귀로 흘리면 아니 됩네까?" 창밖을 바라보며 말했다. 파란 하늘과 푸른 풀밭이 나에게 손짓하는 듯했다. 대체 언제까지 집 안에 붙들려 있어야 하지?

"그거이 말이 쉽지. 너도 언젠가는 이해할 날이 안 오겠니, 소라야? 그래두 너는 흠 잡힐 일 없도록 엄마가 부엌일 하나는 확실하게 가르쳐 주갔어. 그 어떤 시오마니를 만나도 트집 잡힐 일 없도록. 우리 딸은 절대 마음고생 안 하게 만들어야지, 암."

오마니가 갑자기 우뚝 움직임을 멈추었다. 오마니 눈길을 따라 도마 위를 보았다. 내가 썬 오이는 두툼한 데다 모양도 제각각이라 도마 위에 사방팔방 널브러져 있었다. 오마니 얼굴이 시뻘게졌다. "아이고, 이게 다 뭐람! 유미는 벌써 오이지무침도 뚝딱 만든다던데!"

나는 부엌 한가운데 뿌리 내린 나무처럼 우두커니 서서 분주히 오가는 사람들을 방해했다.

오마니가 찬장에서 양념을 꺼내면서 한 손으로 내 어깨를 잡아끌었다. 그리고 다진 마늘과 간장, 고춧가루, 설탕을 작은 종지에 넣고는 손으로 쓱쓱 휘저었다. 손에 느껴지는 점도에 맞춰 소금과 고춧가루를 더 넣었다. 마지막으로 칼국수를 준비하러 가면서 나에게 빈 그릇을 척 건넸다.

"이제 니가 해 보라우."

오마니가 어떻게 하는지 제대로 보지 않았다. 양념 재료들이 부뚜막 위에 어지러이 흩어져 있었다. 나는 되는대로, 손에 잡히는 대로 양념을 빈 그릇에 쏟아 부었다.

오마니가 지나가다가 새끼손가락을 푹 찍어 양념장 맛을 보았다. "아이고, 너무 달다. 사탕 같다." 그러고는 단맛을 잡기 위해 간장을 더 넣었다. 다시 맛을 보고는 고개를 절레절레 흔들며 말했다. "도저히 못 쓰겠다. 이래서야 대체 어떻게 시집을 보낼꼬? 다시 만들어 보라우."

나는 다디단 양념장을 물끄러미 바라보았다.

모든 것이 물에 잠긴 듯, 주위 흐름이 천천히 느려졌다. 이 그릇은 고향 집에서 가져온 것이었다. 이전에도 수백 번은 더 손에 쥐었던 그릇. 그런데 그냥 손을 펼쳐서 떨어뜨리는 게 이렇게 쉽고 간단한 일인지는 미처 알지 못했다. 마치 나뭇가지에서 뚝 떨어지는 묵직한 과일처럼, 바닥을 향해 떨어지는 그릇을 물끄러미 바라보았다.

그릇이 깨지는 소리에 모든 사람이 화들짝 놀랐다. 하얀 도자기 파편이 사방으로 튀었다. 기름이 섞인 시커먼 양념장이 벽까지 튀었다. 하지만 나는 눈 하나 깜짝하지 않았다.

"야, 소라야!" 오마니가 외쳤다. 오마니 얼굴이 분노로 일그러졌다. "어찌 이리 칠칠치 못하니! 아이고…, 딸이 이렇게 아무짝에도 쓸모가 없어서 어쩌면 좋니!" 오마니가 허리를 숙이고 도자기 파편을 주우며 한탄했다.

아무짝에도 쓸모없는 딸. 그 말이 화살처럼 내 가슴에 날아와 박혔다. 가슴 전체에 알싸하게 통증이 퍼졌다.

"오마니." 나는 꽉 잠겨 나오지 않는 목소리를 쥐어짜며 말했다. "오마니는 그렇게 말할 자격 없습네다."

"뭐라구?" 오마니가 벌떡 일어나며 손에 쥐고 있던 도자기 파편을 다시 바닥으로 내던졌다.

파편이 다시 깨지며 작은 조각이 내 뺨을 때렸지만 손 하나 까딱하지 않고 가만히 서 있었다. 부엌이 죽은 듯 조용해졌다. 속에서 무언가 부글부글 끓어올랐다. 점점 불길이 거세지면서 얼굴까지 열이 뻗쳤다.

나는 오마니를 똑바로 마주 보았다. "오마니는 곁에 없었잖습네까? 영수는 제가 돌봤시요. 영수 잘못되지 않도록 내내 지키구, 돌봤습네다. 영수도 저를 믿었시요."

"어마? 그래서, 나를 탓하는 기래?"

"그런 말이 아닙네다."

"니가 정신이 나가지 않구서야, 어떻게 이딴 식으로 굴어!"

외숙모가 아주머니와 유미를 부엌 밖으로 떠밀었다. 오마니는 나무 주걱을 쥐고 내 종아리를 사정없이 내리치기 시작했다.

나는 헉하고 숨을 들이켰다. 종아리가 욱신거렸다. 눈물이 볼을 타고 천천히 흘러내리기 시작했다.

"어쩜 한 번두 그냥 넘어가는 법이 없지. 내 말은 뭐 하나 따르는 법이 없어!" 오마니가 훌쩍거리면서 주걱을 휘둘렀다. 그런데 마치 잔뜩 겁에 질린 것만 같은 모습이었다.

"그거이 무슨 말입네까? 항상 오마니가 시키는 대로 하잖습네까? 가지 말래서 학교도 안 가고 동생들 돌봤시요. 아니에요?"

또 한 번 주걱이 종아리를 내리쳤다.

나는 이를 꽉 다물고 천장을 바라보았다. 간장이 천장까지 튀어 있었다.

"저밖에 모르는 에미나이! 따박따박 말대꾸나 하구!" 오마니는 또다시 주걱을 쳐들었다.

"외삼춘이, 오마니랑 같이 외하라바이 낚싯배를 타고 놀았다고 했시요. 얼굴 가득 홍시도 엉망으로 묻히구요." 내가 불쑥 말했다.

오마니가 주걱 든 손을 내리고 나를 찬찬히 살폈다. "갑자기 웬 뜬금없는 소리니?"

"부산에 오구 나서도 변한 게 하나도 없습네다." 나는 떨리는 목소리로 말했다. "오마니는 여전히 저한테 내가 아닌 다른 사람이 되기만을 강요하잖습네까?"

오마니가 다시 사나운 표정으로 짓씹듯 말했다. "아, 그러냐? 그럼 진정한 너는 누군데? 전 하나 제대로 부칠 줄 모르는 글쟁이 나부랭이가 인생 잘 살 수 있을 것 같니? 시오마니 될 사람이 너처럼 암것도 할 줄 모르는 며느리를 좋다구나 하고 이뻐할 줄 알어? 정신 차려라, 소라야. 이 험한 세상 살아남을 수 있도록 엄마가 얼마나 아등바등 가르쳐 주고 있는데!"

"제가 왜 암것도 할 줄 몰라요." 나는 눈물을 줄줄 흘리며 말했다. "그저 이렇게는 살고 싶지 않다는 긴데. 오마니는 다르게 살고 싶다는 생각 한 번도 한 적 없습네까?"

오마니가 깔깔 웃었다. 마치 내가 이렇게까지 천치 같은 말을 할 줄은 몰랐다는 듯이. "다르게 산다고? 뭐, 어떻게? 제발 정신 좀 차리라우, 이것아."

"나도 모릅네다. 그림 그리는 걸 배울 수도 있고, 전혀 생각지도 못한 곳에 가 볼 수도 있잖습네까?" 나는 눈물을 닦으며 말했다. 마치 벽 속에 무언가 해답이 숨겨져 있기라도 한 것처럼 미친 듯이 부엌을 두리번거리며 말을 이었다. "이집트 같은 데 말이에요."

"뭐, 이집트?" 오마니가 다시 깔깔 웃었다. "내가 유럽에 갈 일이 뭐가 있니? 히틀러가 진작에 다 까부쉈는데."

"아니라요, 오마니. 이집트는 아프리카에 있시요."

오마니 볼이 붉어졌다. "그래서, 그거이 니가 책 쪼가리에서 배운 기야? 못된 바람만 가득 들어 가지곤. 책 들여다보는 것 말곤 할 줄 아는 기 하나두 없잖아! 나한테서 정작 사는 데 요긴한 것들을 배울 생각은 요만큼도 않구!"

"학교에 다시 가고 싶습네다." 내가 조용히 말했다.

"안 된다." 오마니가 한 치의 망설임도 없이 받아쳤다. 오마니 말이

회초리만큼이나 아프게 나를 내리쳤다.

나는 오마니를 똑바로 바라보았다. "하지만 오마니가 가르쳐 주실 수 없는 것도 있지 않습네까?"

오마니는 미친 듯 웃었다. 그 소리가 어찌나 날카로운지 귀를 틀어막아야 했다. "그래서, 내가 너한테 부족하다, 이 말이니? 너는 너무 잘나셔서 나처럼은 못 살겠다, 나한테는 배울 것이 없다, 그 말이야?"

"제가 언제 그랬시요? 제 말은 그거이 아닙네다." 나도 모르게 언성이 높아졌다.

오마니가 나무 주걱을 바닥에 집어던졌다. 오마니 눈에서 불길이 이는 듯했다. "너는 대체 왜 이리도 나를 싫어하니?"

얼굴이 순식간에 핼쑥해지는 기분이었다. 두 귀를 의심했다. 내가 항상 오마니에게 묻고 싶은 말이 바로 그거였는데.

"넌 어떻게든 나한테서 조금이라도 더 멀어지려고 발버둥 치잖아. 내가 하는 건 다 반대하고! 맨날 학교에 가겠다, 대학에 가겠다, 미국에 가겠다는 얘기나 하고." 오마니가 침을 튀기며 말했다. "내가 그렇게 부끄러우냐? 일자무식에 제 아들 하나 지킬 줄 모르는 내가 부끄러워 죽갔어?" 다음 말을 내뱉기 전, 오마니는 신음을 집어삼켰다. "이러니 자식 중에 너한테 가장 정이 안 가는 기야!"

부엌이 빙글빙글 돌기 시작했다. 커다란 돌무더기가 온몸을 짓누르는 것 같아서 숨을 쉴 수 없었다.

"맙소사. 아니다. 소라야! 미안하다! 그런 뜻이 아니다!" 오마니가 외쳤다.

나는 시커먼 연기를 잔뜩 들이마신 것처럼 쉰 목소리로 말했다. "영수 대신 내가 죽었으면 좋았겠다고 생각하시는 거 다 압네다. 그랬으면 오마니도 지금만큼 안 슬프겠지요." 얼굴이 온통 눈물에 젖었다. "아들이 둘 다 살았으니까요."

"아니야. 어떻게 그런 말을 다 하니?" 오마니가 손을 뻗으며 말했다. 오마니 팔이 문어발처럼 나를 칭칭 휘감았다.

나는 오마니 손길을 뿌리쳤다. 가슴이 크게 들썩거렸다. 귓속이 웅웅거렸다. 이제 해야 할 말은 그 어떤 말보다 꺼내기 힘들었다. 부산까지 오는 여정을 다 합해도 이 말 꺼내는 것보단 쉬울 터였다. 정신줄을 힘껏 부여잡고 입을 열었다.

"오마니는 저를 쳐다보기도 싫어하잖습네까? 제가 하는 건 다 탓하시잖아요. 그래도, 저도 잘하는 게 있단 말입네다."

오마니가 간절한 눈길로 나를 바라보며 한쪽 손으로 내 손목을 움켜쥐었다. 뿌리치려고 했지만 오마니는 손을 놓지 않았다. "소라야, 영수가 죽은 건 니 탓이 아니다. 너는 아무 잘못 없다. 다 자식 못 지킨 엄마 잘못이지."

"틀렸습네다, 오마니. 오마니도 잘못하신 것 없시요. 그건 누구의 잘못도 아닙네다."

그 말에 오마니가 무너져 내렸다. 마치 눈물을 잔뜩 머금은 오마니 몸에 내가 소금을 뿌린 것처럼 미친 듯이 눈물을 쏟아 내기 시작했다.

가슴속에는 여전히 분노가 일렁였다. 하지만 오마니가 해 준 말이 가슴속에 커다란 자국을 남겼다. 그 자국은 욱신거렸지만 한편으로는 따뜻했다. 그렁그렁한 눈물 너머로 오마니 모습이 뿌옇게 번졌다. 나는 별수 없이 오마니를 용서하겠지. 그리고 시간이 흐르면 이 상처조차 잊어버리겠지. 하지만 그럼에도 마음 한편으로는 늘 그때 오마니가 한 말이 진심이었을까 의심하겠지.

"소라야, 내가 너한테 더 모질게 구는 건 여자 인생이 얼마나 고된지 알아서 그렇다. 내가 미리 안 가르쳐 주면 이 험한 세상을 어찌 살아남는단 말이니."

"걱정 마시라요, 오마니. 저는 잘 살 수 있시요."

"대체 무슨 수로?"

"오마니가 가르쳐 주시지 않았습네까? 늘 열심히, 강하게 살라구요."

오마니가 속삭이듯 말했다. "딸이라곤 세상천지에 너 하나뿐인데, 너마저 잃을 수는 없다."

나는 손을 내밀어 오마니 팔을 잡았다. "그럴 일 없습네다, 오마니. 절대로요. 제가 학교에 다닌다고 해서 오마니가 저를 잃는 건 아니어요."

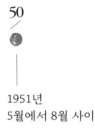

50

1951년
5월에서 8월 사이

　그 일이 있고 바로 다음 주, 오마니는 수업 때 쓰라고 공책과 연필을 사다 주었다. 새 학기는 이미 3월에 시작했지만 별 상관 없었다. 오마니는 바닷가를 향해 남쪽으로 쭉 내려가다 보면 중간쯤에 커다란 천막이 있으니 찾기 쉬울 거라고 말했다.

　한달음에 학교로 달려갔다. 그동안 다리에 붙었던 근육이 많이 풀렸지만 몸이 기억하고 있었다. 발에 흙바닥이 닿아 오는 느낌이 익숙했다. 텅 빈 마을과 얼어붙은 계곡으로 돌아간 듯한 기분이었다. 하지만 다른 점이 있다면, 더 이상 도망치는 게 아니라 학교를 향해 달린다는 거였다.

　부산 임시 학교는 군대 막사 안에 차려졌다. 초록색 천막 지붕과 그물로 된 창문을 한 학교였다. 전혀 교실처럼 보이지 않았지만 전혀 상관 없었다. 살랑이는 바람결에 분필 냄새가 풍겨 왔다. 낯선 얼굴 사이를 가로지르자니 여기서 친구를 사귈 수 있을지 궁금한 마음이 들었다.

"소라야, 여기라우!" 유미가 입구 쪽에서 손을 흔들며 외쳤다. 명기 오빠도 옆에 서 있었다.

안도감이 밀려왔다. 나는 두 사람에게 손을 마주 흔들며 가까이 다가갔다. "명기 오빠, 다시 학교에 다니는 겁네까?" 오빠에게 물었다.

"아니, 그냥 다른 일거리를 알아보려고 왔다. 번역 일이 있더라고." 오빠는 안경을 벗어 들고 옷자락에 안경알을 닦았다. "앞으로 몇 달간 물 배달이랑 번역을 해서 돈을 모으면, 한동안 유미랑 오마니가 먹구사는 데 별문제 없을 테니까."

안경을 벗은 명기 오빠는 국제시장 바닥을 돌아다니는 다른 사내아이들과 크게 달라 보이지 않았다. "왜요? 몇 달 있다 어디로 떠날 예정입네까?"

오빠는 안경을 다시 썼다. 안경알 때문에 눈이 더 커 보이고 눈동자가 한층 짙어졌다. "열일곱 살이 되면 바로 군에 입대할 생각이야. 그리고 아바지를 찾아서 모시고 돌아오려구 해."

"난 잘 모르겠다, 오빠." 유미가 침울한 목소리로 말했다. "안 가는 게 나을 것 같아."

"가야 해. 나는 우리 집안 유일한 아들 아니갓니. 아들이 아바지를 위해 못할 일이 무엇이 있겠니?"

한때 아버지가 했던 말과 똑같았다.

가슴속이 얹힌 듯 답답해졌다. "하지만 오빠는 군인이 아니라 학자가 더 어울리지 않습네까? 공부는 다 어찌하구요? 가족들이 어느 정도 자리를 잡고 나면 곧장 학교로 되돌아갈 줄 알았시요."

"공부는 언제든 다시 할 수 있잖니. 아바지를 찾는 게 먼저다." 명기 오빠는 등에 보자기로 책을 동여매고서 천막 안으로 들어가는 학생들을 힐금 바라보았다. 하지만 그 눈에는 한 치의 아쉬움도 담겨 있지 않았다.

바로 그 순간 알게 되었다. 내가 명기 오빠를 좋아했던 이유는 오빠의 까무잡잡하지만 잡티 하나 없는 피부나 잘생긴 얼굴 때문이 아니었다는 걸. 내 시선을 잡아 끄는 건, 늘 어디를 가든 책가방을 놓지 않는 모습이었다는 걸.

군에 입대하기엔 아직 오빠도 너무 어리다고, 오빠의 계획은 너무 터무니없고 위험하다고, 계속 공부를 하는 것이 더 중요하다고 말하고 싶었다. 그리고 오빠는 단지 내 친구의 오빠 그 이상으로, 나에게도 결코 잃고 싶지 않은 소중한 친구라고 말해 주고 싶었다.

하지만 오빠에게 남은 선택지가 없다는 것도 잘 알았다. 나였어도 그렇게 했을 테니. 그래서 아무런 말도 하지 않았다.

천막 안으로 들어가니 백 명도 넘는 온갖 나이대의 아이들이 빽빽하게 바닥에 앉아, 네다섯 명이서 교과서를 나누어 보고 있었다. 유미와 나는 비슷한 또래 여자아이들 세 명과 조를 짰다. 셋 다 환하게 웃으며 우리를 맞이해 주었다. 다섯 명이 가진 걸 모으니 연필도, 종이도, 교과서도 넉넉했다.

다음 몇 주간은 일 년 넘게 밀린 공부를 따라잡느라 정신없이 보냈다. 오랫동안 굶주린 사람처럼 정신없이 책 속 모든 내용을 집어삼켰다. 한 가지 주제를 익히면 호기심에 또 다른 주제를 파고들었고, 그 이후에는 또 다른 주제로 관심이 끊임없이 이어졌다. 문득 정신을 차려 보면 가족들이 모두 잠든 한밤중, 안마당 평상에 앉아 홀로 등유 전등에 의지해 책을 읽고 있었다.

새 선생님은 미국인으로 미스 포스터(Miss Foster)라고 불렸다. 미스 포스터는 항상 팔과 손을 많이 써 가며 말을 했다. 머리를 연필 한 자루로 쪽지고 있다가 필요할 때면 휙 뽑아서 쓰곤 했는데 그 손길이 마치 권총집에서 총을 꺼내는 것 같았다. 어디를 가든 아이들이 미스 포스터 뒤를 졸졸 따라다녔다. 저학년 아이들은 늘 선생님 주위를 구름처럼 에워쌌다. 선생님은 웃을 때는 고개를 뒤로 젖히고 입을 바닷물고기처럼 쩍 벌리며 웃었다. 걸을 때는 곱슬곱슬한 머리칼이 아래위로 흔들거렸다. 나는 언제나 홀린 듯 미스 포스터를 바라보았다.

어느 날 개인 면담 시간에 미스 포스터가 내 성적을 보더니 손에 묻은 분필을 갈색 면바지에 쓱쓱 문질러 닦았다. 그리고 마치 입 안에 자랑스러움을 한껏 머금은 듯 두 입술은 꼭 다물고 나를 향해 씨익 웃어 보였다. "너, 아주 똑똑해." 선생님이 짧은 한국어로 말했다. "나, 너를 위해서, 책 가져다줄게." 나는 선생님의 우스꽝스러운 한국말에 킥킥 웃었다.

하지만 선생님은 진심이었다. 나는 매주 가방 한가득 책과 잡지를 받아 들고 집에 왔다. 공산주의나 혁명적인 고난, 위대한 수령 같은 내용은 그 어디에도 없었다. 물론 내가 물어봤다면 미스 포스터는 그런 종류의 책도 기꺼이 가져다주었을지 모르지만, 그런 내용 대신 아멜리아 에어하트•나 텔레비전 세트장, 판 구조론••에 대해 읽었다. 《나니아 연대기: 사자, 마녀, 그리고 옷장》이나 《어린 왕자》, 《황야의 부르짖음》 속 새로운 세계를 여행했다. 또 〈하퍼스 바자〉•••라는 잡지를 통해 잉그리드 버그만이나 캐서린 헵번••••을 만났고 태양 아래 반짝이는 붉은색 폰티악 자동차도 알게 되었다. 세상 어딘가에는 예쁜 하얀 집들이 줄지어 늘어선 동네에 사람들이 산다던가, 십 분이면 만들 수 있는 '간편 밥(Minute Rice)'이라는 것이 있다는 사실도 알게 되었다. 그해 여름 내내 나는 국제시장 어느 돌 담벼락 위나 나무 그늘에 앉아 책을 손에 달고 살았다.

어느 금요일, 미스 포스터가 지리학 수업을 위해 천막 벽에 커다란 세계 지도를 꽂았다. 그리고 대륙과 지각판의 경계, 조류와 대양에 대해 설명해 주며 어떻게 일본의 어선이 버린 쓰레기가 캘리포니아 해변에 다다를 수 있는지를 설명해 주었다.

"일본 바다에서 버린 쓰레기가 캘리포니아 해변까지 떠내려갈 수 있다구요?" 나는 놀라움에 머리를 내저었다. 어떻게 그런 일이 가능할 수 있지?

미스 포스터가 나를 바라보며 고개를 끄덕였다. "그래. 다 연결되어

• **아멜리아 에어하트** 1928년 홀로 대서양 횡단 비행을 성공한 최초의 미국 여성 비행사. 세계 일주 비행에 오른 후 1937년 태평양에서 실종되었다.
•• **판 구조론** 지구의 표면이 수평으로 이동하는 여러 지각판으로 이루어져 있다는 학설.
••• **하퍼스 바자** 1867년부터 발간된 미국의 여성 패션 전문 월간지.
•••• **잉그리드 버그만, 캐서린 헵번** 둘 다 20세기 초 할리우드를 풍미한 미국 대표 배우.

있으니까. 바다는 모두 합쳐진다. 함께 흐르며 대륙을 잇지."

영수라면 뭐라고 했을지 문득 궁금해졌다. 아마 바다 한군데에서 세상 모든 물고기를 잡을 수 있겠다며 좋아하지 않았을까?

부산 피난 학교 실태

··· 임시 수도 부산에 모인 서울의 각 피난 학교들은 겨울날 준비를 급작스럽게 하여 대학으로부터 국민학교에 이르기까지 해변 또는 산비탈 등에 터를 잡아 천막 또는 판자로 가교사를 짓고 남쪽이라 겨울답지 않은 따뜻한 날씨에 혜택을 받으며 수업을 계속하고 있다.

_〈자유신문〉, 1951년 12월 16일, 한국사데이터베이스

51

1951년 9월

부산에 가을이 왔다. 살면서 당연하게 여기는 수많은 것들과 마찬가지로 계절에 크게 관심을 가진 적은 없었다. 하지만 올가을은 내 눈길을 온통 앗아 가 버렸다. 외삼촌 집 돌담 위에 누워 머리 위로 드리운 빨갛고 노란 잎사귀들을 하염없이 바라보았다. 햇살이 스며들어 올 때면 가을 잎이 꼭 보석처럼 반짝여서 대궐 안에 있는 듯했다.

눈을 꼭 감았다. 공기에서는 장대비가 내린 다음 날처럼 청량한 냄새가 났다. 오마니가 부엌에서 설거지하는 소리와 지수가 방 안에서 너무 조그매져 버린 제 바지를 껴입겠다고 씨름하는 소리가 들렸다. 하지만 그릇이 달그락거리는 소리도 아닌, 네 살배기가 징징거리는 소리도 아닌 어떤 소리에 내 심장이 미친 듯이 뛰기 시작했다. 단 한 마디로 된 단어였다.

"누나."

나는 눈을 휘둥그레 뜨고 벌떡 일어나 앉았다.

'누나'라는 말을 들어 본 게 대체 얼마 만이지? 바로 그날, 영수가 죽던 날, 영수는 마지막으로 나를 "누나."라고 불렀다. 어안이 벙벙한 기분에 소리가 나는 쪽으로 고개를 돌렸다. 그리고 눈이 딱 마주쳤다.

지수.

지수가 내 옆에 앉아 있었다.

이제는 훌쩍 작아진 제 바지를 내 눈앞에 들어 보이며.

"누나." 지수가 말했다. "바지가 너무 작아."

대체 어떻게 돌담 위로 올라온 거지? 문득 벽에 가까이 놓인 항아리들이 눈에 들어왔다. 큰 것부터 작은 것까지, 오마니가 가지런히 줄을 지어 놓아두었다.

지수 배꼽이 옷자락 아래로 비죽 튀어나왔다. 어느새 이렇게 훌쩍 자랐담? 대체 누나라는 말은 어디서 배웠지? 내가 본 지수는 언제나 혼자 덩그러니 앉아 양말을 주워 신거나 옷을 꿰입으려고 실랑이하는 코흘리개 아기에 불과했다. 그 모든 순간이 지수에게는 자라기 위해서 부단히 노력하는 시간이었는데, 그걸 까맣게 몰라봤던 거다. 과연 그걸 알아봐 준 사람이 있었을까?

"어떻게 동생을 잃어버릴 수가 있니?" 오마니가 얼굴을 잔뜩 찌푸리며 말했다. 그리고 집 안에서 풋감 한 바구니를 가득 들고나왔다. 아직 설익어 푸른빛이 감돌았다. "아바지랑 오마니가 바쁘니 잘 좀 돌보라 그리 말하지 않았니!"

"방금 전까지만 해도 여기 있었시요. 바로 저 구석에서 양말을 갖고 놀구 있었다구요! 맨날 그러듯이요." 나는 두 손으로 입을 가리며 말했다. 설마, 동생을 잃어버리다니. 말도 안 돼. 그리 멀리 가지는 못했을 거야.

하지만 앞마당 우물에 갔으면 어쩌지? 세 살 아기가 우물을 기어오를 수 있나? 갑자기 겁이 덜컥 나서 밖으로 뛰쳐나갔다.

지수는 영수와 함께 있었다. 둘이서 나란히 풀밭에 쪼그리고 앉아 머리를 맞댄 채였다. 잔가지와 돌멩이를 놓아 만든 장난감 마을이 둘 앞에 펼쳐져 있었다. 나는 안도의 한숨을 내쉬었다.

"지수야, 이거 탑 꼭대기에 한번 놓아 볼래?" 영수가 지수에게 작은 잔가지 하나를 건네며 말했다.

"지수는 너무 어려서 못 알아들을걸. 탑을 부숴 버릴지도 모른다." 내가 경고했다.

하지만 지수는 조그마한 손가락으로 잔가지를 쥐더니 조심조심 탑 꼭대기에 가지를 놓았다.

"잘했다!" 영수가 말했다.

지수가 활짝 웃었다.

나는 집 안으로 돌아가 아바지 웃옷에 난 구멍을 마저 기웠다. 머릿속에는 지도와 책 생각이 가득해서 막냇동생 생각은 금세 머릿속에서 떠났다.

지수가 내 팔을 잡아당겼다. 동그란 눈으로 나를 바라보고 있었다.

손에는 여전히 제 바지를 꼭 쥔 채였다.

문득 끔찍한 생각이 물밀듯 몰려왔다. 지수가 영수를 기억 못 하면 어쩌지? 더 이상 고향에서 가져온 옷을 입을 수 없을 만큼 훌쩍 컸지만, 그래도 지수는 여전히 어리디어렸다. 지수가 영수를 잊어버리도록 놔두어선 안 되었다.

"그래, 누나 여기 있어." 내가 말했다.

담벼락에서 내려와 지수를 안아 들었다. 지수가 동경인지, 사랑인지, 아니면 둘 다인지 모를 시선으로 나를 빤히 바라보았다. 동생이 누나를 바라볼 때 짓는 특유의 눈빛이었다. 그 눈빛에 나는 이전에는 한 번도 해 본 적 없는 행동을 했다. 지수가 넘어질 때마다 일으켜 주고 다시 시도할 수 있도록 격려하며, 저 스스로 한 발 한 발 바지를 꿰 입을 수 있도록 도와주었다.

52

1952년 2월 1일

한 주 한 주 물 흐르듯 흘러갔고, 명절도 지나갔다. 누군가는 생일을 맞이하고 나이를 한 살씩 더 먹기도 했다.

지수는 이제 막 다섯 살이 되었고 내 생일도 벌써 두 달 앞으로 다가왔다. 영수도 열한 살을 맞았겠지. 하지만 집안일과 친구들, 시험으로 눈코 뜰 새가 없었다. 미처 알아차릴 틈도 없이 가을이 지나고 차가운 공기가 내려앉았다. 다시 겨울이었다.

자개함 안에 놓인 영수의 물건들을 하나하나 만져 보았다. 머릿속 기억만 더듬는 것보다 손으로 만질 수 있는 무언가가 있다는 게 너무나 다행이었다. 아무리 노력해도 기억은 어느새 군데군데 희미해져 갔다. 영수가 미국으로 떠날 때 어떻게 가자고 했었지? 자기가 선장을 하겠다고 했었나? 아니면 나를 선장으로 모시겠다고 했었나? 미끄러져서 강에 빠졌을 때 거의 다 잡을 뻔했던 물고기가 뭐였지? 우리가 고향을 떠나던 밤, 어떤 옷을 입고 있었지? 나는 돌멩이를 볼에 가져다 대었다. 서늘하고 매끄러운 돌멩이들은 차가운 물처럼 존재감이 확실했다. 어떻게 벌써 일 년 넘게 시간이 흘렀지? 바로 어제 일어난 일처럼 생생하기도, 수십 년 전 일어난 일처럼 까마득하기도 했다. 다시 유품을 상자에 잘 정리해 넣고 자개함 뚜껑을 닫아 아바지가 우리 부산 집에 직접 만들어 건 작은 나무 선반 위에 올려놓았다. 우리가 이사 갈 계획을 이야기했을 때 외숙모는 못내 슬픈 얼굴로 이삿짐 싸는 걸 도와주었다. 그리고 우리가 떠나며 인사를 할 때는 아무런 말도 하지 않았다. 외삼촌이 외숙모한테 우리 집이 불과 삼십 분 거리라고 몇 번이나 말했다.

지난달, 일주기를 맞아 가족들끼리 영수 묘에 다녀왔다. 지난주에는 드디어 울지 않고도 영수 이야기를 나누었다. 그리고 오늘, 내 졸업식을 축하하기 위해 가족들이 다시 모인다.

집은 조용했다. 아바지는 일을 하러 갔고 오마니는 외삼촌네에 지수를 맡기고 볼일을 보러 간 참이었다. 외숙모는 늘 지수가 보고 싶다고 노래를 불렀다. 나는 미닫이문을 열고 지수와 함께 쓰는 내 방으로 들어갔다.

낯선 파란색 양장 원피스가 옷장 문고리에 걸려 있었다.

옷을 매만져 보았다. 외숙모 옷이라기엔 너무 작고 오마니가 입기엔 너무 젊은 티가 나는 옷이었다. 주변에 아무도 없으니 편하게 옷을 걸쳐 보았다. 네모난 구멍으로 머리를 집어넣고 옷을 걸쳤다. 무릎 바로 위로 떨어지는 게 이제껏 입어 본 치마 중에 가장 짧았다. 단추를 잠그고 매무새를 가다듬었다. 허리가 헐렁했다. 몸을 이리저리 흔들자 치맛자락이 종 모양으로 부풀었다.

그때 문이 드르륵 열렸다.

소리 나는 쪽으로 고개를 홱 돌렸다.

오마니가 마룻바닥에 물 양동이를 내려놓으며 말했다. "아, 내가 만든 옷 먼저 봤구나야. 아주 튼튼한 면으로 만들었어. 국제시장에서 찾지 않았갓니. 곱지? 잘 어울리네."

나는 천천히 고개를 끄덕였다. 오마니가 나를 위해 직접 원피스를 만들다니, 도저히 믿을 수가 없어 살짝 떨떠름한 기분이었다.

"그치만 우리가 이런 옷감 살 형편이 됩네까?" 내가 물었다.

"어렵지. 그래도 다 수가 있다. 이가 없으면 잇몸으로 살면 되는 거다." 오마니가 말했다. "우리 소라 졸업식이 아니네. 조금 더 아껴 살면 괜찮으니 너는 아무 걱정 말라우."

오마니 머리에 못 보던 흰머리가 어느새 또 늘었다.

"이리 오라우. 머리 빗질 좀 하자꾸나." 오마니가 외숙모한테 받은 자개 빗으로 내 머리를 빗겨 주었다. 오마니가 내 머리를 빗겨 주는 게 대체 얼마 만인지.

빗질을 마친 오마니는 거울 달린 작은 함을 내 앞에 가져다 놓으며 말했다. "자, 니 눈으로 보라우."

나는 놀라움에 할 말을 잊은 채 거울 속 낯선 여자아이를 마주 보았다. 익숙한 건 살짝 우울해 보이는 까만 눈동자뿐이었다. 두 볼과 입술은 장밋빛 혈색이 돌았다. 나는 내 얼굴을 조심스레 만졌다.

오마니가 자리에서 일어나 양동이를 챙겨 들었다. 고개를 돌려 오마니 뒷모습을 본 그 찰나의 순간, 오마니의 가장 진실한 모습을 마주했다. 늘 지친 기색 없이 열심히 일하며 자식들을 위해 헌신하는, 언제고 몇 번이고 물을 길으러 뛰쳐나갈 자세로 살아가는 우리 오마니. 아주 오랜 시간이 흐른 어느 날, 교회에서 가족과 친구들에 둘러싸인 채 하얀 자개 빗을 가슴께에 꼭 안아 들고 우리 오마니를 추모할 때 맨 먼저 떠올리게 될 모습이었다.

오마니의 긴 치맛자락이 문을 빠져나가기 전 소리 높여 말했다. "오마니, 고맙습네다."

하지만 오마니는 걸음을 멈추지 않았다. 노래 부르는 듯한 목소리가 바람을 타고 날아오르는 연처럼 통통 튀며 날아올랐다. "소라야, 우리 딸! 서두르라우. 졸업식 갈 준비 해야지!"

53

졸업식장에 도착했을 때 막사는 이미 사람들로 북적였다. 오마니, 아바지, 지수는 뒷자리로 가서 앉았고 나는 졸업생 좌석 중 맨 앞줄에 가서 앉았다.

유미가 내 옆에 와서 앉았다. 고향에서 입던 빨간색 주름치마 차림이었다. 이제는 밑단이 낡아 하늘하늘하고 소매도 손목 위로 뎅겅 올라가서 애써 손으로 잡아당기는 게 보였다. 하지만 고향 살던 시절 나는 그 근사한 원피스를 내내 부러워했더랬다. 그 이야기를 하자 유미는 내가 성적이 잘 나오는 게 늘 부러웠다고 말했다. 그리고 자연스럽게 서로를 얼마나 얄미워했는지 털어놓았다. 웃음이 멈추질 않았다.

졸업식이 시작되고 학생 합창단이 〈아리랑〉과 〈희망과 영광의 나라〉●를 불렀다. 부모와 자식, 희생과 꿈에 대한 연설에 귀를 기울였다. 중간중간, 전쟁 중에 세상을 떠난 이들의 이름을 되새겨 보았다.

입 밖으로 꺼내기엔 너무 마음이 아팠지만 늘 곁을 머물던 이름들이 자연스럽게 떠올랐다.

미스 포스터가 졸업생 이름을 호명하기 시작하자 막사 안이 조용해졌다. 나도 몸을 바르게 해서 앉았다. 졸업생들은 모두 성별도 나이도 제각각이고 출신 지역도 달랐다. 누군가는 도시에서, 누군가는 시골에서 나고 자랐다. 어떤 여자아이들은 고운 옷에 댕기 머리를 곱게 늘어뜨렸지만 온통 산발에 세수도 제대로 못 한 친구들도 있었다. 너무 큰 아버지 구두를 질질 끌며 단상에 오르는 친구도, 새로 산 또각 구두를 신고 살랑살랑 걷는 친구도 있었다. 하지만 너 나 할 것 없이 환한 미소를 입에 걸고 단상으로 걸어 나갔다. 천천히 단상에 올라가는 친구들의 턱이 긴장감에 바들바들 떨렸다. 우리 모두 더 나은 미래에 대한 희망을 품고 여기까지 왔다. 친구들이 졸업장을 받을 때마다 있는 힘껏 손뼉을 쳤다. 그리고 곧 내 이름이 불렸다.

"박소라."

내가 자리에서 일어나 단상으로 걸어 나가자 유미가 자리에서 펄쩍 뛰며 환호성을 질렀다. 이 순간을 얼마나 오랫동안 꿈꾸어 왔는지! 하지만 내가 상상했던 풍경과는 사뭇 달랐다. 단상에 서서 돌아보니 졸업식장 안 모든 사람들이 나를 바라보며 환하게 웃어 주었다. 다들 나를 보고 행복해했다. 나를 자랑스러워하는 사람들도 있었다.

이 순간이 어찌나 놀라운지, 나는 눈물보가 터지지 않도록 안간힘

● **〈희망과 영광의 나라〉** 영국의 애국가.

을 썼다.

오마니와 아바지, 외삼촌, 외숙모가 자리에서 일어나 있었다. 가족들의 눈이 반짝이며 환하게 빛났다. 오마니에게 안긴 지수는 나를 향해 손을 마구 흔들었다. 명기 오빠네 아주머니는 아저씨 손수건을 꼭 쥔 채 앉아 있었고 근사한 푸른색 양장을 차려입은 명기 오빠가 아주머니 곁에 서 있었다. 그새 더 키가 크고 다부지게 변한 명기 오빠를 잠깐 바라보며, 허물없이 어울리며 나무 그늘에서 함께 책을 읽던 우리의 열한 살, 열세 살 시절을 떠올렸다. 이제 며칠 뒤면 오빠는 입대를 한다. 입술을 꽉 깨물고 눈을 빠르게 깜빡였다.

가족들과 명기 오빠네가 우레와 같은 박수로 나를 일으켜 세웠다. 고향에서부터 함께하며 의지할 곳이 되어 주고 내가 날아오를 수 있게 해 준 고마운 사람들.

단상에서 내려오자 오마니와 아바지가 사람들을 뚫고 다가와 나를 꼭 끌어안아 주었다. 우리 셋은 그렇게 오래오래 서로를 부둥켜안았다. 마치 단단하게 여문, 그리고 곧 활짝 피어날 준비를 마친 동백꽃 봉오리처럼.

막사 안에서 사람들은 웃고 이야기하며 가족끼리 하나가 되었다. 아버지들은 파란 원피스를 입은 딸들을 껴안아 주었다. 어머니들은 멋쩍게 얼굴을 붉히는 아들들을 끌어안았다. 어린 동생들은 꺄르르 비명을 지르며 술래잡기를 하며 부모님들 주변을 빙빙 돌았다. 라디오에서는 젊음과 사랑, 나이 듦을 노래하는 민요가 흘러나왔다. 다과를 들기 위해 줄을 선 젊은 아가씨들이 노랫가락에 맞춰 몸을 살랑살랑 흔들었다. 이 모든 풍경을 눈과 마음에 담았다. 눈부신 빛과 색깔, 춤이 어우러진 풍경을 모두.

초저녁이 되고 사람들이 식장을 떠나기 시작하자 잔잔한 노래가 울려 퍼졌다. 사람들은 말을 한 마디라도 더 이어 나가며 헤어지기를 아쉬워했다. 또 한 차례 웃음이 터지고, 마침내 마지막 인사까지 모두 끝이 났다. 나는 달콤한 떡 한 접시를 들고 둥그렇게 모여 선 가족들을 향해 다가갔다.

"대체 언제 한번 들르실 겁니꺼?" 외숙모가 오마니, 아바지에게 물었다.

"아이고, 이제야 좀 보고 싶나 보오! 같이 살 적에는 언제 나갈지 날을 세더니!" 외삼촌이 외숙모를 놀렸다. 다들 그 말이 사실이 아니란 걸 잘 알았다.

외숙모가 외삼촌 팔을 철썩 때리자 다들 와하하 웃음을 터뜨렸다.

지수가 엄지손가락을 쪽쪽 빨며 오마니 다리를 붙들고 늘어졌다. 나는 지수를 안아 들고 빙글빙글 돌았다. 지수가 신이 나서 "누나! 누나!" 하며 까르르 웃을 때까지 멈추지 않았다. 지수를 내려놓자 지수는 졸음이 그득한 눈으로 배시시 웃어 보였다.

"오마니, 집에 가기 전에 바닷가에 좀 들렀다 가갓시요."

"그래. 6시까지만 들어오라우. 명기네가 저녁 먹으러 오기로 했다." 오마니가 답했다.

"네, 그 전에 들어가서 돕갓시요."

오마니가 나를 바라보며 웃었다.

학교에서 바닷가는 그리 멀지 않았다. 종종 바다 안개가 밀려들어 막사 주변 나무들이 습기로 축축해질 만큼 가까웠다. 나는 작은 집들이 옹기종기 늘어선 한적한 골목길을 걸어 내려갔다. 간간이 아이들 노는 소리와 개 짖는 소리도 들렸다. 싸늘한 공기가 마치 영수와 함께 부산에 도착하던 날 같았다.

서늘하고 소금기를 머금은 바람이 불어와 내 머리를 헝클어뜨렸다. 숨을 크게 들이마시며 자유의 냄새를 맡았다. 반짝이는 파도가 바닷가 바위들을 끊임없이 때렸다. 수평선을 따라 분홍색과 주황색 빛이 물결쳤다. 그때, 나는 똑똑히 보았다. 티 한 점 없는 하얀 구름이 하늘을 따라 팔을 쭉 펼치며, 나에게 바다에 사는 어떤 물고기도 잡아다 주겠다고 말하고 있었다. 내 곁에, 바로 내 머리 위에, 우리 영수가 있었다. 세상 제일가는 어부였던 내 동생.

나는 신발을 벗고 텅 빈 모래사장에 발을 내디뎠다. 파도가 철썩이며 내 쪽을 향해 몰려왔다. 다시 바다를 향해 끌려 들어갈 때면 파도는 부서진 조가비들을 두 손으로 할퀴어 댔다. 하얗게 거품이 이는 파도 가장자리를 따라 걸으며, 내 발에 닿았던 물결이 온 세상을 여행하는 상상을 했다. 그렇게 해서 어느 미국 해변에도 닿았다가, 마침내 다시 이곳으로 돌아오겠지.

얼어붙을 듯 차가운 감각에 숨을 '헉' 들이켰지만 멈추지 않고 한 걸음 한 걸음 바다를 향해 내디뎠다. 바닷물이 발목을 넘고 무릎까지 차올랐다. 파도가 밀려 나가는 힘이 더 강하게 느껴졌다. 영수와 내가 건너온 모든 강을 떠올렸다. 살을 에는 추위 속에서 서로 의지하며 꼭 붙들던 손. 그리고 고향 마을 강을 떠올렸다. 오후 햇살에 반짝이며 어딘가를 향해 잔잔히 흐르던 강물. 그 강물도 지금 내 눈 앞에 펼쳐진 바다에 다다랐겠지.

느낄 수 있었다. 파도가 나를 이끌었다. 발아래로 모래톱이 사르르 빠져나갔다. 밀물처럼 밀려들고 썰물처럼 빠져나가는 추억들. 내년이면 나는 중학생이 된다. 그리고 몇 년 뒤면 대학에 갈 테지. 그 이후의 삶은 어떻게 될까? 지금은 그저 상상만 할 뿐이다.

다음 파도를 맞이할 준비를 마치고 나는 두 눈을 감았다. 파도가 다시 내 두 발을 잡아당기기를. 끝없이 움직이는 물이 나고, 들고, 또 멀어져 가기를.

작가의 말

《지켜야 하는 아이》는 가족에 대한 이야기라는 점에서 누구나 겪었을 법한 이야기이다. 소라는 남매 사이의 경쟁 구도와 엄한 엄마, 그리고 사소하지만 끊임없이 쌓이는 오해 속에서 고군분투한다. 그리고 이 모든 갈등은 전쟁이라는 극도로 억압적인 상황 속에서 벌어진다. 수많은 6.25전쟁의 피란민들처럼 소라는 자신과 가족들을 위한 따뜻한 마음과 용기를 잃지 않고 자유를 쟁취하기 위해 애쓴다. 또 더 나은 미래라는 희망도 결코 놓지 않는다.

이 책은 소설이지만 소라의 피란길에서 벌어지는 수많은 사건과 그 세부적인 내용은 역사에 기반하고 있다. 도심 폭격, 부서진 철교 위를 기어 강을 건너는 피란민들, 강에 가라앉고 만 나룻배, 강 위의 얼음 다리와 임진강을 건너는 피란민들에게 가해진 폭력, 판지를 쌓아 만든 집, 낯선 사람들이 발 디딜 틈 없이 들어찬 집들, 기차 지붕 위에 올라탄 숱한 피란민들의 목숨을 앗아갔던 악명 높은 경부선 기찻길까지.

이 책을 쓰기 위한 자료는 대부분 존 리치의 〈컬러로 보는 한국전쟁〉(원제: Korean War in Color)에 수록된 인터뷰와 수기, 문헌, 그리고 사진을 참고했다. 또한 이야기 일부는 전쟁이 발발했던 당시 북한에 사는 열다섯 소녀였던 우리 어머니의 실화에 기반하고 있다.

소라처럼 우리 어머니도 친척 중에 당에 반대하는 활동을 했다는 죄명으로 처형당한 분이 있었다. 또 어머니도 대학에 가고 싶었지만 여자라는 이유로 줄곧 반대에 부딪히셨다. 그리고 엄동설한 11월 밤, 북한에서 탈출하셨다. 언덕 위에서 공습을 겪었고 피란 중에 부모님과 헤어지는 바람에 남동생 한 명을 책임져야 했다. 개성과 서울을 지나 수백 명의 피란민과 함께 부산으로 향하는 기차를 타셨다. 그리고 미국으로 이민 오기 전, 부산에 새로 터전을 잡고 살았다.

하지만 소라와는 달리 우리 어머니는 4남 2녀 중 셋째로 위로 오빠 둘, 아래로 남동생 둘과 여동생 하나가 있었다. 남동생은 죽지 않았다. 어머니와 외삼촌은 강을 건너지 않고 서해 바닷길을 건너셨다. 어머니는 작은 시골 마을 농부의 딸이 아니라 평양의 고등학교 교장 선생님의 딸이었다.

우리 어머니는 부산으로 오는 동안에, 그리고 부산 정착 후에도 실향민이 되어 숱한 역경을 겪었다. 소라와 소라네 가족, 그리고 인물들을 통해 다양한 전쟁 생존자들의 경험을 하나로 묶을 수 있는 이야기를 쓰고자 했다. 하지만 그중에서도 특히 우리 어머니의 이야기를 담고 싶었다.

최대한 역사적 사실에 기반하고자 했지만 문학적 허용을 가미한 부분도 있다. 예를 들어 영수의 조선소년단 활동이 가능하도록, 소년단에 입단할 수 있는 실제 나이는 만 열 살이지만 만 여덟 살로 조정하였다. 작품 첫

장이 주일 조선소년단 모임에 지각하는 영수의 이야기로 시작되지만, 실제 주일 모임은 중고등학교 청소년을 대상으로 하였으며 기독교인들의 예배 참여를 막는 역할을 하기도 하였다. 또한 6.25전쟁이 시작된 1950년 6월 25일 일요일에는 비가 내렸지만 작품에서는 날씨를 따로 언급하지 않았다. 마지막으로 실제로는 소라가 탄 부산행 기차가 서울을 떠나는 마지막 열차가 아니었음을 밝힌다.

6.25전쟁은 3백만에서 4백만의 희생자를 냈다. 현재까지도 북한과 남한은 공식적으로 전쟁 상태이다. 종전 협정을 맺지 않았기 때문이다. 실제 전투는 1953년 7월 27일 정전 협정으로 인해 마무리되었으나 어느 쪽도 승리하지 않은 채 60년 넘게 긴장 상태를 유지하고 있다. 명기네처럼 전쟁으로 가족이 생이별하고, 연락 수단을 철저히 통제하는 북한 정부 때문에 서로의 생사조차 알지 못하는 이산가족이 무수히 많다.

미국 역사에서 6.25전쟁은 이제 '잊힌 전쟁(Forgotten War)'이 되었다. 제2차세계대전과 베트남전쟁 사이에 끼여, 태평양 건너 작은 반도에서 벌어진 전쟁은 미국 내에서 큰 관심을 받지 못했다. 그래서 6.25전쟁이 일어난 이유도 금방 잊혀 버렸다.

정전 협정 후 50여 년이 지나고 나서야 미국 전역에서 6.25전쟁 참전 군인들을 기리는 기념비가 세워지기 시작했다. 자유를 수호하기 위해 목숨을 바친 수많은 군인들에게 늘 깊은 감사의 마음을 갖고 살아간다. 그분들의 용기가 아니었더라면 우리 어머니는 일생을 공산주의 독재 체제에서 살아야 하셨을지도 모른다.

6.25전쟁을 기억하려는 움직임이 활발해지는 가운데, 용기와 사랑, 희망의 메시지로 가득 찬 피란민과 생존자들의 이야기는 여전히 많이 다루어지지 않고 있다. 그 시대의 강물이 여전히 여정을 계속하며 전 세계 바닷가 구석구석에 닿듯, 우리도 생존자들의 이야기에 귀를 기울이고 영원히 잊지 않기를 바란다. 우리는 모두 인류공동체로 연결되어 있으니까.

| 여섯 살쯤의 나와 어머니. 어머니가 손수 만들어주신 원피스를 입고 있다.

감사의 말

이 책이 출판될 수 있도록 도와준 사람들을 내 삶에 보내 주신 하나님께 감사드립니다. 친절하면서도 번뜩이는 나의 에이전트 마이클 보렛, 내 이야기에 믿음을 가지고 신인 작가에게 기회를 주어서 고맙습니다. 당신을 에이전트로 둘 수 있어 영광입니다. 당신의 도움이 없었다면 나는 금방 길을 잃었을 거예요. 뛰어난 재능을 가진 편집자 모라 코치에게도 깊은 감사를 전합니다. 나 혼자서는 하지 못했을 수준으로 책을 다듬어 주셨지요. 편집자로서 당신이 지닌 날카로운 통찰력이 매 순간 나에게 도전할 용기를 주었습니다. '홀리데이 하우스'의 모든 관계자에게도 감사를 전합니다. 또한 '애틀랜타 글쓰기 워크숍(the Atlanta Writing Workshop)'과 '아동문학 작가, 일러스트레이터 협회(Society of Children's Book Writers and Illustrators)'에서의 소중한 경험을 통해 글쓰기라는 고독한 작업 속에서 함께할 수 있는 사람들을 얻게 되었습니다.

본인의 인생을 나누어 준 나의 어머니께 특히 감사를 표합니다. 수없는 질문 세례에도 늘 귀기울여 주시며 언제나 나에게 굳건한 믿음을 보여주셔서 감사합니다. 당신의 강인함이 당신 딸들과 손주들의 앞날에 길을 놓아 주었습니다. 이 책은 당신과 당신의 가족, 그리고 당신 세대를 향한 헌사입니다. 아버지, 저에게 글쓰기를 사랑하는 마음을 물려주셔서 감사합니다. 하루도 거르지 않고 늘 책상 앞에 앉아서 무언가를 쓰고 계시지요. 그런 아버지를 본받아 글에 매진하는 끈기뿐 아니라 글 자체에 대한 깊은 사랑과 존경심도 가지게 되었습니다. 나의 언니 헬렌, 글로리아, 조이스에게도 감사를 전합니다. 언니들은 나의 글을 비평해주고 지지해 줬습니다. 언니들이 보여 준 지지와 조언이 이 이야기를 만들어 나가는 데 결정적인 역할을 하였습니다.

또한 나의 세 딸이 없었다면 이 책은 가능하지 않았을 것입니다. 세상 그 누구보다도 이 책을 수없이 읽어 준, 나의 숨겨 둔 비밀 병기 같은 우리 딸 로라에게 이 책을 바친다. 너는 네 나이를 믿을 수 없을 만큼 날카로운 통찰력으로 늘 엄마를 감탄하게 만든단다. 판타지 소설의 열렬한 팬이지만, 엄마가 쓴 역사 소설을 앉은 자리에서 단숨에 읽어 준 애비에게도 이 책을 바친다. 늘 열정이 샘솟는 네 모습이 엄마에게 얼마나 큰 기운을 주는지 너는 알까. 우리 귀여운 막내 에밀리, 엄마가 글 쓰느라 바쁠 때마다 엄청난 인내심을 보여 준 너에게도 이 책을 바친다. 엄마가 강박적으로 글을 쓰느라 제일 고생한 게 너일 텐데도 너는 늘 엄마를 응원해 주었지. 네가 없었다면 엄마는 해내지 못했을 거야.

그리고 사랑하는 나의 남편 크리스, 내가 엉망진창인 초고를 내보였을 때조차 나의 역량을 믿어 주어서 고마워요. 당신은 내가 가장 보잘것없다고 느끼던 순간에 나를 응원해 주었어요. 내가 "이 책은 안 써질 것 같아."라고 말했을 때조차 당신은 내가 그만두지 않도록 격려했지요. 당신의 사랑과 지지 없이는 이 책을 결코 마무리하지 못했을 거예요. 나는 당신이라는 반석 위에서 글을 씁니다.

지켜야 하는 아이

1판 1쇄 인쇄 2022년 5월 27일
1판 2쇄 발행 2023년 9월 20일

지은이 줄리 리 **옮긴이** 배경린
펴낸이 김영곤 **펴낸곳** ㈜북이십일 아울북

콘텐츠개발본부 이사 정지은
웹콘텐츠팀 팀장 배성원 **책임편집** 유현기 **외주편집** 한지연 **디자인** 조기연 **그림** 김호랑
출판마케팅영업본부장 한충희 **마케팅1팀** 한경화 김신우 강효원
출판영업팀 최명열 김다운 김도연 **제작팀** 이영민 권경민

출판등록 2000년 5월 6일 제406-2003-061호
주소 (우10881) 경기도 파주시 회동길 201(문발동)
대표전화 031)955-2100(대표) 955-2403(내용문의) 955-2177(팩스)
이메일 book21@book21.co.kr
ISBN 978-89-509-0043-4(43840)